Karen Duve

Roman

Kiepenheuer & Witsch

Der Verlag Kiepenheuer & Witsch hat sich zu einer nachhaltigen Buchproduktion verpflichtet. Gemeinsam mit unseren Partnern und Lieferanten setzen wir uns für eine klimaneutrale Buchproduktion ein, die den Erwerb von Klimazertifikaten zur Kompensation des CO_2-Ausstoßes einschließt. Weitere Informationen finden Sie unter www.klimaneutralerverlag.de

Besonderer Dank gilt dem Deutschen Literaturfonds e. V. Darmstadt, der die Arbeit der Autorin am vorliegenden Buch mit einem einjährigen Stipendium gefördert hat.

1. Auflage 2024

© 2022, 2024, Verlag Kiepenheuer & Witsch, Köln
Umschlaggestaltung Lisa Neuhalfen, Berlin
Umschlagmotiv Flick und Flock, Zirkuspferde der Kaiserin Elisabeth, Ölgemälde von Wilhelm Richter, 2. Hälfte des 19. Jh., © Schloss Schönbrunn Kultur- und Betriebsgesell. m. b. H./ Fotograf: Studio Johannes Wagner / Sammlung Bundesmobilienverwaltung
Lektorat Esther Kormann
Gesetzt aus der Chaparral und der Brandon Grotesque
Satz Buch-Werkstatt GmbH, Bad Aibling
Druck und Bindung GGP Media GmbH, Pößneck
ISBN 978-3-462-00669-8

»Wenn die Menschen etwas recht Beißendes
äußern wollen, sagen sie, Napoleon war groß, aber
gar so rücksichtslos; ich denke immer dabei, das
sind gar viele Menschen, ohne dabei groß zu sein.
Ich zum Beispiel auch.«

Elisabeth von Österreich-Ungarn

1 Althorp

Es sind die großen Tage der englischen Fuchsjagd. Der Meet ist für ein Uhr angesetzt. Jetzt ist es zwölf, und die Schaulustigen strömen nur so nach Althorp, dem felsgrauen Anwesen des fünften Earl of Spencer.

Das Schloss hat seine Reize. Die Fassade gehört nicht dazu. Ein eigensinniger Vorfahre der Spencers hat das einst heiter rote Tudorhaus mit grauen Ziegeln verblenden lassen und korinthische Säulenattrappen rechts und links neben den Eingang geklebt. Doch die Märzsonne scheint, wenn es auch immer noch winterlich kalt ist, und in diesem Licht mit den glänzenden Pferden davor und den Reitern in ihren bunten Röcken und schwarzen Zylindern macht das Anwesen einen noblen Eindruck. Die graue Fassade verlangt nach den überschwenglichen Farben einer Jagd. Die trübselige Landschaft verlangt danach. Der englische Winter verlangt danach. Die kalten Monate ziehen sich hin in Britannien. Regen, Nebel, Ereignislosigkeit. Eine Parforcejagd bringt Pracht und Sensation.

Plaudernd reiten die Jäger, unter denen sich auch einige Damen befinden, vor dem Gebäude auf und ab. Die Pferde erfüllen alle Erwartungen. Sie kauen auf dem Gebiss, stampfen und schäumen und zertrampeln die gepflegten Rasenflächen. Es sind große, edle Hunter mit rasierten Mähnen und akkurat gestutzten Schweifen. Diener in Livreen laufen zwischen ihnen hindurch. Sie balancieren Gläser auf Silbertabletts, Port für die Herren, Sherry für die Damen. Brandy für alle. Die Jagdteilnehmer haben sich mit einer Sorgfalt gekleidet, die nicht größer sein könnte, wären sie zu einer exklusiven Abendgesellschaft eingeladen – nur dass es hier die Damen sind, die Schwarz tragen. Allenfalls sind ihre Reitkleider dunkelblau oder grün. Die

Herren tragen ausnahmslos Pink. Natürlich sind ihre Röcke nicht rosa. Sie sind leuchtend rot, wie es sich für einen Jagdrock gehört. Aber das darf man nicht sagen. Man darf in England nicht sagen »Er reitet in Rot«. Niemals, nie, auf gar keinen Fall. Nicht einmal denken darf man »rot«, wenn man nicht als ungehobelt gelten will.

Üblicherweise trägt man zu einem inoffiziellen Jagdtag, wie Lord Spencer ihn als Master der Pytchley-Meute kurzfristig angesetzt hat, eigentlich gar nicht Pink, aber da die Kaiserin von Österreich mitreiten wird, kann man sich ja schlecht in einer alten Tweedjacke präsentieren.

Der Earl hat sein Möglichstes getan, nichts von der Teilnahme Ihrer Majestät an die Öffentlichkeit dringen zu lassen. Sie reist inkognito unter einem ihrer vielen weiteren, aber gänzlich ungebräuchlichen Titel, dem einer ›Gräfin Hohenembs‹. Sie wünscht in Ruhe gelassen zu werden. Was Elisabeth von Österreich jedoch nicht davon abgehalten hat, ihren Obersthofmeister, ihre Hofdame, ihre Kammerfriseurin, ihren Leibarzt, ihren Gestütmeister und ihren englischen Reitlehrer nach Althorp mitzubringen. Außerdem wird sie von sieben Kavalieren aus der Heimat begleitet – allesamt hervorragende Reiter und allesamt auffallend gut aussehend.

Es ist also nicht ganz einfach, die Anwesenheit der hohen Frau zu verbergen. Zumal Lord Spencers Talent, etwas Interessantes für sich zu behalten, eher gering ist. Und nun haben sich dreihundert Jagdreiter versammelt, und rundherum wimmelt es nur so von neugierigen Lehrern, Weibern, Pferdehändlern, Geistlichen, Krämern und Schlimmerem, und ihre Dogcarts und Breaks samt den drittklassigen Pferden stehen überall im Weg. Einige Gaffer sind bereits am Vortag mit dem Zug aus London angereist, um mit etwas Glück dabei zu sein, wenn die angeblich schönste Frau Europas in einem schlammigen Pytchley-Graben landet.

Das ist vor dem Haus.

Innerhalb der althorpschen Mauern, in der großen Eingangshalle und dem angrenzenden Salon mit der Treppe aus Walnussholz, strömt die beste Gesellschaft ein und aus, um sich mit einem Happen für das bevorstehende Gemetzel zu stärken. Dort riecht es nach Punsch, nach Rauch und frisch gefettetem Leder und auch ein wenig nach Pferd, denn einige der Anwesenden haben es sich nicht nehmen lassen, ihre Pferde persönlich herzureiten. Die Herrschaften schieben sich zwischen den Tischen hindurch, überall stehen Tische, bedeckt mit weißem Leinen, auf denen sich brodelnde Kessel, Sandwichplatten und glänzende Silberschüsseln voller Roastbeef, Hammelfleisch und jeder erdenklichen Köstlichkeit drängen. Dazwischen Pyramiden aus blank polierten Äpfeln und Orangen. Blumen, überall stehen Blumen. Die Getränketische sind mit Blüten geradezu überwuchert. Die großen Mengen Alkohol, die die Jagdteilnehmer hier in sich hineinschütten, zeugen von dem Respekt, den sie der vor ihnen liegenden Strecke entgegenbringen. Aus dem ganzen Gewühl ragen zwei nahezu lebensgroße Sklavenstatuen heraus, deren Marmorrümpfe einst aus dem Tiber geborgen wurden und die nun – um lackschwarze Gliedmaßen und Köpfe ergänzt – neben dem Eingang auf ihren Podesten Wache halten.

Plötzlich legt sich das Stimmengewirr.

»Her Majesty ... the Empress«, hört man flüstern, und alles drängt in den Salon, die Blicke fliegen die Treppe hoch, auf deren oberster Stufe die Kaiserin von Österreich erschienen ist. Sie trägt ein dunkelblaues Reitkleid und ist sehr groß. Trotzdem wirkt sie zart, weil sie ungewöhnlich schlank ist. Das Haar hat den berühmten Tizianschimmer. Langsam kommt sie die Stufen herunter. Sie muss etwas seitlich gehen, weil sich der Rock so eng an ihre Hüften schmiegt. Eigentlich ist es eher ein Gleiten als ein Gehen. Sehr elegant wirkt das – die verkörperte

Majestät. Alles verstummt und verneigt sich. Nur weiter hinten recken sich die Hälse. Die Schönheit der Kaiserin ist legendär. Dabei ist sie schon achtunddreißig Jahre alt. Ihr Gemahl, der österreichische Kaiser, hat über die Jahre ein Bild nach dem anderen von ihr anfertigen lassen, von denen keines ihren Zauber je einfangen konnte. Ein Betrachter dieser Bilder könnte sagen: Jaja, sie ist schon sehr hübsch, aber eigentlich mag ich es etwas voller, die Haare heller, und sehe ich da etwa den Ansatz eines Doppelkinns? Wenn derjenige ihr dann aber in der Wirklichkeit gegenübersteht, so spielen seine Vorlieben plötzlich keine Rolle mehr. Es ist mehr als das hübsche Gesicht und die phantastische Figur – ihre Schönheit ist nicht greifbar, sie scheint einen Meter vor ihr her zu schweben. Ist es die Haltung? Ihre Anmut? Die Art, wie sie den Kopf neigt und mit geschlossenen Lippen lächelt? Man weiß nur, dass man sie immerzu anstarren will.

Hinter Elisabeth von Österreich-Ungarn geht ihre Schwester, die ehemalige Königin von Neapel. Aber niemand sieht auf die Ex-Königin oder ihren Gemahl, den etwas trotteligen Ex-König Francesco, oder auf die Hofdame oder Prinz Ruffano und wer auch immer da noch mit der Kaiserin die Stufen herunterkommt. Sie verschwinden einfach neben ihr.

Am Fuß der Treppe warten ihre Kavaliere und der Hausherr. Der Earl of Spencer stellt ihr Captain Middleton vor, den er zu ihrem Piloten ausersehen hat, ihrem Begleiter während der Jagd, der sie sicher über alle Hindernisse führen und im Notfall mit einem kleinen Beil eine Bresche für sie schlagen soll. Middleton ist kein schöner Mann. Er ist rothaarig und von eher gedrungener Statur. Gerade so eben noch als mittelgroß zu bezeichnen. Dennoch wirkt er elegant. Sein Jagdrock ist mit wenigen Knöpfen hochgeschlossen und wie ein Cutaway geschnitten. Er trägt dazu die üblichen weißen Lederhosen und Stiefel mit hellbraunen Stulpen und Stiefelriemen – zum Binden, nicht zum Schnallen. Die Kavaliere der Kaiserin mustern ihn finster. Baron Orczy hat zur Jagd seine Uniform angezogen, wie das in Österreich-Ungarn nicht unüblich ist, und zu seiner Verärgerung festgestellt, dass der hellblaue Stoff mit all seinen goldenen Tressen und Verschnürungen in dieser Umgebung wie ein Papageienbalg wirkt. Die übrigen Kavaliere haben sich bereits englische Jagdröcke zugelegt, verübeln Middleton aber die lässige Eleganz.

»Eure Majestät«, sagt Middleton, küsst die weiß behandschuhte Hand, die ihm entgegengehalten wird, und nimmt wieder die aufrechte Haltung des ehemaligen Kavallerie-Hauptmanns ein.

Auch er hat natürlich schon vorher gehört, dass die Kaiserin ungewöhnlich schön sein soll. Trotzdem erwischt es ihn unvorbereitet. Noch bevor sein Blick ins Detail gehen, ihre makellose Haut und die braungoldenen Augen richtig wahrnehmen oder etwa bemerken kann, auf welch atemberaubender Haarfülle ihr Reitzylinder in seinem neckischem Winkel thront, noch bevor sein Blick den Linien ihres blauen Reitkleids folgen und an den schmalen Schultern oder der winzigen Taille hängen bleiben kann, ist er vollkommen hingerissen.

Die Kaiserin sagt etwas, das Middleton nicht versteht. Er schiebt es darauf, dass er seit einem Reitunfall schwerhörig ist. In Wirklichkeit hat niemand das genuschelte Flüstern der Kaiserin verstanden. Sie spricht, ohne die Lippen zu bewegen, damit man ihre Zähne nicht sieht. Die verfärbten, leicht durchsichtigen Zähne sind ihr einziger Makel.

Middleton nickt höflich und lächelt mit diesem unbestimmbaren Charme, wie ihn nur die englische Oberschicht hervorbringen kann. Doch Middleton gehört keiner der großen Familien an. Auch wenn er mit seinen roten Haaren, den roten Augenbrauen und dem roten gestutzten Schnauz aussieht wie ein Bruder des Lords. Middleton ist noch nicht einmal besonders reich. Und Spencers Vollbart, der sich wie die Wamme eines preisgekrönten Shropshire-Hammels unter dessen Kinn bauscht, leuchtet in einem viel kräftigeren und feurigeren Rot. Bei Middleton sind selbst die Augen bleich, bläulich bleich; die Märzsonne hat Nase und Wangenknochen verbrannt.

»Mit dem Captain haben sie den besten Mann, den ich Eurer Majestät zur Seite stellen kann«, sagt Spencer, während sie in die Eingangshalle gehen, wo er der Kaiserin die maßangefertigten und in die Wand eingefügten riesigen Jagdgemälde aus dem frühen achtzehnten Jahrhundert zeigen und nebenbei auf ein winzig kleines Jagdhorn auf einem der Bilder hinweisen will, weil es originellerweise dasselbe ist, das auch heute zum Einsatz kommen wird.

»Middleton war mein Adjutant zu meiner Zeit als Vizekönig in Dublin«, sagt Spencer. »Man wollte mich dort keine Jagden mehr reiten lassen. Wegen der Attentate. Ich bin im Feld nun mal leicht auszumachen.«

Er hebt mit dem Handrücken seinen roten Bart an.

»Die Schutzgarde fühlte sich meinem Tempo und den Hindernissen nicht gewachsen. Zum Glück fand ich dann Captain Middleton bei den zwölften Lancers. Der sprang mit der Waffe in der Hand neben mir her.«

Lady Spencer, die ein feenhaftes grünes Reitkostüm trägt, lächelt.

»Ich bezweifle, dass Captain Middletons Begleitung die Sicherheit meines Ehemanns erhöht hat. Beide setzen bei einer Jagd alles daran, sich den Hals zu brechen. Ein Attentäter müsste sich schon sehr ranhalten, wenn er ihnen dabei zuvorzukommen will.«

»Der beste Reiter«, wiederholt Spencer, ohne dass Middleton deswegen eine Miene verzieht, »der beste Reiter weit und breit. Wenn er eine Schwäche hat, dann höchstens die, dass er sich dessen etwas zu sehr bewusst ist.«

Jemand hüstelt. Spencer wird plötzlich verlegen und sucht mit der rechten Hand nach dem Kinn in seinem Bart. Lady Spencer betrachtet die braunen und blauen Fliesen ihres Hallenbodens mit so großer Aufmerksamkeit, als sähe sie sie zum ersten Mal, und Ex-König Francesco geht völlig unmotiviert zu einer der großen Sklavenstatuen am Eingang und popelt vor lauter Nervosität mit dem Zeigefinger an den Marmorzehen. Nur Middleton und die Kaiserin bleiben ruhig.

Was eigentlich niemand erfahren sollte, aber sämtliche Anwesenden einschließlich der servierenden Diener wissen, ist, dass Middleton sich über den ehrenvollen Auftrag, die Kaiserin zu pilotieren, nicht so begeistert gezeigt hat, wie sich das gehört hätte. Zunächst hat er es sogar rundheraus abgelehnt.

»Was bedeutet mir schon eine Kaiserin?«, soll er zu seiner Lordschaft gesagt haben, »sie wird mich nur behindern.«

Spencer hat ihm versichert, dass Elisabeth von Österreich eine exzellente Reiterin sei. Sie sei sogar so gut, dass niemand außer Middleton diesen ehrenvollen Auftrag erfüllen könne.

Und Middleton so: »Sie wissen doch, dass ich meinen eigenen Weg reiten muss. Was ist, wenn sie nicht über die Fences kommt? Oder ich jedesmal auf sie warten muss? Am Ende muss ich mit ihr noch auf der Straße traben.«

Und Spencer so: »Nein, nein, das wird nicht geschehen. Ich hab die Kaiserin im letzten Jahr selbst reiten gesehen. Frank Beers war auch begeistert. Tu mir den Gefallen, Bay.«

Spencer hat beinahe gefleht, und schließlich hat Middleton sich daran erinnert, dass er ja unter anderem auch so etwas wie sein Stallmeister ist, und eingelenkt: »Aber nur dieses eine Mal.«

Es ist unerlässlich, ein paar Worte über das Verhältnis zu verlieren, in dem der 5. Earl of Spencer und Captain Middleton zueinander stehen. Ansonsten wäre es schwer zu begreifen, wieso ein Mann, der so vom Bewußtsein seiner hohen Abkunft durchdrungen ist wie der Earl, sich von einem kleinen Adjutanten auf der Nase herumtanzen lässt. Denn das war Middleton, als Lord Spencer ihn das erste Mal traf: ein für die Fuchsjagd abkommandierter Adjutant mit minimalen Pflichten. Doch neben der Anbetung von Status und Klasse herrscht in der englischen Oberschicht noch ein weiterer Kult: die Anbetung von Muskeln, Schnurrbärten, Härte, Mut und Todesverachtung. Die Offiziere überschütten das Kriegsministerium mit Gesuchen um Versetzung in den aktiven Dienst, und sie meinen das vollkommen ernst. Aber es gibt nicht genug blutige Feldzüge für alle im Empire. Also setzt man seine körperliche Unversehrtheit in den Vorräumen der Offiziersmessen aufs Spiel oder in den Rauchsalons der Familiensitze, wo man nach dem Dinner miteinander rangelt. Bärenkämpfe nennt sich das, wenn man seinen besten Freunden die Nasen blutig schlägt und ihnen die Rippen bricht. Hier tut sich Middleton ganz besonders hervor, er kennt überhaupt keine Grenzen. Auf dem Schlachtfeld der Parforcejagd ist er sowieso der Beste. Als Krieger ohne Krieg sind Spencer und Middleton von gegenseitiger Hochachtung erfüllt und unzertrennlich. Bay ist der Freund, den der Lord zuvor nicht besaß.

Natürlich wollte Spencer vermeiden, dass Middletons Bockigkeit der Kaiserin zu Ohren käme. Was für ein Affront! Darum hat er es nur der Königin von Neapel anvertraut, die er für absolut integer hielt. Schließlich ist sie die Schwester der Kaiserin. Genauso gut hätte er es öffentlich anschlagen können. Als Erstes hat es die Königin von Neapel ihrer kaiserlichen Schwester persönlich erzählt, und dann den sieben gut aussehenden Kavalieren. Und dann Lady Dudley. Lady Dudley hat es an diesem Morgen sofort Lord Langford erzählt, und damit erfuhren es dann alle, die es nicht bereits von Middleton persönlich gehört hatten.

Die Kaiserin lässt sich nichts anmerken, allenfalls drückt sich ihre Verstimmung in der besonderen Perfektion ihres Reitkleids aus. Das dunkelblaue Samtkostüm mit kleinem Zobelbesatz und goldenen Knöpfen sitzt wie aufgemalt. Es hat diesmal mehr als zwei Stunden gedauert, bis sie mit dem Ergebnis des Einnähens zufrieden gewesen ist – ohnehin eine mühsame Arbeit für die arme Schneiderin, da die Etikette ihr verbietet, beim Nähen den Körper der Kaiserin zu berühren.

»Wie freundlich von Ihnen, mir zur Seite stehen zu wollen«, sagt Elisabeth. Diesmal ist sie besser zu verstehen. Ihr Englisch ist hervorragend und ihr Akzent entzückend. Sie schenkt ihm ein Lächeln, diesem arroganten kleinen Captain Middleton, ihr berühmtes Lächeln mit geschlossenen Lippen und registriert zufrieden, wie sich seine blassblauen Augen weit öffnen und etwas Schwammiges bekommen.

»Na, dann sollten wir wohl mal los«, sagt Spencer.

Wie aus dem Nichts steht ein livrierter Diener neben ihm und überreicht Handschuhe, Samtkappe und Peitsche. Die Hofdame, die die ganze Zeit schweigend neben der Kaiserin gestanden hat, fängt beinahe an zu weinen, als sie ihrer Herrin die Reithandschuhe entgegenhält.

»Ach Festi«, sagt die Kaiserin, streift die weißen Handschuhe ab und die Hirschledernen über, »nun machen Sie sich doch nicht solche Sorgen.«

»Keine Angst«, mischt sich Prinz Ruffano, ein Mann mit dunklen Locken, ein und sucht den Blick der hübschen kleinen Hofdame, »ich habe schon oft auf diesem Gelände gejagt und bisher sind noch immer alle heil zurückgekommen.«

Eine freundliche, wenn auch etwas plumpe Lüge. Die englische Fuchsjagd ist die waghalsigste aller überflüssigen Aktivitäten. Man reitet in einem ähnlichen Tempo wie bei einem Pferderennen, nur dass es querfeldein und über Hecken und Gräben geht. Ein Kaninchenloch genügt, ein unsichtbarer

Draht, der nasse Boden oder ein ungeschickter Mitreiter, der direkt vor einem stürzt, und schon stürzt man ebenfalls und bricht sich den Rücken oder gleich das Genick. Jeder weiß das. Das House of Lords ist voller Rollstühle – alles Jagdunfälle. In den vornehmen Sanatorien vegetieren die Jagdreiter mit den irreparablen Hirnschäden vor sich hin.

* * *

2 Hinter den Hunden

Die Pferde für die Kaiserin und ihre Begleiter warten an den korinthischen Säulenattrappen. Middleton sieht zu, wie Elisabeth ihren geschnürten Stiefel in die verschränkten Hände ihres Stallmeisters setzt und sich in den Damensattel heben lässt. Sie reitet einen herrlichen Fuchs. Mit einer geschmeidigen Bewegung wickelt sie ihre Beine um die Sattelhörner, zupft zwei Schlaufen um die Füße und zieht ihren Rock glatt. Etwas Blut tropft von der Hand des Stallmeisters, wo sie ihn mit ihrem winzigen Sporn geritzt hat. Middleton wendet sich ab.

Seine Stute steht noch in den Stallungen. Er muss sich den Weg durch die Pferde und die inzwischen vollzählig erschienenen Jagdteilnehmer bahnen. Unter ihnen erkennt er Lord Otho Fitzgerald und grüßt. Fitzgerald tippt mit angewidertem Gesicht an seine Zylinderkrempe. Seine Augen sind wie Dolche. Er ist nicht gut auf ihn zu sprechen. Im letzten Jahr hat er einen Ball ausgerichtet und den Fehler gemacht, Middleton dazu einzuladen, was der ihm mit einem seiner widerwärtigen und alle Grenzen überschreitenden Scherze vergolten hat. Man muss dazu wissen, dass Otho Fitzgerald enorm stolz auf seine Mitgliedschaft im exklusivsten aller Segel-Clubs, dem Königlichen Jachtgeschwader, ist. Anlässlich des Balls hatte er die Flagge des Königlichen Jachtgeschwaders auf dem Turm von Oakley Court, seinem kürzlich erworbenen Anwesen, gehisst. Im Laufe des Abends schlich sich Middleton zusammen mit dem Ehrengast – es handelte sich um den französischen Kronprinzen und beide waren viehisch betrunken – auf den zinnenbewehrten Turm, holte das erhabene Emblem ein und hisste an seiner Stelle ein Badehandtuch. Am nächsten Morgen hatten dann alle diesen abscheulichen Fetzen im Wind flattern sehen, und bis zum Abend hatte ganz London davon erfahren.

Fitzgerald gibt sich bunten Rachephantasien hin. Er wünscht Middleton die Krätze an den Hals und dass er vom Pferd stürzen möge – am besten gleich mehrmals. Und falls er dabei einen komplizierten Bruch oder einen ausgerenkten Kiefer davontragen sollte, geschähe ihm das nur recht. Noch besser wäre es allerdings, wenn Middleton den Anschluss an die Meute verlöre. Darunter würde er mehr leiden als unter jedem körperlichen Schmerz.

Middleton ahnt, was in Fitzgeralds Kopf vorgeht. Es wimmelt hier von Gentlemanreitern, die ihm sein Können und sein Glück nicht gönnen und ihn nur zu gern weit abgeschlagen am Ende des Feldes sehen wollen. Jetzt haben sie Oberwasser, denn es ist nicht zu erwarten, dass die schöne Kaiserin bei einer solchen Jagd auf Anhieb mithalten kann – wie sehr Spencer auch von ihren Fähigkeiten geschwärmt hat. Nicht bei dem Tempo, das Middleton vorzulegen pflegt. Und dann sind da noch die berüchtigten Pytchley-Oxer, massive Zäune, die einen Meter vor den Hecken stehen und die Pferde zu enorm hohen und weiten Sprüngen zwingen. Er sieht sich schon mit dem kleinen Beil durch eine Hecke krauchen und einen Durchgang für die Kaiserin schlagen, während Fitzgerald lachend an ihm vorbeifliegt. Besonders schwierig wird es, wenn hinter den Hecken ein zweiter Zaun lauert – oder ein Graben. Einige dieser Hindernisse lassen sich einfach nicht überspringen. Nicht, wenn man nicht Middleton heißt – und manchmal selbst dann nicht.

Ein Bursche bringt ihm sein Pferd. Middleton schwingt sich in den Sattel und trabt dorthin, wo er Ihre Majestät vermutet.

Die Hunde treffen ein. Alle Reiter machen für die heranzottelnde Meute Platz, große gefleckte Tiere, die von Goodall, dem Huntsman mit kurzen Rufen dirigiert werden – »Rose, warte!« »Trooper, nicht trödeln!« – sodass die beiden Whippers nahezu tatenlos hinterdreinreiten können. Goodall und die Whippers tragen als Jagdbedienstete keine Zylinder, sondern einfache schwarze Samtkappen – genau wie Spencer. Der Lord hat ihnen die allerbesten Pferde zugeteilt, wahre Cracks, die auch für Rennen gemeldet werden. Diese Pferde springen ohne zu zögern über einen vier Meter breiten und furchterregend tiefen Graben, setzen spielend über höchste Hecken oder brechen notfalls hindurch. Der beste von ihnen ist »Bay Colonel«, den Goodall reitet. Nicht einmal der große Braune, den Spencer für sich selber ausgesucht hat, ist besser. Schließlich dürfen er und die Gäste es sich jedesmal aussuchen, ob sie ein Hindernis nehmen oder lieber darum herumreiten, während die Meutenführer so gut wie alles springen müssen, um die Verbindung zu den Hunden nicht zu verlieren.

Middleton sieht die Kaiserin auf sich zureiten. Ihr Sitz ist vollkommen, ihre Handhaltung perfekt. Ihre Taille ist nicht von dieser Welt. So verschnürt eine Jagd zu reiten, erfordert eine übermenschliche Selbstbeherrschung. Er zieht seinen Zylinder. Die Kaiserin pariert ihr Pferd neben ihm.

»Captain Middleton, darf ich Sie um etwas bitten?«

»Was immer Eure Majestät wünschen.«

Die Kaiserin legt ihre Hand, in der sie auch die Peitsche hält, auf den Mähnenkamm seines Pferdes.

»Versprechen Sie mir, so wie immer zu reiten! Versprechen Sie mir, mich nicht zu schonen!«

»Das hatte ich gar nicht vor, Eure Majestät.«

Er setzt seinen Zylinder wieder auf und befestigt das Band daran mit einer Nadel unter seinem Rockkragen.

Fürchtet Elisabeth sich denn überhaupt nicht? Nicht im Geringsten.

Mit ihrer Furchtlosigkeit beim Reiten hat sie schon als Kind alle beeindruckt, sogar ihren Vater, Herzog Max, der an seiner

Familie ansonsten wenig Interesse zeigte. Seinetwegen ist sie noch draufgängerischer geritten als ihre Brüder und Schwestern, ist schneller galoppiert und höher gesprungen und zögerte nicht, zögerte nie, ihrem Vater über ein Hindernis nachzusetzen – auch wenn sie nicht wusste, was sich dahinter befand.

»Ach Sisi, du bist ganz wie ich«, sagte er einmal, »wenn wir keine Herzöge wären, wären wir Zirkusreiter geworden.«

Das änderte allerdings nichts daran, dass sie ihren Vater kaum sah. Herzog Max war ständig auf Reisen. Reisen mit schönen Damen. Oder er führte sein Junggesellenleben auf Schloss Unterwittelsbach, das er genau zu diesem Zweck für sich erworben hatte und zu dem Frau und Kinder keinen Zutritt hatten. Nach Possenhofen kam er praktisch nie und zu Hause im Münchener Palais war er allenfalls im Winter und auch das höchst selten. Sein Appartement im Palais hatte einen eigenen Eingang zur Straße, sodass es ihm möglich war, tagelang mit seiner Familie unter einem Dach zu leben, ohne Frau oder Kindern begegnen zu müssen. Wollten die ihn sehen, mussten sie sich bei seinen Dienern anmelden. Nicht einmal zu Mittag aß er mit seiner Familie, sondern lieber mit seinen außerehelichen Töchtern. Die sich bei ihm übrigens nicht anmelden mussten. Den legitimen Kindern war es dann strengstens verboten zu stören.

Ein ganzes Jahr hat Elisabeth damit verbracht, sich auf die englischen Parforcejagden vorzubereiten. Und dieser kleine Captain Middleton fühlt sich belästigt, weil er an ihrer Seite reiten muss! Nach der Jagd soll er darum betteln, sie wieder pilotieren zu dürfen!

Lord Spencer hält eine kurze Ansprache, heißt alle willkommen, dann schlängeln sich die Hunde und die Pferde mit ihren Reitern im Schritt durch die Zuschauer und an den Kutschen vorbei. Der Lord hat die Kaiserin und Middleton an seine Seite geholt. Dicht hinter ihnen folgen die Kavaliere aus der Heimat, mit denen die Königin von Neapel reitet. Die Königin ist eine Kopie ihrer kaiserlichen Schwester. Sie trägt nicht nur das gleiche blaue Reitkleid mit Zobelbesatz, sie reitet auch ebenfalls einen Fuchs. Auch Marie von Neapel ist groß und schlank und hat die gleichen wunderbaren Haare. Die Augen der Königin sind sogar noch schöner als die ihrer Schwester, weil sie so überaus melancholisch blicken. Aber ihre Nase ist spitz, und um den Mund gibt es einen bitteren Zug – mit der majestätischen Anmut der Kaiserin kann sie nicht mithalten. Trotzdem: eine sehr schöne Frau. Sie plaudert mit Rudolf Liechtenstein, der sich über die Aufmerksamkeit freut. Prinz von und zu Liechtenstein ist ein entschlossener, sehr stattlicher Mann, der schon einige Falten in den Augenwinkeln hat. Böswillige Tratschen in Wien wollen Anzeichen für eine Liebschaft zwischen dem schönen Rudi und der Kaiserin ausgemacht haben.

Neckisch schlägt die Königin von Neapel mit ihren losen Handschuhen auf Liechtensteins Unterarm und beschwört abwechselnd ihn und Obersthofmarschall Graf Larisch von Moennich, der auf ihrer anderen Seite reitet, einen angemessenen Jagdrock in Pink für den blau uniformierten Baron Orczy aufzutreiben.

»Nicht dass die Hunde am Ende noch ihn jagen«, sagt sie, was aber niemand versteht, weil auch die Königin von Neapel mit geschlossenem Mund nuschelt.

Man reitet zu einem ausgedehnten Gehölz. Hier haben sich bereits Hunderte Zuschauer eingefunden, die sich in respektvoller Entfernung auf den kleinen Hügeln rundum verteilt haben. Zu Beginn sieht es nicht so aus, als ob es eine erfolgreiche Jagd wird. Die Hunde flitzen durch die Büsche von einer Seite zur anderen, ständig die Fährten wechselnd, ohne sich auf eine Witterung zu einigen, während die Reiter in Gruppen am Rand des Dickichts entlangstreifen. So geht es eine halbe Stunde, die Hunde lassen im Eifer bereits nach.

Immer mehr Reiter gesellen sich zu Spencer, Middleton und der Kaiserin, vorgeblich um den Lord nach seiner Einschätzung der Lage zu befragen oder vorzuschlagen, in ein anderes Covert zu wechseln. Aber dann starren sie die ganze Zeit bloß die Kaiserin an. Ein Vertreter der regionalen Presse mit flacher Mütze und braunem Freizeitanzug hat sich nur wenige Meter vor Elisabeth aufgebaut und notiert eifrig in ein kleines Buch. Elisabeth wird immer bleicher. Sie nimmt den Fächer, der stets in ihrem Sattel steckt und hält ihn sich vor das Gesicht, als wollte sie die Sonne abwehren.

Captain Middleton wendet sein Pferd, vergewissert sich, dass die Kaiserin es ihm nachmacht, und galoppiert mit ihr auf die talabwärts gelegene Seite. Hier brechen die Füchse zwar nur selten aus, aber dafür gibt es kaum andere Reiter. Fast im selben Moment, in dem er mit der Kaiserin dort anlangt, bellt ein Hund hysterisch auf, und ein Fuchs rennt aus dem Gehölz. Das typische middletonsche Glück. Sofort spritzt die ganze aufheulende Meute aus den Büschen. Middleton und die Kaiserin sind mittendrin. Hinter ihnen bricht die Hölle los. Alles will zu den Hunden aufschließen und galoppiert aus verschiedenen Richtungen kommend durcheinander. Die vielen Pferde sind sich gegenseitig im Weg. Es wird gerempelt, geflucht, am Zügel gerissen und gleichzeitig werden die Sporen in die Pferde gebohrt. Nasse Erdklumpen fliegen durch die Luft. Innerhalb weniger Sekunden ist das noble Gemälde zerstört, sind die hellen Hosen schlammbespritzt, die glänzenden Pferde voller Morast, die Jagdröcke gefleckt wie bei den Marienkäfern.

Währenddessen haben die Hunde über einige Gräben gesetzt und erreichen den ersten Oxer. Elisabeth beißt die leicht verfärbten Schneidezähne in die Unterlippe. Auf der Wiener Rennbahn hat sie das weite Springen aus schnellem Galopp geübt. Mr. Allen, ihr englischer Reitlehrer, hat behauptet, die Hindernisse dort würden den Natursprüngen in England ähneln. Aber so eine Hecke hat es auf der Freudenau nicht gegeben, und dann steht auch noch dieser Zaun davor. Hat sie jetzt endlich Angst?

Und wie!

Die Angst ist das Beste an einer Jagd.

Middleton hat versprochen, die Kaiserin nicht zu schonen, und er schont sie nicht. Ohne das Tempo zurückzunehmen, sucht er eine geeignete Stelle und überwindet Zaun und Hecke glatt. Er sieht sich um, ob sie das Hindernis heil übersteht. Das tut sie. Ihr Gesicht strahlt vor wilder Freude. Sie drängt wieder an seine Seite. Von den nachfolgenden Pferden brechen einige vor dem Zaun seitlich aus, zwei stürzen hinter der Hecke. Das dichte Feld beginnt, sich in die Länge zu ziehen. Middleton und die Kaiserin rasen über grünes Weideland. Immer geradeaus. Unter ihnen verwischt das Gras in der Geschwindigkeit. Zäune und Hecken tauchen auf und sind im selben Moment schon wieder vorbei. Weiter vorn rennen die gefleckten Hunde über eine kahle Wiese. Es gibt keine Straßen, die das Gelände zerteilen, keine Äcker, deren tiefe Erde die Pferde ermüden würde. Als die Industrialisierung zum Zusammenbruch der Landwirtschaft führte, ist hier mehr als die Hälfte des Bodens, auf dem einst Getreide stand, in Weideland umgewandelt worden und der Lohn der Landarbeiter auf drei Schilling gesunken. Ideale Bedingungen. Jetzt gibt es nur noch federnden Grasboden, die Pferde, den Fuchs, die kläffende Meute und die schönsten Hecken und Gräben.

Die Hunde stauen sich in einiger Entfernung vor einem Gatter, klettern hinüber oder zwängen sich hindurch. Middleton zügelt sein Pferd so grob, dass es das Maul aufreißt und den Kopf hin und her wirft. Die Kaiserin zupft am Zügel, öffnet und schließt ihre Finger, doch der Hals ihres Hunters scheint inzwischen aus Stahl zu bestehen. Nun schenkt er ihr endlich ein Ohr und ist vielleicht sogar bereit, Geschwindigkeit herauszunehmen. Aber das soll er gar nicht mehr. Die Hunde sind rechtzeitig durch das Gatter gekommen. Elisabeth zieht einfach an Middleton vorbei. Sie will schnell sein, uneinholbar, ihren finsteren Gedanken entkommen und den Gaffern, die der Meinung zu sein scheinen, durch die Heirat mit dem österreichischen Kaiser habe sie jedes Recht auf Privatsphäre verwirkt. Wenn sie galoppiert, lodert eine Glut in ihr. Ihr Gehirn arbeitet losgelöst von diesem glutgefüllten Körper, sucht den idealen Absprungpunkt. Sowie das Hindernis überwunden ist, sind Körper und Geist wieder eins und von tiefer Befriedigung erfüllt. Da kommt das Gatter. Middleton hat aufgeholt und springt gemeinsam mit ihr hinüber.

Fünfzehn Minuten lang galoppieren der Captain und die Kaiserin so dahin, nehmen die Hindernisse, wie sie kommen. Der Wind rauscht in ihren Ohren und treibt ihnen Tränen in die Augen. Drei Gatter, die eng hintereinanderstehen und schwer zu taxieren sind. Middleton fliegt hinüber, und die Kaiserin folgt ihm dicht, hält gerade soviel Abstand, dass sie ihn nicht bedrängt. Ihm ist jetzt klar, dass sie eine erstklassige Reiterin ist. Mehr als das. Noch nie ist Middleton einer Frau begegnet, die ihr Pferd so vollkommen beherrscht. Außer ihnen haben nur noch vier Reiter der Meute bis hierhin folgen können. Spencer ist natürlich dabei. Sein roter Bart weht ihm links über die Schulter. Er holt auf und galoppiert an Middletons Seite. Ein tiefer und weiter Graben klafft im Boden. Jetzt zieht auch Elisabeth vor und gleichzeitig springen alle drei hinüber. Allerdings hat die Kaiserin die Peitsche einsetzen müssen. Ihr Pferd scheint erschöpft zu sein.

Schon kommt der nächste Graben. Wieder saust die Peitsche durch die Luft. Das Pferd der Kaiserin springt trotzdem zu kurz. Mit ungeheurer Wucht schlägt es hinter dem Graben auf und rutscht noch einige Meter weiter. Seine Vorderbeine ziehen Furchen durch die Grasnarbe.

In der nächsten Sekunde ist Middleton neben der Kaiserin und hebt sie aus dem Sattel. Niemand hat gesehen, wie er sein Pferd anhielt. Niemand hat gesehen, wie er aus dem Sattel sprang. Er ist einfach da. Sachte stellt er die Kaiserin vor sich auf den Boden. Ihr Pferd rappelt sich auf. Zitternd und mit weit auseinandergestemmten Beinen bleibt es stehen. Der Sattel ist verrutscht und das obere Horn gebrochen. Der Fächer liegt zerfetzt im Gras. Das Pferd senkt den Kopf. Sein Atem faucht durch die weit aufgerissenen Nüstern.

»Bay«, schreit Spencer, kreidebleich unter seinem glutroten Bart und springt ebenfalls vom Pferd. »Bay, ist alles in Ordnung?«

»Ja«, ruft Middleton. Dann erst sieht er der Kaiserin ins Gesicht. Sein Arm liegt immer noch um ihre Taille. Winzig ist sie, diese Taille. Elisabeth hat ihren Zylinder verloren, scheint aber nicht verletzt. Sie keucht damenhaft, strahlt vor Begeisterung und denkt nicht daran, ob man ihre Zähne sehen kann.

»Bay? Ist das Ihr Name – Bay?«

Er entfernt seine Hand von ihrer Taille.

»Meine Freunde nennen mich so, Eure Majestät.«

»Ich danke Ihnen, Bay.«

Mit einer dunklen, sehnsüchtigen Weichheit sieht sie ihn an und legt ihre Hand auf seinen Arm.

»Schnell, heben Sie mich in den Sattel! Wir können die Hunde noch einholen.«

* * *

3   Der Kaiser am Morgen

Der Kaiser beginnt seinen Tag in Finsternis. Er liegt in einem eisernen Bett, schaut in das undurchdringliche Dunkel und hört, wie es nebenan plätschert, hört, wie der Leibkammerdiener sich ankleidet, hustet, schneuzt. Ein Fenster klappt. Dann öffnet sich die Tür zum Dienstzimmer und der Leibkammerdiener steckt ein Licht in die Finsternis und tritt herein. Es ist exakt 3:30 Uhr.

»Leg' mich zu Füßen Eurer Majestät, guten Morgen.«

»Guten Morgen. Na, Pachmaier, was haben wir denn heute für ein Wetter?«

»Kühl, Eure Majestät, recht kühl, und die Luft ist feucht.«

Der Kaiser schiebt die Decke zur Seite, schwingt die schlanken bloßen Beine über die Bettkante und steht ohne Zögern und Bedauern auf.

Um zu seinem Leibstuhl zu gelangen, muss Franz Joseph durch drei Zimmer gehen. Im zweiten kniet ein Diener auf dem Fußboden, schichtet Holzscheite und tut, als sähe er nicht, wie der Kaiser im Nachthemd an ihm vorbeischlappt. Das ist seine Order: den Kaiser auf seinem Weg zum Leibstuhl nicht bemerken! Ein Badezimmer gibt es nicht. Die Sisi will unbedingt eins haben. Ein eigenes Badezimmer! Wozu? Ist man ein Amphib? Die Sisi hat immer die seltsamsten Ideen.

Zurück in seinem Schlafzimmer, kniet sich Franz Joseph zur Morgenandacht. Er spricht mit dem Herrn, der ihn zum Herrscher über dieses große Reich eingesetzt hat, das nun ständig kleiner wird. Er bittet ihn um die Kraft und die Weisheit, das Reich nach dem himmlischen Willen regieren zu können. Er wirft einen Blick auf das Bild von Piloty, das seine Gattin als fünfzehnjährige Verlobte auf einem Pferd vor Schloss Possenhofen zeigt. Dann wird der Badewaschl hereingelassen. Es handelt sich um Seiner Majestät Ersten Bademeister, aber so nennt ihn niemand.

»Leg' mich zu Füßen Eurer Majestät und wünsch' einen guten Morgen.«

Schon am Abend zuvor ist der Badeteppich im Schlafzimmer ausgebreitet worden und nun kommt die Gummiwanne darauf. Dem Badewaschl fehlt die Disziplin des Kaisers. Für den Kaiser ist das Frühaufstehen militärische Selbstzucht und Ausdruck seiner Überlegenheit. Niemand – abgesehen von seinen nächsten Dienern – steht zu so früher Stunde auf wie er. Und das Tag um Tag, seit Jahren und Jahrzehnten. Die Regelmäßigkeit der Lebensweise ist – da er sich aus freiem Willen dafür entschieden hat – ebenso ein Zeichen seiner Überlegenheit. Der Badewaschl kann das nicht – dieses frühe Aufstehen. Deswegen bleibt er die ganze Nacht wach. Die Stunden nach Mitternacht sind am schlimmsten. Man ist ganz allein auf der Welt und darf nicht schlafen. Also geht er in eine Branntweinstube, da sind noch andere allein und mit ihnen kann man trinken. Wenn er das Schlafzimmer Seiner Majestät betritt, sind seine Haare derangiert, die Augen rot unterlaufen, und er riecht nach Schnaps.

Der Kammerdiener zieht dem Kaiser das Nachthemd über den Kopf. Der nackte Kaiser stellt sich in die Gummiwanne. Der Badewaschl strafft sich, taucht sein Schwämmchen in die Waschschüssel, die auf einem hölzernen, aufklappbaren Möbel steht und reibt den Kaiser mit lauwarmem Wasser ab. Dann massiert er den Körper Seiner Majestät von Kopf bis Fuß. Er schwankt ein wenig vor Müdigkeit, fast hätte er sich an dem nackten Kaiser festhalten müssen. Das wäre was gewesen. Der Kaiser hat es wohl gemerkt, aber er sagt nichts dazu. Stets ist er nachsichtig mit seinen Bediensteten, wie schlecht sie auch arbeiten. Außerdem erfüllt es ihn mit Befriedigung, wenn jemand das frühe Aufstehen nicht so gut wegstecken kann wie er.

Der Badewaschl duscht ihn noch einmal mit kaltem Wasser und rubbelt ihn dann mit einem Handtuch ab. Dann schleift er rückwärtsgehend die Wanne hinaus. Nun kleidet der Leibkammerdiener den Kaiser in ein Hemd aus einfachem Kattun und die schlichte Uniformhose eines Infanterieleutnants. Unterhosen tragen Männer seiner Generation nicht.

Anschließend erscheint der Friseur, der mehr mit dem prächtigen Backenbart als mit der rosigen Kahlheit auf dem Schädel des Kaiser zu tun haben wird. Zu dieser Zeit beginnt die Hofburg zu erwachen. Klappernde Hufe und rasselnde Räder, hurtige Schritte und scheppernde Eimer.

Der Kaiser wirft sich seinen Bonjour-Rock über, ein hechtgraues Kleidungsstück mit roten Paspeln, das das zackige Aussehen eines Generalmantels mit der windelweichen Bequemlichkeit eines Morgenrocks verbindet, und geht in sein tiefrot tapeziertes Arbeitszimmer mit den dicken, dunklen Teppichen. Auf dem Schreibtisch wartet bereits ein Berg von unerledigten Akten, Briefen und von ausgeschnittenen und auf Karton geklebten Auszügen in- und ausländischer Zeitungen. Zuoberst der Polizeibericht. Dem Polizeiminister ist es endlich gelungen, die unverschämte Brut, die zur Demonstration gegen die Kaiserin aufgerufen hat, vollständig in Gewahrsam zu bekommen. Auch die letzten beiden Unruhestifter sind gefasst. Es ist nicht mehr nur der Hofstaat, der sich über Elisabeths Desinteresse an jeder Art von gesellschaftlicher Teilhabe empört. Auch die einfachen Leute nehmen es ihr inzwischen übel, dass sie sich lieber mit Pferden amüsiert, als sich bei Grundsteinlegungen und Denkmalenthüllungen beklatschen zu lassen. Dabei würden sie sie so gern lieben, ihre schöne Kaiserin. Wie sie gejubelt haben, als sie das erste Mal in Wien einzog. Eine Kaiserin gehört dem Volk. Und wenn man das Volk zurückstößt, benimmt es sich wie ein beleidigter Liebhaber. Die Reise nach England hat das Fass zum Überlaufen gebracht. Am Bahnhof wollte man sich zusammenrotten, die Kaiserin abpassen und beschimpfen, während sie den Hofzug bestieg. Die Flugblätter waren bereits gedruckt. Zum Glück hat der Geheimdienst rechtzeitig einen Hinweis bekommen und schon im Vorfeld großzügig Verhaftungen vornehmen lassen. Sonst ehrbare Kleinbürger sind darin verwickelt, ein Bäcker sogar und der Besitzer eines Tabakgeschäfts.

Franz Joseph seufzt und blickt auf das Bild, das gegenüber seinem Schreibtisch an der Wand hängt. Es ist sein Lieblingsbild von Sisi. Sie trägt darauf nur ein weißes Hemd und ihre langen Haare sind aufgelöst und vor der Brust verschlungen. Ein sehr privates, fast frivoles Bild.

Elisabeth ist die einzige Unvernunft, der einzige Rausch in seinem strengen und nüchternen Leben. Selbst seine Geliebten sind zahmer und langweiliger als sein angetrautes Weib. Er hat Elisabeth nichts von der Verschwörung berichtet. Es hätte sie nur aufgeregt. Staatspolitisch steht ihrem Englandaufenthalt schließlich nichts entgegen. Es ist immer noch besser, als wenn sie wieder nach Frankreich gereist wäre, diesem Anarchistennest, wo sie den schrecklichen Reitunfall gehabt hat, und er dann nicht einmal an ihr Krankenbett fahren durfte. Man ließ ihn nicht. Der Aufenthalt eines Kaisers hat immer auch eine diplomatische Bedeutung. In Berlin wären sie außer sich gewesen, wenn sie davon erfahren hätten. Gegen die Englandreise ist ja hingegen nichts einzuwenden. Franz Joseph hat nur zwei Bedingungen gestellt. Erstens: Langyi, ihr Arzt, soll sich immer in ihrer Nähe aufhalten. Ihm muss ein Wagen zur Verfügung stehen, in dem er jedesmal, wenn die Kaiserin auf die Jagd geht, die ganze Zeit herumzufahren hat, um im Falle eines Sturzes so schnell wie möglich an ihrer Seite zu sein. Zweitens begleitet Gestütsmeister Bayzand die Kaiserin bei jeder Jagd, damit er ihr sofort beistehen kann.

Der Kaiser überlegt, ob nicht eine Sonderzuwendung angebracht wäre für jene Agenten, die die Unruhestifter aus dem

Verkehr gezogen haben. Aber das würde auch die Erinnerung an die heikle Angelegenheit in ihnen auffrischen. Es ist besser, nicht daran zu rühren.

Er schiebt den Polizeibericht auf die rechte Schreibtischseite, neben sein einfaches, fast primitives Tintenfass und wendet sich dem ersten schriftlichen Gesuch zu. Vier Wiener Wagenbauer beschweren sich, dass die Hofburg zwei neue Kutschen in Paris bestellt hat, statt auf Wiener Qualität zu vertrauen. Nach rechts damit. Das nächste Gesuch ist von Anna Heuduck. Ihr Name, der in krakeliger Schrift auf dem Kopf des Briefbogens steht, löst in ihm eine Mischung aus Rührung und Unwillen aus. Das kleine Annerl. Er muss sofort daran denken, wie sie sich das letzte Mal im Park geziert hat, als er ihr das Kleid aufhakte. Wie rot sie geworden ist. Und um die Bank herum der Nebel so dicht, dass es von den Zweigen tropfte. Anna erfüllt sein handfesteres Begehren, die überschaubaren Sehnsüchte eines vielbeschäftigten, phantasielosen Mannes. Aber es ist nicht gut, dass sie ihm schreibt. Was will sie? Immer wollen alle etwas von ihm. Meistens Geld. Der Brief ist wirr und stellte keine klaren Forderungen. Sie schreibt, sie will sich scheiden lassen. Großer Gott, ist sie denn nicht katholisch? Er weiß es nicht. Vielleicht ist sie gar nicht katholisch, dann wäre eine Scheidung sogar zu befürworten. Ihr Mann ist ein Trinker, der sein Geld verspielt. Wenn sie geschieden ist, kann man ihr eine Wohnung besorgen und sie müssen sich nicht mehr im Park treffen. Andererseits: Mit fünfzehn Jahren bereits an Scheidung denken – Geduld scheint nicht gerade ihre Stärke zu sein. Sie schreibt, dass ihr Affe gestorben ist. Das Annerl hat ein Haus voller Tiere – Hunde, einen Papagei, Fische und eben diesen Affen. Fast wie bei Sisi. Vielleicht sollte er ihr einfach den Makaken schicken, den Elisabeth für Valerie angeschafft hat. Das Biest ist sowieso nicht mehr tragbar. Es hat sich auf unschicklichste Weise vor den Hofdamen produziert. Wenn man noch länger wartet, wird der Affe womöglich die kleine Valerie schockieren. Erleichtert über diese gute Idee, schreibt Franz Joseph eine Notiz auf ein Blatt Papier, steckt Annas Brief mit der Adresse dazu und schiebt beides mit den Fingerspitzen an den Tischrand.

Um fünf serviert der Kammerdiener das Frühstück, das aus Kaffee, Butter und Milchwecken besteht. Der Schinken fehlt, da man sich in der Fastenzeit befindet. Danach klingelt der Kaiser nach seinem diensthabenden Flügeladjutanten. Adjutant Gemmingen sitzt zusammengesackt in einem Dienstzimmer vor den Kaiserlichen Appartements, die Hände vor sich auf dem Schreibtisch, die Stirn auf die Hände gelegt und die Augen geschlossen. Er sitzt hier bereits seit halb drei und befindet sich in einem watteartigen Dämmerzustand, der sich von echtem Schlaf nur wenig unterscheidet. Vor ihm auf dem Schreibtisch liegt eine Aktentasche. Jetzt schreckt der Flügeladjutant hoch, streicht mit beiden Händen seine Haare nach hinten, reißt die Aktentasche an sich und bringt seinem Kaiser die gestern Abend noch eingetroffenen Schreiben des Kriegsministeriums. Im Gegenzug nimmt er die bereits erledigten Papiere fürs Ministerium mit.

Kurz darauf erscheint Doktor Widerhofer beim Kaiser, behauptet, dass er sich Seiner Majestät zu Füßen lege, und wünscht einen guten Morgen. Er trägt bloß einen Gehrock, obwohl man den Kaiser in seinen Privatgemächern eigentlich nur im Frack besuchen darf, aber morgens sieht das der Kaiser nicht so eng. Der Kaiser ist überhaupt die Liebenswürdigkeit selber. Seine Anweisungen sind höfliche Bitten. Doch hinter jeder dieser Bitten steht die unerbittliche Macht höchster Befehlsgewalt. Man raucht gemeinsam Zigarre, billige Virginier, wie sie die Fiaker rauchen, spricht über das Wetter, die Verdauung des Kaisers – tadellos – und den neuesten Klatsch in Wien. Dann geht der Leibarzt, und Franz Joseph zieht den Staubwedel hinter dem großen Stehkalender auf seinem Schreibtisch hervor, wedelt die verlorene Zigarrenasche von seiner Arbeitsplatte und wendet sich wieder seinem Aktenstapel zu.

Dann kommt ein Telegramm. Es ist aus London, vom Botschafter. Beust ist desperat: Königin Victoria will Elisabeth nach Windsor Castle einladen, aber Botschafter Beust hat beträchtliche Schwierigkeiten, mit dem Obersthofmeister der Kaiserin einen Termin auszumachen. Nopcsa weigert sich, seine Kaiserin auch nur darüber zu informieren. Er hat offenbar den Befehl, jede Einladung – auch wenn sie von der englischen Königin kommt – ja, gerade, wenn sie von der englischen Königin kommt – abzulehnen und sie nicht damit zu behelligen. In den Augen von Queen Victoria gibt es nur eine Entschuldigung, nicht zu einem ihrer Dinner zu erscheinen: plötzlicher Tod. Franz Joseph sieht das ganz genauso. Gerade jetzt, da die Orientalische Frage beunruhigende Ausmaße angenommen hat, darf die Einigkeit mit England nicht strapaziert werden. Elisabeths Verhalten ist nicht tragbar. Er muss ein Machtwort sprechen und ihr den Besuch befehlen – auch wenn er sie damit gegen sich aufbringen wird.

* * *

4   Die Sklavin der Haare

Middleton brennt natürlich darauf, die Kaiserin wieder pilotieren zu dürfen. Doch leider, leider sind die kommenden Tage schon verplant. Am nächsten Morgen reitet Elisabeth mit den Graftons aus, und Oberst Pennant ist bereits als ihr Pilot eingesetzt. Am Tag darauf übernimmt ein Oberst Hunt diese Aufgabe.

Um die Trennung nicht zu lang werden zu lassen, veranstaltet Elisabeth eine intime Dinnerparty auf Easton Neston, dem alten englischen Herrensitz, den sie für die Saison gemietet hat, nur die Kavaliere, ihre Schwester und ihr Schwager samt Hofstaat und natürlich Lord und Lady Spencer. Und Middleton.

Die Herren erscheinen in einfachen, aber eleganten Gesellschaftsanzügen. Sogar Baron Orczy. Er hat sich von der Königin von Neapel beraten und einkleiden lassen. Kein Mensch würde in England zu einem solchen Anlass in Uniform erscheinen. Elisabeth selber trägt ein eng anliegendes Kleid aus elfenbeinfarbenem Samt. Ihr einziger Schmuck sind eine Perlenkette und Kamelien im Haar. Natürlich ist sie auch hier der Mittelpunkt der Gesellschaft, sie ist schließlich die Gastgeberin. Und eine Schönheit. Und eine überragende Reiterin. Die Gespräche drehen sich überwiegend um Pferde und die letzten Jagden. Und um Pferde. Vielleicht spielt es auch eine ganz kleine Rolle, dass sie die Kaiserin von Österreich ist, aber niemand käme hier auf die Idee, zu warten, bis sie ihn anspricht. Stattdessen erzählt Oberst Hunt sogleich in die Runde, wie die Kaiserin am Morgen vom Pferd gestürzt ist.

»Ich wollte Ihrer Majestät meinen Goldfuchs empfehlen, ihr kennt ihn alle, ihr wisst, wie zuverlässig er ist. Ich habe ihn

33

Ihrer Majestät für die Jagd zum Ausprobieren überlassen. Und was sage ich – der Goldene stürzt gleich beim ersten Sprung. Fällt über seine eigenen Beine wie der dümmste Ackergaul. Ihre Majestät wollte sofort wieder aufsitzen, aber das habe ich natürlich nicht zugelassen. Und was sagt da Ihre Majestät?«

Er sieht die Kaiserin auffordernd an, als wäre sie einer von seinen Kumpanen. Elisabeth lacht.

»Ich wollte den Goldfuchs trotzdem kaufen. Das Angebot gilt übrigens immer noch.«

»Oh nein, Ma'am«, ruft Oberst Hunt, »für ganz Österreich verkaufe ich Ihnen dieses dämliche Vieh nicht!«

So geht es den ganzen Abend. Captain Middleton soll erzählen, woher sein Spitzname »Bay« kommt, und behauptet, der Name käme von seinem Haar, das abends schimmern würde wie eine Bucht, eine Bay, bei Sonnenuntergang. »Uuuuuuuh«, machen die Kavaliere und Middleton lächelt versonnen in sich hinein. Spencer behauptet, Middletons Spitzname käme von einem besonders hässlichen Rennpferd, und erzählt, wie Bay einmal dem Cricket-As Sir Chandos Leigh die Frackschöße an den Boden genagelt hat.

»Der arme Kerl«, Spencer wischt sich die Lachtränen aus den Augenwinkeln, »er hatte sich hingekniet, um sich einen Orden um den Hals hängen zu lassen, die Sache war ihm wirklich wichtig, und da schleicht sich Bay von hinten an und nagelt ihm die Frackschöße an den Boden.«

Sie wetteifern darin, ihre Streiche und Schandtaten vor der Kaiserin auszubreiten, wilde und manchmal fast geniale Streiche, ein wenig grausam auch und hin und wieder gewalttätig. Elisabeth ist entzückt. Selbst die österreich-ungarischen Kavaliere lachen, zuerst ein wenig besorgt, aber es dauert nicht lange, dann benehmen auch sie sich wie die Engländer. Brandy- und Rotweinflaschen werden so schnell geleert, wie sie aufgetragen werden.

»Können Sie sich vorstellen, dass am Wiener Hof das Protokoll sogar vorschreibt, welche Menge Wein von jedem Gast auf den Banketten getrunken werden darf«, sagt Elisabeth zu Middleton.

Spencer will sich ausschütten vor Lachen.

»Es muss furchtbar sein, so zu leben«, erwidert Middleton leise, »der vorgeschriebene Wein ist sicher nicht das Schlimmste.«

Elisabeth zuckt mit den Schultern.

»Als Kaiserin bin ich in eine Ebene aufgestiegen, wo mir das normale Menschsein nicht mehr möglich ist. Jedenfalls in Österreich. Darum ist mir die Zeit hier in England auch so kostbar.«

Prinz Ruffano, der zum Gefolge des Königs von Neapel gehört, entfernt sich unauffällig vom Tisch und geht zu dem Sofa, auf dem Marie Festetics, die Hofdame der Kaiserin, ein wenig abseits sitzt.

»Darf ich?«

Sie nickt. Er setzt sich neben sie.

»Sagen Sie mir bitte, wenn ich ihnen zu nahe trete, aber ich konnte nicht umhin zu bemerken, wie traurig Sie aussehen. Möchten Sie nicht mit zu uns an den Tisch kommen?«

»Oh, es ist nichts.« Sie wendet den Kopf zur Seite.

»Ja, ja, das englische Klima ist schon so, dass man traurig werden kann«, sagt der Prinz und seufzt.

»Das denke ich mir – Sie als Neapolitaner müssen unter dieser nassen Kälte ja noch mehr leiden als unsereiner.«

Am Tisch der Kaiserin wird in diesem Moment brüllend gelacht.

Don Gerardo 5. Principe Ruffano ist recht hübsch. Er hat ganz dunkle Locken und eine sanfte, unaufdringliche Art. Beinahe beiläufig erzählt er, dass er vor zwei Jahren seine junge Frau verloren hat. Er ist selbst noch jung, jedenfalls jung genug. Bestimmt keine vierzig Jahre alt. Die Hofdame Festetics ist voller Mitgefühl. Beide schweigen. Am Tisch der Kaiserin wird abermals gelacht.

»Vielleicht haben Sie nun ein wenig Vertrauen zu mir und mögen mir sagen, was Sie so bedrückt«, bittet der Prinz.

»Ach, es ist wirklich nichts. Im Vergleich mit Ihrem Leid ist es so ganz und gar lächerlich, und ich schäme mich, dass Sie mir deswegen einen Kummer ansehen konnten.«

Ruffano fragt nicht weiter, und da erzählt sie es ihm doch: dass in Wien ein gräuliches Buch herausgekommen ist, ein Schlüsselroman über Baron Leopold Edelsheim-Gyulai. Über seine Laster und seine Frauengeschichten. Geschrieben hat es eine, die von ihm verführt und verlassen wurde. ›Fata Morgana‹ heißt dieses ganz unqualifizierbare Buch, und es ist erst vor wenigen Wochen erschienen. Dann aber sind in den Wiener Zeitungen lauter Schmähungen über die Verfasserin des Schandbuchs erschienen und dabei die Behauptung, dass es keine andere sein könnte, als die ungarische Hofdame Ihrer Majestät, die bekannte blonde kleine Gräfin M. F.

»Wie empörend«, sagt Prinz Ruffano.

Hofdame Festetics tupft sich mit einem Taschentuch am rechten Augenwinkel.

»Wirklich, man muss nach Wien kommen, damit einem so etwas zugemutet wird.«

»Ja, hat denn der Hof nichts dagegen unternommen?«

»Baron Braun – unser Kabinettchef – ließ in den Zeitungen energische Dementis erscheinen. Mit Nennung der wahren Verfasserin. Es ist Eleonora Bais, eine Hofdame der Herzogin Clementine. Die Bais ist ziemlich verrückt, das muss zu ihrer Entschuldigung gesagt werden. Doch so einen Schimpf wäscht ja nichts fort.«

»Oh, Sie Arme«, tröstet Prinz Ruffano. »Das ist wahrhaftig ein Grund, so geknickt zu sein. Ich kann aber gar nicht glauben, dass irgendjemand Ihnen so etwas zutraut.«

»Das ist nur, weil Sie den Wiener Hof nicht kennen. Es steckt eine Absicht dahinter. Jemand hat mit Absicht dieses Gerücht gestreut. Die Kaiserin hat viele Feinde. Und wer zu ihr hält, ist ebenfalls ein Ziel. Immer, wenn ich längere Zeit nicht am Hof gewesen bin, muss ich feststellen, dass wieder gegen mich gearbeitet worden ist.«

»Kommen Sie«, sagt Prinz Ruffano, reicht ihr die Hand und führt sie an den Tisch der Kaiserin, »hier sind Sie unter Freunden.«

Lord Spencer erzählt immer noch von Middletons Heldentaten:

»Sein Oberst hat nicht gerade geweint, als Bay seinen Dienst quittierte und mit mir ging. Bay hatte die anstrengende Gewohnheit, nach dem Lunch sein Jagdhorn zu blasen. Sie haben ihn sogar befördert, damit er endlich ginge und alle wieder ihren Mittagsschlaf halten konnten.«

Von nun an an folgt eine Jagd auf die andere. Und immer ist Middleton der Pilot der Kaiserin.

»Wird es nicht ein wenig viel, jeden Tag zu reiten, Eure Majestät?« bittet die Hofdame Festetics, »selbst die englischen Herren reiten höchstens viermal die Woche.«

»Ich bin nicht müde, Festi. Überhaupt nicht«, sagt die Kaiserin und trinkt im Stehen eine Kraftbrühe, während die Schneiderin ihr den Rock an das Oberteil ihres Reitkleides näht. Die Brühe wird täglich aus Rindfleisch, Huhn, Reh und Rebhuhn gekocht und so abgeseiht, dass sie keinen einzigen Fetzen Fleisch enthält. Nur die klare Brühe.

»Ich war noch nie so frisch und wach, und ich habe nicht vor, auch nur einen einzigen Tag zu verpassen.«

Festetics muss zugeben, dass ihre Herrin schon lange nicht mehr so blühend aussah. Die Aufregung der Jagd und die Rücksichtslosigkeit, mit der Middleton der Kaiserin das Äußerste abverlangt und sie immer wieder in gefährliche Situationen bringt, scheinen ihr bestens zu bekommen. Kopf- und Rückenschmerzen, über die sie sich in Wien ständig beklagt hat, sind wie weggeblasen. Kein Hang zur Schwermut mehr, kein stundenlanges lautloses Weinen, keine Wutanfälle, keine Ohrfeigen für die Friseurin Feifalik. Auch die Menschenscheu hat nachgelassen.

»Sie können das nicht nachvollziehen, Gräfin«, sagt die Kaiserin, »weil Sie ja nicht mitreiten. In voller Pace über englisches Gras zu galoppieren, diese phantastischen Hindernisse zu springen – das Gelände in Gödöllő können Sie damit überhaupt nicht vergleichen.«

Sie lässt sich den Becher mit der Brühe abnehmen und winkt mit dem Finger nach einem Glas Wein. Die Kammerfrau Meissl reicht es ihr und sie stürzt es hinunter wie Medizin. Das Glas wird ein zweites Mal gefüllt.

»Finden Sie nicht auch, dass die Engländer den Ungarn in vielem ähnlich sind? So gute Reiter! Die Eleganz und die Ungezwungenheit. Ehrlich gesagt, graut mir schon vor dem Sonntag, wenn keine Jagden stattfinden dürfen.«

Das Telegramm aus Wien fällt wie ein Ziegelstein in Elisabeths gute Laune. Franz Joseph verlangt, dass sie die Einladung der englischen Königin sofort annimmt und der Besuch innerhalb von fünf Tagen zustande kommt. Elisabeth schickt nach ihrer Schwester Marie. Es ist morgens um sechs, aber die Ex-Königin von Neapel, deren Jagdsitz ganz in der Nähe liegt, schwingt sich sogleich auf ihr schnellstes Pferd und galoppiert los. Eine graue Dogge begleitet sie. In Towcester erregt sie ziemliches Aufsehen, da man sie für die Kaiserin hält, die eine ganz ähnliche Dogge mit nach England gebracht hat. Kurz darauf biegen Pferd, Hund und Ex-Königin in den Park von Easton Neston ein und noch etwas später rauscht Marie von Neapel mit gerafftem

Reitkleid eines der bemerkenswertesten Treppenhäuser Englands hinauf. Sie selber hat Easton Neston als Jagdresidenz für Elisabeth empfohlen. Etwas so Exquisites hätte Sekretär Linger niemals ohne sie gefunden. Ein Miniaturpalast mit zurückhaltend eleganter Fassade, innen aber vollgestopft mit wertvollen Gemälden, Möbeln und Wandteppichen aus den letzten beiden Jahrhunderten. Der Park ist riesig und die Stallungen besonders schön – Pferde sind Sisi ja immer das Wichtigste. Und dann befindet man sich hier im Einzugsbereich von vier namhaften Meuten: Pytchley, Bicester, Grafton und Cottesmere.

Marie findet ihre Schwester wie erwartet im Ankleidezimmer. Zusammen mit der Königin trampelt auch die Dogge herein. Die Kaiserin sitzt an einem Tisch, der in die Mitte des Raumes gerückt und mit einem weißen Tuch bedeckt ist, und trägt einen ebenfalls weißen Frisiermantel. Darüber wallen an beiden Seiten ihre unglaublich langen und dichten Haare herab. Wenn man sie offen sieht, schimmern sie rotblond. Eigentlich schade, dass Elisabeth sich ihre Haare dunkel pomadieren lässt. Sie reichen bis auf den Boden und bilden rund um den Stuhl eine Art Pfütze. Neben der Haarpfütze liegt Elisabeths graue Dogge Morphy, ein Abziehbild von Maries Hund, sogar die beiden Halsbänder sind mit dem gleichen Muster bestickt. Erfreut fallen die Doggen übereinander her und verschwinden im bemerkenswerten Treppenhaus.

Hinter dem Sessel der Kaiserin steht die Coiffeuse in hellblauem Hofkleid, ein weißes Spitzenschürzchen umgebunden, und zelebriert das Ritual des täglichen Frisierens. Die Feifalik ist eine hübsche, aber etwas gewöhnlich aussehende Person. Mit wichtigtuerischem Gesicht und theatralischen Bewegungen tastet sie über die Haare, hebt dicke Strähnen wie eine Hexenmeisterin in die Höhe und wickelt sie sich um die Arme. Sie trägt dabei weiße Glacéhandschuhe, weil Elisabeth von der französischen Kaiserin Eugenie erfahren hat, dass deren Hoffriseur Leroi auch immer solche Handschuhe zu tragen pflegt.

»Du bist die Sklavin deiner Haare«, sagt Marie und küsst Elisabeth auf die Wange, »warum schneidest du nicht einfach mal einen Meter ab? Du kannst sie doch sowieso nur hochgesteckt tragen. Es würde niemandem auffallen.«

Elisabeth sieht ihre Schwester befremdet an. Ihre Haare sind die dritte große Leidenschaft im Leben der Kaiserin: Pferde, ihre jüngste Tochter Valerie und die enorm langen Haare. Mit Märtyrermiene zeigt Elisabeth auf den Tisch, auf dem das Telegramm liegt. Marie lässt es sich von einer Kammerzofe reichen, fällt in einen Rokokosessel und liest. Als sie wieder hochschaut, lächelt sie breit. Das Schicksal arbeitet ihr zu.

»Ich weiß nicht, was Victoria will«, bricht es aus Elisabeth heraus, »in London wollte ich ihr ja bereits meinen Besuch machen. Damit ich es hinter mir habe und sie mich nicht mehr bei der Jagd stören kann. Und da hieß es, sie kann mich nicht empfangen, sie ist zu beschäftigt. Das hat sie doch absichtlich gemacht. Um mich zu quälen. Um mir alles zu verderben. Wenn ich so ungezogen wäre! Und jetzt will Franz mich zwingen.«

Die Feifalik setzt einen Ausdruck äußerster Konzentration auf, nimmt einen Kamm aus goldgelbem Bernstein und teilt einen Haarstrang in mehrere Strähnen. Jede dieser Strähnen trennt sie in unzählige Fäden, zieht sie mit Kamm und Fingern behutsam auseinander und legt sie über die kaiserlichen Schultern, wo sie im Morgenlicht golden glänzen.

»Ach Sisi«, sagt ihre Schwester, »die Ablehnung in London ist doch bloß die Rache für letztes Jahr gewesen, für deine beiden Refüs auf ihre Dinnereinladungen. Aber jetzt will Victoria sich mit dir versöhnen. Sie hat nicht die entfernteste Ahnung, was eine Reitjagd für dich bedeutet. Du musst hinfahren, sonst gibt es riesigen Ärger, und die Botschafter beschäftigen sich mit gar nichts anderem mehr.«

»Ich weiß«, schreit Elisabeth mit Tränen in den Augen, reißt der Feifalik den Kamm aus der Hand und schleudert ihn auf den Boden. Die Feifalik erstarrt. Es sind Haare im Kamm hängen geblieben.

»Besuche Victoria doch einfach am Sonntag«, sagt Marie, »da darf man hier doch sowieso nicht jagen.«

Besänftigung legt sich wie ein kühles Tuch über Elisabeth. Ihre Schwester ist so klug. Marie ist überhaupt die Einzige, die sie richtig versteht.

»Aber der Samstag. Den Samstag verliere ich trotzdem. Da wollte ich in Thorpe Mandeville jagen. Danach schaffe ich es nicht mehr bis London. Oder ich fahre hier erst am Sonntagmorgen los und komme so spät in Windsor an, dass ich womöglich übernachten muss und die Jagd am Montag verpasse … Was ist denn Festi? Haben Sie irgendetwas?«

Die Hofdame Festetics wetzt auf ihrem Sessel. Sie darf sich ja nur dann äußern, wenn die Kaiserin sie direkt anspricht.

»Verzeiht Eure Majestät, aber soviel ich gehört habe, schätzen Queen Victoria und ihr Hof überhaupt keine Sonntagsbesuche.«

»Das ist mir egal. Warum sollte ich darauf Rücksicht nehmen? Nimmt sie Rücksicht? Es ist schlimm genug, dass ich die Jagd verpasse, nur um mit dieser dicken Frau und ihren Hofmumien Scones zu essen.«

Die Feifalik hebt den Kamm auf, reinigt mit einem Tuch, wo es nichts zu reinigen gibt, und nähert sich mit äußerster Vorsicht wieder dem heiligen Haar. Marie von Neapel lacht vergnügt. Festetics denkt, dass es ein falsches Lachen ist. Spitze Nase, spitzes Kinn, da sitzt der Teufel drin, denkt Festetics. Sie kann die Königin von Neapel nicht leiden, fürchtet ihre Ideen und die Wünsche, die diese in ihrer kaiserlichen Schwester weckt. Wünsche, die für eine Kaiserin nicht passen und sie in Unruhe versetzen. Und ständig soll Ihre Majestät irgendetwas für ihre Geschwister tun. Gleich kommt es, gleich spricht die Schwester aus, worum es ihr eigentlich geht. Die Königin von Neapel rückt mit ihrem Sessel dichter an die Kaiserin heran.

»Aber wer sagt denn, dass du auf die Jagd verzichten musst? Wir bitten den Veranstalter einfach, den Meet vorzuverlegen. Du nimmst dein ganzes Gepäck mit und kannst hinterher direkt die Great Western nach London nehmen. Am Sonntag isst du in Windsor zu Mittag und am Abend fahren wir weiter nach Leighton House zu Ferdinand Rothschild.«

Festetics lehnt sich zurück. Also darum geht es. Die englischen Rothschilds lechzen nach gesellschaftlicher Anerkennung. Geld haben sie genug, allein sie gelten noch nicht wirklich als fashionable. Deswegen sammeln sie Könige und Königinnen. Marie von Neapel ist zwar nur eine Ex-Königin, aber Ferdinand Rothschild hat trotzdem den Jagdsitz, ›Park View‹, an der Südseite von Towcester für sie erworben. Eine Hunting Box mit zwölf Pferden und den dazugehörigen Dienern, Stallknechten und Bereitern hätte sich die Schwester der Kaiserin allein nie leisten können. Auch jetzt noch verschlingt dieser Lebensstandard viel Geld, weswegen sie Ferdinand Rothschild bei Laune halten muss. Vermutlich hat sie ihm in Aussicht gestellt, einen Besuch der Kaiserin von Österreich zu arrangieren. Das würde den Rothschilds sehr nützen. Wenn die Kaiserin von Österreich sich nicht zu fein dafür ist, mit den Rothschilds zu verkehren, werden die Einladungen nur so hereinprasseln.

»Zu den Rothschilds?«, sagt Elisabeth. »Willst du mir jetzt auch noch mit deinen Rothschilds kommen? Als wenn ich nicht genug geplagt wäre. Ich bin zum Jagen hier, will das denn niemand begreifen?«

Haarkünstlerin Feifalik fasst die Haargespinste wieder zu Strähnen zusammen und flicht daraus kunstvolle Zöpfe.

»Aber du sollst doch jagen«, erwidert Marie. »Wir übernachten in Leighton House, Ferdinand wird begeistert sein, dich zu beherbergen. Und am nächsten Tag kannst du jagen. Mit Mr. Selby-Lowndes' Meute! Na, was sagst du jetzt?«

»Mr. Selbys Meute? Ja, das ginge natürlich. Aber ich werde nicht bei Rothschild übernachten. Ich übernachte im *Claridge's*. Wir verzichten in Windsor Castle aufs Mittagessen, dann kommen wir an einem Tag bis Leighton House und abends noch nach London.«

»Aber warum willst du denn nicht bei Rothschild übernachten?«, ruft Marie. »Ferdinand ist ein so reizender Mensch! Und er möchte dir auch Mentmore zeigen. Das Gestüt!«

So geht es noch eine Weile hin und her, während Feifalik, die Meisterin der Haare, die Zöpfe ihrer Herrin zu zwei schweren Schlangen schlingt, sie mit Seidenfäden durchzieht und zu einer raffinierten Krone windet. Eine der Kammerzofen muss die Krone stützen, wozu sie ebenfalls weiße Handschuhe trägt, während die Feifalik einen silberbeschlagenen Kamm aus durchsichtigem Schildkrott aus ihrer Schürze zieht. Es ist ein Wunderkamm, der Haarausfall verhindert. Mit ihm baut sie aus den Haaren, die sie am Hinterkopf lose hängen gelassen hat, ein Nest, ein Haarpolster, so dicht und fest, dass es die schwere Zopfkrone tragen kann.

Elisabeth lässt ihre Schwester noch etwas zappeln, tut so, als überlege sie, ob sie wirklich zu den Rothschilds fahren will. Dabei ist sie längst dazu bereit. Familie ist nun einmal das Wichtigste. Elisabeth würde alles für ihre Brüder und Schwestern tun. Außerdem muntert sie die Möglichkeit auf, die lästigen Besuche bei Königin Victoria und Baron Rothschild in einem Rutsch hinter sich zu bringen.

»Also gut«, sagt sie schließlich, und Marie strahlt und küsst sie wieder auf die Wange.

»Du wirst es nicht bereuen. Ferdinand ist so nett.«

Die Feifalik hat ihr Kunstwerk beinahe vollendet. Sie geht um die Kaiserin herum, tritt zurück, dann wieder einen Schritt näher und zieht mit der Kammspitze einige kurze Fransen und Schlaufen vorn aus dem Kranz. Wie ein feiner Schleier verhüllen sie nun die Stirn, und über den Ohren kräuseln sie sich. Fertig. Die Feifalik tritt mit einem triumphierenden Blick zurück, um gleich darauf mit einer silbernen Schüssel wieder vor ihre Herrin zu treten. Die Kaiserin schaut hinein. Acht Haare, jedes davon über anderthalb Meter lang, winden sich auf dem Schüsselgrund. Es sind die Haare, die an diesem Tag im Kamm hängen geblieben sind. Elisabeth sieht ihre Dienerin vorwurfsvoll an. Die Feifalik senkt die Lider. Was die Kaiserin allerdings nicht weiß, ist, dass die Feifalik unter ihrer Schürze einen breiten Stoffstreifen festgenäht hat, den sie vor jedem Haarritual mit einem Leim bestreicht. Dort kleben noch mindestens zwanzig weitere ausgefallene und in einem unbemerkten Moment zusammengeknüllte Haare. Reiner Selbstschutz der Feifalik. Wenn die Kaiserin zu viele ihrer heiligen Haare in der Schüssel findet, setzt es Ohrfeigen. Elisabeth ist es von Kindheit an gewöhnt, mit dem Hauspersonal rüde umzugehen. Die Feifalik setzt die Schüssel auf dem Tisch ab und nimmt den weißen Spitzenumhang von den Schultern der Kaiserin. Elisabeth neigt gnädig den Kopf und die Feifalik macht einen tiefen Kniefall und flüstert: »Ich lege mich zu Füßen Eurer Majestät.«

* * *

5   *Ein Eisenbahnabenteuer*

Alles geht nach dem Plan Unserer Schwester. Am Sonnabend den 11. März 1876 jagt Elisabeth morgens in Thorpe Mandeville und nimmt anschließend die Great Western Railway nach London, wo sie wieder im *Claridge's* wohnt. Ein Teil ihrer Getreuen ist nach der Jagd direkt zu Ferdinand Rothschild gereist. Mit den übrigen begibt sich Elisabeth am Sonntagmorgen nach Paddington Station, wo ein Spezialzug nach Windsor wartet, an den der Salonwagen der Kaiserin angehängt worden ist. Am Bahnhof werden sie von Mr. Tyrrell, dem Superintendenten der Zuglinie, und Alfred Higgins, dem Divisional Superintendant, empfangen.

»Wir werden mit Ihnen reisen und persönlich dafür sorgen, dass alles zu Ihrer Zufriedenheit verläuft, Eure Majestät.«

Während Mr. Tyrrell das sagt, fallen einzelne Schneeflocken vom Himmel. Die Kaiserin möchte in ihrem Salonwagen allein sein. Hofdame Festetics fragt den Obersthofmeister, wo sie nun Platz nehmen soll.

»Schauen Sie, wo Sie Platz finden«, raunzt Nopcsa. Er hat die Festetics nicht besonders gern. Sie ist so furchtbar korrekt und reserviert. Niemals würde sie mit jemandem flirten. Also kann die Langweilerin sich ihren Sitz auch ruhig allein suchen. Festetics steigt mit den beiden Larischen, Rudi Liechtenstein, Auersperg und Nopcsa in die erste Klasse. Johann Larisch bittet sie, sich zu ihm und Rudi Liechtenstein zu setzen. Er raunt ihr zu, dass er dafür gesorgt habe, dass auch sie der Königin von England vorgestellt wird. Festetics ist ganz aufgeregt. Gerade mal eine Woche in England und schon in den allerhöchsten Kreisen! Larischek ist doch ein Guter!

»Aber das gehört sich doch auch so: die zukünftige Princesa Ruffano«, neckt Liechtenstein. Festetics nimmt ihm das nicht übel. Rudi Liechtenstein steht treu auf der Seite der Kaiserin – und damit auch auf ihrer. Er ist der diskreteste Mensch, der sich denken lässt.

Sie sieht aus dem Fenster. Der Schnee fällt immer dichter. Noch bevor sie Windsor erreichen, hat sich daraus ein veritabler Schneesturm entwickelt – so schlimm, dass am Bahnhof weder ein Empfangskommittee noch die üblichen Schaulustigen versammelt sind. Nur zwei Kutschen stehen vor der Station und einige berittene Begleiter mit Schnee auf den Epauletten.

Der Gottesdienst auf Schloss Windsor ist für zwölf Uhr mittags angesetzt. Königin Victoria hat den Bischof von Peterborough angewiesen, auf gar keinen Fall eine lange Predigt zu halten. Wahrscheinlich wird die Kaiserin von Österreich erst gegen zwei eintreffen, aber so richtig schlau hat man aus den verschiedenen und einander widersprechenden Nachrichten, die aus Easton Neston kamen, nicht werden können. In der ersten ließ Elisabeth mitteilen, dass sie am Sonntag eintreffe, allerdings nicht über Nacht bleiben würde. Das zweite Telegramm hatte den Inhalt, dass die Kaiserin von Österreich auch nicht zum Essen bleiben kann, das dritte, dass die Kaiserin von Österreich-Ungarn mit etwas Glück wahrscheinlich doch zum Essen bleiben wird und deswegen etwas früher kommt, und das vierte, dass es doch eher unwahrscheinlich ist, dass die Kaiserin von Österreich mit Queen Victoria ein Luncheon einnehmen kann. Man muss auf alles vorbereitet sein. Elisabeth von Österreich ist zuzutrauen, dass sie schon um eins kommt.

Gegen zwölf steigt der Bischof also auf die Kanzel. Er hat noch keine drei Sätze gesprochen, da öffnet sich knarrend eine Nebentür, ein Page schlüpft herein und flüstert Victoria zu, dass die Kaiserin gleich vorfährt. Das ist jetzt einigermaßen verwirrend.

Es hilft nichts. Queen Victoria steht auf, und mit ihr die Hofdamen, der engste Kreis. Ein Scharren und Schlurfen und Rascheln. Der Bischof von Peterborough ist indigniert: Das Oberhaupt der Anglikanischen Kirche verlässt vorzeitig den Gottesdienst. Als die Queen ins Freie tritt, wirbeln Schneeflocken um ihr schwarzes Atlaskleid. Ein richtiger Schneesturm ist das, und ihre kleine Mantille und das weiße Tüllhäubchen bieten nicht den Schutz, den sie bräuchte. Die Kutsche rollt ein. Auch ihr Gast ist schwarz gekleidet, aber welch ein Unterschied: Elisabeths Silhouette ähnelt einem kalligraphischen Strich in der Landschaft, während Victoria in all ihrem Fleisch und dem weiten Rock, der ihre Gummizugschuhe vollständig bedeckt, wie ein Tintenfass mit Rädern unten dran über den Schnee gleitet. Die Majestäten bleiben voreinander stehen, begrüßen sich und mustern einander. Das jeweilige Gefolge in angemessenem Abstand desgleichen.

»Wie schön, Eure Majestät, dass Sie es doch noch möglich machen konnten«, sagt Victoria säuerlich.

»Ich bedaure, ich bedaure es außerordentlich, Eure Majestät, aber bei diesem Wetter werde ich auf keinen Fall zum Luncheon bleiben können«, ist das Erste, was Elisabeth sagt.

Die Königin von England kann es nicht fassen. Sie muss sich verhört haben. Es ist schlichtweg nicht möglich, dass die Kaiserin von Österreich sie so brüskieren will. So schlecht ist die Welt noch nicht. Warum spricht sie auch so leise, und warum kriegt sie die Zähne nicht auseinander?

Victoria führt ihre Gäste in einen Raum, in dem die Muster der Vorhänge und Wandbespannungen mit den Mustern der Teppiche und Möbelbezüge um die Vorherrschaft kämpfen. Es folgt eine schier endlose Folge von Vorstellungen, von Damen mit gebeugten Knien und Herren mit gebeugten Köpfen, Ehrfurchtsbekundungen und Unterwerfungen, Namen und Titeln. Die Majestäten strecken gnädig ihre Hände den gespitzten

Lippen entgegen. Dann ein wenig Small Talk. Ob der Prince of Wales schon wieder aus Indien zurückgekehrt sei – Nein, denn er habe vor, acht Monate zu bleiben. Ob es denn Nachrichten vom lieben Bertie gebe – Oh, ja. Gute? Gute! Elisabeth erzählt, seit ihrer Ankunft jeden Tag gejagt zu haben, und wie zuvorkommend sie überall empfangen wurde. Victoria findet das Betragen einer Kaiserin, England ausschließlich wegen des sportlichen Vergnügens aufzusuchen, ausgesprochen unpassend, was sie natürlich nicht ausspricht. Stattdessen fragt sie, ob sich die Königin von Neapel etwa zum gleichen Zweck in Northhamptonshire aufhalte – Ja, so ist es. Die Reiterei sei in ihrer Familie schon immer leidenschaftlich betrieben worden, erzählt die Kaiserin, in jeglicher Form, selbst die Zirkusreiterei.

Zirkus? Victoria reckt das Kinn vor und erwähnt, dass sie ihren weiblichen Untertanen das Dressieren von Raubtieren verboten hat, seit eine britische Löwenbändigerin dabei zu Tode kam.

»Das arme Ding war erst siebzehn und nannte sich auch noch ›Die Königin der Löwen‹. Es war dann allerdings auch ein Tiger, der ihr die Kehle aufgerissen hat.«

Nun fordert die Königin von England die Kaiserin von Österreich noch einmal auf, zum Essen zu bleiben. Elisabeth wird langsam ungeduldig. Essen, essen, immer nur essen. Victoria ist ja geradezu besessen davon. Kein Wunder, dass sie so dick ist. Trotz aller victorianischen Bemühungen und trotz der hungrigen Blicke von Festetics, Nopcsa und den Larischs lehnt die Kaiserin ab.

»Der Zug fährt pünktlich um zwei Uhr, das ist alles bereits geregelt.«

Und schon ist sie wieder fort. Der Besuch hat ziemlich genau eine dreiviertel Stunde betragen.

»Gott Festi, nun schauen Sie doch nicht so sauertöpfisch«, sagt die Kaiserin, als sie sich auf dem Bahnsteig den Schnee von den Füßen trampeln. Der Sturm hat noch einmal zugelegt, die weißen Flocken kreiseln dicht an dicht und bleiben in den Bärten der Kavaliere hängen.

»Verzeihung, Eure Majestät«, sagt Marie Festetics und ringt sich ein Lächeln ab.

»So ist es besser. Sie wissen doch, dass ich jedes Zeremoniell hasse. Sie dürfen mir übrigens alle dankbar sein, dass ich Ihnen das Essen mit der Königin und ihren verknöcherten Höflingen erspart habe.«

»Jawohl, Eure Majestät«, sagt Heinrich Larisch. Er ist ein junger und großer Mensch, ein Hüne nahezu, mit einem regen Stoffwechsel. Ob es wohl im Zug etwas zu essen gibt? Oberst-hofmeister Nopcsa grübelt vor sich hin. Mit der Beiläufigkeit ihres Besuchs hat die Kaiserin die englische Königin schlimmer beleidigt, als wenn sie überhaupt nicht gekommen wäre. Ein erschreckend rüdes Betragen. Es könnte die Beziehungen zwischen den beiden Herrscherhäusern belasten.

»Vergessen Sie nicht, dass die Königin sich in London geweigert hat, mich zu empfangen, Nopcsa«, sagte die Kaiserin in diesem Moment. »Es geschieht ihr also ganz recht so.«

»Sehr wohl, Eure Majestät«, erwidert Nopcsa.

Endlich haben alle die Eisenbahnwaggons erklommen – die Hofdame Festetics darf diesmal mit in den Salonwagen – und die schwarze Lok fährt zischend und dampfend los. Nopcsa, Auersperg, Liechtenstein und der alte Larisch sind schon dabei wegzudämmern. Um ihre Füße bilden sich Pfützen. Der junge Larisch starrt hungrig aus dem Fenster. Ein Wetter wie bei den Eisbären am Nordpol.

Im Salonwagen reicht ein Diener der Kaiserin und ihrer Hof-dame Tee.

Der Wagen ist erst vor zwei Jahren von der Firma Ringhoffer fertiggestellt worden und kann sowohl allein wie auch als Reisewagengarnitur mit dem dazugehörigen Schlafwagen eingesetzt werden. Die Einrichtung ist stilvoll, aber ohne die früheren Überladungen aus goldenen Barockschnörkeln und grellen Tapeten. Die Wände sind jetzt mit grünem Seidendamast bezogen, die plüschigen Fauteuils haben die gleiche Farbe und ordentlich Fransen. Plötzlich ein Ruck, das Heißgetränk schwappt über den Tassenrand und der Zug kommt mit einem langgezogenen Kreischen zum Stehen. Weit können sie noch nicht sein. Eigentlich sind sie gerade erst losgefahren. Festetics sieht aus dem Fenster: Schnee. Nach einer Weile erscheinen Mr. Higgins und Mr. Tyrrell, Obersthofmeister Nopcsa und ein vierter Mann mit einem blau gefrorenen Gesicht und Eis im Schnurrbart. Alle verbeugen sich tief, der Blaugefrorene zappelt ein wenig mit dem rechten Arm. Ein Leiden oder bloß die Aufregung, das ist schwer zu sagen. Mr. Tyrrell entschuldigt sich bei Ihrer Majestät für die Verzögerung. Dies sei Mr. Albert Hart, der Stationsvorsteher von Slough Station, der den Zug auf dem Gleis stehend und eine Laterne schwenkend zum Halten gebracht hat. Mr. Hart verbeugt sich noch einmal. Diesmal ohne zu zappeln. Zwischen Slough und West Drayton sind mehrere Telegraphenmasten auf die Gleise gefallen, fährt Mr. Tyrrell fort, es geht erst einmal nicht weiter. Aber Ihre Majestät muss sich nicht sorgen, denn Mr. Higgins und Mr. Tyrrell haben bereits einen Plan ausgearbeitet, um die Strecke auf eigene Faust freizubekommen. Mr. Tyrrell hat Arbeiter mit Sägen und Seilen zum Bahnhof bestellt. Er wird die Lok abkoppeln und sich damit Richtung London durchschlagen. Die Arbeiter fahren mit, und wo immer ein Telegrafenmast über den Gleisen liegt, werden sie hinausspringen und ihn zur Seite räumen oder notfalls zersägen. Und dann geht es weiter zum nächsten Mast. Mr. Higgins wiederum hat einen Einspänner bestellt, der jede Minute eintreffen muss, und mit dem er die acht Kilometer nach West

Drayton auf der Straße zurücklegen wird, um sich von da aus mit einer anderen Lok auf die gleiche Weise Richtung Slough vorzuarbeiten. Die Herren verabschieden sich, und die Kaiserin wünscht ihnen gutes Gelingen. Mr. Tyrrell überlegt, wo sich an einem Sonntag noch Arbeiter auftreiben lassen. Bisher hat er nur zwei gefunden. Vielleicht lassen sich unterwegs weitere auflesen.

Das Brennholz für den Ofen der ersten Klasse wird eingesammelt und zum Salonwagen der Kaiserin rübergebracht. Wer weiß, wie lange man hier wird warten müssen.

Nopcsa und die beiden Larische sitzen mit knurrenden Mägen in ihrem immer kälter werdenden Erste-Klasse-Wagen, schauen hinaus in den Sturm und denken an all die feinen Schnittchen und warmen Süppchen die ihnen in Windsor Castle serviert worden wären. Vielleicht kommt es doch nicht von ungefähr, dass die Kaiserin in Wien so viele Feinde hat.

Kälter und kälter wird es.

Dann sehen sie, wie die Hofdame Festetics und die Kammerfrau Meissl sich unter ihrem Fenster durch den Schnee kämpfen. Oberthofmeister Nopcsa wirft sich seinen Mantel über, steigt ebenfalls aus und schließt sich ihnen an. Festetics berichtet, dass die Kaiserin den Wunsch geäußert hat, eine Erfrischung zu sich zu nehmen. Der Zug ist etwa hundert Meter vor Slough Station zum Halten gekommen. Tief gebeugt stapfen sie über die Gleise. Drei schattenhafte Gestalten im weißen Inferno. Der Wind heult boshaft und schleudert ihnen nadelspitze Eisstückchen ins Gesicht. Sie steuern ein Haus an, das seiner Größe nach das Stationsvorsteherhaus sein könnte, zumal es direkt neben den Gleisen liegt. Mr. Hart ist vor Ort und versichert sogleich, dass es ihm eine Ehre sei, die Kaiserin zu bekochen. Er glaube, es sei auch noch etwas Roastbeef da, nur wisse er nicht, wie man das Essen dann warm zu dem Waggon transportieren könne.

»Dafür sorgen wir schon«, versichert Obersthofmeister Nopcsa und alle drei kehren mit der guten Nachricht und zwei Eisenbahnangestellten, die gerade mit dem Herrn Stationsvorsteher und seiner Frau zu Abend essen wollten, zurück. Die Eisenbahner koppeln den Gepäckwagen ab, und nachdem einer von ihnen mit einer Laterne eingestiegen ist und das Gepäck zur Seite geschoben und übereinandergestapelt hat, steigt die Kammerfrau Meissl mit dem Tablett und einigen kaiserlichen Geschirrteilen ein. Die Eisenbahnangestellten, die beiden Larische, Rudolf Liechtenstein und Fürst Auersperg schieben den Gepäckwagen mit der Zofe bis zur Bahnstation. Die Zofe verschwindet mit dem Prunkgeschirr im warmen Häuschen des Stationsvorstehers, wo die Teller mit Roastbeef und Beilagen befüllt und dann samt dem Tablett in zwei dicke Decken gehüllt werden. Die Herren warten draußen, schlagen die Arme um den Leib und stampfen mit den Füßen. Sie frieren trotzdem. Endlich kommt die Meissl wieder heraus. Unter den Arm hat sie sich eine Weinflasche geklemmt. Hinter ihr erscheint Mr. Hart und spricht die erlösenden Worte: Er lädt alle Anwesenden zu Tee und Scones in sein bescheidenes Heim.

»God bless you«, ruft der junge Larisch. Zuvor wird freilich die Meissl mit dem Roastbeef im Gepäckwagen wieder zurückgerollt, sodass sie der Kaiserin das Essen dampfend im Salonwagen servieren kann. Dann rennen alle zurück zu Mr. Harts gastfreundlichem Haus. Nur Nopcsa und Rudi Liechtenstein bleiben zur Sicherheit bei den Eisenbahnwaggons. Durch die halbblinden Fenster ihres ausgekühlten Erste-Klasse-Wagens sehen sie, wie auch die Dienerschaft unter den Fenstern vorbeistapft, um sich mit den Kavalieren im Stationsvorsteherhäuschen aufzuwärmen. Wehmütig schauen sie ihnen hinterher. Im Salonwagen schenkt ein Diener der Kaiserin mit vergrämter Miene Wein ein. Festetics wird ein wenig schwindlig. Ich hätte heute morgen mehr essen sollen, denkt sie, oder wenigstens mehr trinken.

»Was ist mit Ihnen, Festi«, sagt die Kaiserin, schneidet ein winziges Stück Roastbeef ab und teilt es noch einmal in vier gleich große Miniaturhappen, »Sie sind ja ganz bleich. Grämen Sie sich etwa immer noch wegen des schrecklichen Buches?«

Sie taucht die Spitzen ihrer Gabel in den Soßenklecks und spießt damit einen der Miniaturhappen auf.

»Vielen Dank, Eure Majestät, Ihr seid zu gütig, es zu bemerken«, erwidert Festetics und wird ganz rot vor Freude. »Mir geht es recht gut, es ist nichts weiter.«

Was für eine wundervolle Frau die Herrscherin Österreichs ist. Da sitzt sie in einem Zug ohne Lokomotive, mutterseelenallein auf den Gleisen, drum herum tobt ein schrecklicher Schneesturm, niemand weiß, wie lange noch das Brennmaterial für den Ofen reicht, jeden Moment könnte ein weiterer Zug in sie hineinrauschen und ein fürchterliches Unglück verursachen. Und da hat Ihre Majestät noch Augen dafür, wie es ihrer Hofdame geht. Es ist eine Auszeichnung, für einen solchen Menschen zu arbeiten.

Um zehn nach vier klopft Mr. Tyrrell an den Salonwagen und verkündet dem Obersthofmeister, dass die Linie jetzt frei sei. Vom Stationsvorsteherhäuschen kehrt ein aufgekratzter Hofstaat zurück. Die Waggons werden wieder an die Lok gekoppelt. Die zweite Lok, mit der Mr. Higgins aus der Gegenrichtung zu ihnen vorgestoßen ist, soll als Pilot rückwärts vor ihnen herfahren.

»Es könnte sein, dass einige Strecken immer noch blockiert sind«, erklärt Mr. Tyrrell. »Die Königliche Bahn wechselt zwischen der ›Up‹ und der ›Down‹. Wenn wir Pech haben, müssen wir auf die noch nicht geräumte Strecke ausweichen. Aber das wäre nur ein kleines Stück und auf der anderen Lokomotive fahren auch noch die Arbeiter mit.«

Nopcsa versteht kein Wort, geht zum Salonwagen und berichtet der Kaiserin, dass nun alles in Ordnung sei, allerdings die zweite Lok für alle Fälle vorwegführe. Die Kaiserin lächelt gnädig und gegen fünf erreicht man London.

Am nächsten Tag geht es zu Ferdinand de Rothschild. Rothschild erweist sich als ein freundlicher Mensch in den Dreißigern mit einer hohen Stirn, wenigen Haaren und großen traurigen Augen, der das Interesse seiner Verwandschaft für Bankgeschäfte sonderbarerweise nicht teilt. Er benutzt Zeit und Geld stattdessen für die Vervollständigung seiner Sammlungen von Sevres Porzellan, Möbeln des 18. Jahrhunderts und dem Bau und Ausbau eines Hauses im Stil eines französischen Renaissanceschlosses, um die Sammlungen angemessen unterzubringen. Und für die Jagd. Rothschild zeigt seinen Gästen die Crafton Stables, in denen einige der besten Pferde Englands stehen. Der Kaiserin gefällt das alles – die Pferde, der ganze Mann – so gut, dass sie bis zum Abend bleibt, und die Königin von Neapel grinst wie ein Dachs, weil sie endlich geliefert hat und damit weitere Zuwendungen erwarten darf. Obersthofmeister Nopcsa ist mit den Nerven am Ende. Weniger als eine Stunde für die englische Königin und einen ganzen Tag für einen jüdischen Baron – die englischen Zeitungen werden sich darauf stürzen und ihre unerfreulichen Schlüsse ziehen. Als wäre er nicht genug geprüft, versucht die Königin von Neapel auch noch, die Kaiserin zu überreden, bei Rothschild zu übernachten.

»Wir machen es doch auch alle! Wahrscheinlich klart es morgen auf und dann können wir alle miteinander jagen. Ferdy würde sich so freuen!« Nopcsa greift sich an den Hals und ringt nach Luft. Zum Glück lehnt die Kaiserin ab und übernachtet in London, wieder im *Claridge's*, bevor sie am nächsten Morgen zur Jagd fährt.

Auch die Jagd ist rundum gelungen: Es geht über ein Patchwork aus Feldern mit vielen Ulmen, zwei lange Runs sind dabei, drei tote Füchse, und Graf Wolkenstein stürzt mit seinem Schimmel in einen sumpfigen Bach – was will man mehr?

* * *

6   *Die neue Frisur*

Die Kaiserin ist keine Frau, die schnell vergibt. Noch Tage später, als sie längst nach Easton Neston zurückgekehrt ist, grollt sie ihrem Gemahl, dem Kaiser von Österreich-Ungarn, weil er sie zu dem Besuch bei der englischen Königin genötigt hat.

»Deine Pferde sind alle zu nichts nutze, langsam und matt, hier braucht man ganz anderes Material«, schreibt sie im nächsten Brief, damit es ihn recht kränken soll. Der bedauernswerte Mann hat Tausende von Gulden ausgegeben, um ihr die besten Vollblutpferde Europas zu besorgen. Aber Elisabeth sagt die Wahrheit. Die meisten ihrer Pferde sind den Anforderungen in England nicht gewachsen, stolpern, stürzen oder können am Ende nicht mehr mithalten. Sie hat Mr. Elliott, den Piloten ihrer Schwester, gebeten, sich die Tiere anzuschauen. Er ist zu dem Schluss gekommen, dass von den zehn Pferden, die sie mitgebracht hat, nur vier in der Lage sind, ganz vorn mitzuhalten, und die anderen lieber weniger anspruchsvollen Reitern zur Verfügung gestellt werden sollten.

Sogleich wird ein Einkäufer namens McDonald nach Lincolnshire geschickt, um geeignetere Pferde zu kaufen. Middleton bietet ihr auch seine eigenen an. Er besitzt zwanzig Hunter. Vier davon werden nach Easton Neston gebracht. Als Erstes setzt Middleton die Kaiserin auf ›Merry Andrew‹, einen dunklen Vollblutwallach.

»Er wird Ihnen gefallen, Eure Majestät«, sagt er, »der Merry ist so gut und klug wie ein Hund.«

Auf Merry Andrew fliegt Elisabeth nun an Middletons Seite durch das Pytchley-Gebiet. Jagd folgt auf Jagd. Endlich ein ordentlicher Hunter. Merry Andrew springt, als teile er die Begeisterung seiner Reiterin für lebensgefährlichen Sport. Der Sitz der Kaiserin ist weich und geschmeidig, die Zügel kann sie bei diesem Pferd ganz locker halten. Die vollkommene Harmonie. Middleton kommandiert sie trotzdem herum, herrscht sie an, wenn sie nicht genau dort abspringt, wo er es ihr gezeigt hat. Er ist der Einzige, der sich das herausnehmen darf. Sie gibt nicht einmal Widerworte. Der Captain ist der mutigste Reiter, dem sie je begegnet ist. Sie bewundert ihn schrankenlos. Wenn sie stürzt, zieht er sie wieder aus dem Graben, hebt sie aufs Pferd und beim nächsten Hindernis feuert er sie zu einem noch gefährlicheren Sprung an. Niemals versucht er, sie zu bremsen. Im Gegenteil: Er deutet auf die schwierigste Stelle in einer Hecke, und sie lenkt Merry Andrew gehorsam dort hin, und Merry Andrew fliegt gehorsam hinüber, als würden sie alle drei von ein und demselben Willen gelenkt. Und trotzdem hat sich Elisabeth noch nie so frei gefühlt. Die Konzentration auf das Pferd und die rasend schnell wechselnden Situationen überlagern jeden anderen Gedanken. Nur während der langen Runs – 30 Minuten geht es einmal im Galopp von Barring Gooise nach Pytchley – suchen ihre Augen die von Middleton. Auch er sucht ihren Blick. Parforcejagden sind wie geschaffen für Flirts und heimliche Liebschaften. Da ist die gemeinsame Leidenschaft für den Sport, da ist die enge und elegante Jagdkleidung, in der selbst durchschnittliche Menschen außergewöhnlich attraktiv aussehen – und den Rest erledigt die körperliche Aufregung. Mit einem schnellen Galopp kann man die lästigen Aufpasser hinter sich lassen.

»Bay«, flüstert die Kaiserin, als sie endlich anhalten, »Bay.«

Natürlich ist es vollkommen undenkbar, dass die Kaiserin von Österreich eine Affäre unterhält. Schon gar nicht mit einem kleinen Hauptmann wie Middleton. Niemand kann sich das vorstellen. Jedenfalls niemand aus Österreich. Außerdem sind die Kaiserin und Middleton so gut wie immer beim Kill dabei. Der Kill ist der Höhepunkt einer Parforcejagd, es ist der Moment, wenn der Fuchs von den Hunden buchstäblich in Stücke gerissen wird. Man hat gar keine Zeit, sich zwischendurch in die Büsche zu schlagen, wenn man beim Kill dabei sein will. Man hat genug damit zu tun, die Hunde nicht aus den Augen zu verlieren und alle diese Hindernisse zu überwinden.

Auf dem Heimweg von der Jagd treffen Elisabeth und Middleton auf die Königin von Neapel und deren Piloten Elliot. Die Königin reitet ihr Lieblingspferd Pickles.

»Du solltest beim Reiten einen Schleier tragen«, sagt sie zu ihrer Schwester. »Du bist bereits voller Sommersprossen und braun wie ein Hase.«

»Keinen Schleier«, erwidert Middleton ungefragt, »das lasse ich nicht zu. Es ist viel zu gefährlich. Eure Majestät könnten an einer Hecke hängen bleiben. Und außerdem ...«

Er bricht mitten im Satz ab und sieht Elisabeth an. Die Königin von Neapel wendet ihren fuchsfarbenen Hunter und trabt gereizt davon. Ihr Pilot hat Mühe, ihr zu folgen.

Abends sitzen die Tapfersten, die, die es bis zum Kill geschafft haben – Mr. John Elliott, die Königin von Neapel, die Pennants, Spencer und Middleton und natürlich die Kaiserin – noch in Spencers Bibliothek zusammen. Es handelt sich um die größte private Büchersammlung Englands, allerdings sitzen die Gäste ausgerechnet vor einem ziemlich ausgeplünderten Regal. Der Lord hat sich kürzlich von einigen seiner wertvollsten Bücher trennen müssen, um seine Hunde weiter unterhalten zu können. Er hat es einfach nicht über sich gebracht, eines der von Rembrandt, Gainsborough oder Romney gemalten Bilder seiner Vorfahren zu veräußern. Auch wenn er ein etwas verwaschenes Damenporträt von van Dijk schon in den Händen gehalten hat. Stattdessen werden wohl noch mehr Folianten verkauft werden müssen. Im Westflügel des Schlosses ist ein Teil des Fuß-bodens vollkommen verrottet und muss ausgetauscht werden.

Man spricht über Pferde und Jagden und Pferde. Und über Hunde.

Die Pytchley-Meute ist auf dem besten Weg, die angese-henste Meute Englands zu werden. Falls sie das nicht sogar schon ist. Einer von Spencers Foxhounds ist jedenfalls gerade zum besten Foxhound Englands gewählt worden. Foreger heißt das Wundertier.

»Erzählen Sie doch von der Jagd bei Rothschild, Eure Majes-tät«, bittet Spencers Gemahlin, die an diesem Abend Hellblau trägt, mit sehr viel Tüll, und wieder wie eine Feenkönigin aus-sieht.

»Bei Rothschild? Oh, das war ganz wundervoll, nicht wahr, Marie?«, sagt die Kaiserin. »Nur der arme Graf Tassilo hatte ein fürchterliches Pferd dabei, das zu nichts zu gebrauchen war.«

Die Königin von Neapel nickt mit halb geschlossenen Augen.

»Aber Fritz Metternich und Graf Wolkenstein waren in ih-rem Element. Die sind zwischendrin sogar umgekehrt, um die Hindernisse noch ein zweites und drittes Mal zu überspringen, auch Gatter, die gar nicht auf der Strecke standen.«

»Metternich zuzusehen ist sehr amüsant«, wirft die Königin von Neapel ein. »Selbst bei schwierigen Sprüngen achtet er im-mer darauf, zu lächeln und einen eleganten Arm zu zeigen.«

Die Kaiserin beugt sich lachend vor, demonstriert, wie Met-ternich bei den Sprüngen seinen Arm hält.

»Sogar als er stürzte, stemmte er den Arm dabei immer noch in die Hüfte. Graf Wolkenstein war genauso tapfer, hat aber die ganze Zeit ein wildes Gesicht gemacht. Und dann ist er gleich zweimal gestürzt, kurz nacheinander. Einmal in einen Bach voller Schlamm. Sein Schimmel sah hinterher wie ein Rappe aus, und er selber wie ein Mohr. Und das Gesicht, das er beim Herausklettern machte – als wollte er einen ermorden.«

Spencer öffnet eine Zigarrenkiste, die auf dem Tisch steht, und hält sie Middleton hin. Elisabeth, die neben Middleton sitzt, schnappt sich einfach eine von Spencers Zigarren. Der Lord sieht sie verblüfft an und Elliot, der Pilot der Königin, wirkt geradezu schockiert. Bay reißt ein Streichholz an und hält ihr die Flamme entgegen. Elisabeth beugt sich darüber, saugt damenhaft den Rauch an und sieht Middleton tief und unergründlich in die Augen, während ihr der blaue Dampf aus dem Mund quillt.

Zurück in Easton Neston, schreibt Elisabeth einen besonders langen und zärtlichen Brief an ihren Gemahl, den Kaiser.

»Ich werde beständig gefragt, ob du nicht einmal kommen wirst«, schreibt sie, »jeder Mensch sei doch berechtigt, einmal einen Feiertag zu haben.«

Sie weiß, dass er nicht kommen kann. Also kann sie ruhig dick auftragen. »Wie man dich hier bewundern würde für deine Reitkünste«, schreibt sie.

Vom Salon klingt Klavierspiel herüber. Anscheinend ist Prinz Ruffano mal wieder aus Park View herübergekommen, um ihr Gefolge mit Musik zu unterhalten. Er spielt ganz herzzerreißend schön. Wenn Elisabeth sich nicht täuscht, dann hat es Prinz Ruffano auf die Hofdame Festitics abgesehen. Das muss verhindert werden.

Und wieder ist Jagd, und wieder sitzt Hofdame Festetics in irgendeinem Landsitz, in irgendeinem Schloss, von dem an diesem Tag irgendeine Jagdgesellschaft mit irgendeiner berühmten Meute losgezogen ist. Die Graftons oder die Pytchleys oder die Sowieso-Harriers.

Die Hofdame vertreibt sich die Langeweile abwechselnd mit Lesen und mit Angst um die Herrin. Wieder hat die Kaiserin am Morgen außer der obligatorischen Kraftbrühe nichts zu sich genommen – die reine Brühe ohne einen Fitzel Fleisch darin – und dazu zwei Glas Wein. Wie soll sie da genug Kraft für eine Jagd haben. Wenn die Herrin nur nicht stürzt. Wenn nur das Pferd nicht stürzt und dabei auf die Kaiserin fällt und der Knauf des Damensattels sie durchbohrt.

Das Zimmer, das man Marie Festetics überlassen hat, befindet sich fast noch im Rohbau, jedenfalls gibt es keine Tapeten, außerdem fehlt das Fensterglas und die Temperaturen entsprechen denen im Garten. Sie nimmt wieder das Buch auf, aber die Kälte lässt ihre Hände so zittern, dass die Zeilen hüpfen. Vorhin, als sie ebenfalls zitternd beim Meet stand, hat Prinz Ruffano eine Decke für sie geholt. Er ist extra noch einmal vom Pferd gestiegen und kam mit einer gestreiften Decke zurück. Wenn sie die doch jetzt bloß dabeihätte. Aber wie hätte sie ahnen können, dass man sie praktisch auf einem Balkon unterbringt. Zum Glück kommt schließlich die Hausherrin herein, eine liebe, nette Frau Anfang fünfzig. Sie stellt sich als Mrs. Grosvenor vor und schimpft auf den Tollpatsch von Diener, der die arme Gräfin Festetics in diesen Raum verfrachtet hat. Sie nimmt Festetics mit in die Bibliothek, wo es geringfügig wärmer ist und eine opulente Dekoration das Auge beschäftigt.

»Was für ein wunderschönes Haus Sie haben«, sagt Festetics voll ehrlicher Bewunderung.

Die Bibliothek ist siebenundzwanzig Meter lang und gerade fertiggestellt. Deswegen sind die Regale auch erst zu zwei Dritteln gefüllt.

»Bedienen Sie sich gern«, sagt die nette Mrs. Grosvenor. »Auf den Tischen liegen Messer. Die meisten Bücher sind noch nicht aufgeschnitten, und wenn wir überfallen werden, können wir uns gleich verteidigen.«

Dann setzt sie sich neben Festetics. Mrs. Grosvenor ist die Duchess von Westminster und mit einem der reichsten Männer

Englands verheiratet, macht aber kein großes Gewese darum. Sie nimmt einfach wieder das Buch auf, in dem sie zuvor gelesen hat. Festetics ist mit ihren Gedanken immer noch bei Ruffano, der ihr so lieb die Decke gebracht hat. Und natürlich bei der Kaiserin. Wenn die Herrin sich nur nicht erkältet. Hoffentlich bleibt sie nicht an einem Ast hängen, und wenn doch, dann hoffentlich nicht mit den heiligen Haaren. Dann lieber einen gebrochenen Arm. Die Kaiserin trägt heute eine neue Frisur, weniger Zöpfe, die Haare sind eher locker ineinandergelegt und hier und da fließt sogar eine breite Strähne offen über die Schultern. Natürlich nicht in voller Länge. Das wäre ja Wahnsinn. Die Feifalik hat sie sehr raffiniert hochgesteckt. Diese neue Frisur ist wie ein Ausdruck der neuen Fröhlichkeit und Leichtigkeit der Kaiserin. Wie glücklich sie jetzt immer ist, und wie sie dadurch alle in ihren Bann zieht. Wenn dieses Glück nur nicht durch die tägliche Lebensgefahr erkauft werden müsste. Festetics fühlt sich auf einmal unglaublich müde.

Um halb sechs kommt die Jagdgesellschaft zurück. Auch die Kaiserin ist recht müde und würde am liebsten gleich nach Easton Neston zurückfahren. Das geht jedoch nicht, weil auch Mrs. Grosvenor eine Freundin der Königin von Neapel ist, was bedeutet, dass die Königin von Neapel den ein oder anderen Vorteil von Mrs. Grosvenor erhalten hat. So darf die Kaiserin noch nicht nach Hause, sondern muss zuerst beim Duke und bei der Duchess of Westminster speisen, damit Marie von Neapel die ihr erwiesene Gunst vergelten kann. Plaudern, schön sein, Kaiserin sein, einen unvergesslichen Eindruck hinterlassen, von dem die Gastgeber noch ihren Enkelkindern erzählen werden. Das Ganze im grässlichsten Gebäude, das Elisabeth je gesehen hat. Schon die Fassade ist ein Sammelsurium neugotischer Stilelemente, und das Innere bietet alles auf, was sich mit einem unerschöpflichen Vermögen, schlechtem Geschmack und einem schwulen Dekorateur bewerkstelligen lässt. Das Bühnenbild einer Wagneroper.

Erst gegen neun sitzen Hofdame und Kaiserin im Landauer. Die Kaiserin hat praktisch nichts gegessen. Etwas kleines Blutiges, etwas knirschendes Grünes, nicht mehr, als auf zwei Gabeln passt. Und schon das lässt sie hadern.

»Gibt es etwas Schlimmeres, als wenn man zum Essen gezwungen wird, obwohl man gar nicht essen will? Und was sind das nur für Menschen, die in solchen Häusern wohnen wollen?«

Es ist stockdunkel in der Kutsche. Festetics' Müdigkeit hat ein Stadium erreicht, das übergangslos in eine Ohnmacht münden könnte.

»Marie«, sagt die Kaiserin, »ich hätte gern Ihren Rat.«

Sofort ist Festetics wieder hellwach.

»Ja, Majestät?«

»Unsere Schwester hat uns auf unsere Frisur angesprochen. Sie hält sie für zu gefährlich.«

»Ihre schöne, bewunderte Frisur?«

»Sie meint, dass ich beim Heckenreiten und Springen damit hängen bleiben könnte.«

Die Hofdame Festetics schweigt.

»Und – was halten Sie davon?« fragt Elisabeth.

»Was rät denn die Königin?«

»Die kleinen Zöpferln mit roten Banderln.«

»Ja, Eure Majestät, die Zöpfe finde nun wiederum ich gefährlich und garstig sind sie obendrein. Mit der schönen Frisur, den leicht ineinandergelegten Haaren, riskieren Eure Majestät nichts, die Haare kommen schon wieder los. Aber wenn Ihr mit einem der kleinen Zöpferln und dem Seidenbandel hängen bleibt, dann bleibt Eure Majestät dort ebenfalls hängen.«

Stille.

Festetics überlegt, ob sie sich wohl zu viel herausgenommen hat, in der Finsternis lässt sich das nicht erkennen.

Nach einer Weile sagt die Kaiserin:

»Darin haben Sie ganz recht. Darf man sagen, dass Sie dies für gefährlich halten?«

»Oh, ja«, antwortet Festetics.

Es ist immer das Gleiche. Die Königin von Neapel braucht ihre kaiserliche Schwester, um ihre Gönner bei Laune zu halten, aber wenn sie dann da ist, erträgt die Königin weder die Schönheit noch die größere Beliebtheit ihrer Schwester. Vermutlich bringt ihre eigene Friseurin die neue, lässige Frisur der Kaiserin einfach nicht zustande. Also soll die Kaiserin sie unter irgendeinem billigen Vorwand gefälligst auch nicht mehr tragen.

Am Tag darauf ist Jagd – was auch sonst – diesmal in Astrop House in der Nähe von Banbury, mit den Bicester Hounds. Die Anwesenheit der Kaiserin und der Königin von Neapel hat viele Reiter zur Folge. Die Zimmer in Astrop House sind alle an Aristokratie und Gentry gegangen. Festetics muss diesmal im Freien auf die Rückkehr ihrer Herrin warten. Die Kaiserin reitet eines der neu eingekauften Pferde aus Lincolnshire, einen prächtigen Rappen. Merry Andrew überlässt sie der Königin von Neapel. Unsere Schwester kommt mit dem braunen Vollblut sofort gut zurecht und segelt neben Lord Spencer elegant über die Hindernisse. Reiten kann sie.

Festetics muss heute lange warten, die Jagd dauert fast den ganzen Tag und es ist furchtbar kalt. Am Ende setzt sogar noch ein Schneesturm ein. Außer Middleton und der Kaiserin sind alle längst zurückgekommen. Festetics ist völlig durchgefroren und macht sich entsetzliche Sorgen. Wenigstens hat sie die letzten beiden Stunden mit Lord Spencer in dessen Kutsche sitzen dürfen.

Endlich tauchen die Kaiserin und ihr Pilot doch noch auf. Sie gehen neben ihren Pferden her, haben Schnee auf ihrer Kleidung und sind völlig erschöpft. Aber ihre Gesichter glühen und die Laune ist gut. Festetics und Lord Spencer steigen aus der Kutsche und gehen ihnen entgegen.

»Noch zehn Minuten, und ich hätte einen Suchtrupp losge-schickt«, sagt der Lord und lacht.

»Ein schreckliches Pferd«, sagt Elisabeth und streichelt dem Rappen die Stirn. »Jedes zweite Hindernis hat er verwei-gert. Gatter springt er schon gleich gar nicht. Einmal wollte er nicht einmal hindurchgehen. Bay musste absteigen und ihn führen.«

Middleton zuckt lächelnd die Achseln.

»Den Anschluss an die Hunde haben wir gleich am Anfang verloren. Um das Maß vollzumachen, ist das dumme Vieh am Ende auch noch gegen einen Baum gerannt. Jetzt lahmt er.«

Besonders geknickt sieht Middleton deswegen nicht aus.

»Übermorgen reite ich wieder auf Merry Andrew«, erwidert Elisabeth. »Dann werden Sie hoffentlich nicht so lange auf uns warten müssen.«

»Übermorgen werde ich allerdings nicht dabei sein«, wirft Middleton ein. »Ein Rennen – das Pytchley Point-to-Point. Oberst Pennant wird mich bei Eurer Majestät vertreten.«

Das Gesicht der Kaiserin erstarrt. Das ist jetzt schon das zweite Mal, dass Middleton ihr eine Jagd absagt. Beide Male wegen einer Steeplechase – einem dieser Hindernisrennen, für die jetzt offenbar Saison ist. Ohne ein Abschiedswort steigt Eli-sabeth in Spencers Kutsche. Dort reißt sie sich die Handschuhe von den Fingern und schleudert sie auf den Boden. Middleton sieht nicht hin, sondern tut so, als müsste er sich selber um die Pferde kümmern und geht mit ihnen zu den Ställen.

»Bay ist nun einmal sehr ehrgeizig«, sagt Spencer, als er mit Festetics in die Kutsche steigt. Die Kaiserin schaut stumm an ihm vorbei. Festetics hebt die Handschuhe auf und legt sie or-dentlich zusammen.

»Kommen Sie doch einfach mit, Majestät«, sagt Spencer.

»Dann können Sie mit eigenen Augen sehen, warum unser Freund unbedingt dorthin muss.«

Die Kaiserin dreht ihm das Gesicht zu.

»Ist es weit weg?«

»Gar nicht. Auf Hopping Hill.«

In Easton Neston begibt sich die Kaiserin sofort in die Stallungen, um zwei neu erworbene Pferde in Augenschein zu nehmen. Währenddessen kommt ein Bote von Park View herübergeritten und fragt nach der Hofdame Festetics. Festi öffnet den Umschlag. Es ist eine Einladung der Königin von Neapel. Nur für die Hofdame allein, ganz ohne die Kaiserin. Für sofort.

Wird Unsere Schwester denn nie müde? Man ist doch gerade erst von der Jagd zurückgekehrt. Es hilft nichts, Festetics muss gleich wieder in die Kutsche steigen und hinüberfahren. Aber es gibt einen Trost: Prinz Ruffano wird wahrscheinlich anwesend sein.

In Park View muss Festetics mehrmals klingeln, bis sie eingelassen wird. Die Königin von Neapel ist überaus wach und verlangt das volle Programm. Zuerst muss ihre eigene Hofdame, Mary Manacore, singen. Festetics ist ihr bereits in Wien begegnet. Und da ist auch Prinz Ruffano. Er übernimmt die Klavierbegleitung. Ganz wunderbar macht er das. Die edlen schmalen Finger tanzen über die Tasten. Nach Manacore ist Festetics dran. Sie kann kaum noch die Augen offen halten, aber die Königin kennt keine Gnade. Zwei Lieder soll sie zum Besten geben. Also stellt sie sich neben das Klavier, spricht sich mit Ruffano ab und singt, was man bei solchen Gelegenheiten so singt. In einer Ecke sitzt Francesco von Neapel mit geschlossenen Augen und offenem Mund. Ein Speichelfaden sickert ihm über die dicke Unterlippe und läuft in seinen schütteren farblosen Vollbart.

Nach den beiden Liedern fallen alle in Lobeserhebungen

über Festetics her. Diese Stimme! Nicht nur geistreich ist sie, auch noch ein musikalisches Genie. Nur Ruffano sagt nichts. Er sieht sie bloß ununterbrochen an.

Nachdem der Unterhaltungsteil beendet ist, kommt die Königin von Neapel auf den eigentlichen Grund ihrer Einladung zu sprechen.

»Liebe Gräfin Marie, ich kann Ihnen gar nicht sagen, wie enttäuscht ich bin, dass Sie mir so in den Rücken gefallen sind.«

»In den Rücken gefallen? Was meinen Eure Majestät?«

»Ach, Sie wissen ganz genau, was ich meine. Die Frisur Ihrer kaiserlichen Majestät. Mit solch einer ungebändigten Lockenpracht schwebt meine Schwester Tag für Tag in Lebensgefahr. Ich kann überhaupt nicht hinsehen, wenn sie so durch das Gehölz springt. Und jetzt hatte ich sie beinahe so weit, dass sie sich eine festere Frisur zulegen wollte, da erzählen Sie ihr, das wäre noch gefährlicher.«

»Das ist es ja auch«, sagt Festetics, »an einem geflochtenen Zopf kann Ihre Majestät aus dem Sattel gerissen werden, wenn sie hängen bleibt.«

»Aber sie bleibt ja gar nicht erst hängen, wenn die Zöpfel eng an den Kopf gesteckt sind. Das müssen Sie doch einsehen. Und das muss auch die Kaiserin einsehen. Also stehen Sie mir doch endlich bei!«

»Ein Zopf kann sich immer einmal herausstehlen, gerade wenn es so wild hergeht wie bei einer Fuchsjagd.«

»Da liegen Sie vollkommen falsch. Ich will, dass Sie zur Kaiserin gehen und ihr zu den Zöpfen raten! Haben Sie verstanden? Es geht schließlich um ihre Sicherheit. Sie tun doch immer so, als wenn Sie sich ungeheure Sorgen um Ihre Majestät machen.«

»Und genau deswegen werde ich Ihrer Majestät nicht zu den Zöpfen raten.«

»Sie können so impertinent sein«, sagt die Königin von Neapel. »Ich sehe schon, dass bei Ihnen jedes Argument

67

vergebens ist. Kommen Sie mir aber später nicht an, wenn das Unglück passiert ist. Das ist dann alles Ihre Schuld und ich werde Sie dafür verantwortlich machen.«

»Sehr wohl«, erwidert Festetics.

»Dieses Gespräch hat mich ermüdet«, sagt die Königin von Neapel. »Und es ist auch schon recht spät. Sie können jetzt nach Hause gehen.«

Prinz Ruffano bringt sie zur Kutsche.

»Machen Sie sich nichts daraus«, sagt er, »Königin Marie ist bekannt für ihren kalten Egoismus. Wir alle hassen sie.«

Festetics sieht ihn erschrocken an.

»Weil wir den König lieben«, erklärt Prinz Ruffano. »Francesco von Neapel ist vielleicht nicht bedeutend und gewiss nicht schön, aber er betet die Königin an. Damit sie sich alle Eleganzia und die Jagdpferde leisten kann, dreht sich der König seine Zigarren selbst und trägt am Bahnhof den Rucksack auf dem eigenen Rücken, und trotzdem wirft ihm die Wittelsbacher Verwandtschaft ständig seine Armut vor.«

Festetics bezweifelt insgeheim, dass sich der Lebensstil der Königin von Neapel durch selbst gedrehte Zigarren und das Tragen des königlichen Rucksäckls finanzieren lässt. Aller Wahrscheinlichkeit nach ist Marie von Neapel diejenige, die für das Geld sorgt. Dass sie ihrem Gatten davon nichts abgibt, ist allerdings hässlich. Und Prinz Ruffano ist so schön in seiner Empörung – allein, wie er die Locken zurückwirft. Sie will ihm jetzt nicht widersprechen, zumal sie die Königin ja selber nicht leiden kann.

»Und trotzdem verdanke ich der Königin mein größtes Glück, falls es nicht doch mein Unglück ist«, sagt der Prinz und sieht sie an.

Festetics lacht befangen.

»Lachen Sie nicht, Gräfin, ich meine es ernst. Ich spreche von dem Unglück, Sie gefunden zu haben.«

Festetics will in die Kutsche steigen, aber er hält ihre Hand fest.

»Ich liebe Sie, seit ich Sie das erste Mal sah. Ich wollte es mir ausreden, wollte sogar abreisen – unter irgendeinem Vorwand – aber ich konnte nicht. Nun haben Sie es in der Hand, ob diese Liebe eine Prüfung oder ein großes Glück für mich ist. Geben Sie mir ein wenig Hoffnung, sagen Sie, dass Sie es wenigstens versuchen wollen, mich zu lieben. Machen Sie, dass das Glück großzügig zu mir ist.«

Festetics treten Tränen in die Augen. Sie braucht einen Moment, bis sie sprechen kann.

»Ich habe nie behauptet, dass es unmöglich sei, Sie zu lieben. Aber ich kann es nicht. Ich kann die Kaiserin nicht verlassen. Sie im Stich zu lassen, ist mir unmöglich! Verzeihen Sie mir, dass ich Ihnen Kummer mache, mein Prinz.«

Ruffano zieht Festetics an sich und küsst sie zu ihrem Schrecken auf den Mund. Nur kurz. Sie macht sich los und steigt in die Kutsche. Oh, Ruffano!

* * *

7 Der Hohenembs Cup

Das Pytchley-Point-to-Point findet am Achtzehnten statt. Für die ganz großen Veranstaltungen sind Middletons Pferde nicht gut genug, doch bei den Amateurrennen, insbesondere bei den Point-to-Points, wo die Strecke querfeldein geht, mischt er vorne mit. Spencer hat auf Hopping Hill noch schnell einen Pavillon errichten lassen, um die Kaiserin, ihr Gefolge und ihre Kavaliere dort vor dem Rennen angemessen zu bewirten. Mr. Hands, sein Tafelmeister, hat beinahe geweint, als er die Aufgabe bekam, innerhalb von zwei Tagen für ein Luncheon im großen Stil zu sorgen, es dann aber wie immer auf das Vollkommenste erledigt. Übrigens schenkt niemand dem Luncheon groß Beachtung. Alle fiebern auf die Rennen hin.

Middleton reitet gleich beim ersten mit; es ist das Rennen um den Sportsman Plate. Seine Stallfarbe ist Schwarz mit rosa Streifen. Dazu trägt er eine schwarze Kappe. Er reitet »Musketeer«, einen seiner schnellsten Hunter. Doch diesmal gewinnt ein Mr. Battem. Middleton landet weit abgeschlagen im hinteren Feld. Er hasst es zu verlieren, und dass die Kaiserin dabei zugesehen hat, macht es nicht gerade besser. Die österreich-ungarischen Kavaliere lächeln süffisant, während sie ihm ihr Bedauern aussprechen. Albernerweise heißt das Pferd des Gewinners auch noch »Empress«.

Prinz Ruffano und Rudi Liechtenstein gesellen sich zur Kaiserin und ihrer Hofdame.

»Der arme Middleton«, sagt Prinz Ruffano, »das macht ihm schwer zu schaffen. Bitten necken Sie ihn nicht auch noch, Eure Majestät. Er tut bloß so, als könnte er darüber lachen, aber es bricht ihm das Herz.«

Er sieht Festetics bedeutungsschwer an und fordert dann Liechtenstein auf, mit ihm zu den Pferden zu gehen.

Liechtenstein lässt ihn vor und raunt Festetics im Vorbeigehen zu: »Geben Sie acht, Gräfin, beim Neapolitaner ist es ernst.«

Die Kaiserin hebt die Augenbrauen und bittet ihre Hofdame, sich mit ihr vor dem nächsten Rennen ein wenig die Beine zu vertreten. Hinter dem Pavillon bleibt sie stehen.

»Nun Marie, wissen Sie schon, was Sie tun wollen?«

Anscheinend weiß auch SIE schon Bescheid.

»Eure Majestät meinen, welche Antwort ich Prinz Ruffano geben werde?«

»Marie, Sie werden mich doch nicht verlassen für jemanden, den Sie gerade mal vier Wochen kennen? Ich habe Sie vorhin miteinander flüstern sehen. Worum ging es? Hat er Ihnen etwa einen Antrag gemacht?«

Festetics schweigt und sieht zu Boden.

»Nun, heraus damit, was hat er Ihnen zugeflüstert?«

»Er hat gesagt: ›Gräfin, ich liebe Sie und Sie lächeln.‹«

»Was haben Sie geantwortet?«

»Ich sagte: ›Mein Prinz, ich mache mich nicht lustig. Im Gegenteil, es macht mich traurig.‹«

»Gott sei Dank! Sagen Sie jetzt nichts, denken Sie gründlich darüber nach.«

»Es wäre mir unendlich schwer, Eure Majestät zu verlassen. Eigentlich ist es mir unmöglich.«

»Lieben Sie ihn?«

»Noch nicht«, sagt Festetics. »Aber ich finde ihn interessant. Er hat eine Art, alles zu sagen, was ihm gerade durch den Kopf geht. Und einen großen Ernst. Man merkt, dass das Leben nicht immer freundlich zu ihm war.«

»Ich bin überzeugt, er hat gar nichts erlebt, als dass er Frauen unglücklich gemacht hat«, sagt die Kaiserin.

»Oh, doch, Eure Majestät. Er hat eine große Tragödie erlitten und er tut mir sehr leid.«

Die Kaiserin fährt herum, Tränen in den Augen.

»Und ich? Tue ich Ihnen nicht leid?«

Armer Ruffano, jetzt hat er verloren.

»Sie dürfen nicht«, sagt die Kaiserin, »Sie dürfen nicht. Unser Leben ist nun einmal Verzicht und wir sind aneinandergekoppelt. Wie soll ich das alles ertragen, wenn Sie nicht mehr bei mir sind?«

Als sie zum Rennplatz kommen, ist das zweite Rennen bereits gelaufen. Middleton hat wieder nicht gewonnen.

An diesem Tag verliert er noch zwei Rennen. Sein bestes Ergebnis ist ein dritter Platz in den Selling Stakes, und das noch nicht einmal auf einem seiner eigenen Pferde, sondern auf ›Aurora‹, einer braunen Stute, die Spencer gehört. Vier Mal geschlagen und das an dem Tag, an dem ihn die Kaiserin zum ersten Mal im Rennen gesehen hat.

Als Festetics einige Tage später in Easton Neston in den Toilettenraum der Kaiserin tritt, sitzt statt Elisabeth von Österreich die Königin von Neapel mit aufgelösten Haaren auf dem Frisiersessel. Die Kaiserin läuft im Zimmer hin und her. Es ist wirklich außergewöhnlich, wie ähnlich sich die Schwestern sind.

Die Königin hat ihre Coiffeuse mitgebracht, der die Feifalik beibringen soll, wie die neue, leichte Frisur der Kaiserin zu arrangieren ist. Beide machen sich an den Haaren der Königin von Neapel zu schaffen.

»Aber nicht, dass du dein Haar bei der nächsten Jagd so trägst«, sagt Elisabeth. »Ich wäre untröstlich, wenn du damit hängenbleibst. Bitte versprich mir, dass du damit nicht jagen gehst, sonst darf es meine Feifalik nicht zeigen.«

»Ja, schon gut«, sagt die Königin von Neapel mürrisch.

Die Kaiserin wirft Festetics einen verschwörerischen Blick

zu. Sie lächeln einander an, lächeln gemeinsam über die Königin von Neapel. Fast wie Freundinnen. Festetics wird ganz rosa vor Freude über so viel Nähe zu Ihrer Majestät.

Die Friseurinnen flüstern miteinander.

»... sechs Zentimeter von der Stirne kreuzscheiteln. Am Hinterkopf durch einen Querscheitel in eine obere und untere Hälfte ...« »Wird jede Partie gebunden?« »Ja.« »Und das Schläfenhaar?« »... wird zurückfrisiert und am oberen Bund befestigt ...«

»Zum Rennen kannst du es natürlich tragen«, sagt Elisabeth, »vorausgesetzt, du fährst mit der Kutsche hin. Wenn du hinreiten willst, geht es natürlich nicht.«

Sie kann es sich einfach nicht verkneifen, noch einen draufzusetzen.

»Gehe ich recht in der Annahme, dass Captain Middleton wieder am Start ist?«, fragt ihre Schwester.

»Natürlich.«

»Ich weiß nicht, ob es klug ist, wenn Eure Majestät zu allen Rennen fahren, an denen Captain Middleton teilnimmt. Das dürfte jetzt dein sechstes sein. Hast du ihn noch nicht oft genug verlieren sehen?«

»Inzwischen habe ich ihn auch siegen sehen. Außerdem hatte ich schon immer eine große Freude an Pferderennen«, erwidert Elisabeth mit dem unschuldigsten Lächeln. »Die Bauernrennen in Ungarn sind die besten. Findest du nicht auch?«

»Middletons Ruf ist nicht der beste«, sagt die Königin von Neapel. »Man spricht davon, dass er eine Affäre mit einer verheirateten Frau haben soll.«

Elisabeth lacht.

»Übrigens werde ich einen eigenen Renntag veranstalten: die ›Grafton Hunt Steeplechases‹.«

Sie ist eine Kaiserin, und was sie wünscht, das geschieht. Im Park von Easton Neston wird eine Rennstrecke ausgeflaggt und eine Tribüne für die Ehrengäste errichtet. So hat sich der Besitzer die Nutzung seines Parks vermutlich nicht vorgestellt, als er ihn mit dem Schloss vermietete. Spencer und Middleton, die sofort ihre Hilfe bei der Anlage der Rennstrecke angeboten haben, können sich lange nicht einig werden, wie der beste Verlauf auszusehen hat – hinter dem Eiskeller vorbei oder doch lieber davor und durch welches Tor es gehen soll. Der Start wird jedenfalls in Towcester liegen und die Distanz soll drei Meilen betragen, was für diese Art Rennen eher kurz ist.

Zu den Grafton Hunt Steeplechases sollen nur Pferde aus jenen Gestüten zugelassen werden, mit deren Meuten die Kaiserin während ihres Aufenthaltes gejagt hat, also Pferde aus Grafton, Bicester, Pytchley und aus den Ställen von Mr. Selby-Lowndes.

Ein Silberpokal wird bei Hancock's in London in Auftrag gegeben, der »Hohenembs Cup«. »Elisabeth Cup« kann er ja leider nicht heißen, da die Kaiserin zumindest offiziell immer noch als Countess Hohenembs reist, wenn auch inzwischen jeder weiß, dass es sich bei der Countess um die österreichische Kaiserin handelt.

Der Renntag Ihrer Majestät findet am 1. April, einem Samstag, statt.

Das Wetter ist scheußlich, stürmisch und regnerisch. Es hat schon die ganze Nacht gegossen und der Boden ist matschig. Die Kaiserin kommt mit ihrer Hofdame in einem Landauer angefahren. Die graue Dogge ist auch dabei und füllt stehend die volle Breitseite der Kutsche aus, sodass sich auf der einen Seite die Lefzen des teuren Tieres gegen die Fensterscheibe schmiegen, während am gegenüberliegenden Fenster die Rute platt gedrückt wird.

Zur gleichen Zeit trifft auch die Königin von Neapel mit ihrer Hofdame Mary Manacore ein. Der Wagen der beiden ist offenbar undicht gewesen. Das Wasser hat einen Fleck auf Mary Manacores Kleid hinterlassen. Festetics hilft mit einem Taschentuch aus. Die Königin von Neapel trägt die neue Frisur, die sie ihrer Schwester so vehement hat ausreden wollen. Sie trägt sie jetzt immer.

Die Unterhaltung verläuft kalt, nass und kurz, dann geht man schnell ins Festzelt und erwartet die Ankunft der Gäste. Sechzig Mitglieder der Gentry und führenden Nobility der Gegend will die Kaiserin vor den Rennen mit einem heißen Lunch und viel Champagner bewirten. Auf Empfehlung der Königin von Neapel ist die Cateringfirma Gunter of Berkeley Square in Anspruch genommen worden. Gunter ist nicht direkt preiswert, aber ganz hervorragend, besonders die Eiscreme. Die sollte man auf jeden Fall bestellen.

Nachdem die noblen Gäste ihr Essen beendet, das Eis geschleckt und das Zelt wieder verlassen haben, um sich zur Ehrentribüne in Easton Neston zu begeben, werden die leeren Schüsseln erneut gefüllt und weitere Gäste eingelassen. Diese Gäste haben ihre Einladung nicht ihrer sozialen Schicht zu verdanken. Es sind Menschen, bei denen sich die Kaiserin von Österreich für ihre Dienste und Gefälligkeiten bedanken will.

Die Police Constables, die während ihres Aufenthaltes für ihre Sicherheit gesorgt haben, sind genauso dabei wie die Gepäckträger, der Stationsvorsteher und der Huntsman des Duke of Grafton. Hier zieht die Stimmung noch einmal an. Die Korken knallen, der Champagner schwappt in den hohen Gläsern, und die Kaiserin, Middleton zu ihrer Linken, Spencer zu ihrer Rechten sprüht vor guter Laune und bezaubert alle mit ihrem Charme.

Nach dem Essen verschenkt die Kaiserin Erinnerungsstücke. Mr. Porter, der Superintendent der Northhampton-

and-Banbury-Junction-Railway, bekommt diamantene Kragen- und Manschettenknöpfe, Mr. Higgins und Mr. Tyrrell, die die Telegrafenmasten von den Schienen geräumt haben, bekommen je eine Krawattennadel mit Diamanten und Perlen, der Sekretär des Towcester Steeplechase-Commitees bekommt auch so eine Krawattennadel und dazu noch eine Brosche. Alle Schmuckstücke tragen das »E« für »Elisabeth«. Frank Beers, der Huntsman im Grafton-Revier, bekommt dreißig Pfund und eine Krawattennadel mit einem von fünfundzwanzig Brillanten eingefassten Saphir. Der Stationsvorsteher Mr. Stanton wird mit fünf Pfund bedacht, die Gepäckträger bekommen gemeinsam ebenfalls fünf und so ist es auch bei den Police Constables. Die Stadt Towcester bekommt zwanzig Pfund für Schulen und Wohltätigkeitseinrichtungen. Wie freundlich und mädchenhaft bescheiden sie ist, während sie die Geschenke überreicht. Wenn sie will, kann die Kaiserin die reizendste und netteste Person der Welt sein.

Das Hauptrennen um den Hohenembs Cup ist das zweite Rennen auf dem Programm. Neun Pferde sind genannt. Middleton hat sich mit Musketeer angemeldet. Favorit ist allerdings British Yeoman, der in der Woche zuvor in Newport Pagnall gut gelaufen ist. Den heißt es, im Auge zu behalten. Beim Start nimmt Middleton sein Pferd etwas zurück, um allein reiten zu können. Die Strecke ist kurz, aber immer noch lang genug, dass es nicht auf einen schnellen Start ankommt. Der Regen hat den Boden schwer gemacht. Middleton bleibt ein Stück hinter der Spitzengruppe. Nasse Erdklumpen fliegen rechts und links an ihm vorbei, aber er kann noch genug sehen, um rechtzeitig zu erkennen, das Yeoman gleich beim ersten Hindernis verweigert. Der Favorit ist raus. Nun ist sich Middleton seiner Sache sicher. Er lässt Musketeer etwas an Geschwindigkeit zulegen und überholt zwei Pferde. Zwei weitere sind vor ihm. Die Wendeflagge taucht in einiger Entfernung auf, er leitet die Wendung früher ein als alle anderen, holt dafür ein wenig aus. Er weiß, wie nass der Boden hier ist. Eines der beiden Pferde vor ihm rutscht in der Wendung und stürzt. Middleton reitet zwar die längere Strecke, kann beim Herauskommen aus dem Bogen das Tempo aber auch schneller wieder anziehen. Jetzt ist er dicht hinter dem Spitzenreiter und behält diese Position bei. Das vorletzte Hindernis ist ein breiter Naturwassergraben. Middleton reitet energisch an, nimmt Musketeer überhaupt nicht auf, sondern lässt ihn fliegend springen und gewinnt bei diesem Sprung einige Längen. Noch vor dem letzten Hindernis hat er den Spitzenreiter überholt. Er nimmt es lässig und gewinnt das Rennen mit drei Längen.

Unter allgemeinem Jubel lässt er Musketeer ausgaloppieren, seine Augen suchen die Kaiserin. Sie hat ihren Tribünenplatz schon verlassen und ist unterwegs, um ihm den Pokal zu überreichen. Da steht sie, den massiven silbernen Cup neben sich auf einem Tisch.

Middleton springt vom Pferd und wirft seinem Groom die Zügel zu. Er schaufelt sich durch die Menge, die ihn und das Pferd umringt hat, lässt sich auf die Schultern klopfen und den Kopf tätscheln, trabt die paar Stufen hoch und dann steht er vor ihr. Strahlend überreicht die Kaiserin dem über und über schlammbespritzten Middleton ihren Pokal. Noch größerer Jubel brandet auf, gilt gleichermaßen der schönen Kaiserin wie dem Sieger.

»Ist sie nicht wundervoll, ist sie nicht majestätisch«, sagt sogar die Königin von Neapel zu ihrem Gatten, dem König.

»Für mich ist das Königsein vorbei«, antwortet Francesco nicht ohne Befriedigung.

Der Beifall dauert an, während Middleton mit dem Pokal in Händen die Stufen hinuntersteigt. Kann es einen besseren Abschluss des Besuchs der Kaiserin geben?

Es finden an diesem Tag noch andere Rennen statt, aber die zählen kaum. Ein paar Stürze sind dabei, keine schlimmen Verletzungen. Aus dem Hohenembs Cup wird Champagner getrunken. Nicht ganz einfach. Der Pokal ist sehr schwer. Man muss ihn an beiden Griffen fassen, will man es einigermaßen manierlich machen.

Um sechs Uhr abends ist Abfahrt. Die Königin von Neapel und ihre Hofdame Mary Manacore steigen mit in den Landauer der Kaiserin. Die Königin flüstert der Kaiserin etwas zu und diese dreht sich plötzlich um und sagt zu Festetics:

»Würden Sie bitte mit dem Wagen unserer Schwester fahren?«

Die arme Festetics denkt, sie hört nicht richtig. Mary Monacore darf im Landauer der Kaiserin mitfahren. Die Hofdame einer Ex-Königin darf mitfahren, und die Hofdame der Kaiserin nicht. Wie geht das zusammen? Dogge Morphy drängelt an Festetics vorbei und steigt ebenfalls in den kaiserlichen Wagen. Die Hofdame reißt sich zusammen und nimmt lächelnd Abschied. Ihrer Kaiserin kann sie einfach nicht böse sein. Wie lieb und fröhlich sie heute gewesen ist. Und dies jetzt hat sie ohne nachzudenken gesagt. Unsere Schwester hat es ihr eingeflüstert.

Die Kaiserin kämpft nicht gern. Um nichts. Sie leidet an einer Art Seelen-Indolenz. Vor allem ihren Geschwistern gegenüber gibt sie sofort nach, was auch immer von ihr verlangt wird.

Festetics watet durch den Morast auf die andere Seite des Festzeltes, wo die undichte Kutsche der Ex-Königin von Neapel stehen soll. Der Platz ist leer. Festetics sieht sich nicht lange um. Sie begreift sofort, dass hier kein Versehen vorliegt. Unsere Schwester hat den Wagen absichtlich fortgeschickt. Es ist die Rache dafür, dass Marie Festetics ihr nicht geholfen hat, der Kaiserin ihre schöne Frisur auszureden. Die Frisur, die sie jetzt selber ständig trägt, diese lächerliche Frau.

Da steht nun die Hofdame Festetics in dem Schandwetter, rafft den Saum ihres Kleides, der sich mit schmutzigem Wasser vollgesogen hat und dreht den Kopf nach einem bekannten Wagen. Liechtenstein, Kinsky, irgendjemand muss doch noch da sein. Nein, die Herren sind alle schon fort. Sie ist allein, allein unter Fremden. Neben ihr balgen sich einige Jungen um Hummerschalen, die sie auslutschen wollen. Festetics weint. Hier kann sie ruhig weinen, es sieht ja niemand in all dem Regen und der einsetzenden Dunkelheit. Ihr bleibt nichts übrig, als zu Fuß nach Easton Neston zurückzugehen. Der Weg ist schlammig und dunkel. Sie ist ein Narr gewesen, dass sie Ruffanos Antrag nicht annahm. Hat sie ihn dafür aufgegeben – um so behandelt zu werden? Die Neigung der Herrin ist nichts, worauf man sich verlassen darf. Man vertieft sich allzusehr in sie, wird zu sehr ihr eigen. Keine anderen Fäden darf man knüpfen, die Kaiserin verlangt, dass man sich ausschließlich mit ihr beschäftigt. Aber dann steht man ganz allein, und ein Wort der Schwester, und man wird in Nacht und Regen gejagt. Ein Ausruhen in Liebe wäre so gut! Einmal zu erhalten, nicht nur zu geben.

Nach einer dreiviertel Stunde durch den Park tauchen die Lichter von Easton Neston auf. Im exquisiten Treppenhaus wartet der Diener Pesch.

»Um Gottes willen, Frau Gräfin! Ihre Majestäten warten seit einer halben Stunde mit dem Diner und lassen sagen, Frau Gräfin möge nun kommen, wie Frau Gräfin sind.«

Marie Festetics sieht an sich herunter, Peschs Blick folgt ihr. Ihre elegante Toilette ist nass, der Rocksaum schlammverkrustet. Und die Majestäten dinieren an diesem Abend im größten Putz. Sie sieht ihn an. Pesch schüttelt den Kopf. Nein, dieser Aufzug ist unmöglich. Festetics strafft sich: »Bitte sagen Sie Baron Nopcsa, er möge Ihrer Majestät melden, ich bitte um Dispens, beim Diner nicht erscheinen zu müssen. Ich bin bis über die Knie nass.«

Pesch verschwindet und ist gleich wieder zurück:

»Ihre Majestät ist desperat, aber wird warten.«

Festetics rafft die bleischweren Säume und schleppt sich die Treppe hinauf, macht in aller Eile Toilette, lässt sich in das erstbeste Kleid, das die Zofe ihr hinhält, schnüren und geht – immer noch vor Empörung bebend – die Treppe wieder hinunter. Als sie in den Saal tritt, steht die Kaiserin auf und geht ihr entgegen:

»Ach Festi, wie erschöpft Sie aussehen. Zu Fuß sind Sie gegangen? Was da alles hätte geschehen können! Gott sei Dank, dass Sie wohlbehalten hier angekommen sind. Aber warum wollten Sie denn nicht im Wagen der Königin fahren?«

Die Kaiserin fasst ihre Hände. Die Gräfin Festetics dreht ihren Kopf zur Seite, um ihre Tränen zu verbergen.

»Weil Ihre Majestät die Königin den Wagen bei der Ankunft am Rennplatz schon nach Hause geschickt hatte.«

»Da siehst du!«, ruft die Kaiserin und funkelt ihre Schwester an. »Die Arme hat in dem Wetter zu Fuß laufen müssen. Mache ihr doch wenigstens Entschuldigung!«

Die Königin von Neapel rückt mit den Fingern ihre neue Frisur zurecht und murmelt etwas in sich hinein.

Festetics setzt sich auf ihren Platz. Das Diner ist sehr missgestimmt, es will keine Unterhaltung in Gang kommen. Als die Majestäten sich zurückgezogen haben, ist es einen Moment still, dann rufen alle durcheinander: Ruffano, Liechtenstein, Kinsky. Was die Königin sich erlaube! Dass es Absicht gewesen sei, ganz klar. Dieses abscheuliche ... – diese abscheuliche Frau!

Festetics bleibt sehr still, aber die eine oder andere Träne fließt.

Als der König und die Königin von Neapel mit ihrem Hofstaat abfahren, gelingt es Ruffano, im Schatten der Kutschen mit der Gräfin Festetics allein zu sein. »Gräfin, bedeute ich Ihnen etwas? Man sagte mir, dass ja. Wenigstens Sie bedeuten mir etwas. Oh, versprechen Sie mir, dass Sie meinen Namen nicht vergessen werden.«

»Nein, Prinz Ruffano, wie sollte ich Ihren Namen je vergessen?«

»Darf ich offen sprechen, Madame? Sie bewundern die Kaiserin sehr, ich verstehe, dass Sie bleiben wollen. Sie erscheint wie ein Engel mit diesem Ausdruck, dieser außergewöhnlichen Schönheit. Sie lieben sie sehr, Madame, ich habe es deutlich gesehen. Für einen anderen wäre das ein Glück. So ein schönes Gefühl, das sie vielleicht gar nicht zu würdigen weiß in dieser Größe, dieser völligen Selbstverleugnung.«

»Principe, kommen Sie doch. Wo bleiben Sie denn?«, ruft der König von Neapel.

Ein langer, verzweifelter Blick, eine Frage, die dann doch nicht gestellt wird. Endlich ist der Abschied vorüber. Nun hat auch Marie Festetics ihr kleines Drama gehabt.

Am nächsten Morgen, noch vor dem Frühstück, wird die Hofdame zur Kaiserin gerufen. Die Herrin ist im Gymnastikraum, den man für ihren Aufenthalt in Easton Neston hat einbauen lassen. Mit dem Rücken gegen die Leiter hängt sie mit beiden Armen an einer Sprosse, die gestreckten und geschlossenen Beine in die Horizontale gestreckt. Sie lässt sie wieder sinken, gleitet zu Boden und geht auf Festi zu.

»Wie geht es Ihnen, Marie? Fühlen Sie sich ganz gesund? Der gestrige Abend hat Ihnen doch hoffentlich nicht geschadet?«

»Nein, Eure Majestät. Ich bin wohlauf«, sagt Festetics. Die Kaiserin ist gar zu reizend in Ihrem knappen Turnkostüm, und wie liebevoll und besorgt sie fragt. Dann legt sie auch noch weich einen Arm um ihre Hofdame, zieht sie an sich und küsst sie lange und innig auf die Wange. Die Hofdame bringt nur ein einziges Wort heraus: »Majestät«.

Jetzt weiß Marie Festetics wieder, wozu sie auf der Welt ist: mit Leib und Seele und bis zum letzten Atemzug IHR zu dienen. Außerdem ist der Tag der Abreise gekommen, und es bleibt gar keine Gelegenheit, noch viel zu schmollen. Die Diener tragen bereits die großen Schrankkoffer hinunter und verpassen dem einzigartigen Treppenhaus von Easton Neston ein paar ordentliche Schrammen. In den unausgefegten Küchenschränken bricht kurz nach Abreise der Kaiserin eine Mäuseepedemie aus.

* * *

8 *Die Fußwaschung*

Am 5. April 1876 kehrt Kaiserin Elisabeth zurück nach Wien. Die Hofdame Festetics kehrt zurück nach Wien. Das eine bedingt das andere. Nach der langen, anstrengenden Reise würde Festetics sich gern in ihre privaten Räume zurückziehen. Sie wohnt nicht wie die anderen Hofdamen im Fräuleingang, in einem der einfachen aber vornehmen Appartements mit grau und weiß gestreiften Tapeten und einem rotseidenen Paravant vor dem Kamin, sondern muss drei Treppen emporsteigen. Die letzte Treppe ist eine Art Hühnerstiege. So hat man sie untergebracht, weil sie aus Ungarn kommt, und weil der Hof die Ungarn nicht leiden kann. Ihre Zimmer sind groß, aber niedrig und dunkel. Zwei kleine Fenster lassen je nach Tageszeit mehr oder weniger helle Lichtwürfel ein. Dafür gibt es einen weiten Blick über Wien. Die Meublierung erinnert an einen Bahnhof, oder ein armseliges Gasthaus auf dem Land. Die Stühle sind unbequem und zusammengesucht – alle Farben Holz. Das Schlafzimmer hat noch nicht einmal einen ordentlichen Waschtisch, bloß einen Hocker mit Wasserkrug und Schüssel. Für die ungarische Landgans ist das gerade gut genug, haben sie sich wahrscheinlich gesagt.

Jetzt sind die elenden Räume Festetics' Sehnsucht – den Mantel auf einen Stuhl gleiten lassen und einfach ins Bett fallen. Aber sie ist die Hofdame der Kaiserin und die Kaiserin ist nie erschöpft. Die Kaiserin möchte gleich das Badezimmer sehen, das der Kaiser während ihrer Abwesenheit hat einbauen lassen. Ein eigenes Badezimmer. Alle anderen Angehörigen der Kaiserfamilie werden sich weiterhin mit sieben Waschschüsseln begnügen müssen.

Franz Joseph kann den Blick nicht von Elisabeth lassen, wuselt um sie herum und nutzt jede Gelegenheit, seine Frau zu berühren. So gehen sie durch die Appartements der Kaiserin, den ganz in Weiß gehaltenen Salon, das unbehagliche Esszimmer, das rote Boudoir mit dem großen Toilettentisch voller Kristall und Silber und den gymnastischen Geräten an der Wand. Die graue Dogge Morphy gerät dem Kaiser wiederholt zwischen die Beine. Franz Joseph findet Elisabeths Riesenhunde mehr als anstrengend, allein der Geruch – aber was erträgt man nicht alles aus Liebe.

Und voilà, da ist es, das neue Badezimmer!

Die Kaiserin ist entzückt. Es gibt eine Badewanne aus verzinktem Kupferblech und sogar Wandarmaturen. Der Kaiser stupst sie an. Schau: Auf den Spiegel sind Pfingstrosen gemalt. Stups. Schau – der Boden ist aus Linoleum, so gibt es keine Feuchtigkeitsschäden. Stups. Sie ansehen, sie berühren; es ist ganz unwirklich, dass sie tatsächlich wieder da ist und jetzt neben ihm steht. Erneutes Stupsen: »Und jetzt kommt das Beste.«

In einem Nebenraum steht ein Wasserklosett in der Form eines Delphins. Dazu ist ein eigenes Waschbecken installiert. Beide sind mit einem zartblauen Muster auf weißem Grund bemalt. Middletons Augen haben auch dieses Blau.

»Wundervoll«, sagt Elisabeth und beginnt unvermittelt von England zu erzählen. Man geht in den weißen Salon zurück. Elisabeth gibt ungeheuer an, wie schnell sie geritten, wie hoch sie gesprungen ist, und dass sie dabei nur zwei schwere Stürze hat hinnehmen müssen. Die Pennants müssen im Herbst unbedingt nach Gödöllő eingeladen werden, der Oberst hat sie so gut pilotiert und ihr auch sonst sehr geholfen. Die lieben Pennants also – und natürlich auch Middleton, ein anderer Pilot. Wenn man den einen Piloten einlädt, kann man den anderen ja schlecht außen vor lassen. Außerdem werden sich die Pennants dann unter all den Ungarn nicht so einsam fühlen. Middleton habe die Einladung übrigens schon angenommen.

Elisabeth bittet den Kaiser, sie nun allein zu lassen. Sie sei sehr erschöpft. Kaum ist er weg, schickt sie einen Leiblakaien, um die Ferenczy zu holen. Ida Ferenczy ist ihre offizielle Vorleserin, ein Posten, der eigens für sie geschaffen wurde, da die Tochter eines einfachen ungarischen Landadligen beim besten Willen nicht zur Hofdame ernannt werden konnte. Idas Räume sind durch einen Gang mit den Gemächern der Kaiserin verbunden, sodass sich die beiden Frauen zu jeder Tages- und Nachtzeit treffen können. Es ist ein vielbesprochenes Phänomen, dass eine Frau so niederen Ranges so viel Zeit mit der Kaiserin verbringen darf.

Die Ferenczy tritt ein. Sie war einmal eine große Schönheit und ist immer noch sehr attraktiv. Die Kaiserin umgibt sich nur mit schönen Frauen. Selbst ihre Friseurin, die Feifalik, ist auffallend hübsch. Hässlichkeit ist Elisabeth körperlich zuwider. Außerdem ist es eine ganz andere Leistung, aus einer Ansammlung Schönheiten herauszustechen, als aus einem Kreis plumper Mauerblümchen.

Die Ferenczy hat den Pudel Plato mitgebracht.

»Na, Plato«, sagt die Kaiserin und sieht dabei die Ferenczy an, »warst du auch treu?«

Der schwarze Pudel beginnt zu sabbern und dreht sich im Kreis.

»Meine taufrische Blume«, sagt Ida Ferenczy, »wie gut du aussiehst! Was habe ich dich vermisst.«

Ida ist das einzige Mitglied des Hofstaates, mit dem sich Elisabeth duzt.

Die Kaiserin umarmt sie. Ida küsst sie auf die Wange.

»Wie allein ich war«, klagt die Kaiserin, »Nur fremde, gleichgültige Menschen um mich herum. Aber die Engländer. Ich muss dir von den Engländern erzählen ... Marie, Sie können jetzt gehen!«

Festetics beugt kurz die Knie und verlässt den Raum. Die

Türen öffnen sich wie von Geisterhand und die Türsteher in ihren dunklen, goldbestickten Livreen, den mandelgrünen Kniebundhosen und weißen Strümpfen, verbeugen sich auf das Devoteste und machen dabei verächtliche Gesichter.

»Jeden Tag habe ich an dich gedacht«, hört sie die Kaiserin zu Ida sagen, »aber du hast sträflich wenig geschrieben. Willst du heute Abend zu mir kommen und mich ein wenig einschläfern?«

Die Antwort kann Festetics nicht mehr hören. Aber es war ja auch gar keine Frage. Mit Tränen in den Augen eilt die Hofdame an zwei Militärs in Galauniformen vorbei, die vor einer Samtportiere erstarrt sind, dann eine Treppe hinauf, durch eine Geheimtür und den Korridor des Amalientrakts entlang, wo ein Burg-Gendarm auf und ab geht. Die Hofburg ist wie eine eigene kleine Stadt, in der es statt der Straßen Flügel gibt und Wohnbereiche für Aristokraten, Wohnbereiche für Beamte, Wohnbereiche für höhere und niedrigere Diener – alles durch 54 Treppen miteinander verbunden. Drei davon stapft Festetics hinauf. Als die Tür hinter ihr geschlossen ist, lässt sie den Tränen freien Lauf.

»Nur fremde, gleichgültige Menschen«, hat die Kaiserin gesagt. Die tausend Opfer, die Festetics ihr während der Reise gebracht hat, das Warten in der Kälte, die ständige Verfügbarkeit – all das zählt nicht. Es ist bloß Dienstespflicht. Die kleinen Freuden, die sie der Herrin bereitet hat, eine extra angewärmte Decke, ein Strauß erster Schneeglöckchen – die Kaiserin hat gar nicht gespürt, dass es mit Liebe geschah. Sie nimmt es als ihr natürliches Recht.

Gräfin Festetics lässt sich auf einen der rustikalen Stühle vor dem Kamin fallen. Niemand hat dafür Sorge getragen, dass ein Feuer brennt.

Kaiser Franz Joseph bittet den Obersthofmeister seiner Gemahlin mit dem Rechnungsabschluss zu sich. Zunächst will er aber wissen, ob die Reitabenteuer denn alle der Wahrheit entsprechen. Nopcsa kann nur bestätigen, dass die Kaiserin in England wahre Triumphe gefeiert hat.

»Bei meiner Seele: Es gibt wohl nirgends eine zweite Dame, die so reiten kann wie Ihre Majestät – und nur sehr wenige Herren.«

Er überreicht dem Kaiser das Rechnungsabschlussdokument der Englandreise. Der Spaß hat alles in allem 106.516 Gulden und 93 Kreuzer gekostet. Franz Joseph zieht die Augenbrauen hoch und genehmigt. Dann greift er hinter sich und reicht Nopcsa die Abschrift eines Briefes, den Sir Henry Ponsonby, der Privatsekretär Königin Victorias, an den britischen Botschafter in Wien geschrieben hat.

Nopcsa überfliegt die Zeilen. Ganz wie er befürchtet hat: Der überaus kurze Besuch der Kaiserin bei der Englischen Königin hat für Gerüchte gesorgt. Die im Zug eingenommene Mahlzeit und der vielfach so lang ausgefallene Besuch der Kaiserin bei Ferdinand Rothschild – alles von der Presse detailliert kolportiert – haben das Gerüchtesüppchen dann noch richtig zum Kochen gebracht. Offenbar ist an verschiedenen Stellen der Eindruck entstanden, Elisabeth von Österreich-Ungarn hätte auf Schloss Windsor keine Mahlzeit angeboten bekommen. Privatsekretär Ponsonby fragt höflichst an, ob es nicht opportun wäre, zumindest die unsinnigsten Gerüchte mit einem offiziellen Dementi zu beantworten.

»Nun, was können Sie mir dazu sagen?«, will der Kaiser wissen.

Nopcsa berichtet zerknirscht, dass die Dinge sich mehr oder weniger tatsächlich so zugetragen haben, bestätigt auch den Umstand, dass Ihre Majestät die Kaiserin bei ihrer Ankunft in Windsor mitten in den Gottesdienst geplatzt ist und dass sie mehrfach abgelehnt hat, zum Dinner zu bleiben. Franz Joseph nickt und Nopcsa ist entlassen. Dann schreibt der Kaiser dem Englischen Botschafter einen Brief, und der Englische Botschafter in Wien schreibt kurz darauf einen Brief nach London, Buckingham Palace, Sir Henry Ponsonby, Privatsekretär Ihrer Majestät:

»Ich freue mich, Ihnen mitteilen zu können, dass hierorts nie irgendwelche Zweifel bestanden haben, die Kaiserin wäre auf Schloss Windsor nicht zum Essen gebeten worden. Über die Geschichte mit der Kirche und dem Gottesdienst wurde hier überhaupt nicht gesprochen und ich habe nur Graf Andrássy davon in Kenntnis gesetzt, denn wenn die Zeitungen davon Wind bekämen, könnte das unangenehme Folgen haben und eine für den Kaiser peinliche Situation heraufbeschwören. Im Kreise des höheren Adels wird die Tatsache, dass die Kaiserin einen ganzen Tag bei einem Juden verbracht hat, schärfstens kritisiert. Ich habe Graf Andrássy auch nicht verschwiegen, dass man in England Sonntagsbesuchen ablehnend gegenübersteht; es wird ihm nicht schwerfallen, an geeigneter Stelle darauf hinzuweisen, wie wenig ratsam es wäre, einen solchen zu wiederholen.«

Der Kaiser selber wird es Elisabeth gegenüber nicht zur Sprache bringen. Erstens mag er sich nicht streiten und zweitens kann Außenminister Andrássy das auch viel besser regeln. Der macht das so nebenbei, in einem freundschaftlichen Gespräch, ohne dass Elisabeth überhaupt mitbekommt, dass ihr Verhalten beanstandet wird. Die Kaiserin schätzt keine Kritik. Wenn man Pech hat, zieht sie sich dann ganz zurück. Das wäre fatal, denn für Anfang Mai haben sich die Königin von Belgien und die griechischen Majestäten angesagt. Elisabeth empfindet solche Visiten sowieso schon als Heimsuchungen, ihrem Freiheitstrieb ist jede Beschränkung zuwider. Selbst ein kleines Diner ist, nur weil es im Voraus festgelegt worden ist, eine schreckliche Qual. Schon Tage zuvor ist sie niedergeschlagen, geradezu verzweifelt. Diesmal hadert die Kaiserin ganz besonders, weil der hohe Besuch ausgerechnet im schönsten Monat des Jahres eintreffen will. Nichts kann sie darüber hinwegtrösten. Aber Franz Joseph weiß: Wenn es dann so weit ist, wird ihr niemand etwas anmerken. Reizend und zuvorkommend wird Elisabeth die Gäste begrüßen und ihren berühmten Charme versprühen. Da kann er sich auf sie verlassen.

Doch zuallererst gilt es, die Zeremonie der Fußwaschung hinter sich zu bringen, denn am 13. April ist Gründonnerstag, und der Gründonnerstag ist der Tag, an dem Habsburgs Herrscher ihre Demut vor Gott und ihre aufopferungsvolle Liebe für ihre Untertanen zeigen, indem der Kaiser zwölf armen, hochbetagten Männern die Füße wäscht. Die Kaiserin wird dieselbe Güte zwölf bedürftigen Greisinnen erweisen. Die Fußwaschung ist eine ungemein beeindruckende Zeremonie. Die Einlasskarten für die Logen im Festsaal sind seit Wochen vergriffen.

Und es geht los: Der Kaiser wird von den obersten Hofchargen, den Gardekapitänen und einem Generaladjutanten begleitet. Dahinter gehen die Erzherzöge mit ihren Obersthofmeistern. Alle tragen ihre farbenfrohen Uniformen. Dahinter kommen die Damen in rabenschwarzen Seidenkleidern, weißen Handschuhen und mit weißen Rüschenbändern, die von den Schläfen herabhängen. Zuerst die Kaiserin mit ihrem Hofstaat, dann die Erzherzoginnen mit ihren Hofstaaten. Den Schluss bilden sechs Palastdamen. Die Prozession windet sich zunächst durch die Hofburg, und durch welche Säle sie auch kommen, überall stehen Garden Spalier. Die lange Kleiderschleppe hängt wie ein Anker an der Kaiserin, auch wenn ihre Obersthofmeisterin das lästige Ding so hoch wie möglich hält. Elisabeth denkt daran, wie sie vor wenigen Wochen noch über englische Wiesen galoppiert ist. Über Gräben und Gatter. Wenn sie auf

Merry Andrew saß, konnte sie alles dem Pferd überlassen, selbst wenn es auf einen Pytchley-Oxer zuging. So zuverlässig war der Freund unter dem Sattel.

Bevor sie ins Freie tritt, bleibt Elisabeth für fünf Sekunden auf der Schwelle stehen, damit die Obersthofmeisterin die Schleppe an einen Edelknaben übergeben kann. In den Innenräumen tragen die Obersthofmeisterinnen die Kleiderschleppen der Kaiserin und der Erzherzoginnen. Sowie man ins Freie tritt, sind die Edelknaben zuständig. Hoffentlich ist ihr nicht wieder so ein Trottel zugeteilt worden wie im letzten Jahr. Der letztjährige hat die Schleppe zuerst fallen gelassen und ist beim Aufsammeln dann auch noch daraufgetreten. Diesmal geht alles gut, die Prozession erreicht ohne Unterbrechung die Hofburgpfarrkirche. Nach der Predigt und dem Hochamt begeben sich die Majestäten und ihr Gefolge in derselben Ordnung in den Zeremoniensaal, wo die ›Speisung der Armen‹ stattfinden wird. Unterwegs schließen sich sechs weitere Palastdamen dem Zug an. Im Zeremoniensaal stehen zwei lange Tafeln, eine rechts vom Eingang für die alten Männer, eine links für die alten Frauen. Wie stets handelt es sich um die allerältesten Armen, die aufzutreiben waren; die meisten dürften um die neunzig sein. Junge Hüpfer von achtzig Jahren brauchen sich gar nicht erst zu bewerben. Klappergestalten werden aber auch nicht zugelassen. Alle Greise und Greisinnen zeichnet eine gewisse Rüstigkeit aus. Zuvor wurden sie ärztlich examiniert, ob sie überhaupt imstande sind, die Prozedur durchzustehen und ob sie nicht etwas Ansteckendes oder Unappetitliches an sich haben, womöglich noch an den Füßen. Nun sitzen sie gründlich geschrubbt und schwarz eingekleidet auf den Bänken und sehen dem Einzug der Majestäten entgegen. Die meisten sind bereits jetzt vollkommen überwältigt von dem, was da auf sie zukommt. Der Kaiser geht zum oberen Ende der rechten Tafel. Die Kaiserin geht ans obere Ende der linken Tafel. Das Gefolge verteilt sich im Raum. Und es geht los: Die Speisen kommen. Aber natürlich kommen die Speisen nicht einfach bloß so. Den Schüsseln vorweg schreiten die beiden vornehmsten Garden – zuerst die Arcièren – lauter gut aussehende Generäle und Oberoffiziere gesetzten Alters, von denen keiner unter 1,74 Meter misst, noch verlängert durch einen Helm mit Büffelhaarbusch – dann die elegante ungarische Garde in hochrotem Tuch mit Silberverschnürung, auf dem Kopf eine eckige Pelzmütze mit 38 Zentimer hohem Reiherbusch und Iltisverputz, dann schreitet noch der Oberststallmeister vorweg und erst dann kommen die Truchsessen und Edelknaben mit den Schüsseln. Sie balancieren sie auf Tragbrettern, die sie in Brusthöhe vor sich halten. Am Eingang schwenken sie abwechselnd nach links und rechts und bleiben vor den Majestäten stehen. Elisabeth sucht den Blickkontakt mit Franz Joseph, und im selben Moment, in dem der Kaiser die erste Schüssel herunternimmt, nehmen auch die Kaiserin und ihre Obersthofmeisterin eine Schüssel von ihrem Tablett. Nahezu synchron landen die beiden Schüsseln vor dem ältesten Mann und der ältesten Frau auf dem jeweiligen Tisch. Der Kaiser nimmt nun eine Schüssel nach der anderen und stellt sie vor jeden der alten Männer. Die Kaiserin hingegen tritt einen Schritt zurück, damit auch die anwesenden Erzherzoginnen Gelegenheit haben, jeweils unter Beihilfe einer Palastdame eine Schüssel vor eine Greisin zu stellen. Nun wartet man eine Weile andächtig. Es ist nur ein Schaugericht, das nicht gegessen, sondern den Alten später mit nach Hause gegeben wird. Wer weiß, wie ein echtes gemeinsames Essen von Kaiser und Bettelmann, schönster Frau Europas und Hutzelweib sich sonst gestalten würde. Am Ende wären alle bloß geniert. Außerdem hat man ja auch nicht ewig Zeit. Eine der Greisinnen kann sich nicht beherrschen und sieht sich nervös um. Direkt hinter ihr steht ein Gardist von dessen Haube ein Springbrunnen aus weißen Zotteln herunterhängt. Dieser

Anblick bringt sie völlig aus der Fassung und zitternd sackt sie in sich zusammen und starrt auf die Tischplatte. Wenn sie doch erst wieder zu Hause wäre! Davon zu erzählen wird viel schöner sein, als es jetzt erleben zu müssen. Nach einer Weile nehmen der Kaiser und die Erzherzöge alle gleichzeitig die Speisen von der rechten Tafel wieder herunter und stellen sie auf die Tragbretter zurück. Dasselbe machen die Kaiserin und die Erzherzoginnen an der linken Tafel. Nun wird der zweite Gang auf dieselbe Weise auf- und wieder abgetragen und danach der dritte, und danach das Dessert. Ich schreie gleich, denkt Elisabeth. Nach dem letzten Gang werden die Tafeln rasch abgedeckt und aus dem Saal gebracht. Nun haben die Hausoffiziere und die Palastdamen ihren Einsatz. Sie ziehen den Alten die Schuhe und Strümpfe aus und legen ihnen ein Tuch über die Knie. Für alle Fälle nehmen Verwandte oder Betreuerinnen hinter den Alten Aufstellung. Der Hofkaplan beginnt das Evangelium des Tages abzusingen. Der Kaiser übergibt seinem Oberstkämmerer seinen Helm, die Kaiserin bekommt von ihrer Obersthofmeisterin ein Handtuch gereicht. Je zwei Prälaten gesellen sich zu ihnen. Bei den Worten des Evangeliums »er coepit lavare pedes discipulorum« knien die Majestäten nieder. Ein Prälat gießt Wasser über die knöchernen Füße des ältesten Mannes, der andere fängt das Wasser mit einem goldenen, von den besten Silberschmieden des achten Jahrhunderts gefertigten Becken auf. Der Kaiser streicht mit einem Tuch hingebungsvoll erst über den linken, dann über den rechten Fuß und rückt auf den Knien weiter zum nächsten Greis. Auf der linken Seite ist Kaiserin Elisabeth auf gleiche Weise mit den zwölf alten Frauen beschäftigt. Die Damen und Herren in den Logen sind entzückt. Tuscheln dürfen sie jetzt nicht und so werden sie sich erst später darüber auslassen können, mit welch unnachahmlicher Würde Kaiser Franz Joseph diese freiwillige Erniedrigung absolviert – ein demütiger

Diener Gottes und ein wahrer Vater des Volkes. Und wie anmutig die Kaiserin aussieht, wie sie die Augen niedergeschlagen hält, wie ihr schwarzes Kleid schimmert, wie graziös sie kniet und der lange Schlepp ausgebreitet hinter ihr herrutscht ... Wie ein schwarzer Schwan sieht sie aus. Wie eine schwarze Lilie. Das müssen selbst die zugeben, die sie eigentlich nicht leiden können. Die zuschauenden Damen durften nicht im Hut erscheinen, sie tragen stattdessen ein schwarzes Spitzentuch auf dem Kopf. So können sie sich auch selber ein wenig als Teil der Zeremonie fühlen.

Wenn alle armen Füße abgefertigt sind, waschen sich die Majestäten am unteren Ende des Saales die Hände. Ein Edelknabe hält das Becken und ein Truchsess gießt beim Kaiser Wasser über dessen Hände. Dies ist sein großer Tag. Eine der wenigen Gelegenheiten für einen Truchsess am Wiener Hof, sein Ehrenamt ausüben zu können. Der erste Obersthofmeister überreicht Seiner Majestät das auf einer silbernen Tasse bereitgehaltene Handtuch. Niemand anderes darf das tun. Bei der Kaiserin gießt eine Palastdame das Wasser über ihre Hände und die Obersthofmeisterin überreicht ihr das Handtuch. Gleich schreie ich, denkt Elisabeth wieder. Sie ist ein tiefgläubiger Mensch, schreien möchte sie trotzdem. Nun kommt der letzte Teil der Zeremonie. Den vierundzwanzig armen Greisen und Greisinnen werden von den Majestäten weiße Lederbeutel, jeder gefüllt mit dreißig Silbermünzen, um den Hals gehängt. Dann werden ihnen noch ein Krug und ein Becher aus grünem Steingut in die Hände gedrückt.

Es ist geschafft.

Die Alten werden von den Gardisten hinausgeleitet. Vor der Botschafterstiege des Schweizertrakts warten die Hofkutschen. Wenn sie nach Hause fahren, steht neben ihnen auf dem Sitz eine mit dem kaiserlichen Doppeladler bemalte Holzwanne, die mit den vier Speiseschüsseln gefüllt ist. Wie die Nachbarn schauen werden, wenn man so zu Hause vorfährt. »So a Wagen!«, werden sie sagen, »und die Schimmeln!«

Elisabeth lässt sich umkleiden, tauscht das schwarze Schwanengefieder gegen ein rosa Kleid ohne Schlepp, aber ebenfalls von unbequemer Pracht und geht mit ihrer Hofdame Festetics in den Volksgarten, sich die Füße vertreten. Das Gesicht hat sie hinter einem Schleier verborgen. Sie atmet tief ein, schließt die Augen und spürt die Sonnenstrahlen durch das spinnwebartige Textil auf ihrem Gesicht. An der Ecke begießt eine dicke Blumenfrau, die mindestens sechs Schürzen übereinander trägt, ihre leuchtenden Sträuße mit Wasser aus einer dunkelgrünen Kanne. Ein junges Paar kommt ihnen entgegen, erkennt die Kaiserin trotz des Schleiers, grüßt glücklich, geht aber aus ergebenem Anstandsgefühl auch gleich weiter. Die Kaiserin wendet sich an ihre Hofdame.

»Ich habe mir überlegt, dass ich Sie dieses Jahr gern nach Ischl mitnehmen würde. In die Sommerfrische.«

Festetics erschrickt. Die Eltern in Ungarn freuen sich schon seit Wochen auf ihr Kommen. Nun wird ihnen selbst dieses kleine Glück genommen. Auch ihr Bruder Karl bräuchte dringend ihren Zuspruch. Es hat sich herausgestellt, dass seine Frau in gesegneten Umständen ist. Dabei sind sie im Januar erst geschieden worden. Nach nur vier Monaten Ehe.

»Oder kommt Ihnen das nicht gelegen?«

»Oh, doch, natürlich, Eure Majestät«, erwidert Marie Festetics, »ich wundere mich nur, weil Eure Majestät mir unlängst gesagt haben, dass Therese Fürstenberg mitkommen würde.«

Die Landgräfin Therese von Fürstenberg ist die neue Hofdame, die an die Stelle der ausscheidenden Hofdame Schaffgotsch treten soll.

»Nein, ich würde lieber Sie mitnehmen. Das heißt, ich nehme Sie mit, wenn der Dienst Ihnen nicht zu viel wird und wenn

Ihre Eltern es Ihnen nicht nachtragen, dass Sie nicht nach Hause fahren.«

»Aber Eure Majestät – ich gehe mit Freuden mit.«

Jetzt hat auch ein Bürger mit Frau und zwei Kindern, alle im Sonntagsstaat, die Kaiserin erkannt. Er bleibt am Wegrand stehen, lüftet den Hut, hält auch die Kinder an, Front zu machen und lenkt durch sein Gebaren natürlich die Aufmerksamkeit der anderen Bummler auf die Kaiserin. Elisabeth spannt ihren Parasol auf und entfaltet den Fächer vor ihrem Gesicht.

»Wird es Ihnen wirklich nicht zu viel?«

Wieso fragt die Kaiserin wieder und wieder nach? Da stimmt etwas nicht.

Irgendjemand muss irgendetwas zu ihr gesagt haben, etwas in der Art, dass die Hofdame Festetics sich über zu viel Arbeit beklagt hätte. Natürlich ist Festetics erschöpft. Sie ist völlig erschöpft. In den letzten Jahren hat sie mehr Dienste übernommen als alle anderen Hofdamen zusammen. Aber natürlich hat sie sich nicht beklagt. Sie würde sich niemals beklagen.

»Aber Eure Majestät, es wurde mir nie zu viel. Ich bin immer glücklich, wenn ich meinen Dienst bei Eurer Majestät leisten darf.«

»Na ja, das habe ich gefühlt. Aber vielleicht sind Sie müde?«

»Eure Majestät, wenn ich sechs Jahre lang nicht müde war, warum sollte ich es jetzt sein? Seitdem ich Eurer Majestät diene, war ich immer bei Ihnen und das tat mir wohl.«

»Das stimmt auch«, sagt sie.

Inzwischen wird die Kaiserin von einem Pulk Menschen verfolgt, von denen einige sich einen Sport daraus machen, immer wieder vorzulaufen, dann stehen zu bleiben und zu versuchen, einen Blick auf das Gesicht der Kaiserin zu erhaschen. Gut gekleidete, sogenannte anständige Menschen.

»Kommen Sie«, sagt Elisabeth, dreht sich um und läuft mit so großen Schritten zurück zur Hofburg, dass Festetics kaum mithalten kann.

Am nächsten Morgen stehen Marie Festetics und Ida Ferenczy im Fräuleingang und warten, dass die Hofdame Ludviga herauskommt. Ludviga Schaffgotsch hat ihren Abschied genommen und verlässt heute den Hof.

»Ich habe gehört, du willst die Theatervorstellung der Metternich besuchen«, sagt Ida Ferenzcy zu Festetics. »Ist das wahr?«

»Ich muss«, antwortet Festetics. »Nach der Vorstellung ist Soirée bei Andrássys am Ballhausplatz und ich soll beim Begrüßen der Gäste helfen. Es werden Hunderte sein.«

»Ach so«, sagt Ida.

Zwischen der Kaiserin und der Fürstin Metternich besteht eine gegenseitige Abneigung. Seit vielen Jahren schon. Graf Andrássy ist hingegen einer der besten Freunde der Kaiserin. Festetics' Freveltat, eine Metternich-Veranstaltung zu besuchen, ist durch die Gefälligkeit gegen Andrássy wieder ausgeglichen und gerechtfertigt.

»Als ich eben bei Ihrer Majestät war, hat Ihre Majestät Andeutungen gemacht«, sagt Ida. »Es scheint, du hast etwas gesagt, was Ihre Majestät verletzt hat. Ihre Majestät wollte mir aber nicht sagen, was es gewesen ist.«

Marie Festetics ist wie vor den Kopf geschlagen. Nichts, es ist rein gar nichts vorgefallen. Da ist sie sich vollkommen sicher. Oder?

Die Tür öffnet sich und die siebenunddreißigjährige Hofdame Ludviga Schaffgotsch aus altem schlesischen Adelsgeschlecht tritt heraus. Ihre Kammerzofe trägt den golden glänzenden Käfig mit dem Papageien, den Ihre Majestät der Schaffgotsch vor drei Jahren geschenkt hat. Er hat kaum noch

Federn. Lange wird er es wohl nicht mehr machen. Kühl reicht Ludviga Ida Ferenczy die Hand und nickt stumm und gnädig zu deren Abschiedsworten. Dann reicht sie Festetics die Hand.

»Ich gehe furchtbar ungern«, sagt Ludviga, während sie zwischen beiden Damen hindurchblickt, »eigentlich bin ich ein Opfer.«

»Tatsächlich?«, sagt Ida.

»Ja. Ich gehe bloß, weil Graf Grünne mich überzeugt hat, dass es unrecht ist, einen Platz einzunehmen, den ich nicht ausfüllen kann, weil dadurch Ihre Majestät nur auf Euch angewiesen ist. Es ist für die Verhältnisse aber nicht wünschenswert, wenn nur Ungarn um die Kaiserin sind.«

»Die Auffassungen des Grafen sind so unterhaltend«, sagt Festetics.

Ludviga fährt hoch.

»Eigentlich ist alles deine Schuld. Wenn du nicht gesagt hättest, dass dir der Dienst zu viel wird, hätte ich auch nicht gehen müssen.«

Sie rauscht davon. Festetics und Ferenczy sehen ihr nach. Es wäre schön, wenn der Papagei jetzt sein übliches »Du Lump« kreischen würde, aber dafür ist er wohl schon zu krank.

»Diese Frau ist nicht normal«, sagt Festetics. »So benimmt sich kein Mensch, der seine fünf Sinne beisammen hat.«

Auch Ida Ferenczy ist empört. »Nicht ein herzliches Wort, obwohl du die ganze Zeit den Dienst für sie getan hast – und dann hat sie sich doch immer noch das Frühstück von dir mitbringen lassen. Aber wenigstens wissen wir jetzt, weswegen die Kaiserin gekränkt ist.«

Festetics zieht das handgeschriebene Namensschild an Ludvigas bisherigem Appartement aus dem Rahmen und zerknüllt es.

»Ludviga selber kann es nicht gewesen sein, die Ihrer Majestät in den Kopf gesetzt hat, ich hätte mich beschwert. Dafür hat sie immer viel zu viel Angst gehabt, dass ihre Faulheit zum Thema werden könnte. Die Arme, jetzt hat sie ihre bequeme Existenz verloren. Dabei hätten wir meinetwegen gern auch weiterhin nebeneinander existieren können.«

Festetics seufzt. »Seltsam. Ich habe Ihrer Majestät überhaupt nicht angemerkt, dass sie gekränkt war. Sie ist so lieb und gut gewesen all die letzten Wochen. Bis sie gestern damit ankam, ob mir der Dienst zu viel würde?«

Ida zögert.

»Vielleicht steckt Nopcsa hinter allem. Ludviga hat er ja auch immer poussiert, und die Neue scheint er noch mehr zu mögen. Vielleicht hat Nopcsa irgendwelche Gründe angeführt, warum unbedingt Therese Fürstenberg mit nach Ischl kommen sollte. Vielleicht, weil nicht immer nur eine Ungarin mitdürfe.«

»Aber das hätte Ihre Majestät mir doch sagen können. Tut mir leid, Marie, hätte Ihre Majestät sagen können, aber es ist besser, Therese mitzunehmen, um den Ungarnfeinden die Mäuler zu stopfen. Da braucht es doch keinen Vorwand, dass mir alles zu viel werden könnte.«

Ida lacht.

»Der krumme Weg ist hier doch immer der bequemere. Warum etwas direkt sagen, wenn man es auch hintenherum erledigen kann.«

* * *

Die Fürstin Metternich übernimmt in Wien die Rolle der ersten Dame der Gesellschaft. Eigentlich stünde dieser Platz natürlich der Kaiserin zu, aber da Elisabeth darauf keinerlei Anspruch erhebt, ist es nun die Metternich-Pauline, die die meisten Wohltätigkeitsveranstaltungen und Bälle ausrichtet. Sie eignet sich auch viel besser dafür, denn sie liebt es im Mittelpunkt zu stehen, ist eine Meisterin der Konversation und berüchtigt für ihre Schlagfertigkeit. Auch in Modefragen ist sie tonangebend. Ihre Kleider sind stets von erlesener Eleganz. Was sie heute trägt, wird am nächsten Tag die Farbe und der Schnitt der Saison sein. An diesem Abend gibt es eine Theatervorstellung in der Komischen Oper zu Gunsten der Überschwemmten. Im Februar haben sich die Eisschollen auf der Donau übereinandergeschoben wie beim Caspar David Friedrich. Der Eisstoß staute das Wasser, dass es weit über die Ufer trat, in die Häuser drang und die Wiesen Wellen schlugen. Das Theaterstück heißt »Das Nandl von Ebensee«. Adolf Wilbrandt hat es eigens für die Fürstin geschrieben, und bei der Premiere wird Pauline Metternich höchstpersönlich das Nandl geben.

Hofdame Festetics trägt zu diesem Anlass große Robe, hellblau mit sehr viel Tüll, und hat sich ein Diadem ins Haar stecken lassen. Neben Andrássys Tochter sitzt sie in der gräflichen Loge und staunt über das Bühnenbild, das ein Wunder der Tiefe ist: hinten die gemalten Berge mit dem See davor, in der Mitte die künstlichen Felsen und im Vordergrund eine sanft geschwungene Wiese aus leuchtend grünem Tuch. Am Bühnenrand wachsen riesige Enziane und ein Edelweiß, dessen Blüte man als Hut tragen könnte. Die Metternich-Pauline weiß, dass Wiens verwöhntes Publikum Opulenz erwartet. Von allem muss es reichlich geben: viel Musik und viel Ballett, pompöse Kostüme und überwältigende Dekorationen. Die Schauspieler für die Metternichschen Darbietungen werden aus der Aristokratie rekrutiert. Sie haben wochenlang geprobt, aber es ist ja für die gute Sache. Nur in der Rolle des jugendlichen Liebhabers darf ein echter Bühnenkünstler, der Hofburgschauspieler Sonnenthal, glänzen – sicher ist sicher. Sonnenthal ist schon über 40 Jahre und etwas pummelig, aber das Jugendlich-Feurige spielt er einfach herbei, das kann das Genie. Das Premieren-Nandl ist schließlich auch kein Backfisch mehr.

Die 1700 Theaterplätze sind natürlich ausverkauft. Es raschelt Tüll, es raschelt Taft, die Dekolletés sind rund und tief, der Familienschmuck funkelt, die Fräcke schimmern schwarz und die bunten Uniformen sind voller Orden. Das Nandl ereilt sein Schicksal. Aber wie es ausgeht, kann Festetics nicht mehr abwarten, kurz vor Schluss muss sie sich mit dem Andrássy-Mädel hinausschleichen, um vor allen anderen am Ballhausplatz anzukommen. In der Kutsche ist Zeit für eine Kurzkritik. »Ich bedauere Sofie Metternich«, sagt Ilancsi Andrássy, »seine Mutter so zu sehen muss furchtbar sein!«

Festetics stimmt zu. Das Nandl von Ebensee war greulich gemein, da ist man sich einig.

Festetics hilft also, bei Andrássys die Honneurs zu machen, und sie sind alle, alle gekommen. Endlich trifft auch die Fürstin Metternich ein. Sie trägt jetzt statt des Dirndls ein umwerfendes Kleid, cremefarben, sehr elegant, das Dekolleté lotet die Grenzen des Möglichen aus. Anscheinend hat sie sich aber nicht die Zeit genommen, ihre Bühnenschminke zu entfernen. Im Gegenteil, sie hat ein noch leuchtenderes Rot auf die großen Lippen getan. Über den samtig braunen Augen dräuen zwei schwarze Balken, die gut zu ihren schwarzen Haaren passen und von der Stumpfnase ablenken. Ist diese Frau schön? Ist sie hässlich? Ihr großes Selbstbewusstsein spricht dafür, dass sie schön sein muss. Und doch ist es bestürzend, mit welcher Gehässigkeit andere Frauen diesbezüglich über sie herziehen. Der Gesamteindruck der Fürstin ist jedenfalls faszinierend. Die kaum mittelgroße Gestalt scheint über alle Damen herauszuragen.

»Luziwuzi«, schreit sie, als sie Erzherzog Ludwig Viktor, den jüngsten Bruder des Kaisers im Gewühl entdeckt, und der Erzherzog küsst ihr mit der etwas preziösen Anmut eines Prinzen des 18. Jahrhunderts die Hand. Die knallroten Lippen der Fürstin reißen in einem breiten Lächeln auseinander und geben ein tadelloses weißes Gebiss frei.

»Du meine Güte, wie schockierend«, sagt Luziwuzi und weist mit spitzem Finger mitten ins Gesicht der Fürstin. »Hast du dich mal wieder auf die Malerei geworfen?«

Die Fürstin Metternich ist die einzige Frau in der Wiener Aristokratie, die Lippenrot benutzt.

»Du weißt ja nicht, wie schockierend mein Mund erst im Naturzustand ist«, erwidert sie. »Ohne Rouge ist er violett wie eine Aubergine. Willst du, dass ich so herumlaufe, Eure Kaiserliche Hoheit?«

Das will Erzherzog Luziwuzi natürlich nicht.

Die Zeit ist streng, aber sie erkennt Ausnahmen an. Frauen der Aristokratie schminken sich nicht, aber Pauline Metternich lässt man es durchgehen. Man lässt ihr auch durchgehen, wenn sie sich ein Zigarette zwischen die bunten Lippen steckt. Nathaniel Meyer Baron von Rothschild tritt ein. Noch so eine Ausnahme: Juden haben auf höhere Auszeichnungen keinen Anspruch, aber einzelne Juden werden sogar geadelt.

»Nathi«, schreit die Fürstin Metternich, »Nathi, komm her.« Einige Barone drehen sich neidisch um. »Nathi«, hat die Fürstin zu Nathaniel Rothschild gesagt. Zum Baron erhoben zu werden ist das eine. Aber die Dazugehörigkeit zur besten Familie der Welt ist erst dann erreicht, wenn der alteingesessene Adel einem das Du anbietet und einen Spitznamen verpasst. Erst wenn man der Rudi, der Fackerl, die Mizzi, der Tutz oder der Nathi ist, erst dann hat man es so eigentlich geschafft.

Der Nathi und die Pauline sind engstens verbunden. Er stemmt den Großteil des Geldes für ihre Wohltätigkeitsveranstaltungen, und wenn Baron Rothschild zu einem seiner Gartenfeste einlädt, vertritt Pauline Metternich bei ihm die fehlende Hausfrau. Ihre Anwesenheit lässt auch die vornehmsten Aristokratinnen ihre antisemitischen Gefühle überdenken, und die letzten Vorbehalte verfliegen am Büfett, wo sich die süßesten Erdbeeren aus den berühmten rothschildschen Glashäusern rekeln.

»Wird unsere große Kunstreiterin heute Abend auch erwartet?«, fragt Erzherzog Ludwig Viktor.

»Die Kaiserin? Oh nein, wo denkst du hin. Sie hat sehr herzliche Grüße geschickt, fühlt sich aber nicht wohl.«

Die Metternich lacht. Festetics rückt ein wenig näher, um alles mitzubekommen, falls hier wieder über ihre Herrin gelästert wird.

Gleichzeitig begrüßt sie die Baronin Vetsera, eine dunkle Schönheit – vielleicht eher apart als schön –, die märchenhaft reich sein soll. Ihr Ruf ist nicht so gut, aber – wie gesagt – die Zeit macht Ausnahmen, und auch der ältere Adel lässt Fünfe gerade sein, wenn jemand erstklassig zu bewirten versteht.

»Ihre Reitausflüge haben die hohe Frau vermutlich zu sehr angestrengt«, sagt Luziwuzi jetzt und nimmt sich ein Sektglas vom Tablett, das ihm ein entzückender Lakai mit einer in die Stirn verrutschten Haarsträhne hinhält. »Sie soll in England ja wahre Triumphe gefeiert haben.«

»Bedaure, mit derlei kann man mich nicht beeindrucken«, erwidert die Metternich, »mein Vater hat mich schon als Kind zu sich in den Sattel gehoben, und da musste ich mit ihm die höchsten Barrieren springen. Ich kenne es zur Genüge.«

»Dann sind die Geschichten im Sándor-Album also alle wahr?«

Es ist die Vetsera, die sich zu Wort gemeldet hat. Sie will als Stichwortgeberin ihre Gunst bei der Fürstin Metternich vertiefen. Denn ihre Herkunft ist ein wenig dubios – orientalisch und bürgerlich, man weiß nicht, was schlimmer ist. So muss die Baronin Vetsera neben ihrem Geld auch all ihren Charme einsetzen, um ihre gesellschaftliche Stellung in Wien auszubauen.

Und man kann Pauline Metternich keinen größeren Gefallen tun, als ihr Gelegenheit zu geben, von den Heldenstücken ihres Vaters zu erzählen. Graf Sándor ist ein Wiener Original und war einmal ein so sensationeller Reiter, dass seine Abenteuer in Bildern festgehalten und in einem viel gelesenen Album zusammengefasst wurden.

»Es liegt kein Jota Übertreibung darin«, erwidert die Metternich prompt. »Einmal hat ein Engländer versucht, das Können meines Vaters kleinzureden. Mein Vater war gerade eine Treppe herauf- und wieder heruntergaloppiert. Er setzte mit seinem Hengst Tartar über einen Leiterwagen und sprang durch ein Fenster in ein Haus hinein und wieder hinaus. Da behauptete dieser Engländer doch allen Ernstes, solche Kunststückchen hätte er schon öfter gesehen. Da hätten Sie meinen Vater erleben sollen, Baronin! Er ließ seinen feurigsten Fünferzug anspannen, lud den Engländer ein und fuhr mit ihm auf einen Berggrat, von dem ein steiler Weg hinabging. In Schlangenwindungen. Mein Vater feuerte seine Pferde an, und als das Gespann wie toll dahinraste – natürlich viel zu schnell für die nächste Kurve –, da warf mein Vater die Zügel in die Pferde hinein und rief dem leichenblassen Engländer zu: »Na – haben Sie das auch schon gesehen?«

Alle lachen. Die Vetsera reißt vor Vergnügen ihre dunklen Augen auf.

»Was ist geschehen?«

»Selbstverständlich warf der Wagen um. Die Stallleute sprangen rechtzeitig ab, der Engländer brach sich ein paar Rippen, und mein Vater hatte sich wieder einmal das Schlüsselbein gebrochen. Ich glaube, es war das vierzehnte Mal.«

»Wie wundervoll du erzählen kannst, Pauline«, sagt Baron Rothschild, »ohne dich wäre Wien nur halb so vergnüglich.«

»Danke Nathi. Früher gab es auch bei Hofe viele, die unvergleichlich gut plaudern konnten – ich denke nur an unsere liebe Erzherzogin Sophie. Das hat sich ja leider gründlich geändert. Inzwischen halten manche es nicht einmal mehr für notwendig, beim Sprechen überhaupt noch den Mund aufzumachen.«

Die Umstehenden kichern verhalten. Nur Erzherzog Ludwig Viktor lacht aus vollem Halse. Festetics hat jedes Wort mitbekommen, und jedes einzelne schneidet ihr wie ein Messer ins Herz. Das ist auch nur in Wien möglich, dass eine Salonlöwin in aller Öffentlichkeit die Kaiserin beleidigen darf. In Russland würde man für weniger nach Sibirien deportiert.

Als die meisten Gäste eingetroffen und die Honneurs gemacht sind, begeben sich Gräfin Festetics und die Andrássy-Tochter zu einem Tisch, an dem ansonsten nur Schauspieler und Schauspielerinnen platziert sind. Graf Andrássy hat im Vorherein mit großen Hundeaugen um Entschuldigung gebeten – irgendjemand muss schließlich bei den Schauspielern sitzen und ihnen das Gefühl vermitteln, sie würden dazugehören. Marie Festetics ist das sehr recht. Sie genießt es sogar. Da ist Charlotte Wolter, die Königin des Burgtheaters. Eine Naturgewalt. Durch ihre tiefschwarzen Haare, ihre unergründlichen Augen und ihr Temperament ist sie für tragisch-heroische Rollen geradezu geboren – solange sie daran denkt, ihren rheinischen Dialekt zu unterdrücken. Ganz Wien sitzt ihretwegen im Burgtheater und wartet auf den Moment, wenn ihr vibrierender Mezzosopran zu einer Höhe anschwillt, die mit der Macht des schrillsten Naturlauts ans Herz greift. Das ist er, der berühmte Wolterschrei! Wie ein Blitz aus dunkler Wolke. Im letzten Jahr hat Makart sie als Messalina gemalt, aber ganz züchtig. Neben ihr sitzt ein junger Mann, Thimig mit Namen. Er scheint sehr schüchtern, obwohl er vom Fach her Jugendlicher Liebhaber ist. Neben ihm das Fräulein Stella von Hohenfels, die mit sechzehn Jahren an der Burg als Desdemona debütierte, und immer noch keine zwanzig Jahre alt ist. Ganz Wien spricht über ihr vornehmes, angeblich romanisches Blut. Sie wohnt bei der Familie des Grafen Wilczek, wo sie wie derengleichen behandelt werden soll. Es muss ein düsteres Geheimnis sein, das sie umgibt.

Am Schauspielertisch wird mehr getrunken als gegessen, die Stimmung schlägt immer höhere Wellen, da betritt Graf Gyula Széchényi mit seiner frisch angetrauten Gattin den Salon. Gräfin Paula Klinkosch-Széchényi ist halb so alt wie er und erscheint das erste Mal in Wien. Sie hat eine kleine Rolle im Theaterstück der Metternich ausfüllen dürfen. Eine Ischler Bäuerin ist sie gewesen. Nun trägt sie die Haare offen und ist mit ihren langen Locken und trotz der großen Nase recht hübsch, aber besonders glücklich sieht sie nicht aus. Die Köpfe der Aristokraten drehen sich zu ihr um und dann entschieden wieder weg. Die Gräfin ist die Tochter eines Ritters, ganz niederer Adel, kaum besser als Bürgertum. Es ist nur vernünftig, dass ihr Mann gar nicht erst versucht, sie der großen Gesellschaft vorzustellen, sondern sie gleich zum Schauspielertisch führt.

»Gyula Széchényi kann jetzt ohne Paula nicht leben, sehr bald wird er einsehen, er kann mit ihr nicht leben«, sagt Erzherzog Ludwig Viktor zur Fürstin Metternich. Er gibt sich nicht einmal die Mühe, seine Stimme dabei zu senken.

Széchényi bleibt vor der Hofdame Festetics stehen und stellt ihr, der Andrássy-Tochter und den Schauspielerinnen und Schauspielern seine junge Frau vor. Dabei zwirbelt er seine Schnurrbartenden, streicht sich über den Kinnbart und beobachtet argwöhnisch die Reaktionen. Festetics begrüßt die unsichere junge Gräfin freundlich.

»Wie reizend Sie anzuschauen waren als Ischler Bäuerin«, lobt sie.

Paula Széchényi lächelt dankbar.

»Siehst du Paula, das ist der Unterschied mit einer ungarischen Freundin«, sagt Graf Gyula mit bebender Stimme, »Gräfin Marie begrüßt dich liebevoll als ihresgleichen, die Wiener wollen dich hingegen nicht einmal ansehen. Pauline Metternich hat mir gesagt: ›Sie, lieber Gyula, werde ich mit Freuden wie bisher beim Tee sehen, wann Sie wollen. Ihre Gattin aber empfange ich nicht‹.«

Die junge Frau läuft bei diesen Worten rot an. Sogar ihre Arme werden rot. Festetics schämt sich für sie mit. Was denkt sich der Graf nur dabei, so offen zu reden. Sie bittet einen Lakaien, einen weiteren Stuhl für die Gräfin zu bringen. Schauspieler Thimig erzählt schnell eine Anekdote aus dem Burgtheater.

»Habe ich irgendetwas verpasst?«, fragt Elisabeth, als sie Festetics am nächsten Morgen zu sich ruft.

»Nein, eigentlich nichts.«

»Gar keine neuen interessanten Gäste?«

»Eine sehr schöne italienische Contessa war dort, Eure Majestät. Leider habe ich ihren Namen nicht verstanden. Sie hat kein einziges Mal gelächelt und sich fast gar nicht bewegt. Wenn sie doch einmal eine Hand hob, so wirkte das wie einstudiert. Man sagte mir, die Contessa versuche jede unnötige Bewegung zu vermeiden, um nicht so erhitzt und hässlich auszusehen wie die anderen Frauen. Sie trug violette Seide.«

»Was hatte die Metternich an?«

»Das Kleid der Fürstin hat überall Aufsehen erregt, Eure Majestät. Es war cremefarben, mit einem gerafften Oberteil. Der Rock natürlich wieder voller Volants.«

»Für mich sieht die Metternich immer wie ein Seidenäffchen aus, mit ihren ganzen Spitzen und Rüschen«, sagt die Kaiserin. »Wenn ich sie sehe, muss ich mich beherrschen, dass ich ihr nicht eine Orange zuwerfe. Hat sie wieder schlecht über mich gesprochen?«

»Davon habe ich zum Glück nichts mitbekommen, Eure Majestät. Da ich bei den Honneurs in ihrer Nähe stand, hat sie sich wohl nicht getraut. Die Fürstin hat viel von ihrem Vater erzählt. Sie scheint sehr stolz auf ihn zu sein und behauptet, dass er der beste Reiter aller Zeiten sei.«

»Der beste Reiter? Ein Trottel ist er«, sagt die Kaiserin, »einmal zu oft auf den Hinterkopf gefallen. Der ist seit über zwanzig Jahren nicht mehr geritten und war schon ein Trottel, bevor ich nach Wien kam. Die Erzherzogin Sophie und Erzherzog Franz Karl waren die Einzigen, die ihn überhaupt noch eingeladen haben. Natürlich nur nach Ischl. Und dann haben sie immer dafür gesorgt, dass an einem solchen Tag kein Fremder an der Hoftafel saß. Da konnte der Sándor dann sein wirres Zeug erzählen.«

* * *

10 Anna

Der Winter ist vergangen, der Frühling ist schon fast vorbei. Anna Heuduck hat den Kaiser seit Wochen nicht mehr getroffen, seit Monaten. Es ist, als wäre da nie etwas gewesen, als hätte sie sich alles nur eingebildet. Aber das ist wohl eher anders herum: Sie ist es, die niemals für ihn existiert hat. Dann taucht auch noch ihr liederlicher Ehemann wieder auf. Sie hat extra die gemeinsame Wohnung aufgegeben und ist zurück zu ihrer Mutter gezogen, aber er hat sie trotzdem gleich gefunden. Johann Heuduck fleht sie an, das Scheidungsprotokoll zu annullieren, verspricht, sich zu bessern und will mit ihr im Haus der Mutter wohnen.

»Du musst sie fragen, du kannst das besser«, sagt Johann.

Anna will nicht. Es gibt Stürme und Kämpfe. Die Mutter schlägt sich erstaunlicherweise auf die Seite des verlorenen Schwiegersohns und nimmt ihn wieder auf. Weil doch ein Kind unterwegs ist.

»Als wenn er sich um das Kind kümmern würde, der Lump«, schreit Anna. »Vater hätte das niemals erlaubt. Vater hätte gar nicht erst zugelassen, dass ich ihn heiraten muss!«

Aber der Vater ist tot. Seit drei Jahren schon. Alle fünf Brüder sind tot. Der älteste wurde zweiundzwanzig. Von den drei Schwestern leben nur noch zwei. Tuberkulose, Cholera, Masern – woran man in Wien so stirbt. Darum hat Anna sich damals auch nicht gegen die Hochzeit gewehrt. Nur raus aus diesem Kranken- und Sterbehaus, bevor sie selber an die Reihe käme. Jetzt wünscht sie, sie wäre zuhause geblieben und gestorben. Ihr Mann hat sich im letzten Jahr bei leichtsinnigen Dirnen angesteckt. Das hat er selber zugegeben. Wenn er nun sie ansteckt? Sie regt sich so auf, dass sie Fieber bekommt und vierzehn Tage im Bett liegen muss. Sie steht erst wieder auf, als ihr Mann eine Stellung als Reisender annimmt und für ein paar Tage verschwindet.

Da geht es ihr gleich wieder so gut, dass sie zum Mai-Korso in den Prater spazieren und den Kaiser wiedersehen kann, wenn auch nur von Weitem. Es ist ja immer so ein Gedränge. Auf einem braunen Pferd galoppiert Er vorbei, während die bezaubernd schöne Kaiserin neben der Königin von Belgien im Hofgalawagen sitzt. Mit dem Kutschen-Korso am 1. Mai endet für Wiens Aristokratie die Ballsaison. Danach verlässt man die Residenzstadt, um sich den Sommer über in Ischl oder in einem Seebad aufzuhalten oder sich auf einem ländlichen Familienschloss zu vergraben, Verwandte zu besuchen und Pläne für die Verheiratung der Kinder zu schmieden.

Anna gehört zu den Menschen, die zurückbleiben, die den letzten Rest Hoffnung verlieren und nicht mehr wissen, worauf sie warten sollen.

Der Kaiser hat es nicht so bequem, wie Anna Heuduck denkt. Selbst, wenn er sich in Ischl aufhält, sitzt er an seinem Schreibtisch, arbeitet und regiert und trägt eine drückende Verantwortung. Die christlichen Völker auf dem Balkan wollen sich vom osmanischen Reich lösen. Gerade jetzt überschlagen sich die Ereignisse. In Bulgarien wurden Regierungsgebäude gestürmt. Ob es sich um eine nationale Erhebung oder doch nur um Aufstände isoliert agierender Revolutionäre handelt, ist noch nicht abzusehen. Zehn Tage lang hält sich die kleine Stadt Batak für das Zentrum einer freien unabhängigen Republik. Am 12. Mai wird Batak von 8000 osmanischen Soldaten und Baschi-Bosuks eingekreist. Die gefürchteten Baschi-Bosuks setzt der Sultan bevorzugt bei Aufständen ein. Ihr Name bedeutet nicht nur, dass es sich um irreguläre Truppen mit der Erlaubnis zum Plündern handelt, sondern kann auch mit ›kaputt im Kopf‹ übersetzt werden. Obwohl

Batak sich ergeben will, werden in den nächsten fünf Tagen und Nächten fast sämtliche Einwohner niedergemetzelt – etwa 3000 Menschen, laut *Times* 5000 und wenn man der Londoner *Daily News* glauben will, sogar 7000 Menschen.

Geköpft, vergewaltigt und aufgeschlitzt, in Kirchen zusammengepfercht und lebendig verbrannt. Anschließend marodieren die Baschi-Bosuks in der ganzen Region.

Wiederholt fragt der russische Botschafter um Audienzen nach, deutet an, dass Zar Alexander sich demnächst einmal unauffällig mit Kaiser Franz Joseph und Außenminister Andrássy treffen möchte. Das riecht nach Krieg. Der russische Zar wird sich vermutlich als Retter der christlich-orthodoxen Bulgaren empfehlen wollen. Im schlimmsten Fall träumt Alexander wieder von seinem Großslawischen Reich. Alle slawisch sprechenden Länder vereint unter russischer Führung, sodass der überlegene slawische Volkscharakter, der sich zu gleichen Teilen aus Friedfertigkeit, Fleiß, Bescheidenheit und dem einzig wahren Glauben zusammensetzt, die Vorherrschaft des verdorbenen Westens endlich brechen kann. Und ganz nebenbei ergibt sich für Russland dabei auch ein Zugang zum Bosporus. Das blanke Entsetzen, das das Massaker von Batak in ganz Europa ausgelöst hat, spielt dem Zaren in die Hände. Gerade kämpfen 200 Aufständische in einem Kloster verbarrikadiert einen verzweifelten Kampf gegen die Übermacht von 10 000 osmanischen Soldaten. Und Europa zittert mit ihnen.

Der Kaiser hat gar nicht die Gelegenheit, an Anna zu denken. Als sie ihm gerade einfallen will, kommt die Nachricht, dass ein Passagierschiff der Ersten Donau-Dampfschifffahrts-Gesellschaft, der Raddampfer Radetzky, entführt und gezwungen wurde, in Bulgarien anzulanden, um aufständische Kämpfer abzusetzen. Ein Schriftsteller hat das vollbracht. Ein Wolkenkraxler. Vermutlich wird es keine drei Tage dauern, bis der Dichter sich eine Gewehrkugel fängt. Trotzdem müssen schleunigst Depeschen abgeschickt werden, dass Österreich nicht absichtlich in das Kampfgeschehen eingegriffen hat.

Am 10. Juni ist der Kaiser aus Ischl zurück und hat Wohnung in Schönbrunn bezogen. So steht es in der Zeitung. Anna Heuduck liest keine Zeitungen, hat aber von der Rückkehr des Kaisers auf dem Markt erfahren. Gleich am nächsten Morgen steht sie früh um vier Uhr auf und geht mit Lini eine Stunde quer durch Wien nach Schönbrunn, um ihn im Park abzupassen. Die Pferdebusse fahren ja so früh noch nicht. Ihr ist bang. Wenn Er sie überhat, dann soll er es ihr doch sagen. Dann weiß sie wenigstens, woran sie ist. Aber sich so lange nicht blicken zu lassen, das ist einfach nicht recht. Kurz vor der Ruine hört sie Schritte hinter sich, Schritte und Sporengeklirr. Der Kaiser. Sie bleibt stehen und schickt die Lini fort. Der Kaiser scheint ehrlich erfreut, ihr zu begegnen. Schnell sieht er sich nach allen Seiten um und zieht Anna hinter ein Gebüsch, umschlingt ihre Taille. Aller Groll, den sie gegen ihn gehegt hat, ist sogleich verflogen. Trotzdem will sie es dem Kaiser auch nicht zu leicht machen. Sie windet sich aus seiner Umarmung und reicht ihm stattdessen die Hand.

»Welch schöne Hand!«, sagt der Kaiser mit Bewunderung und hält sie fest.

»Ich dachte, Eure Majestät will mich gar nicht mehr sehen. Haben Eure Majestät denn gar nicht mein Gesuch erhalten?«

Sie verdrückt eine Träne.

Der Kaiser wirkt ehrlich erstaunt. Ein Gesuch? Aber ja doch! Hat sie denn nicht den Affen bekommen? Der Affe ist auch schon wieder tot. Keine drei Tage hat er gelebt, der Makake. Und schwanger ist sie auch noch. Der Kaiser zeigt sich mitfühlend.

»Ja, das ist schwer«, sagt er, »nun, wir werden sehen, was sich machen lässt.«

Er beugte sich herab und küsst ihre Hand.

»Schönes Mädchen, Frau oder Kind, was Sie sind, geben Sie mir einen Kuss!«

Er nimmt ihr Kinn in die Hand und drückt ihr einen Kuss auf den Mund. Sein Bart schmiegt sich an ihr Gesicht.

Er bittet sie, am nächsten Tag wiederzukommen – gleiche Zeit, selber Ort – damit er ihre Verhältnisse ordnen kann. Er fummelt noch ein wenig an ihrem Dekolleté herum – üppiger ist es jetzt, wie herrlich – und verabschiedet sich mit einem borstigen Kuss auf die Wange, bevor er den Kopf aus dem Gebüsch streckt, sich nach allen Seiten umsieht und davonklirrt. Anna wartet zwei Minuten, bevor sie ebenfalls hervorkommt. Lächelnd und ihr Kleid glatt streichend geht sie noch durch den Park, die Lini wiederfinden. Und einfach gehen. Die Welt ist schön. Wie lieb und besorgt der Kaiser ist, welche Mühe er sich gibt, ihr zu helfen. Bloß noch nicht nach Hause kommen, wo der Mann sitzt, der gemein und gleichgültig ist, falls er nicht gerade etwas von ihr braucht.

Am nächsten Tag übergibt der Kaiser ihr einen Briefumschlag, in dem eine größere Geldsumme steckt und macht auch gleich wieder ein Treffen für den Tag darauf aus. Bis Fronleichnam will er in Wien bleiben. Das sind beinahe zehn Tage.

»Bleiben Eure Majestät die ganze Zeit in Schönbrunn?«

»Natürlich, in der Hofburg könnte man es jetzt auch gar nicht aushalten. Die Militärkapelle probt für den Umgang, lärmt von morgens bis abends in den Stallungen, um die Pferde an die Musik zu gewöhnen. Dabei schlagen die Kerle die Tschinellen zusammen wie die Janitscharen und prügeln auf die Trommeln ein, bis meine armen Lippizaner die Ohren hängen lassen.«

Anna tut dem Kaiser einen kleinen Gefallen, und er küsst sie diesmal lange und zärtlich, bevor er sie im Gebüsch zurücklässt. Er hat ganz schwarze Wimpern, die sich dabei über seine Augen senken.

Es fügt sich nun, dass Annas Mann gleich am nächsten Tag eine größere Reise unternehmen muss. Ein neuer Kunde will ihn plötzlich sprechen, sofort, und die Reise wird bis nach Fronleichnam dauern. Anna und der Kaiser können sich also täglich sehen. Anna schwebt im siebten Himmel.

Aber dann ist die schöne Zeit vorbei. Keine Küsse mehr im Gebüsch. Der Kaiser hat sich verabschiedet. Morgen ist Fronleichnam und danach fährt er fort, um wichtige Personen zu treffen und ins Weltgeschehen hineinzuregieren.

Wenn der Mai-Korso das letzte Großereignis der Wiener Ballsaison ist, so ist die Fronleichnamsprozession das allerletzte Großereignis. Niemand findet etwas Anstößiges daran, die religiöse Zeremonie zu den Vergnügungen der Bälle, Soireen und Theaterstücke dazuzuzählen. Eine weitere Gelegenheit, die neuesten Toiletten auszustellen. Wegen ihres großen Unterhaltungswertes wird die Fronleichnamsprozession auch der Hofball Gottes genannt. Wer in der Sommerfrische von Langeweile geplagt wird, fährt zwischendurch nach Wien zurück, um sich den ›Umgang‹, anzuschauen. Für die Kaiserfamilie und ihren engeren Kreis ist die Teilnahme keine Frage der Langeweile, sondern Pflicht. Die Habsburger sind die Hauptdarsteller. Der Kaiser demonstriert bei der Prozession seine unauflösliche Verbundenheit mit der katholischen Kirche. Die Kaiserin eigentlich auch. Aber die Kaiserin kann an der Prozession dieses Jahr nicht teilnehmen. Ihr ist unwohl. Wie im letzten Jahr. Und im vorletzten. Auch Graf Esterházys Gesundheitszustand lässt alljährlich vor der Fronleichnamsprozession zu wünschen übrig. Als kaiserlich-königlicher Kämmerer hat er Anwesenheitspflicht und muss sich schriftlich abmelden und wohl begründet entschuldigen, was er auch jedesmal sehr korrekt macht. Natürlich könnte ihn der Kaiser herbeizitieren, aber es genügt ja, wenn ein Teil seiner Kämmerer ihn begleitet, und es gibt mehr als genug, die sich darum reißen, während der Prozession eine der vier Quasten des goldenen Monstranzhimmels zu halten, unter dem der Fürsterzbischof, das Allerheiligste tragend, dahinschreitet, gefolgt vom lieben kahlen Kaiser von Gottes Gnaden, der seinen Helm mit dem froschgrünen Federbusch in der Linken trägt und eine brennende Kerze in der Rechten. Die Volksmasse stöhnt dann jedesmal auf vor Ergriffenheit. Das verpasst der Esterházy nun: das Stöhnen und das Quastenhalten.

Leider gibt es keine Ersatzkaiserin. Ihr Fehlen wird wieder schmerzlich vermerkt werden, wenn zehntausende, die Straßen säumende Untertanen ihr religiöses Begeisterungsbedürfnis an ihr ausleben wollen. Franz Joseph hat Elisabeth gebeten, wenigstens für diesen Tag nach Wien zu kommen und sich dem Volk zu zeigen. Die Zeitungen haben in den letzten Wochen mehrmals ihre ständige Abwesenheit, die vielen Auslandsreisen und deren Kosten kritisiert. Und es müsste ja auch wirklich nur dieser eine Tag sein. Die Wiener wären so dankbar. Elisabeth hat abgelehnt. Begeisterte Menschenmengen sind das Grässlichste, was sie sich vorstellen kann. Immer sind es die allerunangenehmsten Leute, die es darauf anlegen, sich zu begeistern.

Anna Heuduck und Lini sind nicht die Einzigen, die lange vor Sonnenaufgang unterwegs sind, um sich in der Stadt einen Platz zu sichern, von dem man einen besonders guten Blick auf die herausgeputzten Damen und Herren des Kaiserhofes haben wird. Die allerbesten Plätze vor dem Stephansdom sind bereits von frommen Enthusiasten besetzt, die hier seit dem Vortag ausharren. Sie machen das jedes Jahr. Gleich nach der abendlichen Vesper haben sie sich Stühle und Wolldecken hergetragen. Nun warten sie, lutschen an Flaschen und knabbern an Wecken. Was bedeutet schon eine durchwachte Nacht? Eigentlich gehört es sogar dazu, man trifft Gleichgesinnte und erzählt einander, im wievielten Jahr man hier bereits auf den ›Umgang‹ wartet. Anna positioniert sich am Kohlmarkt, die Anfahrt der hohen Herrschaften über Kohlmarkt und Graben zum Stephansdom ist kaum weniger spektakulär als die Prozession selber. Ein letztes Mal wird Anna den Kaiser sehen können, aber ohne ihn zu berühren, ohne ein Wort mit ihm zu wechseln, dann wird er für Wochen und Monate fort sein. Sie dämmert an einen Laternenmast gelehnt vor sich hin – die Lini hält ja Wache – und irgendwann schläft sie ein. Als Anna wieder aufwacht, sitzt sie auf dem kalten Boden und die Lini ist weg, ist in dem dichten Gedränge verschwunden, das jetzt herrscht.

Anna sieht sich ängstlich um. Es scheint unmöglich, wieder aufzustehen. Ein junger Kerl im Feststaat hat ihren Laternenmast halb erklommen, als er noch höher klettern will, tritt er sie mit einem Fuß. Anna schreit auf. Jetzt sieht er sie. Er lacht. Rutscht herunter, schafft sich neben ihr Platz, indem er ein paar alte Frauen – Weiber – zur Seite schiebt und hilft ihr auf. Er legt ihr den Arm um die Hüfte und hält sie fest, während sie mit seiner Hilfe auf den Fuß der Laterne steigt. Von hier hat sie allerbeste Sicht. Der Arm ist höher gerutscht und liegt jetzt ganz schön fest um ihre Taille, aber das ist nicht unangenehm. Es gibt ihr Halt, als es losgeht und die Volksmenge ins Wogen gerät. Der Generalmarsch erklingt. Da kommen die in den blauen Hosen, die Infanterie, dann die in den braunen, die Artillerie, dann die hellblauen Bosniaken mit den roten Fezen auf dem Kopf. Es folgen die offenen Galawagen. Zuerst schwarz lackierte Vierspänner, in denen sitzen die Ritter des Vlieses und die rotbäckigen Gemeinderäte. Es folgen die Erzherzöge und ihre Hofstaaten, sechsspännig in grünen Hofgalawagen, von milchweißen Schimmeln gezogen.

»Da«, sagt der junge Mann, der Annas Taille umfangen hält, »das sind die Brüder des Kaisers.«

Die Brüder des Kaisers sehen ihm ähnlich, sind aber weniger vornehm in der Erscheinung, weniger hübsch und elegant – und dann diese langen Köpfe. Es sind eben keine Kaiser! Die obersten Hofchargen fahren vierspännig, mindestens vierspännig, ebenfalls in Hofgalawagen. Die Familienhäupter der ersten Adels-Clans sind in ihren alten Prachtkarossen gekommen, sechsspännig natürlich. Nun marschiert die Leibgardeinfanterie mit hüpfenden Rosshaarbüschen auf den Pickelhauben im Takt des Generalmarsches vorbei. Dann Stille, die Armeekapelle hat aufgehört zu spielen, nur das Rollen der Kutschen ist noch zu hören, das Klappern der Hufe. Ein prickelnder Moment. Die Volksmenge hält den Atem an. Ein Chor beginnt zu singen: »Gott erhalte, Gott beschütze«, ein Lippizanerschimmel tänzelt vor einer Halbschwadron Dragoner heran. Schwarz-goldene Helme blitzen in der Sonne. Ein Schrei aus der Menge: »Der Kaiser, da kommt der Kaiser!«

Hochrufe. Zusammen mit dem Kronprinzen sitzt Franz Joseph im achtspännigen Glasgalawagen – einem eleganten dunkelgrünen Wagenkasten, der auf ein reich verschnörkeltes und vergoldetes Fahrgestell montiert ist. Sieben Fenster, vier Laternen und eine goldene Dachgalerie werden dem hohen zeremoniellen Rang der Veranstaltung gerecht und betonen gleichzeitig die noble Zurückhaltung des Kaisers, der ein Kaiser der Bescheidenheit ist. Denn so imposant und prächtig der Wagen auch wirkt – Franz Joseph könnte noch ganz anders. Er hätte auch den Imperialwagen nehmen können, eine vier Tonnen schwere, opulente und von oben bis unten vergoldete Protzkutsche, die durchaus für solche Gelegenheiten gedacht ist. Aber das hat er eben nicht nötig – im Gegensatz zu den Bayern oder Russen. Dass der Kutscher und die Leiblakaien, die neben den Pferden gehen, in ihren schwarz-goldenen Gala-Livreen hingegen noch immer dem pompösen Geschmack des 18. Jahrhunderts entsprechen, ist nur ein weiteres Zeugnis für des Kaisers Sparsamkeit. Diese Livreen mit ihren breiten glitzernden Borten sind einmal unglaublich kostspielig gewesen, weswegen sie so lange wie möglich halten sollen und hundertmal geflickt werden. Eine Neuanschaffung erfolgt nur bei äußerster Zerschlissenheit. Zu beiden Seiten des Wagens reiten je zwei ungarische Leibgardisten mit gelb-schwarzen Pantherfellen über der Schulter. Der Kaiser in seiner Glaskutsche trägt den weißen Rock, wie man es von den Bildern kennt und lächelt nach allen Seiten. Auf seinem Helm weht der froschgrüne Federbusch. Auch der Kronprinz lächelt, der blutjunge Bub. Anna winkt ihnen von ihrer Laterne aus zu. Das fällt ja nicht weiter auf. Alle winken schließlich. Sie winkt wie wild. Da fährt er, ihr Kaiser. Wie elegant er ist. Von Gottes Gnaden! Es ist schwer zu begreifen, dass ER gestern noch im Gebüsch bei ihr … Ihr Kaiser! Wenn all diese Menschen rundum wüssten, dass es eigentlich IHR Kaiser ist, dem sie da zujubeln … Nicht auszudenken. Der Kaiser lächelt. Die acht Kladruber Schimmelhengste traben mit stumpfem Blick dahin. Sie haben eine laute Woche hinter sich.

Nun sind die Kutschen vorbei, nun ist Er vorbeigezogen, nun hält Er vor dem Riesentor der Stephanskirche. Die majestätische Macht vereint sich mit der kirchlichen, demonstriert ihre Untrennbarkeit. Fest schmiegt sich immer noch der Arm um Annas Taille. Inzwischen ist es so voll geworden, dass es nicht mehr das geringste Vergnügen macht, an der Laterne zu stehen, Anna wird gequetscht und getreten. Ihr neuer Freund schlägt vor, auf die eigentliche Prozession zu verzichten. Die Fahrt der Gala-Karossen zum Stephansdom ist doch eigentlich schon das Beste. Er weiß, wo sie trotz Fronleichnam heute noch etwas zu trinken bekommen können. Anna geht mit ihm mit, aber auf halbem Weg kommen ihr doch noch Bedenken. Absichtlich bleibt sie hinter ihm zurück und verschwindet im Menschengewühl.

* * *

11 *Hotel Strauch*

Die Kaiserin hat genug von Ischl. Reiten, Berge besteigen, Milch trinken und im Schwimmbecken pritscheln – immer das Gleiche.

Ihre Vorleserin, die süße Ida Ferenczy, hat sie aus gesundheitlichen Gründen nicht begleiten können. Ida ist stattdessen zur Kur nach Karlsbad gefahren und kauft wahrscheinlich gerade böhmische Gläser und Oblaten. Seine Majestät der Kaiser ist nach Fronleichnam zwar gleich nach Ischl zurückgekehrt, aber nur, um wenige Tage später schon wieder mit Außenminister Andrássy nach Reichstadt aufzubrechen. Sie treffen sich dort mit dem russischen Zaren. Serbien und Montenegro haben dem osmanischen Reich den Krieg erklärt. In einen Krieg verwickelt zu werden ist das Letzte, was Andrássy und der Kaiser von Österreich wollen.

So allein gelassen und der Langeweile ausgesetzt, beschließt Elisabeth, schon etwas früher nach Feldafing zu fahren. Feldafing am Starnberger See gehört zu ihrer alljährlichen Reiseroutine. Im Mai geht es nach Ischl und ein paar Wochen später ins Hotel Strauch, die drum herum wohnende Verwandtschaft besuchen. Elisabeths ältester Bruder hat ihr von den immer spektakulärer werdenden Reitkünsten seiner Tochter Marie Louise vorgeschwärmt. Davon möchte die kaiserliche Tante sich mit eigenen Augen überzeugen. Sie schickt die Hofdame Festetics zu ihren Eltern nach Ungarn und bestellt die neue Hofdame, die etwas schwerhörige Therese Fürstenberg, ins Hotel nach Feldafing.

An ihrem letzten Vormittag in Ischl lässt die Kaiserin sich eines der Bergponys satteln, um zum Abschied noch einmal den Jainzen hinaufzureiten. Da bringt Bischof Rónay die Nachricht, dass Ida Ferenczys kleine Nichte – die schwer erkrankt war, aber eigentlich bereits auf dem Wege der Besserung schien – verstorben ist. Elisabeth kennt das Kind praktisch gar nicht. Trotzdem wird sie sich opfern, wird auf die Bewegung, die ihr so guttäte, verzichten, um Trost zu spenden.

»Meine liebe Ida«, schreibt sie in lila Tinte, »durch Rónay erfuhr ich heute, dass die kleine Farkas doch gestorben ist. Bitte sage ihren Eltern, dass ich sie sehr bedaure. Dem Kinde ist es vielleicht besser, da es so kränklich war. Deshalb glaube und erwarte ich von Dir, dass Du Dich nicht kränkst, was nie gesund und während der Kur sehr nachteilig ist. Heute Nachmittag reisen wir ab, morgen wird ein ermüdender Tag werden.« Dann schreibt sie etwas, das die Ferenczy später aus dem Brief schneiden wird, bevor sie ihn für die Nachwelt archiviert. Vielleicht schreibt sie: »Ich denke an all die zarten Stellen Deines Körpers, die endlich gesund werden müssen, Deine Schultern, Deine ...« Vielleicht schreibt sie auch: »Der Kaiser hat mich wieder ständig angetippt. Wenn er es noch ein einziges Mal macht, werde ich schreien müssen.«

Der Brief endet: »Werde mir nur recht bald gesund. Wie behagt Dir heuer das Wasser? Herzlich küsst dich

Deine Elisabeth.«

Sie wirft ein Fließpapier auf das Schreiben und klopft mit dem Handballen einen Tintenfleck auf. Der Brief ist ihr schneller von der Hand gegangen, als sie dachte. Ist er vielleicht zu kurz? Aber nein – es ist alles gesagt.

Elisabeths jüngste Tochter Valerie ist jetzt acht. Seit Valerie denken kann, wird alljährlich ins Hotel Strauch am Starnberger See gereist. Das Hotel ist Valeries Zuhause, wie die Hofburg in Wien, wie Schönbrunn, wie die Villa in Ischl und das Jagdschloss in Ungarn. Ins Hotel reisen bedeutet bei Habsburgs, dass für mehrere Wochen der gesamte Gebäudekomplex gemietet und ein mindestens sechzigköpfiges Gefolge, ein Rudel Doggen, der aktuelle Lieblingshund Plato und diverse Pferde eingepackt werden. Im Laufe der Zeit hat die Kaiserin ein Turnzimmer einbauen und eine Feuertreppe anbauen lassen. Die Treppe führt von ihren Räumen direkt in den Garten. Die aus Wien mitgereisten Köche haben inzwischen eine eigene Küche, die rund zwanzig Pferde eigene Stallungen und die Kutschen eigene Remisen bekommen. Für den Fall, dass die Kaiserin Gäste empfangen will, sind kleine Villen in den Park gebaut worden.

Dass die Kaiserin in diesem Jahr früher als ausgemacht eintrifft, bringt den Hotelbetrieb einigermaßen durcheinander. Es sind noch Gäste in den Zimmern. Die müssen jetzt schleunigst ausquartiert werden. Auch ein Baron ist gezwungen, sich eine neue Unterkunft zu suchen. Er landet in einem einfachen Wirtshaus, wo er auf den Pfarrer von Feldafing trifft, der gerade einen in aller Eile gestopften Sack mit seinen Habseligkeiten die Treppe zu den Gastzimmern hochschleift. Den Pfarrhof von Feldafing nimmt Kaiserin Elisabeth nämlich auch jedesmal in Besitz. Sie braucht ihn, weil der Pfarrhof nahe am Hotel gelegen ist, und sie braucht ihn ohne den Pfarrer. Für ihre Fechtübungen und für das tägliche Frisuren-Ritual mit der Feifalik. Außerdem liegt sie im Pfarrgarten gern in der Hängematte und liest.

Vor dem Hotel wartet die neue Hofdame Therese Fürstenberg, knickst, so tief sie kann, und errötet, als die Kaiserin ihr einige freundliche Worte sagt. Die Landgräfin Fürstenberg ist mit einigen Vorbehalten in den Dienst der Kaiserin getreten. Als ehemalige Hofdame der Erzherzogin Sophie hat sie bisher auf der anderen, der ungarnfeindlichen und kaiserinkritischen Seite gestanden. Aber schon nach den ersten Tagen im Dienst hat sie einräumen müssen, dass Kaiserin Elisabeth ungeahnt liebenswürdig ist, und inzwischen ist sie vollkommen betört.

Elisabeth steigt mit Valerie und Pudel Plato die Treppe zum Balkonzimmer hoch, lässt sich von der neuen Hofdame die Fenstertüren öffnen und begrüßt mit einem liebevollen Blick den Starnberger See, die Roseninsel und das Karwendelgebirge. Dann schickt sie einen Boten mit einer Einladung an ihren Bruder Ludwig, seine Frau Henriette und seine Tochter Marie Louise nach Schloss Garatshausen.

Herzog Ludwig ist der älteste Sohn von Herzog Max, hat aber auf alle seine Erstgeborenenrechte und das riesige Vermögen seines Vaters verzichten müssen, als er eine Bürgerliche heiratete, die noch dazu Schauspielerin war. Eine Schauspielerin heiratet man nicht, man verabschiedet sie zu gegebener Zeit mit einer Abfindung. Herzöge können Ludwigs Nachkommen jetzt nicht mehr werden. Seine Tochter trägt Namen und Rang seiner Gattin, die vor der Hochzeit noch schnell zur Freifrau von Wallersee ernannt worden ist, was aber noch lange nicht bedeutet, dass Ludwig seine Frau zu allen Einladungen mitnehmen kann. Auch die Hofdame Fürstenberg wird für diesen Nachmittag auf Urlaub geschickt. Es ist ihr nicht zuzumuten, gemeinsam mit einer ehemaligen Schauspielerin zu essen.

Das Strauch liegt ziemlich genau zwischen dem elterlichen Schloss in Possenhofen und Schloss Garatshausen, das ihr ältester Bruder Ludwig an seine Schwester Marie von Neapel verkauft hat, gelegentlich aber auch noch selber mit seiner Familie bewohnt. Beide sind fußläufig zu erreichen. Deswegen kann sich die Kaiserin ihr Waschwasser auch täglich aus Possenhofen holen lassen. Kein Wasser ist so gut für die Haut, wie das Wasser aus dem Ort der Kindheit.

Eine Stunde später stehen drei schwitzende Pferde vor dem Hotel Strauch und Herzog Ludwig betritt mit Frau und Tochter den Salon.

»Tante Miez«, schreit Valerie und hopst um sie herum. »Oh, oh, Tante Miez! Onkel Louis! Oh, Onkel Louis, Onkel Louis!«

Sie ist ein sehr begeisterungsfähiges Kind. Vor ihrer Cousine Marie Louise bleibt sie allerdings stehen, legt kritisch den Kopf schief und wendet sich dann ab.

Die Kaiserin hingegen ist ganz entzückt von ihrer Nichte. Die ist nun achtzehn Jahre alt und sehr hübsch geworden, seit die Kaiserin sie zum letzten Mal gesehen hat. Da trug sie derbe Schuhe und einen wenig kleidsamen Rock und die Haare waren straff zurückgekämmt. Ihre Reitkünste waren aber auch damals schon so beeindruckend, dass Elisabeth ihr eine kleine Stute namens Mary schenkte und dazu noch ein neues maßgeschneidertes Reitkleid. Marie Louise trägt es jetzt, aber es ist bereits etwas zu kurz. Die Nichte ist der Kaiserin nicht unähnlich. Die gleiche Köpergröße und die gleiche biegsame Schlankheit, und ihre langen, zu einem Pferdeschwanz gebundenen Haare sind so blond, wie es Elisabeths auch einmal waren, bevor sie sich für ihren berühmten Tizianton entschied.

Die Begeisterung beruht auf Gegenseitigkeit. Marie Louise Wallersee ist hin und weg von ihrer kaiserlichen Tante, eine Märchenfee könnte nicht lieblicher aussehen. Noch schöner als das letzte Mal. Allerdings ist Tante Sisi auch ein wenig Furcht einflößend.

»Ich habe Marie Louise weiterhin im Fechten und Reiten ausbilden lassen«, prahlt Herzog Ludwig, »im Reiten jetzt bis zur Perfektion. Carré hat sechs Wochen in München gastiert, und Marie hat in dieser Zeit jeden Tag Dressurlektionen bei ihm genommen. Außerdem kann sie inzwischen einen Viererzug lenken.«

Die Kaiserin lächelt süffisant und fragt, ob sie auch Stroh zu Gold spinnen könne. Daraufhin befiehlt Herzog Ludwig seiner Tochter, sich ans Klavier zu setzen und ihnen allen etwas vorzusingen. Ihre Stimme ist glockenklar und die Kaiserin ist sehr zufrieden.

»Gitarre spielt sie noch besser«, sagt Herzog Ludwig. Seine Frau Henriette sitzt wie immer bescheiden daneben und tut so, als wäre sie gar nicht da.

»Ihr könntet mir die Marie Louise für die Dauer meines Aufenthaltes hierlassen«, schlägt Elisabeth vor. Eigentlich ist es gar kein Vorschlag, sondern ein Befehl. »Sie könnte mir vorsingen und sich um Valerie kümmern. Als Gesellschafterin für uns beide. Und mich beim Reiten begleiten. Vorausgesetzt, dass sie wirklich so gut ist, wie du behauptest.«

»Du wirst dich wundern«, sagt Herzog Ludwig. »Was hast du denn diesmal für Pferde mitgebracht. Sind neue darunter, die ich noch nicht kenne?«

Die Possenhofener Geschwister sind alle pferdeverrückt. Bruder Ludwig gilt als der schneidigste Reiter in seinem Kavallerieverband.

Elisabeth wird plötzlich ernst.

»Oh, wo wir schon dabei sind: Es ist etwas Schreckliches in Gange: Fürst Taxis will Pferde aus dem Kladruber Gestüt an Privatleute verteilen und ihnen zur Rennausnützung überlassen. Ist das nicht unglaublich? Die Hofpferde!«

Ludwig wägt seine Antwort lange ab.

»Allerdings, unglaublich. Aber der arme Taxis hat vermutlich gar keine andere Wahl. Wenn eure Vollblüter weiterhin sämtliche Rennen gewinnen, können die Rennbahnen alle demnächst dichtmachen.«

»Wer dotiert denn die meisten Rennen? Das ist ja wohl der Kaiser. Und der Kaiser wird solchen Frevel niemals genehmigen. Wenn ich ihm schreibe …«

»Der Kaiser hat gerade ganz andere Sorgen«, sagt Ludwig. Manchmal vergisst er, dass er die Kaiserin vor sich hat und spricht einfach zu seiner Schwester. Manchmal gefällt ihr das sogar.

»Wenn Franz Joseph sich nicht mit dem Zaren einigt, fliegt Euch im Osten bald alles um die Ohren«, sagt ihr Bruder grob. »Serben und Türken sind rohe Völker. Richtige Nasenabschneider. Fanatische Kämpfer sind das in diesen wilden Bergen – wie im Mittelalter. Österreich ist gerade in einer ganz ähnlichen Lage wie beim Ausbruch des Krimkriegs.«

»In Politik mische ich mich nicht mehr ein«, erwidert Elisabeth kühl, »aber wenn Franz dem Taxis in dieser Sache nachgibt, werde ich ernstlich böse. Bei den Pferden dulde ich keine Außerachtlassung meiner Person.«

Sie wendet sich an ihre Nichte.

»Geh doch gleich mal mit Valerie in den Garten und schaut, ob ihr miteinander auskommt. Nicht, dass ihr euch am Ende langweilt.«

Marie Louise schluckt. Nun heißt es, dieses kleine, ungezogene Biest für sich einzunehmen. Als die Nichte mit der Erzherzogin über die Feuertreppe in den Garten verschwunden ist, schickt Elisabeth auch ihren Bruder weg.

»Louis, bist du vielleicht so freundlich nachzuschauen, ob jetzt endlich das Gerümpel aus meinem Turnzimmer entfernt wurde. Ich möchte gern etwas mit Henriette allein besprechen.«

Herzog Ludwig steht auf und geht mit einem unbehaglichen Gefühl hinaus. Sisi ist wirklich nett zu Henriette, aber ganz umsonst gibt es das nicht. Seine Schwestern spannen seine Ehefrau gern für ihre inszenierten Dramen ein. Nicht nur Sisi; Marie mit ihren Ex-Neapel-Königin-Allüren benutzt Henriette ganz genauso. Wie eine alte Fußbank zum Komfort anderer wird sie hin und her geschubst. Immer wieder muss seine Frau königliche und kaiserliche Briefe besorgen, sie an verschiedenen Postämtern aufgeben. Vermutlich sind die meisten harmlos, aber völlig sicher ist sich Herzog Ludwig da nicht. Jedesmal große Geheimhaltung. Nicht einmal ihm darf Henriette davon erzählen, sie rollt dann nur vielsagend die Augen. Doch was soll man machen. Elisabeth ist nicht nur seine überspannte Schwester, sie ist nun einmal auch die Kaiserin von Österreich-Ungarn.

»Wir müssen noch einmal an Pacher schreiben«, sagt Elisabeth, kaum dass ihr Bruder aus der Tür ist.

Henriette nickt ergeben. Die Kaiserin von Österreich hat noch nie gefragt, ob ihre Schwägerin sich überhaupt in ihre Heimlichkeiten hineinziehen lassen will. Sie geht davon aus, dass Ludwigs unstandesgemäße Frau sich einen eigenen Willen gar nicht leisten kann.

Die Sache mit dem Herrn Pacher zieht sich nun schon zwei Jahre hin.

* * *

12   Die Sache mit dem Herrn Pacher

Vor zwei Jahren, in der Faschingszeit 1874, war Elisabeth sechsunddreißig Jahre alt und gerade zum ersten Mal Großmutter geworden. Andrássy und der Kaiser hielten sich irgendwo anders auf – in Sankt Petersburg – und machten Politik. Elisabeth langweilte sich. Sie schickte nach ihrer offiziellen Vorleserin, der hübschen Ida Ferenczy. Was sollte man heute machen? Melancholische Gedichte lesen? Sich etwas vorsingen lassen?

»Überall finden jetzt Maskenbälle statt«, klagte Elisabeth. »Dort haben die Leute Spaß. Was für einen Spaß die dort haben! Ich bin der einzige Mensch in Wien, der keinen Spaß haben darf.«

»Das ist schrecklich ungerecht«, sagte die kluge Ida. »Niemand verdient es so sehr, sich zu amüsieren, wie du. Ich wünschte, ich könnte dir helfen, du Schöne.«

Die Kaiserin wurde sofort lebhaft.

»Wollen wir uns verkleiden und auf den Wäschermädelball gehen? Niemand würde uns dort vermuten und darum würde uns auch niemand erkennen.«

»Jeder würde uns erkennen. Die Wäschermädel wissen doch ganz genau, wer zu ihnen gehört und wer nicht. Und wenn du in dem kurzen Kleid erkannt wirst, ist der Skandal doppelt schlimm.«

»Du bist bloß feige«, sagte Elisabeth. »Und ich kann Feigheit nicht ausstehen.«

»Ich sorge mich um dich«, erwiderte Ida und strich mit einem Finger über den Arm der Kaiserin. »Du würdest dich auf dem Wäschermädelball überhaupt nicht wohlfühlen. Dort geht es viel zu roh zu. Wenn du unbedingt auf einen Tanz gehen musst, dann können wir das morgen machen. Am Faschingsdienstag findet im Musikvereinssaal die Maskenredoute statt. Das ist immer noch riskant genug, aber wir würden wenigstens Masken tragen.«

»Ach«, sagte Elisabeth, »ist es da nicht furchtbar förmlich? Sind da nicht alle die ausgestopften Eulen, die mich das ganze Jahr über langweilen?«

»Gar nicht«, sagte Ida. »Die Damen fordern die Herren auf und die Herren dürfen nicht ablehnen. Und man weiß überhaupt nicht, wer kommen wird. Bestimmt kommt auch ganz niedriger Adel. Ich glaube, sie lassen sogar Bürgerliche ein.«

»Die Damen fordern die Herren auf?«, fragte Elisabeth. Es schien ihr nun doch ein bisschen gewagt, das Ganze, auf keinen Fall passend für die Kaiserin Österreich-Ungarns, also genau das Richtige.

»Ja, und Rudi Liechtenstein will übrigens auch dorthin.«

»Besorg die Karten!«

Nur die Kammerfrau Schmidl wurde eingeweiht. Sie musste am nächsten Tag eine rotblonde Perücke besorgen, groß genug, dass Elisabeth all ihre vielen Haare darunter verbergen konnte. Dazu ein gelbes Dominokleid mit Schleppe. Aus Seide natürlich. Das venezianische Dominokostüm hat den Vorteil, dass die dazugehörige Maske mit einem Schleier versehen ist, der auch die untere Hälfte des Gesichts verhüllt. Ein Domino ist der Inbegriff geheimnisvoller Weiblichkeit. Die Kaiserin und die Ferenczy kicherten, während sie angezogen wurden. Für Frau Ferenczy war ein rotes Dominokleid besorgt worden. Die Handschuhe zu den beiden Kleidern waren schwarz.

»Wir brauchen falsche Namen«, sagte Ida Ferenczy. »Du jedenfalls. Ich darf dich auf gar keinen Fall mit Elisabeth anreden.«

»Gabriele«, sagte Elisabeth. »Ich heiße Gabriele.«

Die Kammerfrau Schmidl hieß mit Vornamen Gabriele und war ebenfalls hochgewachsen, wenn auch nicht ganz so schlank wie die Kaiserin. Sie musste schwören, Stillschweigen zu bewahren und die Ankleideräume erst zu verlassen, wenn die Kaiserin wieder zurückgekehrt war. In der Zwischenzeit konnte sie ja die melancholischen Gedichte lesen. Und wenn irgendetwas schiefging, sollte sie später bestätigen, dass sie es gewesen wäre, die sich mit Frau von Ferenczy auf der Redoute amüsiert hätte. Sisi und Ida warfen sich die weiten Domino-mäntel über.

Als sie die Appartements der Kaiserin verließen, sprach Ida den gelben Domino vor den Türhütern extra an.

»Gabriele, hast du die Karten?«

»Ja, natürlich«, erwiderte die Kaiserin so laut sie konnte, damit man sie nicht an ihrem Flüstern erkannte. Ihre Stimme war vor Aufregung ganz rau. Die Türsteher verbeugten sich und schlossen die Türflügel hinter ihnen. Unten wartete eine Hofkutsche. Damit fuhren sie bis zur nächsten Ecke, wo sie in einen Fiaker wechselten.

»Oh, Ida, ich sterbe gleich vor Aufregung.«

»Treibt's nicht zu bunt, die Damen«, rief ihnen launig der Kutscher nach, als sie vor dem Musikvereinsgebäude ausstiegen. Eine unglaubliche Frechheit! Die Kaiserin, die sich bei Ida eingehakt hatte, kniff ihr vor Vergnügen in den Arm. Wie wunderbar! Im Licht der Laternen strebten sie neben lauter tief vermummten Gestalten dem Festsaal zu. Immer wieder wurden sie angerempelt oder zur Seite geschoben, ohne dass sich auch nur ein einziger dieser Flegel entschuldigt hätte. Elisabeth klammerte sich an Ida fest. Oh, Gott, so wurde man also behandelt, wenn man nicht die Kaiserin war. Vielleicht war die Idee doch nicht so gut.

Im goldenen Saal herrschte ein Gedränge, dass nur auf der Stelle getanzt werden konnte. Ein Walzer folgte auf den nächsten, Pausen gab es gar nicht. Die Herren in elegantem Frack und Zylinder und ganz unmaskiert schoben sich zu zweit, zu dritt oder zu viert miteinander durch den Raum, drehten ihre Spazierstöcke in den Händen, lächelten herausfordernd den Masken zu und warteten darauf, angesprochen und von einer Dame fortgezogen zu werden. Die Hand, die auf Idas Arm lag, zitterte. Ida zeigte auf die Galerie, wo man an kleinen Tischen sitzen konnte und vielleicht sogar ein Gespräch möglich war. Sie brauchten fast fünf Minuten, um die Treppe hinaufzusteigen. Niemand dachte auch nur daran, ihnen Platz zu machen. Ein richtiger Kampf. Endlich eroberten sie einen der Tische, indem Ida die Kaiserin mitten auf der Galerie stehen ließ und in einem Wettrennen mit einem sehr entschlossenen Herrn sich einfach auf den Stuhl warf, von dem gerade eine Schöne aufstand. Den zweiten freien Stuhl riss Ida einfach an sich. Der Herr zog säuerlich lächelnd seinen Zylinder und empfahl sich.

Elisabeth nahm nervös Platz.

»Wie wild du sein kannst, Ida. Und was machen wir jetzt?«

»Jetzt suchst du dir einen schönen Kavalier aus und den bringe ich dir dann an den Tisch.«

»Such du einen aus! Du machst das schon.«

Ida stürzte sich ins Getümmel. Die Kaiserin fühlte sich einer Ohnmacht nah. Oh, Gott, sie saß hier ganz allein an einem Tisch. Alles konnte geschehen. Sie beugte sich über die Brüstung und hielt nach dem roten Domino Ausschau. Ida stand direkt unter ihr und zeigte unauffällig auf einen jungen Herrn. Die Kaiserin schüttelte empört den Kopf. Doch nicht den Erstbesten! Ida verschwand im Gewühl. Kurz darauf kam sie mit einem tatsächlich sehr gut aussehenden jungen Mann zurück, der sich als Friedrich Pacher von Theinburg vorstellte, ohne viel Aufhebens einen dritten Stuhl für sich heranholte, seinen Ebenholzstock auf den Tisch legte und die Beine übereinanderschlug.

Man plauderte ein wenig, versuchte es zumindest. Der junge Mann wunderte sich. Der gelbgoldene Domino war nicht nur viel zu prächtig für diese Art von Vergnügen herausgeputzt, er erwies sich auch als schüchtern und einer freizügigen Konversation gar nicht gewachsen. Der rote Domino, der ihm ohnehin viel flotter vorkam, musste immer wieder einspringen. Außerdem sprach der gelbe Domino so leise, dass man nur die Hälfte verstand.

»Sagen Sie Ihrer Freundin doch, dass ihre vornehme Zurückhaltung an diesem Ort ganz und gar fehl am Platze ist«, bat er den roten Domino.

»Gabriele, lass dich nicht ärgern«, erwiderte der rote Domino, »der Herr muss für die Unterhaltung sorgen. Und wenn er uns nicht gleich zum Lachen bringt, schicken wir ihn weg und suchen uns einen anderen.«

»Oh, bitte nicht«, erwiderte Herr Pacher, »ich finde die Damen ja ungeheuer geheimnisvoll. Bloß ein wenig still.«

»Was erwarten Sie denn?«, sagte der gelbe Domino gekränkt.

»Jetzt habe ich Ihnen schon drei Fragen gestellt, ohne dass eine einzige Gegenfrage gekommen ist«, neckte er. »Interessiert es Sie denn so wenig, was ich für eine Meinung habe?«

»Oh«, sagte der gelbe Domino, hüstelte kurz, wobei er sich die Hand an den schwarzen Schleier hielt, »dann sagen Sie doch, wer Sie sind, und was Sie so tun.«

»Sehen Sie, es geht doch. Vorgestellt habe ich mich ja bereits: Ich bin der Fritz und ich arbeite am Hof Seiner Majestät des Kaisers.«

»Ein Ministerialbeamter. Wo wohnen Sie?«

Er nannte ihr seine Adresse, mahnte aber:

»Das ist eigentlich keine Frage für einen Maskenball. Sie sollten mich nach meiner Meinung fragen.«

»Ihre Meinung wozu?«

»Zu irgendetwas.«

»Dann sagen Sie mir doch, was Sie von unserer Kaiserin halten.«

Was für eine seltsame Frage? Oder war das etwa die Lösung des gelben Rätsels? Figur und Größe passten, dann das Flüstern, und auch das viel zu prächtige Seidenkleid mit all den Brokatapplikationen wäre dadurch erklärt. Das wäre natürlich ein Ding!

»Ich habe die Kaiserin nur ein paarmal im Prater reiten gesehen«, antwortete er voller Bedacht. »Sie ist eine außergewöhnlich schöne Frau. Allerdings fällt es in der Öffentlichkeit unangenehm auf, dass sie sich so wenig zeigt und sich anscheinend lieber mit ihren Pferden und Hunden beschäftigt. Ich denke, die Damen sind aber wohl noch schöner, wenn ich nur einmal hinter die Masken sehen dürfte.«

»Ganz gewiss nicht«, sagte der gelbe Domino und legte schnell eine Hand an die Maske.

»Ihre Haare sind sehr schön«, sagte Herr Pacher zu Ida Ferenczy. »Wenigstens die haben Sie nicht verhüllt. Das wäre allerdings auch zu schade gewesen. Ihrer Freundin muss es unter der Perücke recht warm sein.«

»Überhaupt nicht«, sagte der gelbe Domino schnippisch, »außerdem handelt es sich bei meiner Begleitung nicht um meine Freundin, sondern um meine Cousine.«

»Ah, die Cousine! Welche von Ihnen ist die Ältere?«

»Das geht Sie gar nichts an«, schnappte der rote Domino, »Wie alt sind Sie denn?«

»Ich bin sechsundzwanzig«, sagte Pacher.

Elisabeth konnte sich nicht beherrschen.

»Was schätzen Sie, wie alt ich bin?«

»Tja«, sagte Pacher und tat als würde er nachdenken, »ich denke ... ich denke mit 36 Jahren liege ich nicht ganz falsch.«

Das Alter der Kaiserin war allgemein bekannt.

»Wie ungezogen Sie sind«, rief der gelbe Domino und sprang auf. »Das höre ich mir nicht weiter an. Komm, Ida, wir gehen.«

Pacher sprang ebenfalls auf und stellte sich ihr in den Weg.

»Was fällt dir ein?«, piepste die Kaiserin wütend und wedelte mit den Händen. »So, du kannst jetzt abfahren!«

»Das ist aber wirklich zu liebenswürdig. Zuerst lässt du mich zu dir heraufkommen und quetschst mich aus, und dann gibst du mir den Laufpass. So geht das nicht, schöner Domino! Wir sind auf einem Maskenball. Du hast dir einen Herren ausgesucht, und es ist nicht erlaubt, ihn ohne eine einzige Gunstbezeugung wegzuschicken.«

Elisabeths Herz raste. Noch nie hatte jemand so etwas gewagt. Noch nie hatte jemand von so niedrigem Stand sich ihr in den Weg gestellt und ihr offen widersprochen. Es war einfach herrlich.

Pacher reichte ihr den linken Arm, klemmte seinen Stock unter den rechten.

»Kommen Sie, ich führe Sie durch den Saal, wir trinken etwas und schließen Frieden.«

Ida wollte einschreiten, aber der gelbe Domino machte ihr Zeichen, sie gehen zu lassen und am Tisch zu warten. Wie eine gewöhnliche Frau schritt die Kaiserin an der Seite eines hübschen jungen Mannes durch den Maskentrubel. Was für ein unglaubliches Abenteuer. Dort! Dort hinten stand Niki Esterházy. Er sperrte Mund und Nase auf, hatte sie anscheinend erkannt. Aber dann tat er so, als wäre gar nichts, hob bloß die Augenbrauen, als sie dicht an ihm vorbeischlenderte. Sie zitterte an Pachers Arm. Er legte beruhigend seine Hand auf ihren Handschuh.

»Bei mir bist du ganz sicher.«

»Du bist sympathisch«, sagte der gelbe Domino. »Sonst sind die Menschen Schmeichler, aber du scheinst anders zu sein.«

Nun lief das Gespräch wie von selbst. Herr Pacher verstand sogar etwas von Philosophie. Wer hätte das gedacht. Auch zu Shakespeare und Heine hatte er eine Meinung – nicht sehr tiefgründig, aber originell. Elisabeth trank ein Glas Champagner hinter ihrem Schleier und freute sich wie ein Kind, als Pacher einem anderen

Herrn, der sich ein volles Glas von einem Tablett nehmen wollte, ihm ihr leeres in die Hand drückte. Der andere Herr reagierte mit gespielter Empörung auf diesen Streich, dann sah er den gelben Domino von unten schmachtend an und drückte das leere Glas an sein Herz. Kichernd hängte sich die Kaiserin fester bei Pacher ein. Das war das Leben, das richtige Leben.

Der rote Domino tauchte auf, nahm Gabriele zur Seite und flüsterte nervös: »Nun müssen wir aber gehen.«

»Noch nicht«, war die Antwort.

Sie sprach immer offener mit dem jungen Pacher. Ohne etwas von sich preiszugeben, erzählten sie einander von ihren Sehnsüchten und Enttäuschungen. Es war das vageste Gespräch, das sich denken ließ, kein einziges Detail kam darin vor, und doch fühlte sich die Kaiserin dem jungen Pacher ungeheuer nah. Abwechselnd duzten und siezten sie sich, das ging wild durcheinander, bis sie darüber lachen mussten und sich nur noch duzten.

Der rote Domino tauchte ein zweites Mal auf.

»Gabriele, wir müssen jetzt wirklich nach Hause!«

»Noch nicht. Ich amüsiere mich gerade so gut. Du hast selbst gesagt, ich soll mich amüsieren.«

Ida zog die Kaiserin zur Seite und flüsterte: »Es ist kurz vor zwölf. Um zwölf müssen die Damen ihre Masken ablegen.«

»Wir müssen sofort los«, sagte die Kaiserin, gestattete Fritz Pacher aber, sie zum Fiaker zu begleiten.

»Versprich mir, nicht in den Saal zurückzukehren«, sagte der gelbe Domino vor dem Fiaker zu ihm. »Was willst du jetzt noch dort, nachdem du mich gefunden hast?«

Pacher griff nach dem Schleier, der das Gesicht der Geheimnisvollen verbarg. Ida warf sich mit einem Aufschrei dazwischen und schob die Kaiserin in die offene Kutsche.

»Es ist zwölf«, rief Pacher, »lass mich wenigstens deine Hände sehen!«

Der rote Domino sprang ebenfalls in den Fiaker und versuchte, die Kutschentür von innen zuzuziehen. Pacher stellte sich davor und hielt die Tür fest.

»Kann ich dich wiedersehen?«

»Vielleicht« sagte der gelbe Domino geheimnisvoll, »vielleicht in München. Oder in Stuttgart, wenn du bereit bist, so weit für mich zu fahren. Es ist nämlich so, dass ich keine Heimat habe und ständig auf Reisen bin.«

»Für dich fahre ich überallhin!«

»Du wirst von mir hören«, sagte Gabriele.

Pacher trat zurück. Ida Ferenczy zog die Tür zu und klopfte an das Kutschenfenster. Der Fiaker rollte los. Ida reichte der Kaiserin einen der dicken Schafpelze, die auf den Sitzen bereitlagen und schob ihr den Fußsack mit dem erhitzten Ziegelstein entgegen. Elisabeth steckte ihre Füße hinein und kuschelte sich mit ihrem Schafsfell an die Ferenczy. Wie in einem warmen Nest saßen sie hier zusammen. Dunkelheit hüllte sie ein. Beide schwiegen. Die Kaiserin griff nach Idas Hand. Dieser Moment jetzt, das war der beste des ganzen Abends.

Es war ein Erlebnis, das der Kaiserin über den Alltag half. Nichts gegen den Kaiser. Der Kaiser war der beste Mensch überhaupt, redlich und pflichtbewusst, er liebte sie über alles und behandelte sie zuvorkommend. Trotzdem fühlte sie sich in seiner Gegenwart nie wohl. Sie hatte deswegen ein schlechtes Gewissen. Aber es ging so eine Stimmung von ihm aus, die alle Lebendigkeit in ihr erstickte, alle Fröhlichkeit, und das würde ihr ganzes Leben lang so weitergehen, Jahr für Jahr, bis einer von ihnen starb. Jeden Abend beim Einschlafen dachte sie nun an den jungen Fritz Pacher und wie er sich wohl nach ihr sehnte. Und wenn sie sich nach seinem Sehnen sehnte, fühlte sie sich lebendig.

Pacher war tatsächlich etwas aufgewühlt. Gleich am nächsten Tag ging er in den Prater in der Hoffnung, einen Blick auf die Kaiserin erhaschen zu können. Er wollte vergleichen. Aber er traf die Kaiserin nicht an. Wahrscheinlich hätte er das Abenteuer bald vergessen, wenn nicht eine Woche später ein Brief eingetroffen wäre. Ein Brief aus München.

»Lieber Freund,

Sie werden erstaunt sein, meine ersten Zeilen aus München zu erhalten. Ich bin seit wenigen Stunden hier auf der Durchreise und benütze die kurzen Augenblicke meines Aufenthaltes, Ihnen das versprochene Lebenszeichen zu geben. Und wie sehnsüchtig haben Sie es erwartet. Leugnen Sie nicht mit Ihrer ehrlichen deutschen Natur. Aber fürchten Sie nicht, ich fordere keine Erklärungen, ich weiß ja so gut wie Sie, was seit jener Nacht in Ihnen vorgeht. Mit tausend Frauen haben Sie schon gesprochen, und sich auch unterhalten geglaubt, aber Ihr Geist traf nie auf die verwandte Seele. Endlich haben Sie im bunten Traum das gefunden, was Sie jahrelang suchten, um es für ewig vielleicht wieder zu verlieren. Ich bin auf dem Weg nach England, die Verwandten meiner Mutter in Geschäftssachen aufzusuchen, ein trockener, geistesmüder Aufenthalt steht mir bevor. Ich werde lange zehren müssen an den letztverlebten Stunden. – Solange ich kann, gebe ich die Hoffnung auf Stuttgart nicht auf. Von London aus erhalten Sie wieder Nachricht. Schreiben Sie mir einstweilen Hauptpost poste restante Wien unter der Adresse ›Gabriele F. L.36‹.

Meine Cousine, deren blonde Haare so großen Eindruck auf Sie machten, besorgt mir die Briefe.

In Eile grüßt Sie

Ihre Freundin G.«

Der Brief war von Ida Ferenczy an Henriette Wallersee geschickt worden, die ihn dann in München zur Post gebracht hatte.

Friedrich Pacher von Theinburg schrieb noch am selben Tag zurück, fragte Gabriele, mit wem sie den Tag verbringe, ob er eifersüchtig sein müsse.

Den nächsten Brief erhielt er aus London. Frau von Ferenczy hatte ihn an Henriette Wallersee übergeben, die ihn an die Ex-Königin von Neapel weiterreichte, die gerade in Garatshausen zu Besuch war. Marie von Neapel hatte ihn dann mit nach England genommen und in London aufgegeben.

Gabriele schrieb, dass sie auf dem Weg in den Orient sei. Seine Briefe sollten fortan an Leonard Wieland, General Post-office in London, gehen.

Weitere Briefe folgten, alle ein wenig überspannt, deren Hauptinhalt war, wie verzweifelt er sich nach ihr sehnen müsse.

»Ich habe mich eingeflochten in Dein Leben, unbewusst und ungeflissentlich. Sage mir, willst Du die Bande lösen? Jetzt geht es noch und später, wer weiß.« Gleichzeitig flocht sie ein paar Fehlinformationen ein, indem sie zum Beispiel ganz nebenbei behauptete, Hunde nicht leiden zu können. Das sollte ihn von der Fährte bringen, denn in seinen Antwortschreiben machte Pacher immer wieder Andeutungen, sie müsse wohl eine sehr hohe Dame sein.

Pacher saß jedesmal fassungslos vor den Briefen. Diese Frau, mit der sich überhaupt nichts ereignet, die er nicht einmal geküsst hatte, unterstellte ihm in jeder ihrer Zeilen, er wäre ihr hoffnungslos verfallen.

»So lange ohne Nachricht von mir zu sein, wie öde muss Dein Leben gewesen sein, wie endlos Deine Zeit! ... Träumst Du in diesem Moment von mir? Oder sendest Du sehnsuchtsvoll Lieder in die Nacht hinaus?«

Völlig lächerlich war das eigentlich, genau genommen auch ein bisschen wahnsinnig. Und gleichzeitig funktionierte es.

Er dachte jetzt Tag und Nacht an die geheimnisvolle Unbekannte. Überlegte, was er einpacken sollte, falls sie ihn irgendwann aufforderte, nach Stuttgart zu kommen. Stellte sich vor, wie sie wieder tief verschleiert vor ihm stand, natürlich nicht mit Maske, sondern mit Hut und Schleier, und wie er diesen Schleier vorsichtig anhob und sie endlich küsste.

Und dann war da noch immer die Möglichkeit, dass es sich um die schöne Kaiserin handeln könnte. Undenkbar natürlich, absurd, vollkommen absurd.

So ging es anderthalb Jahre, bis er im Herbst 1875 der Kaiserin im Prater begegnete. Sie fuhr mit Tochter und Hofdame in einer offenen Kutsche an ihm vorbei. So dicht wie noch nie. Er blieb stehen und zog den Zylinder. Alle Spaziergänger um ihn herum existierten plötzlich nicht mehr. Auch die Reiter, die Fiaker und sonstigen Kutschen waren verschwunden. Es gab auch keine Geräusche mehr, nur noch ihn und die Kaiserin. Die Zeit stand still, während die Kutsche lautlos an ihm vorbeiglitt und die Kaiserin ihm lächelnd zunickte. Er starrte ihr hinterher. Und dann, dann drehte sie sich plötzlich nach ihm um und ihre Blicke trafen sich.

Pacher lief, ja rannte fast nach Hause und schrieb einen Brief an den gelben Domino. Er forderte ihn auf, sich zu bekennen und schrieb, er glaube, dass Gabriele eigentlich Elisabeth heiße. Der kleine Flirt sei ihm ganz recht gewesen, mittlerweile sei das Spiel aber langweilig, und es wäre an der Zeit, die Wahrheit zu sagen. Er gab den Brief noch am selben Tag auf.

Als er drei Wochen später immer noch keine Antwort erhalten hatte, begriff er, dass er einen Fehler gemacht hatte. Was hatte er denn erwartet? Dass ihm die Kaiserin ein Rendezvous gab? Dass sie ihm einen Brief mit Wappen schickte und sich bekannte? Wenn es sich tatsächlich um die Kaiserin handelte, konnte sie sich jetzt nur noch zurückziehen. Und wenn sie es nicht war – denn eigentlich konnte sie es gar nicht sein, das war immer noch undenkbar, die Kaiserin hatte sich wahrscheinlich nur deswegen nach ihm umgedreht, weil er sie so intensiv angestarrt hatte –, dann war sie vermutlich gekränkt, dass er sich nicht mit ihrer geheimnisvollen Existenz begnügte, sondern die Kaiserin in sie hineinphantasieren wollte.

Elisabeth war zu Tode erschrocken, als sie Pachers Brief las. Wie hatte sie nur so unvorsichtig sein können zu schreiben? Wie unglaublich dumm das war. Ihr fiel das Gespräch mit Graf Grünne wieder ein, dem ehemaligen Generaladjutanten des Kaisers, der so großen schändlichen Einfluss auf ihn gehabt hatte. Das Gespräch, zu dem sie ihn aufgefordert hatte, um ihn zur Rechenschaft zu ziehen, für diese Frauengeschichten, die er für den Kaiser einfädelte. Er war so unglaublich dreist gewesen, ihr zu verstehen zu geben, sie könne ja ebenfalls alles tun, solange sie keine schriftlichen Beweise hinterließe. Das hatte Grünne natürlich nicht direkt gesagt, aber deutlich genug:

»Merken sich Eure Majestät das eine: Eure Majestät können machen, was Sie wollen, nur nie ein Wort schreiben. Lieber einen Zopf als ein geschriebenes Wort.«

Und ein solcher Mensch war Günstling der Erzherzogin Sophie gewesen! Mit den schriftlichen Beweisen hatte er allerdings wohl recht.

Als im Fasching dieses Jahres die Maskenredoute wieder anstand, zitierte die Kaiserin Henriette nach Wien, weihte sie in alles ein, was sich vor zwei Jahren im Musikvereinssaal zugetragen hatte, und schickte ihre Schwägerin im Kostüm eines diesmal geblümten Dominos dort hin. Henriette irrte eine geschlagene Stunde über den Maskenball, bis sie den jungen Mann, auf den die ihr mitgegebene Beschreibung zutraf, endlich ausmachen konnte. Zum Glück gab es da diesen kleinen Leberfleck auf seinem Kinn. Ansonsten wäre es vielleicht nicht möglich gewesen, denn die Herren trugen alle Frack und Zylinder und ähnelten einander wie die Pinguine. Henriette hakte sich einfach bei Herrn Pacher von Theinburg ein und führte ihn mit sich nach draußen. Pacher, der in seinem Wunsch, den gelben Domino wiederzufinden, nicht genau hingesehen hatte, war außer sich vor Glück, ihn endlich gefunden zu haben. Seine Enttäuschung, als der geblümte Domino zu reden begann, war groß – jetzt erkannte er auch, dass der geblümte eigentlich ganz anders aussah – und wurde noch größer, als seine Begleitung ihn zwar herzlich von Gabriele grüßen ließ, im selben Atemzug aber auch schon ihre Briefe zurückerbat.

»Nur wenn ich auch die meinen zurückbekomme«, war die pampige Antwort. Und er lasse ebenfalls schön grüßen.

* * *

»Wir müssen noch einmal an Pacher schreiben«, sagt Elisabeth jetzt.

»Du schreibst!«

Henriette nickt ergeben und nimmt am Sekretär Platz, zieht Tintenfass und Feder zu sich heran. Elisabeth steht hingegen auf und läuft im Zimmer herum.

»Wir müssen freundlich sein, um ihn nicht zu verärgern. Schreib: ›Lieber Freund. Lieber Freund, obgleich Du denken wirst, dass ich Dich vergessen habe, lasse ich Dir von meiner Cousine und so weiter ...‹ du weißt schon. Schreib, dass ich mir vorgestern den Fuß verstaucht habe und nun das Bett hüten muss. Alles, was mich betrifft, wird ihn interessieren. Frag, ob er noch Rendezvous gehabt hat, nachdem du mit ihm gesprochen hast. Er soll denken, dass ich eifersüchtig bin. Und ganz nebenbei erwähnst du, dass er die Briefe zurückschicken soll und danach auch die seinen bekommen wird.«

Henriette wird den Brief zu Hause in Garatshausen zu Ende schreiben.

Die kaiserliche Schwägerin gibt ihr noch einen eigenhändig verfertigten und bereits verschlossenen Brief an einen Herrn in England mit, den Henriette in einen Umschlag von Herzog Ludwig stecken und an ihre königliche Schwester in England schicken soll. Der Brief an Pacher kann direkt in München aufgegeben werden.

»Und wie immer: Niemand darf etwas davon mitbekommen. Nicht einmal Louis. Bring die Briefe gleich morgen auf den Weg, damit sie gar nicht erst gefunden werden können.«

Henriette nickt und stellt keine Fragen. Das macht sie ja so sympathisch. Nie maßt sie sich irgendetwas an.

* * *

13 *Die Nichte*

Zwei Tage später bringt Herzog Ludwig seine Tochter samt Pferd zur Kaiserin. Erfreut ist er darüber nicht, obwohl er dankbar sein müsste. Marie Louise ist ein wilder Spross am Stamm der Wittelsbacher. Es wird nicht leicht sein, sie gut zu verheiraten, und die Kaiserin ist in der Lage, durch ihre Gunst die gesellschaftliche Akzeptanz des Mädchens zu verbessern. Doch das Kind ist erst achtzehn. Drei Wochen mit Tante Sisi – er will es sich gar nicht ausmalen.

Man isst gemeinsam zu Abend. Es gibt Brathuhn, italienischen Salat und Champagner. Die Kaiserin langt erstaunlich kräftig zu. Als Ludwig sich verabschiedet und Marie Louise und die kleine Erzherzogin ihn hinausbegleiten, lässt sie sich auch noch Gebäck bringen.

Marie Louise und Valerie beschließen spontan, noch ein Stück neben Herzog Ludwig und seinem Pferd herzulaufen. Als sie heimkommen, hat sich die Kaiserin bereits zurückgezogen.

»Da sind Sie ja«, sagt der Hausdiener, »Ihre Majestät hat bereits nach Ihnen rufen lassen. Sie sollen zu Ihrer Majestät ins Toilette-Zimmer kommen.«

Valerie begleitet sie.

Im Toilette-Zimmer begrüßt sie schwanzwedelnd der Pudel Plato. Tante Sisi sitzt auf einem Stuhl. Sie trägt bereits ihr Nachthemd, es ist ganz schlicht, weiß und mit mauvefarbenen Seidenbändern durchzogen. Drei Kammermädchen sind damit beschäftigt, die Zopfkrone auseinanderzubasteln, die einzelnen Strähnen zu entflechten und das Haar auszukämmen. Alle drei tragen weiße Handschuhe. Eine von ihnen kennt Marie Louise schon von früher, die Passy. Die Passy zwinkert ihr zu.

»Da bist du ja«, sagte die Kaiserin. »Es geht nicht an, dass du unpünktlich bist, wenn ich nach dir rufe. Niemals. Der Dienst bei mir erfordert vieles, dem ein Durchschnittsmädchen nicht gerecht werden kann. Pünktlichkeit ist da noch eine der einfachsten Aufgaben. Du bist von meinem Blut und das ist ein starkes Band. Meine Stellung als Kaiserin von Österreich soll niemals eine Schranke zwischen uns bilden. Für dich werde ich immer Tante Sisi sein. Aber ich erwarte Gehorsam. Ich rufe, du bist da.«

»Ja, Tante Sisi.«

»Wir haben Onkel Louis geleitet«, sagt Valerie. »Und Marie Louise kann einen Hibou nachmachen. Marie, ruf noch einmal wie ein Hibou!«

Die Kaiserin nickt gnädig, und die Nichte legt die gewölbten Hände an den Mund und gibt den täuschend ähnlichen Schrei eines Uhus zum Besten.

»Sehr treffend«, lobt die Kaiserin. »Dein Vater hat recht, du kannst wirklich alles.«

»Aber es klingt traurig«, sagt Valerie. »Ist der Uhu so traurig, dass er immer klagen muss?«

»Du wirst es noch lernen«, erwidert ihre Mutter. »Alles klagt in der Natur. Nur die Menschen lachen in einem fort.«

»Hibou«, ruft Valerie und läuft hinaus, »Marie heißt jetzt Hibou!«

Die Kaiserin steht auf und die Kammerzofen stellen sich einen guten Meter hinter sie und heben das Haar in drei Teilen wie eine Schleppe an.

Unwirklich schön sieht das aus. Die Kaiserin geht zu ihrem Bett und Marie Louise sieht mit großem Erstaunen, wie die Kammerzofen ihr das Haar hinterhertragen und sich am Kopfende des Bettes positionieren. Während die Kaiserin sich niederlegt, breiten die Mädchen das Haar aus. Es fließt vom Bett herunter auf den Boden, wo eine Decke ausgebreitet ist. Die Passy legt ihrer Herrin noch eine Nackenrolle unter den Hals.

»Es ist ein Opfer«, sagt Elisabeth, »ich muss die ganze Nacht so liegen, unbeweglich wie eine Statue, sonst verwirren sich die Haare.«

»Ich mache mir einfach einen Chinesenzopf«, sagt Marie Louise, »das geht auch.«

»Nicht, wenn du solche Haare haben möchtest wie ich. Nicht, wenn du solche Haare immer behalten möchtest. Es ist einfach, hübsch zu sein, wenn man die richtigen Voraussetzungen dafür hat. Schön zu sein, ist Disziplin, Arbeit und Opfer.«

Kammerzofe Passy bringt feuchte Tücher.

»Für die Taille«, sagte die Kaiserin, »wenn du eine schlanke Taille behalten willst, musst du dir abends feuchte Tücher umlegen. Ich habe es durchaus bemerkt, wie du mich angeschaut hast beim Abendessen. Du denkst wohl, ich esse viel? Morgen werde ich nichts anderes zu mir nehmen als Milch. Übrigens möchte ich nicht, dass du irgendetwas von dem, was ich tue, nach außen trägst. Schweigen ist Gold. Halte dich daran, wenn du bei mir bleiben willst. Du kannst jetzt gehen.«

Pudel Plato springt auf das Bett und rollt sich zu Füßen der Kaiserin zusammen. Marie Louise verlässt das Zimmer und schickt später ebenfalls nach feuchtwarmen Tüchern.

Am nächsten Tag trinkt die Kaiserin tatsächlich nur Milch. Diese Milch kommt aus einem bestimmten Kuhstall, der sich auf dem neuesten technischen Stand befindet und dessen Kühe alle geimpft sind. Kuhwarm wird die Milch in einem Deckelglas vor Ihre Majestät gestellt.

Am Nachmittag darf Marie Louise ihre Tante auf einen Spazierritt begleiten. Ein Groom folgte ihnen in einiger Entfernung, ein einziger nur, hier in Feldafing ist das möglich.

Als sie an ein Gatter kommen, galoppiert die Kaiserin an und springt in gestrecktem Galopp hinüber. Marie tut es ihr ohne zu zögern nach.

»Sehr gut«, sagte die Kaiserin. »Ich glaube, mit dir lässt sich etwas anfangen.«

Später kehren sie in ein Bauernhaus ein. Die Bäuerin bekommt beim Anblick der Kaiserin rote Flecken im Gesicht und knickst so tief, dass sie sich beinahe hinsetzt, der Bauer läuft in langen Schritten aus der Scheune, wischt sich die dreckstarrenden Hände erst an der Hose und dann noch an den Haaren ab. Auch er hat rote Flecken im Gesicht, als er sich tief verbeugt, aber man merkt doch, dass so ein Besuch den beiden nicht zum ersten Mal widerfährt.

»Sind die Kühe gesund, Herr Wiebler?«, fragt die Kaiserin.

»Bei allerbester Gesundheit, Eure Majestät! Darf ich Eurer Majestät ein Glas Milch bringen? Und Ihrer Begleitung?«

Er hält das Pferd der Kaiserin, während sie an einem kleinen Tritt absteigt. Zwei Knechte sind noch dazugekommen und wollen ihr dabei helfen, aber sie springt einfach hinunter, und sie dabei aufzufangen wagen die Knechte nicht. Marie Louise bekommt eine Hand gereicht und wird mehr oder weniger heruntergehoben.

»Ein Glas Milch wäre sehr schön«, sagt die Kaiserin.

Die Bäuerin führt die hohen Damen in die Stube. Schnell verschwinden zwei Mägde mit klappernden Eimern durch die gegenüberliegende Tür. Marie Louise und Elisabeth setzen sich an den rohen Holztisch. Die Bäuerin zieht sich zurück und kurz darauf kommt der Bauer wieder herein. Er trägt jetzt ein frisches Hemd, das bis zu den Ellbogen aufgekrempelt ist und die rosig geschrubbten Unterarme freilässt. Er stellt zwei Gläser Milch auf den Tisch.

»Die Milch ist von der Nada. Die Nada ist unsere schönste Kuh. Fast ganz weiß. Ich habe sie eigenhändig für Eure Majestät gemolken. Wohl bekomm's, Eure Majestät! Wohl bekomm's, Fräulein!«

Er verbeugt sich tief. Die Kaiserin nickt gnädig. Herr Wiebler zaudert einen Moment, dann verschwindet er rückwärts aus der Tür. Auf seinem frischen weißen Hemd ist ein feuchter Milchfleck.

Die Kaiserin nimmt einen kleinen Schluck, fährt mit der Zungenspitze über ihre Unterlippe.

»Der gute Mann weiß es nicht besser, Marie. Aber du wirst bitte immer darauf achten, mich niemals von dir aus anzusprechen. Jedenfalls nicht in der Öffentlichkeit. Wenn wir allein sind, ist das etwas anderes. Aber nicht bei offiziellen Anlässen. Auch nicht vor meinen Hofdamen. Die Gräfin Festetics tut immer so freundlich, aber ich fürchte, man kann ihr nicht trauen. Sie könnte es weitererzählen. Also warte immer darauf, bis du von mir angesprochen worden bist.«

»Ja, Tante Sisi.«

»Wenn du mir unbedingt etwas sagen musst, greifst du dir ans rechte Ohrläppchen. Dann weiß ich Bescheid und werde mich an dich wenden.«

»Ja, Tante Sisi.«

Marie Louise ist ganz begierig, den Feinschliff in höfischer Erziehung zu bekommen. Die Kaiserin erscheint ihr wie ein Wesen aus einer anderen Welt, so unwirklich schön und klug. Sie sorgt dafür, dass auch Marie Louises Haar zur Zopfkrone gesteckt wird und schenkt ihr eine Diamantnadel für die Frisur. Berückend freundlich und gleichzeitig unnahbar wie eine Göttin. Wenn die Kaiserin Lust hat, ein wenig im Starnberger See zu pritscheln, wird die Damenbadeanstalt für gewöhnliche Menschen geschlossen und die Umgebung weiträumig gegen Schaulustige abgesperrt. Zwei Polizisten sind allein dafür abgestellt, niemanden in die Nähe der Kaiserin zu lassen, und das Trinkwasser für Ihre Majestät darf ausschließlich aus der gefassten Quelle an der Seepromenade stammen. Bald trinkt auch Marie Louise ihr Wasser nur noch aus dieser Quelle. Die ihr zugeteilte Kammerzofe Meissl muss laufen. Marie Louise bevorzugt nun auch plötzlich Käsegebäck oder Gefrorenes zum Nachtisch – ganz wie die Kaiserin.

»Ich muss bei dir immer an die Göttin Artemis denken«, sagt Marie Louise eines Abends, als sie im Boudoir dabei sein darf, wie ihre Tante sich von der Friseurin Feifalik den Umfang ihrer Taille, ihrer Schenkel und Waden messen lässt. Marie Louise spricht mit geschlossenen Lippen, obwohl ihre Zähne tadellos sind. Die Feifalik trägt die neuen Werte in ein Buch ein, unter die Werte, die sie am Morgen notiert hat.

Der Kaiserin gefällt die Bewunderung.

»Aber denke bitte das nächste Mal daran zu warten, bis ich dich zum Reden auffordere.«

»Ja, Tante Sisi.«

Eine herrliche Göttin ist sie. Eine Herrscherin.

Und dann wieder fährt Tante Sisi mit Valerie, deren Erzieherin Scherak und Marie Louise in einer Ponykutsche nach Possenhofen und alle dürfen durcheinanderschnattern. Der Pudel Plato ist auch dabei, tobt um die Kutsche herum und bellt wie wild, als sie auf einen Trupp Wanderschausteller mit einem Bären treffen. Marie Louise zieht die Zügel an, und die Kaiserin verlangt eine Vorstellung. Der Bär hat grellrosa Brandwunden an den Pfoten und tanzt sehr drollig. Valerie möchte ihm einen Apfel reichen. Aber das ist der Kaiserin zu gefährlich. Es ist Marie Louise, die dem Bären den Apfel in die Vorderpfoten drücken darf. Valerie schmollt.

»Hibou könnte auch gefressen werden.«

Die Kaiserin lächelt und küsst ihr jüngstes Kind auf den Scheitel.

»Valerie ist verwöhnt. Ich habe sie einfach zu lieb. Eigentlich ist sie mein einziges Kind. Ich kann nicht begreifen, wie man mehr als einen Menschen lieben kann.«

Sie küsst Valerie noch einmal auf den Kopf und Valerie dreht unwirsch den Kopf zu Seite und stößt ihre Mutter mit den Händen fort.

»Na«, sagt die Kaiserin und lächelt verklärt.

Marie Louise begreift, was für ein Glück es für sie bedeutet, dass die kleine Erzherzogin so an ihr hängt. Hibou hier, Hibou da, heißt es den ganzen Tag. Solange Valerie ihrer nicht überdrüssig wird, wird es auch die Kaiserin nicht werden.

Die Scherak nimmt plötzlich einen zweiten Apfel aus der Tasche, drückt ihn Valerie in die Hand, während sie gleichzeitig deren Finger festhält und reicht den Apfel einfach gemeinsam mit der kleinen Erzherzogin an das wilde Tier, das sich sogleich auf die Hinterbeine stellt und ihn mit den Lippen schnappt. Die Kaiserin wird kreidebleich. Ihr eigenstes Kind, ihr wertvollster Schatz, auf den nur sie ein Recht hat, wird von einem nichtswürdigen Weib einer Todesgefahr ausgesetzt.

»Siehst du«, sagt Valerie zu ihrer Mutter. »Botz weiß, dass ich das kann. Botz ist lieb.«

Botz ist Valeries Name für die Scherak. Die deutsche Gouvernante ist im letzten Jahr eingestellt worden und zeigt größten Eifer, so viel Zeit wie möglich mit der kleinen Erzherzogin zu verbringen. Sie lässt ihr grundsätzlich alles durchgehen, und Valerie liebt sie dafür. Botz schielt ein wenig ängstlich zur Kaiserin, wirkt aber gleichzeitig sehr zufrieden mit sich.

»Machen Sie das bitte nicht noch einmal«, sagt die Kaiserin bloß und sieht zur Seite.

Die Schausteller begleiten die Damen an die Kutsche, verbeugen sich tief, schielen unter ihren strähnigen schwarzen Haaren zu ihnen empor. Die Kaiserin gibt der Scherak ein Zeichen, den Leuten ein Almosen auszuteilen. Dann zeigt sie auf ein riesiges gelbes Tier, das an einen der Wagen gebunden ist.

»Was kostet der Hund?«

Man wird sich schnell einig. Der Hund wird am Abend von Elisabeths Hundsbub abgeholt und ihr am nächsten Tag geseift und frisiert präsentiert werden.

»Der ist wirklich riesig«, sagt Marie Louise.

»Ich hätte ihn gern noch größer«, erwidert Tante Sisi, »aber ich fürchte, ein so großer Hund, wie ich ihn mir vorstelle, existiert gar nicht.«

»Vielleicht solltest du den Bären kaufen.«

Die Kaiserin lacht.

»Nein, der war mir zu dreckig. Aber ich werde den Hund tüchtig füttern. Habe ich dir eigentlich schon mein Medaillon gezeigt?«

Die Kaiserin trägt ein Armband, an dem mehrere Glücksbringer klimpern: ein Totenkopf, byzantinische Goldmünzen, Marienmedaillen, das Sonnenzeichen mit drei Füßen … Sie sucht nach einem kleinen goldenen Medaillon und öffnet es. Ein winziger Strang kurzer heller Haare liegt darin.

»Es sind die Haare von Ajax. Er war bei der ungarischen Krönung dabei.«

»Ein Hund? Ein Hund war bei der Krönung dabei? Hat das der Kaiser erlaubt?«

»Ajax war ein Barsoi«, sagt die Kaiserin, »ein russischer Windhund.«

Am 8. Juli einigen sich Kaiser Franz Joseph und Zar Alexander im böhmischen Reichstadt auf einen gemeinsamen Kurs in der Orientfrage.

Österreich hält die Füße still, falls Russland das osmanische Reich angreift, und der russische Zar wird es im Gegenzug klaglos hinnehmen, falls Österreich auf die Idee kommen sollte, Gebiete in Bosnien-Herzegowina zu besetzen. Das Gespräch findet in informellem Rahmen statt, bei Wein und gutem Essen. Es gibt keine Verträge, nicht einmal ein Protokoll wird geführt, geschweige denn unterzeichnet. Jede Seite schreibt sich später ihre eigene Version der Vereinbarungen auf. Eine Nachlässigkeit, die noch zu manchen Auseinandersetzungen führen wird. Das menschliche Gehirn irrt so leicht.

Für Marie Louise vergeht die Zeit schnell. Reiten, noch mehr reiten, mit Valerie spielen, und jeden zweiten Tag geht es im Ponywagen oder in der Kutsche nach Possenhofen.

Bei einem Ausritt stoßen die Kaiserin und ihre Nichte auf einen imposanten Felsbrocken, auf den jemand mit roter Farbe seinen Namen geschrieben hat: ›Rudi‹.

»Sieh dir das an!«

Die Kaiserin springt vom Pferd, spuckt auf die Farbe und versucht, sie mit einem Taschentuch wegzuwischen. Vergeblich.

»Wo immer die Menschen hinkommen, müssen sie zerstören.«

Sie weint beinahe.

»Überall schreiben sie ihre Namen hin, selbst den ewigen Steinen müssen sie das Siegel ihrer Nichtigkeit aufdrücken.«

Marie Louise weiß nicht, was sie sagen oder tun soll. Der Groom, der in einigem Abstand hinter ihnen hergeritten ist, holt sie ein. Er steigt von seinem Pferd, um die Kaiserin wieder in den Damensattel zu heben. Wortlos setzt sie den Fuß in seine verschränkten Hände. Der Groom verbeugt sich und tritt zurück.

»Merke dir das«, sagt die Kaiserin zu ihrer Nichte, »nur, wo die Dinge allein sind, behalten sie ihre ewige Schönheit.«

Der letzte Besuch in Possenhofen findet am 29. Juli statt. Für Marie Louise ist es auch der letzte Tag mit Tante Sisi. Ihr Gepäck ist bereits unterwegs nach Garatshausen. Dieser Besuch wird etwas formeller als die bisherigen. Elisabeth fährt mit Kutsche und Gefolge, denn es gibt ein Galadiner anlässlich der

Taufe einer weiteren kaiserlichen Nichte. Carl Theodor in Bayern, innerhalb der Familie Gackel genannt, ist ein jüngerer Bruder der Kaiserin. Seine zweite Ehefrau Maria Josepha von Braganza hat nach zwei Jahren Ehe das zweite Kind bekommen. Leider wieder nicht der ersehnte Stammhalter.

Die Hofdame Fürstenberg ist auf alles gefasst. Ludviga Schaffgotsch, ihre Vorgängerin, hat ihr gesteckt, dass Possenhofen eine rechte Bettelwirtschaft sei. Nun kann sie sich selbst davon überzeugen.

Ein grünes Paradies ist es, alles Lieblichkeit und Sonne, der Garten voll Blumen, er reicht bis an den Starnberger See. Meerschweinchen, Hühner und ein Lamm hopsen darin herum, das Haus umrankt von Efeu und wildem Wein. Direkt gegenüber, auf der anderen Seite des ruhigen großen Wassers, liegen die Berge und des geheimnisvollen bayrischen Königs einsames Schloss. Nun gut, statt Hellblau hätten die Possenhofener vielleicht eine weniger fleckempfindliche Farbe für die Livreen ihrer Diener wählen sollen. Das Haus selber ist einfach und altmodisch eingerichtet, mit einem hölzernen Stiegenhaus und einem Salon, der eher hoch als geräumig und mit Plüschsesseln vollgestopf ist, alle mit langen Fransen. Mehrere Barometer und unzählige kleine und kleinste Bilder in eckigen, runden und ovalen Rahmen überziehen die biedermeierliche Tapete fast bis zur Zimmerdecke. Repräsentativ ist diese Meublierung beim besten Willen nicht, aber einladend und gemütlich. Der Lärm ist allerdings unglaublich. Alles redet durcheinander und dazwischen kläffen die weißen Zwergspitze der Herzogin und noch so ein kleines braunes Vieh, das von Erzherzogin Valerie mit schrillen Schreien – »Wauzi, ach Wauzi!« – aufgestachelt wird. Kaiserin Elisabeth stellt Therese Fürstenberg ihre Mutter vor, eine ehrfurchtgebietende Gestalt, freundlich und nett, aber vor allem Ehrfurcht gebietend. Die Kaiserinmutter lebt ganz für ihre impertinenten Hunde. Mindestens einen von ihnen hat sie immer unter dem Arm oder auf dem Schoß. Nur gut, dass der Kaiser nicht anwesend ist, er kann den Geruch von Hunden nicht leiden und hier flitzen sie überall herum. Franz Joseph hat eine so große Verwandtschaft, dass er nicht zu jedem Familienfest erscheinen kann, insbesondere dann nicht, wenn es sich um die Taufe der zweiten Tochter der zweiten Gattin eines zweitrangigen Schwagers handelt. Carl Theodor – Gackel praktiziert allen Ernstes als Arzt, und die freien Tage des Kaisers sind gezählt – am 4. August muss er schon wieder in Wien sein, um den Kronprinzen von Italien zu empfangen – da geht er heute lieber auf die Jagd.

Josepha, die junge Mutter, ist eine Erscheinung. Carl Theodor ist sichtlich stolz auf seine Frau. Wenn er husten muss, geht er schnell ein paar Schritte fort von ihr. Hustend sieht man immer aus wie ein Greis, und sie soll auch nicht mitbekommen, dass manchmal Blut in seinem Taschentuch ist. Josepha ist noch etwas erschöpft vom Wochenbett, aber wahnsinnig elegant. In der Münchner Gesellschaft gibt die Neunzehnjährige schon jetzt den Ton an. Sie ist bereits wieder eng geschnürt, und der weiße Rock unter einem blau und weiß gestreiften Oberteil, liegt bis zu den Knöcheln so knapp am Körper, dass das Gehen zum Geschicklichkeitsspiel wird. Elisabeths Tochter Gisela hat versucht, den Stil ihrer jungen Tante zu kopieren. Ihr Kleid ist sehr ähnlich geschnitten, beide tragen diese kleinen Schals, die die engen Röcke zusätzlich noch in Kniehöhe abbinden, und beide tragen lange, zweimal geschlungene Perlenketten. Aber Gisela ist so farblos in jeder Beziehung, dass sie auch in den elegantesten Kleidern hausbacken aussieht. Die Kaiserin macht Valerie und Marie Louise feixend auf diesen armseligen Versuch ihrer wenig schönen Tochter aufmerksam. Die Hofdame Fürstenberg kann es kaum glauben. Zu ihren Geschwistern, an denen allen doch genug auszusetzen wäre, ist die Kaiserin so freundlich und nachsichtig, und die eigene Tochter macht sie zur Zielscheibe. Da ist der älteste Bruder, Herzog Ludwig, der ja nun wirklich merkwürdig anzuschauen ist, so lang und hager. Ohne seinen schicken Anzug könnte man ihn versehentlich dem fahrenden Volk zurechnen. Herzog Carl Theodor, der Vater des Täuflings, ist wahrscheinlich der Klügste und Vernünftigste von allen, aber schön ist er gerade nicht – der lange Kopf, die breite Stirn. Der Jüngste, Prinz Mapperl, ist bildschön, aber ziemlich dumm. Von den Schwestern ist nur die Gräfin Trani gekommen, die sich bei der Vorstellung geradezu linkisch benommen hat. Überhaupt sind sie allesamt furchtbar scheu, wenn sie sich mit jemand anderem als einem Familienmitglied unterhalten sollen. Vielleicht ist das eine erbliche Sache. Die kleine Erzherzogin Valerie schaut auch immer so verdruckst. Ein merkwürdiges Kind. Nie grüßt es von selber, immer muss man es dazu auffordern.

Bei Tisch wird die Hofdame Fürstenberg gegenüber Obersthofmeister Wulffen, einem zierlichen Mann mit klugem Spitzmausgesicht, und mehreren Metern schwarzem Seidenstoff um den Hals, platziert und zwischen den fünf herzoglich bayrischen Hofdamen, von denen vier – so hat man sie in Wien vorgewarnt – die Töchter von Köchinnen und dergleichen sein sollen. Links neben ihr sitzt eine lieb und gescheit aussehende Person namens Adolfine Rechlin, rechts die schöne Frau Masagnia, beide sehr freundlich und herzlich zu ihr. Die Tischsitten lassen allerdings zu wünschen übrig. Das Besteck klirrt auf den Tellern und getrunken wird, ohne sich vorher die fettigen Lippen mit der Serviette abzutupfen. Wie die Gläser aussehen! Herzogin Ludovika benutzt ihre Serviette auch bloß, um den römischen Zwergspitz abzudecken, den sie sich während des Diners auf den Schoß geholt hat. Zwischen den Gängen sucht sie ihm unter der Serviette die Flöhe ab und knackst sie auf dem Tellerrand. Die Hofdame Fürstenberg ist einer Ohnmacht nahe. Immerhin springt jedesmal sofort einer der Lakaien herbei und wechselt den Teller gegen einen neuen aus. Marie Louise sitzt hingegen so gerade, ruhig und elegant am Tisch, dass sie auch am Wiener Hof eine gute Figur machen würde. Sie trägt wieder die Zopfkrone mit Diamantnadel. Ihr Blick ist verschleiert, während sie die Gabel mit einem winzigen Happen zum Mund führt. Herzog Ludwig mustert sie mürrisch.

»Ich sehe schon, ich habe eine französische Zierpuppe zurückgekriegt. Tante Sisi hat dich ordentlich in Dressur genommen. Fehlt nur noch, dass du demnächst mit Handschuhen isst.«

Elisabeth lächelt.

»Marie Louise hat viel bei mir gelernt. Deswegen würde es mir auch eine Freude sein, sie in Gödöllő bei mir zu haben. Sie hat mir erzählt, dass sie noch nie in ihrem Leben an einer Parforcejagd teilgenommen hat. Wenn ihr zur Hirschsaison kommt, bringt ihr sie mit. Marie Louise ist eine äußerst talentierte Reiterin, ich bin gespannt, wie sie sich anstellt.«

»Eure Reitkunststückchen sind kein Talent, sie sind ein Erbfehler«, erwidert Herzogin Ludovika. »Ich brauche ja wohl nicht zu sagen, von wem ihr das habt.«

Sie wendet sich an ihren ältesten Sohn.

»Und dann auch noch Fechtunterricht wie ein Student! Was soll Marie Louise damit? Und Turnen!«

»Ich turne auch«, sagt Elisabeth, »es hält einen geschmeidig.«

»Bei Marie Louise ist das kein Turnen mehr, das ist Akrobatik. Und was soll der Lateinunterricht und die Stenographie? Wird man davon etwa auch geschmeidig?«

* * *

14   *Treibjagd am Traunstein*

Es ist sehr früh am Morgen – man könnte es auch mitten in der Nacht nennen – da brennt in der Kaiservilla von Ischl schon Licht. Der Kammerdiener reicht dem Kaiser sein Hemd und hält ihm die ›kurze Wichs‹ hin. Mit Wonne steckt Franz Joseph seine dünnen Beine in die Gamslederhose. Die Jagd ist eine der seltenen Gelegenheiten, einmal keine Uniform anzuziehen. Die Tracht der steirischen Hochwildjäger besteht aus grüner Weste, einer grauen Lodenjoppe mit grünem Stehkragen und Umhängschnur, einem grauen Filzhut mit Gamsbart oder Birkhahnstoß, grauen Wadenstutzen, derben genagelten Schuhen und einer Lederhose. Ganz gleich, wie das Wetter ist, der Kaiser trägt die Hose immer kurz. Man ist doch ein ganz anderer Mensch, wenn man die ›kurze Wichs‹ trägt. Unter seinen knochigen Knien schlackern die grob gestrickten Stutzen.

Auf kräftigen Haflingern reiten der Kaiser und seine Gäste hintereinanderher. Schattenhaft wischt der Zug im Mondlicht dahin. Kronprinz Rudolf ist dabei, Großherzog Ferdinand von Toskana, Schwiegersohn Leopold von Bayern sowie der kaiserliche Leibarzt Dr. Widerhofer. Widerhofer reitet auf einem besonders fetten Haflinger namens Bierfassl. Am Waldrand wartet eine Kutsche, die die Jäger nach Ebensee bringt. Von dort geht es mit einem Schiff über den Traunsee. Unsichtbares Wasser plätschert, die Finsternis geht langsam in Zwielicht über.

Von der Leinaustiege am Fuße des Traunsteins geht es zu den Jagdständen hinauf. Zu steigen gibt es nicht viel. Die Stände aus Bruchsteinen liegen am Ende zweier Gräben, die eine Bergseite begrenzen. Wenn die Gämsen herunterkommen, werden sie an der Stelle, wo die Gräben zusammenlaufen, den Jägern direkt vor die Gewehre stolpern.

Seit Jahrhunderten ist die Jagd im größten Teil des Salzkammergutes kaiserliches Hoheitsrecht und eine große Gamsjagd wie die heutige wird noch immer wie zu Zeiten Karls VI. abgehalten. Schon tags zuvor sind die Tiere von äußeren Gebieten eingetrieben und die Nacht über durch eine Kette von Lagerfeuern am Zurückwechseln gehindert worden.

Alle nehmen ihre Plätze in den Jagdständen ein und warten darauf, dass die aufgehende Sonne die höchsten Schrofen des Traunsteins trifft. Dann kommt der Losschuss. Franz Joseph legt seinen Ischler Stutzen auf. Jodler und die Töne von Schwegelpfeifen durchschneiden den Morgen. Die zu Jagdgehilfen rekrutierten Forst- und Salinenarbeiter aus der Gegend von Ebensee treiben die Gämsen bergab. Prächtige junge Burschen sind es, ausgezeichnete Geher, die den Kaiser als ihren Wohltäter verehren und für ihn durch die steilsten und gefährlichsten Wände steigen, um ihm das Wild genau vor den Lauf zu treiben. Jeder Schuss wird von ihnen mit lauten Jodlern beantwortet. Der Kaiserstand liegt natürlich so, dass hier die meisten Gämsen vorbei müssen. Aber auch die Gäste dürfen zufrieden sein. Immer dichter fallen die Schüsse. Kronprinz Rudolf beobachtet, wie eine Gams über eine steile Wand zu entkommen versucht und dabei direkt auf ihn zuklettert. Der Speichel läuft ihm aus dem rechten Mundwinkel, ohne dass er es bemerkt. Rudolf ist glücklich, wenn er töten kann. Bereits mit neun Jahren schoss er seinen ersten Hirsch und malte detailverliebte Bilder von toten Tieren in ihren Blutlachen. Einmal schoss er frühmorgens vom Kinderzimmer aus zwei Gimpel und ließ beide Vögel in die Küche schicken, damit man sie ihm zum Frühstück servieren konnte. Valerie weinte sehr, und das machte ihm auch Vergnügen. Der Kaiser hat alles dafür getan, aus dem Kronprinzen einen erstklassigen Jäger zu machen, und Rudolfs beständige Lust am Vernichten schöner, lebensfroher Geschöpfe hat über die Jahre ungewöhnliche Ausmaße angenommen. Erfolge bei der Jagd sind das einzige Gesprächsthema zwischen ihm und seinem Vater.

Er erwischt die Gams, registriert befriedigt, wie sie in den Vorderläufen einbricht, sich überschlägt und den Hang hinabstürzt. Der Zauber des Moments lässt sein Waidmannsherz höherschlagen.

Der Kaiser fühlt anders. Wenn er ein Jagdgewehr in die Hand nimmt, ist er vielleicht aufgeregt, doch niemals leidenschaftlich. Voll heiterer Lust gibt er sich dem Vergnügen des edlen Sports hin, der ihn für wenige Stunden die Staatsgeschäfte vergessen lässt. Zwei Büchsenspanner reichen ihm von links und rechts die geladenen Gewehre und verzeichnen, was der Kaiser geschossen hat, und wo es liegt, damit nicht etwa aus Versehen die Beute eines anderen ihm unzulässig zugerechnet wird. Der Kaiser ist in dieser Beziehung so streng, dass er selber mit lauter Stimme die durch ihn erlegten Tiere zählt. »Sieben ...«– neues Gewehr von rechts ... ... – »acht ...«– Gewehr von links ... ... – »neun ...«– Gewehr von rechts.

Gegen zehn Uhr ist es Zeit, das Feuer einzustellen, die Treiber erreichen allmählich die Schützenlinie. Nun gilt es, die Gämsen einzusammeln und die Strecke zu legen. Achtunddreißig tote Tiere sind es diesmal. Das ist ein schöner Ausdruck repräsentativer Lebenslust, aber es gab auch schon mal Strecken mit weit über vierzig Gämsen.

* * *

15   *Gödöllő*

Marie Louise hat jeden einzelnen Tag seit dem Abschied von Tante Sisi mit dem Training für die Jagden in Gödöllő verbracht und ist auf verschiedenen Pferden alles gesprungen, was ihr nur in die Quere kam. Sie packt ihre neuen Reitkleider ein, die Tante Königin von Neapel für sie in Paris hat fertigen lassen. Ansonsten nimmt sie einfach von allem das Beste mit, das feinste Reisekleid, das festlichste Abendkleid und die aufwendigsten Schuhe und Hüte. Tante Sisi hat zwar behauptet, in Gödöllő würde es sehr leger zugehen, aber was heißt das schon bei einer Kaiserin. Herzog Ludwig besieht mit gerunzelten Augenbrauen die Reihe der Koffer, die Tag für Tag länger wird und ordnet an, dass mit kleinem Gepäck und fast ganz ohne Dienerschaft gereist werden soll. Nur der Kammerdiener und die Zofe Sophie Weber, ein dickliches Mädchen aus einem bayrischen Bergdorf, das einen beinahe unverständlichen Dialekt spricht, kommen mit – das unabkömmliche Personal eben –, vielleicht noch ein Stallbursche, weil das Zirkuspferd Sullivan so heikel mit dem Futter ist.

Pferde bräuchten sie eigentlich gar nicht mitzunehmen, davon wird es im ungarischen Schloss mehr als genug geben. Herzog Ludwig kann es sich trotzdem nicht verkneifen, den dicken Sullivan und einen schwarzen Hengst einzupacken. Mit diesem Rappen kommt er einfach perfekt zurecht, der springt jedes Hindernis in so sanftem Bogen, dass man den Ruck gar nicht merkt. Wer weiß, was die Sisi ihm sonst wieder für einen wilden Gaul andreht. Das dicke weiße, mit schwarzen Punkten gesprenkelte Zirkuspferd Sullivan muss mit, weil Schwester Sisi angekündigt hat, dass sie mit Marie Zirkuslektionen üben will. Sie hat sich in Gödöllő eine Manege einbauen lassen und Gustav Hüttemann, einen der angesehensten Zirkusreiter, als ihren Reitlehrer eingestellt. Das muss man ausnutzen, um auch Sullivan ein wenig Schliff zu geben.

»Wenn Elisabeth schon meine Tochter in Dressur nimmt, warum nicht auch noch den Sullivan«, sagt Herzog Ludwig grimmig.

Hat man eigene Pferde dabei, muss man natürlich auch das eigene Sattelzeug mitnehmen. Und das Spezialfutter für Sullivan. Am Ende ist es dann doch so viel Gepäck, dass sie für das Umsteigen in Pest einen Extrazug bestellen müssen. Im regulären Zug der Pest-Kaschauer Linie wäre nicht alles unterzubringen. Zum Glück hat Tante Sisi versprochen, die Kosten für den Extrazug zu übernehmen, was bedeutet, dass es der Kaiser bezahlen wird. So dürfen dann am Ende auch wieder alle Koffer mit.

Am 19. September reist der unstandesgemäße Zweig der Wittelsbacher von München ab. Das Umsteigen in Pest verläuft nicht ohne Schwierigkeiten. Der Extrazug ist so kurz, dass zwischen dem Viehwaggon und der Lokomotive nicht viel Abstand besteht. Die Pferde sind beim Verladen nervös. Als die schwarze Lok zischend Dampf ablässt, beginnt der dicke Sullivan auf der Stelle zu hüpfen.

»Ich fahre lieber bei den Pferden mit«, sagt Marie Louise, steigt, ohne eine Antwort abzuwarten, in den Viehwaggon und fläzt sich in Ihrem allerfeinsten Reisekleid auf einen Strohballen. Es ist angenehm, nach zweieinhalb Tagen in einem Zugabteil nun bei den Pferden zu sein. Mit einem Ruck setzt sich der Viehwaggon in Bewegung, sie flüstert dem Sullivan ein paar beruhigende Laute zu, streichelt den Rappen, und dann steckt sie sich einen Strohhalm in den Mund, kaut darauf herum, während vor den Lücken zwischen den Waggonbrettern die Landschaft vorbeizieht. Was für ein unglaubliches Schicksal es doch ist, eine Kaiserin als Tante zu haben. Die wichtigsten, mächtigsten und reichsten Leute der Welt könnten in

Gödöllő auftauchen, und sie – die kleine Wallersee-Baronesse – wird mittendrin sein. Und dann die Pferde, die sie wird reiten dürfen, die allerbesten Vollblüter aus ganz Europa.

Zwei Stunden später schiebt ein Bahnangestellter die Tür auf. Marie blinzelt ins helle Sonnenlicht. Die Rampe wird heruntergeklappt. Ihr herzoglicher Vater springt in den Waggon, schnappt sich Sullivan und führt ihn hinaus. Marie folgt mit dem Rappen.

Vor dem Bahnhof wartet die Kaiserin mit drei offenen Kutschen. Sie selber sitzt auf einem glänzenden braunen Pferd. Marie Louise drückt den Strick des Hengstes dem Bahnangestellten in die Hand, läuft zu ihr und küsst ihr die Hand.

»So ist es recht, immer zuerst um die Pferde kümmern«, lacht Elisabeth.

Nun küsst ihr auch der Bruder die Hand. Den Sullivan hält er dabei am Strick.

»Na, das ist ein Empfang«, sagt er, »hoch zu Ross.«

»Ich wollte euch wie die Zirkusleute abholen«, erwidert Elisabeth. »Oh, ich weiß schon jetzt, wir werden eine wunderbare Zeit zusammen haben.«

Ludwigs Gemahlin, die einstige Schauspielerin Mendel und jetzige Baronin Wallersee, ist bescheiden an der Seite stehen geblieben und tut, als wäre sie gar nicht da. Eisabeth streckt ihrer Schwägerin die rechte Hand hin und die Baronin tritt vor und deutet einen Kuss der Fingerspitzen an.

Noch bevor Marie ihre Zimmer im Schloss bezieht, bringt sie mit einem Stallburschen die beiden Familienpferde in den Stall. Sullivan und der Rappe werden zwischen ionischen Marmorsäulen untergebracht. Sullivan starrt verwirrt in seinen roten Marmortrog und auf die bronzierte Raufe, aber dann nimmt er beides hin, wie er alles hinnimmt, und zupft ein paar Halme Heu.

Vierunddreißig Reitpferde stehen im Marmorstall – alle zur Verfügung der Kaiserin. Mindestens noch einmal so viele Wagenpferde gibt es, und wenn der Kaiser für die Oktoberjagden eintrifft, werden auch seine Pferde noch hinzukommen. An den Wänden hängen weiße Decken mit gelben Monogrammen nebeneinander an der Wand. Darüber drei Reihen schwarze Halfter mit gelben Stirnbändern. Marie hilft dem Stallburschen, das mitgebrachte Sattelzeug in der für die Gäste bestimmten Kammer zu verstauen.

Die ersten Tage verlaufen sehr ruhig. Außer der Kaiserin, Erzherzogin Valerie, Herzog Ludwig und seiner Familie ist niemand im Schloss. Nur noch die Hofdame Festetics, Titularbischof Jácint János Rónay, die Scherak und ein paar Hundert Bedienstete. Die Mahlzeiten werden im Familienkreis eingenommen.

Morgens sitzt Herzog Ludwig in seiner Hausjoppe am Frühstückstisch, tunkt seine Brezel in die Kaffeetasse und erzählt, was es an Neuem und Altbekanntem aus Bayern gibt.

»Den König kriegt man jetzt nur noch zu sehen, wenn man ihm nachts um zwei im Wald auflauert«, sagt er und lutscht am eingeweichten Ende seiner Brezel. »Seit er so dick geworden ist, steht er immer erst abends auf und lässt sich ganz allein durch die Gegend fahren. Seine Wutanfälle sollen auch immer schlimmer werden.«

»Der Arme«, sagt Kaiserin Elisabeth.

»Der Arme? Bemitleide lieber die, die mit ihm zu tun haben. Er hält sich für ein höheres Wesen. Niemand darf ihn ansehen. Man sagt, seine Diener müssten sich vor ihm auf den Boden werfen. Die Einzige, die er als annähernd gleichrangig betrachtet, ist seine Mutter, aber auch nur, weil sie die Ehre hat, seine Mutter zu sein. Und dann diese scheußlichen Geschichten mit den Stallknechten.«

»Hör auf damit«, sagt Elisabeth, »König Ludwig ist ein Jupiter, und darum darf er auch seinen Ganymed haben. Und jetzt soll mir Henriette erzählen, wie es ihr in letzter Zeit ergangen ist.«

»Oh, danke«, erwidert die Schwägerin, »da ist nicht viel zu berichten. Erzähle du lieber, wie es dir auf Korfu gefallen hat. Darauf sind wir alle doch so gespannt.«

»Wundervoll, Henriette. Man kann unsere modernen Städte nur noch verachten, wenn man diese Zeugnisse vergangener, herrlicher Zeit gesehen hat. In Athen war es noch großartiger. Allein die Akropolis! Unser dortiger Konsul ist allerdings steinalt und im Grunde nicht mehr tragbar. Als er uns im Hafen von Piräus empfing, hielt er die Gräfin Fürstenberg für mich und verbeugte sich ununterbrochen vor ihr. Mich hat er gar nicht beachtet.«

»Bist du seekrank geworden, Tante Sisi?«

Da man unter sich ist, darf Marie Louise die Kaiserin ansprechen.

»Ich nicht. Aber alle anderen. Wir sind auf der Rückfahrt in einen schweren Sturm geraten. Am liebsten hätte ich mich an Deck festbinden lassen, um alles genau mitzubekommen.«

Herzog Ludwig schaut muffelig in den Brotkorb.

»Sind keine Brez'n mehr da?«

Die Hofdame Festetics wirft ihm einen Blick zu. Am Abend zuvor hat der nörgelnde Herzog sie gezwungen, das Zimmer mit ihm zu tauschen, da er das seine unstandesgemäß fand. Seit Ludwig in Bayern morganatisch geheiratet hat, legt er auf seinen Titel außerordentlich großen Wert und ist schnell beleidigt. Seine Frau, die ehemalige Schauspielerin Mendel, hält ihm ihren eigenen Teller hin, auf dem noch ein verschlungenes Laugengebäck liegt.

»Du kannst meine haben. Ich bin schon satt.«

Die Baronin ist ständig damit beschäftigt, das schlechte Be-

nehmen ihres hochwohlgeborenen Gatten durch Bescheidenheit und Takt wieder auszubügeln.

»Ja wirklich? Wie lieb von dir.«

Herzog Ludwig tätschelt seiner Frau freundlich die Hand.
Dann greift er nach ihrer Brezel und versenkt sie Stück für
Stück neben der seinen in der Kaffeetasse. Mit einem Löffel
rührt er um und schlabbert den Stampf auf.

»Es ist gut, dass Henriette seine Frau ist«, sagt die Kaiserin später zu Festetics, als sie miteinander im Salon sitzen. »Eine andere hätte ihn längst verlassen. Louis ist ganz wie unser Vater,
allerdings ohne dessen Charme. Doch Henriette weiß ihn zu
nehmen. Sie ist vermutlich die einzige Frau auf dieser Erde, mit
der jemand wie er glücklich sein kann.«

»Ich wäre einig mit Eurer Majestät, wenn Marie Louise nicht
wäre«, erwidert die Hofdame.

»Was meinen Sie, Festi?«

»Eure Majestät, wenn man den Bruder der Kaiserin von Österreich zum Vater und eine Bürgerstochter von Augsburg, die
im Begriffe war, Schauspielerin zu werden, zur Mutter hat, so
gehört man nicht in des Vaters Kreis. Das Kind darf ja nicht
einmal den Titel führen. So eine Zwitterstellung ist etwas Ät-
zendes. Wenn erst die Gäste kommen, so werden sie sie nicht
akzeptieren. Sie werden aus Curtoisie gegen Eure Majestät vor-
geben, sie täten es. Aber hinter Ihrem Rücken werden sie abfällig über sie reden.«

»Es genügt doch wohl, wenn wir über solche Vorurteile erhaben sind«, erwidert die Kaiserin verstimmt.

Festetics schüttelt ernst den Kopf.

»Ich fürchte, die Baronesse Wallersee weiß ganz genau, dass
man sie der Mutter halber immer als Eindringling betrachten
wird. Das erzeugt Bitterkeit. Marie Louise dauert mich. Aber
gewiss: Es ist nicht leicht, das Richtige zu tun.«

Die Kaiserin errötet peinlich berührt. Festetics legt die Hände in ihren Schoß und sieht auf ihre Finger.

Nach einer Weile erhebt sich die Kaiserin und sagt: »Vielleicht haben Sie recht, Marie.«

Am Nachmittag zeigt Elisabeth ihrer Nichte den Schlossgarten und den Park. Der Herbst in Gödöllő ist sehr angenehm. Nach der glühenden, staubigen Hitze des Sommers scheint die Sonne milder und die Luft ist rein und klar. Ein Rudel Hunde begleitet die Kaiserin: zwei Bernhardiner, zwei Doggen, zwei große Windhunde und der gelbe Hund, den die Kaiserin im Sommer von den Schaustellern erworben hat. Und natürlich der Pudel Plato. Die Kaiserin hält in Gödöllő fast so viele Hunde wie Pferde. Ein eigener Wärter kümmert sich um sie. Der junge Mann bezeichnet sich selbst als ›kaiserlichen Beamten zur Pflege der kaiserlichen Hunde‹, die Hofdamen nennen ihn den ›Hundsbub‹, im Etat wird er als ›überzähliger Haushilfsknecht‹ geführt. Mit der Peitsche in der Hand geht er in einigem Abstand hinter der Kaiserin her, um die Doggen notfalls zur Ordnung zu rufen.

An einem Stein hält die Kaiserin inne. ›Shadow‹ steht auf dem Stein und ein Datum: ›21.11.1875‹. Es ist das Grab der einstigen Lieblingsdogge. Eine Träne läuft Elisabeth über die Wange. Sie hält die Hand auf. Marie Louise wühlt wild in den Taschen ihres Mantels, kann aber kein Taschentuch finden. Die Kaiserin sieht sie vorwurfsvoll an und zieht dann ein eigenes Taschentuch hervor, tupft sich die Träne ab.

»Mein treuer, schöner Shadow! Es war hoffnungslos, und er litt starke Schmerzen. Deswegen ließ ich ihn eigenhändig an Blausäure schnuppern. Ich trauere um einen Freund.«

Marie Louise schaut betroffen und tätschelt dem nächsten greifbaren Hund, einem Bernhardiner, den Schädel.

Weiter geht es durch den Park, am munteren Rákosbach entlang.

»Lass dir von meinen Hofdamen nichts sagen«, fängt die Kaiserin plötzlich an, »ganz egal, welchen Stand sie haben. Die Gräfin Festetics von Tolna ist übrigens auch kein hervorragendes Mitglied des Österreichischen Adels. Sie gehört dem dritten Zweig des ersten Astes der zweiten Linie an oder so ähnlich. Außerdem reitet sie nicht einmal halb so gut wie du. Deswegen ist sie auch eifersüchtig. Hofdamen sind meistens falsche Schlangen. Wenn sie mir die Hand küssen, kann ich es gar nicht abwarten, bis sie wieder gehen und ich mich endlich waschen darf.«

Sie stehen jetzt vor einem mächtigen Baum. Elisabeth legt die Hand auf seine knorrige Rinde, schweigt einen Augenblick, dann sieht sie ihre Nichte an.

»Dieser Baum ist mein bester Freund in dieser Welt. Jedesmal, wenn ich herkomme, und jedesmal, bevor ich abreise, gehe ich zu ihm, und wir blicken uns einige Minuten schweigend an. Er sieht meine Seele und weiß alles, was in mir ist. In der Welt werde ich ständig verletzt. Aber dieser Baum hat mir noch nie wehgetan.«

Marie Louise schaut ehrfurchtsvoll und eingeschüchtert erst den Baum und dann ihre Tante an. Tante Sisi kann kein gewöhnlicher Mensch sein, eher eine Art Waldgeist, eine Fee, die Bäume zu Freunden hat.

Mit ihrer Cousine Valerie hat Marie Louise in Gödöllő zunächst wenig zu tun. Die kleine Erzherzogin hat tagsüber Unterricht. Lesen, Schreiben, Grammatik, Literatur, Geographie, Geschichte, Naturwissenschaften, Religion, Zeichnen: Das alles bringt ihr Bischof Rónay bei. Rónay ist Benediktiner, sogar Titularbischof, das müsste dem streng katholischen Wiener Hof eigentlich gefallen. Trotzdem hält man ihn dort für ungeeignet, eine Kaisertochter zu erziehen. Der Mann hängt der darwinistischen Lehre an, weswegen er ja auch keinen regulären Bischofsstuhl bekommen hat. Und er ist einer von denen, die nach dem ungarischen Aufstand von 1848 in Abwesenheit zum Tode verurteilt wurden. Wie Andrássy! Andrássy hat ihn übrigens auch empfohlen. Das sagt ja eigentlich schon alles. Der Unterricht findet ausschließlich auf Ungarisch statt. Auch die Kaiserin spricht mit ihrer Tochter üblicherweise ungarisch. Nur wenn Marie Louise dabei ist, macht sie eine Ausnahme, da die Nichte sonst kaum etwas versteht. Ist der Unterricht der kleinen Erzherzogin beendet, stürzt sich sofort die Gouvernante Scherak auf das Kind, um so viel Zeit wie möglich mit ihm zu verbringen.

Marie Louise reitet währenddessen mit der Waldgöttin aus. Leider sind es nicht immer die großartigen Vollblüter aus den Marmorställen, auf denen sie sitzen, sondern meistens zwei zierliche weiße Araber, fast wie Ponys. Tante Sisis Zirkuspferdchen. Sie will, dass sie im Training bleiben. Marie Louise kann die Augen nicht von ihrer Tante lassen. Niemand sieht zu Pferd so elegant und schön aus wie die Kaiserin. Der Figur nach ist sie ein junges Mädchen und dem Gesicht nach auch. Man könnte denken, sie wären zwei Schulfreundinnen, die heiter und sorglos durch den Wald galoppieren. Zwei sehr elegante Schulfreundinnen.

Abends geht es zu der gedeckten Reitschule im Park, die noch eine Zirkusmanege als Anbau hat. Dort, zwischen Podesten, riesigen Reifen und diversen Hindernissen erwartet sie Kunstreiter Gustav Hüttemann. Die Kaiserin hat ihn direkt von seinem Engagement beim Zirkus Carré weg in ihre Dienste genommen. Nun bildet er ihre Pferde in der klassischen hohen Schule aus und bringt ihnen auch den einen oder anderen Zirkustrick bei. Um der Kaiserin den Einstieg in die Zirkusdressur zu erleichtern, wurden vier Zirkuspferde angeschafft, die bereits allerlei Kunststücke beherrschen. Bei Marie Louises erstem Besuch in der Manege sitzt Hüttemann auf Flick, einem der weißen Araberpferdchen, was bei seiner Körpergröße von zwei Metern etwas gewöhnungsbedürftig aussieht. Daneben steht Flock, der zweite Araber. Auf ihm sitzt eine Reiterin mit schwarzem Haar, einem feinen schmalen Gesicht und einer hübschen, ganz geraden Nase.

»Dies ist Fräulein Elisa«, stellt Elisabeth sie vor. »Fräulein Elisa ist auch eine Königin, eine Königin der Manege und dadurch meine Schwester.«

Marie Louise ist überwältigt. Elise Petzold, Ziehtochter des Zirkusdirektors Renz, ist nicht nur eine Schönheit ersten Ranges, sondern auch ein weltberühmter Star. Die Leute kaufen sich Fotos von ihr. Kunstreiterinnen überhaupt sind die Stars ihrer Zeit, bewundert wegen ihres Könnens und berüchtigt für ihre Skandale, selbst mit Königen und Fürsten. Ihr Leben widerspricht allem, was von einer anständigen Frau erwartet wird. Sie präsentieren ihre Leistung und ihren Körper und riskieren ihre Knochen. Trotzdem geht keine gesellschaftliche Ächtung damit einher. Im Gegenteil: Sie werden geliebt und mit Ehrungen überhäuft. Zirkusreiterinnen leben so außerhalb der Norm, dass ihnen fast alles erlaubt ist: in kniekurzem Kleid auf dem Rücken eines galoppierenden Pferdes zu tanzen oder spätabends mit Herren zu soupieren. Fräulein Elisas Ansehen ist natürlich nicht so groß, dass sie im Schloss wohnen dürfte. Sie und Gustav Hüttemann sind in einem der Nebengebäude untergebracht.

Die Kaiserin stellt sich in die Mitte der Manege, pfeift, und Hüttemann und Fräulein Elisa galoppieren mit Flick und Flock von beiden Seiten auf sie zu. Unmittelbar vor ihr parieren sie durch, so dicht, dass die Kaiserin ihre Hand auf die Nasen der Pferde legen kann. Sie wiederholen das mehrere Male, bis die Araber wissen, was von ihnen verlangt wird und von selber stehen bleiben.

»Jetzt müssen wir nur noch aufpassen, dass sie nicht zu früh anhalten, sondern wirklich erst im letzten Augenblick«, sagt Hüttemann.

Nach den Arabern darf Sullivan in die Manege. Fräulein Elisa lässt ihn ein paar Runden im Kreis traben. Dann stellt sie sich vor ihm auf, zieht seinen Kopf am Zügel ein wenig nach links und berührt seinen dicken Hintern mehrmals mit einer langen Peitsche so, dass Sullivan ihn erst ein wenig nach rechts und dann nach links bewegt. Am Schluss frisst er eine Handvoll Hafer, der ihm auf einer großen, hingebreiteten Serviette kredenzt wird.

»Sullivan kann bereits ein paar Tricks«, sagt Marie Louise enttäuscht. »Der kann schon viel mehr.«

»Ich bitte um Geduld, Baronesse«, erwidert Elise Petzold. »Was wir dem Sullivan in den ersten Tagen an Zeit zugestehen, werden wir am Ende doppelt und dreifach einsparen. Mit dem Hafer auf der Serviette werden auch im Zirkus Renz die Pferde aufs Apportieren vorbereitet. Am Ende bringen sie alles. Ein Hengst des Direktors kann sogar einen lebenden Karpfen aus einem Wasserbassin apportieren.«

Eines Tages bestellt die Kaiserin ihre Nichte vor dem Ausritt zu sich, doch als Marie Louise in ihr Toilette-Zimmer kommt, steht da ein junger Husar. Es ist natürlich kein junger Mann, es ist die Kaiserin, die Herrenstiefel, Hose und eine ungarische Uniformjacke trägt. Hochgewachsen und schlank, wie sie ist, geht die Kaiserin glaubhaft als Knabe durch. Die Passy stopft ihr die Haarflechten unter die Kappe.

»Na los, Marie«, sagt die Kaiserin, »schau nicht wie ein erfrorener Buddha, versuche es auch. Da sind Sachen für dich. Ich nehme an, wir haben die gleiche Größe.«

Die Passy reicht Marie Louise lächelnd eine Uniformhose.

»Und wenn uns jemand sieht?«

»Niemand wird uns erkennen. Ich mache das schon seit Jahren, ohne dass jemand etwas mitbekommen hat. Wir gehen einfach hintenrum zu den Ställen. Wenn uns jemand begegnet, schauen wir woandershin.«

»Und wenn uns jemand anspricht? Wenn jemand fragt, wer wir sind?«

»Dann ist dein Name Marius Louis Desbini.«

Marie Louise muss kichern.

Als sie mit Passys Hilfe die Hosen anzieht, erstarrt sie fast vor Scham. Man sieht die Beine. Die Form der eigenen Beine. Man sieht, wo die Beine enden. Sie zupft und zerrt am Stoff. Marie ist schon als Kind manchmal heimlich im Herrensattel geritten. Aber nie in Hosen. Und es ist auch schon lange her.

Ungesehen kommen sie zu den Ställen. Stallmeister Fritsch ist eingeweiht und starrt auf den Boden, während er die Pferde hält. Es sind zwei Braune, die sonst immer von männlichen Gästen geritten werden. Sie tragen Herrensättel mit Steigbügeln an beiden Seiten. Marie Louise und die Kaiserin können selber aufsteigen, ganz ohne Hilfe. Merkwürdig ist das.

Und dann reiten zwei junge Husaren durch den Wald, zwei ungewöhnlich hübsche Husaren. Es ist anders, es ist so gerade. Der ganze Körper ist nach vorn ausgerichtet, das Gleichgewicht ergibt sich mehr oder weniger von selbst.

»Drück die Fersen runter«, sagt die Kaiserin, »du sitzt da wie ein Affe auf dem Schleifstein.«

Auf einem Damensattel muss die Reiterin die rechte Fußspitze nach unten drücken, weil sonst das Reitkleid hässlich ausgebeult wird. Das ist jetzt nicht mehr nötig. Marie Louise drückt die Fersen nach unten, presst sie an den warmen Tierbauch. Es ist gar nicht mehr, als würde sie auf dem Pferd sitzen, sie scheint in dem Pferd zu sitzen. Mit breiten Beinen. Es ist wild und unzivilisiert.

»Du siehst umwerfend aus«, sagt Tante Sisi, »zum Verlieben.«

Zurück im Schloss, in den Räumen der Kaiserin, während sie sich gemeinsam umkleiden, zieht Elisabeth Marie Louise plötzlich an sich.

»Wie viel Spaß wir miteinander haben, nicht wahr? Das machen wir bald wieder. Du machst dich gut als Sportsmann, lieber Marius.«

Marie Louise verabschiedet sich mit einem Handkuss, in den sie all die Verehrung und wilde Leidenschaft legt, die sie für ihre Tante empfindet. Die Kaiserin lächelt angenehm berührt.

Vergnügt läuft die Nichte – nun wieder im Reitkleid – die Treppe hinauf und in ihre Räume zurück. Dort warten die Eltern.

»Wir tragen jetzt also Herrenkleider«, sagt die Baronin Wallersee. »Wie stellst du dir deine Zukunft vor? Willst du später mal im Varieté auftreten?«

»Woher ... Tante Sisi wollte es so, es weiß ja niemand davon.«

Herzog Ludwig schnauft.

»Ja, das bildet sich auch nur Elisabeth ein, dass ihre verrückte Laune in Gödöllő niemand kennt. Aber natürlich sprechen alle darüber. Der Einzige, der tatsächlich keine Ahnung hat, ist Franz Joseph. Wenigstens tut er so.«

»Nur gut, dass noch keine Gäste da sind. Mach das nicht noch einmal, junge Dame!«

»Aber was soll ich denn machen, wenn Tante Sisi es von mir verlangt?«

»Da hat sie allerdings recht«, räumt Herzog Ludwig ein. »Wenn Tante Sisi das nächste Mal fragt, sagst du einfach, dass es dir furchtbar unangenehm ist und du lieber im Kleid reitest. Sag aber auf keinen Fall, dass wir wissen, was sie da treibt. Und wenn Tante Sisi trotzdem darauf besteht, musst du es natürlich machen. Solange sie ebenfalls in Hosen mit dir reitet, werden alle so tun, als wüssten sie nichts davon. Aber reite niemals allein so aus!«

Die Baronin Wallersee schüttelt bekümmert den Kopf.

»Vielleicht sollte ich mit Marie nach Hause fahren. Mir macht das hier große Sorgen.«

»Oh, bitte«, fleht Marie Louise. »nicht nach Hause! Ich habe doch noch nicht einmal an einer Jagd teilgenommen. Vielleicht werde ich nie mehr dazu Gelegenheit haben.«

»Marie Louise bleibt hier«, sagt Herzog Ludwig, »wer weiß, was sich daraus ergibt. Außerdem sind wir ja dabei.«

* * *

16   Parforce

Als Arrangeur der Hofjagden hat Graf Esterházy für den 25. September eine Hirschhatz angesetzt – Marie Louises erste Parforcejagd.

Am Morgen kommt das Kammermädchen Passy mit einem Reitkleid über dem Arm ins Zimmer.

»Ich bringe ein Kleid Ihrer Majestät. Ihre Majestät haben befohlen, falls es passt, sollen Baronesse es gleich anbehalten.«

Es sitzt wie angegossen. Marie Louise bewundert sich im Spiegel. Das Kammermädchen schließt die Haken. Lichtgrau ist das Kleid. Vornehmer geht es gar nicht.

»Das ist bestimmt von Worth«, sagt Passy, und Marie Louise nickt beeindruckt.

»Aus Paris«, ergänzt Passy.

»Ich weiß, wer Worth ist«, erwidert Marie Louise gereizt, »du kannst jetzt gehen.«

Sie dreht sich vor dem Spiegel. Einfach phantastisch! Auch die eigenen Reitkleider der Baronesse haben ihre Figur stets vorteilhaft zur Geltung gebracht. Aber gegen dieses Wunderwerk der höchsten Schneiderkunst fallen sie elend ab. Im Triumphgefühl der eigenen Jugend und Schönheit schwebt Marie Louise die Treppe hinunter.

Im Schlosshof stehen die Stallburschen mit den Pferden und blinzeln in die Sonne. Herzog Ludwig, der nicht die Absicht hat, selber an der Jagd teilzunehmen, sitzt auf dem Bock eines offenen Wagens mit vier Lippizaner-Schimmeln. Hinter ihm haben die Damen Festetics und Ferenczy Platz genommen. In einem offenen Zweispänner sitzt Valerie zwischen Bischof Rónay und Frau Scherak. Die Kaiserin kommt mit Hüttemann aus den Stallungen. Sie lobt, wie gut das graue Reitkleid der Nichte steht. Sie selber trägt Dunkelblau. Marie Louise lässt sich vom Stallburschen auf das Pferd heben. Bebend vor Erregung tastet sie nach dem weißen Schleier an ihrem runden Hut. Der Hut ist natürlich auch grau. Und dann sitzt sie auch noch auf einem herrlichen Grauschimmel. Wenn es etwas gibt, das einer Frau noch besser steht als so ein Kleid, dann ist es so ein Pferd. Hüttemann hebt die Kaiserin mit einem einzigen eleganten Schwung in den Sattel.

Marie Louise darf mit ihr den Zug nach Megyer anführen. Dann folgen die Equipagen und am Ende reiten Hüttemann und Petzold. Elise Petzold sitzt auf ihrem Pferd Lord Byron, einem Geschenk der Kaiserin.

Kurz vor zehn erreicht man Megyer, wo bereits die Meute und eine etwa fünfzigköpfige Jagdgesellschaft versammelt sind, die Herren in rotem Frack und Reitzylinder oder in Uniform. Nur Graf Esterházy und die Jagddiener tragen grüne Röcke und schwarze Kappen. Esterházy ist der Master. Er ist dunkelhaarig und nicht sehr groß. Mit seinen tiefen, ausdrucksstarken Augen sieht er die Kaiserin unverwandt an. Gleich bildet sich ein Kreis um ihn, Elisabeth und die Baronesse.

»Meine Nichte Marie«, sagt die Kaiserin, die hier vor allem als die Königin – die ungarische Königin – gesehen wird.

Die Herren mustern die Nichte schamlos, gaffen geradezu. Das also ist die kleine Wallersee, der wilde Spross am Stamm der Wittelsbacher. Ob mit oder ohne Pferd: Das hübsche Kind überragt die meisten Herren hier um einen halben Kopf. Die Damen selber gaffen etwas diskreter, aber gaffen tun sie alle. Zuerst wird Marie Louise der Fürstin Rosa Hohenlohe vorgestellt: eine halbe Sekunde Augenkontakt und ein kaum wahrnehmbares Kopfnicken. Die Nächste ist die Baronin Edelsheim, eine liebenswürdige, wohlbeleibte Frau auf einem ebensolchen Pferd, die behauptet, sehr erfreut zu sein und Marie Louise alles Gute für die Jagd wünscht, dann die junge, sehr hübsche Gräfin Almásy, die sie giftig mustert und dann noch drei andere, deren Namen Marie Louise sich nicht merken kann. Die Damen sind verwirrt. Wenn man schon einmal sechzehn uradelige Vorfahren vorweisen kann, will man sich ja eigentlich nicht mit der Tochter einer bürgerlichen Schauspielerin abgeben müssen. Mit Dünkel hat das gar nichts zu tun. Aber man schrickt doch instinktiv zurück, wenn da so ein Standesunterschied klafft. Andererseits will man es sich auch nicht mit der Kaiserin, beziehungsweise ungarischen Königin, verscherzen, die dieses giraffenartige Mädchen vorzuziehen beliebt. Schneiden, wie es ihr gebührt, kann man die kleine Wallersee also auch nicht. Es ist kompliziert.

Elisabeth liebt solche Situationen. Sie spürt förmlich, wie es in den Köpfen der Damen knirscht und rumpelt. Und dann ist Marie Louise trotz ihrer drittklassigen Abstammung mit ihren dunklen Augen, der schönen Figur und den langen blonden Haaren auch eine ernst zu nehmende Konkurrenz. Die Herren, die ein Baron Berzeviczy vorstellt, sind so zahlreich vertreten, dass Marie Louise sich nur die Namen Esterházy und Baltazzi merken kann. Von den Baltazzis gibt es gleich drei, es sind zurückhaltende junge Gentlemen, alle ziemlich klein, aber sehr hübsch, mit großen, ausdrucksstarken Augen und einem orientalischen Einschlag. Sie tragen rote Cutaways. Baronesse Wallersee fühlt sich in diesem exklusiven Kreis nicht wohl. Wann reitet man denn endlich los? Die Hunde zittern ja schon vor Aufregung. Aber der Cercle zu Pferd geht endlos weiter, alle müssen die Ungarische Königin begrüßen und die minderwertige Nichte begaffen. Marie Louise versteinert innerlich. Plötzlich steht ein Journalist neben ihrem Pferd. Das sieht man schon an dem frechen Gesicht, dass der von einer Zeitung kommt.

»Verzeihen Sie Baronesse, aber wird denn Ihre Mutter gar nicht an der Jagd teilnehmen?«

Natürlich ist Marie Louises Mutter nicht dabei. Henriette Wallersee würde sich niemals so exponieren. Zum Glück hat Tante Sisi ihre Nichte auf die unverschämten Fragen der Journalistiker vorbereitet, und sie antwortet, wie es ihr vorgesagt wurde: Die Baronin Wallersee kann eines kleinen Unwohlseins halber, das sie sich ausgerechnet infolge ihrer Leidenschaft für die Jagd zuzog, nicht teilnehmen. Sie ist gestern Morgen um vier mit Dr. Widerhofer in den Wald von Haraszti gefahren, um einen Hirsch zu pürschen. Der Wagen stürzte, beide blieben erfreulicherweise unverletzt, aber die Baronin ist so angegriffen, dass Dr. Widerhofer der leidenschaftlichen Jägerin Ruhe verordnet hat.

Bevor der Mensch noch weitere Fragen stellen kann, tritt ein Mann in einem schwarzen Anzug auf ihn zu und führt ihn diskret zur Seite.

Zwei hagere Ungarn auf braunen Vollblütern gesellen sich als Letzte zu der Gruppe um Elisabeth. Sie lüften ehrerbietig die Zylinder. Beide sind schon älter, aber einer von ihnen ist trotzdem ungewöhnlich attraktiv. Mit seinen langen dunklen Haaren und den eingefallenen Wangen unter den hohen Backenknochen sieht er aus wie Jesus Christus, wenn Jesus Christus denn 42 Jahre alt geworden wäre. Elisabeth richtet einige höfliche und freundliche Worte an ihn und stellt ihn ihrer Nichte vor: Elemér Batthyány. Seinen Begleiter, der die fünfzig längst überschritten haben muss, stellt sie als seinen Vetter Graf Pista Karolyi vor.

»Sind Sie schon einmal in Ungarn zur Jagd geritten?«, fragt Karolyi. »Überhaupt noch kein Parforce? Ach, stellen Sie sich einfach vor, Sie wären auf einem Ausritt und das Pferd wäre Ihnen durchgegangen, aber Sie wollen sich das auf keinen Fall anmerken lassen und tun deswegen so, als würden Sie absichtlich so schnell reiten. Das machen wir alle so.«

Marie Louise lacht erleichtert. Karolyi ist nett und lustig. Endlich ist jemand nett.

Und dann geht es los. Esterházy und Tante Sisi führen den Zug an, dahinter darf gleich Marie Louise reiten an der Seite von Baron Simonyi, einem Sechzigjährigen, dessen Schnurrbart rechts und links über das Gesicht hinaussteht. Erst dann folgen all die anderen und die Hirschhunde mit dem Houndsman. Man reitet zu einer Anhöhe, auf der die Equipagen bereits Stellung genommen haben. Die Hunde werden in eine Tannenschonung getrieben, in der gestern ein Hirsch gesichtet wurde. Folglich dauert es auch nicht besonders lange, bis sie die Fährte aufgenommen und einen Zwölfender herausgedrückt haben. In schnellem Galopp fliegen Pferde und Reiter hinterher. Die kaiserliche Königin an der Spitze und stets an den gefährlichsten Stellen. Die Begeisterung der Ungarn kennt keine Grenze. Sie tummeln sich in der Nähe ihrer Königin wie Delphine im Kielwasser einer Yacht, sind bereit, sich den Hals zu brechen, um ihr nahe zu sein. Aber niemand nimmt sich heraus, Elisabeth oder Esterházy zu überholen. Die Jagdtrophäe soll ihrer Königin gehören, alles andere wäre schändlich. Éljen!

Bei der kleinen Wallersee klappt alles wie am Schnürchen. Die Hufe trommeln über verbranntes Gras. Erster Graben, zweiter Graben, der Grauschimmel zieht kaum an, nimmt die Hindernisse als etwas weitere Galoppsprünge. Schon hat sie die dicke Baronin auf dem dicken Pferd und die Fürstin Hohenlohe mit ihrer Entourage junger Herren hinter sich gelassen. Beide machen eine eher klägliche Figur auf ihren braven Pferden. Nur die Gräfin Almásy mischt noch vorn mit. Und Marie Louise.

Dann kommt ein überaus breiter und tiefer Graben, dessen Schatten ihn aussehen lässt, als wäre er mit Wasser gefüllt. Marie Louises Pferd wird zögerlich, wird langsamer, es versucht, zur Seite auszubrechen, lässt sich noch einmal vorwärtstreiben, doch dann stemmt es sehr entschieden beide Vorderbeine in den Erdboden. Dieser Drecksgaul! Marie Louise zieht ihm zweimal die Peitsche über. Einmal, weil er verweigert hat und einmal, weil sie beinahe heruntergeflogen wäre. Auf ihrer ersten richtigen Jagd! Sie wendet den Grauschimmel, nimmt Anlauf, aber nun will dieser miese Krampen noch nicht einmal auf den Graben zugaloppieren. Sie schlägt. Er steigt und geht rückwärts. Rollt mit den Augen und zeigt die Zähne. Die kleine Wallersee balgt sich noch mit dem widerspenstigen Vollblüter herum, als sich in ihrem Rücken ein Reiter nähert.

»Kann ich Ihnen helfen, Baronesse?«, fragt er mit ungarischem Akzent.

Die Baronesse sieht sich gar nicht um. Sich helfen lassen! Sie hat nicht die Absicht, sich bereits bei ihrem Debut zu blamieren. Also wendet sie noch einmal, nimmt einen größeren Anlauf, und ihre Wut, ihr unerbittlicher Wille und die Peitsche überzeugen das Pferd, doch lieber zu springen. Es springt und dann rennt es, als wäre der Teufel hinter ihm her. Der hilfsbereite Kavalier holt sie trotzdem ein und bleibt an ihrer Seite. Es ist Elemér Batthyány, der Heiland im fortgeschrittenen Alter.

»Ganz schön wild«, keucht Batthyány.

Abends fragt Tante Sisi in ihrem Toilette-Zimmer nach Marie Louises Eindrücken von ihrer ersten Parforcejagd.

»Oh, das war famos. Das war das Beste, was ich je erlebt habe. Und der Grauschimmel ist so schnell. Auch wenn er am Graben diesen haarsträubenden Pantsch gemacht hat. Aber so was von schnell!«

Die Kaiserin lächelt.

»Du hast den Jargon eines Münchner Leutnants, aber bei so viel Begeisterung will ich darüber hinwegsehen. Waren die Damen freundlich zu dir?«

»Sie haben wenigstens so getan. Die Hohenlohe kann mich nicht leiden. Ich fürchte, ich habe sie so dicht überholt, dass sie Dreck ins Gesicht bekommen hat. Umgedreht habe ich mich lieber nicht. Ist das schlimm?«

»Unsinn, das gehört dazu. Lass dir bloß nicht durch irgendwelche Rücksichten die Jagd verderben. Außerdem ist Rosa Hohenlohe eine falsche Schlange. Mir ins Gesicht ist sie sehr freundlich und hinterher lästert sie dann über mich. Ich könnte dasselbe tun, aber es ist mir nicht der Rede wert. Wie gefällt dir übrigens Niki Esterházy?«

»Esterházy? Der macht zu Pferd überhaupt keine gute Figur. So schwerfällig. Gar keine Eleganz, wahrscheinlich, weil er so untersetzt ist. Außerdem guckt er immer so brummig.«

»Du hast ihn früher nicht gekannt. Er war vielleicht der beste Sportsman in ganz Österreich-Ungarn. Gelbe Jacke mit blauen Nähten, in der Freudenau kennt jeder seine Farben. Übrigens hat er sich sehr anerkennend über dich als Reiterin geäußert. Du kannst dir etwas einbilden, junge Mädchen interessieren ihn sonst nicht.«

»Er hat komische Augen – als wollte er einem die Gedanken ablesen. Wie der einen anstarrt!«

Die Kaiserin lacht leise.

»Ja, die Augen. Und Elemér Batthyány? Hast du an ihm auch etwas auszusetzen? Er war oft an deiner Seite, wie ich bemerkte.«

»Der ist wenigstens interessant.«

Die Passy tritt ein. Es ist Zeit zu verschwinden. Marie küsst die Hand der Erhabenen, der sie diesen wundervollen Tag verdankt.

»Ach, fast hätte ich es vergessen«, sagt Elisabeth, »ich wäre dir dankbar, wenn du noch einmal Flick und Flock reiten könntest. Sie sind gerade so gut im Training, und es wäre ein Jammer, wenn sie jetzt während der Jagden wieder alles vergessen. Du könntest auch mit Avolo am Kompliment arbeiten.«

Marie Louise schluckt. Es ist nicht nur ein aufwühlender, es ist auch ein anstrengender Tag gewesen. Die langen Galoppaden hinter dem Hirsch. Sie möchte nichts anderes, als nur noch ins Bett fallen. Aber die Kaiserin ist es gewöhnt, dass ihre Wünsche augenblicklich erfüllt werden. Auch wenn sie nur einer Laune entspringen. Marie Louise geht sich umziehen und arbeitet noch zwei Stunden in der Reithalle. Sie fürchtet, dass auch sie selber nur eine Laune der Kaiserin sein könnte. Ein Fingerschnipsen und sie sitzt wieder bei ihren Eltern in München.

* * *

17 Rudolf

Der Kaiser hat seine Ankunft für den 3. Oktober angekündigt. Er kommt direkt aus Wien.

»Diesmal bringt er Rudolf mit«, sagt die Kaiserin und macht ein gequältes Gesicht. »Ich sage es nur dir, aber der Anblick Franz Josephs und Rudolfs setzt mir zu. Kaum sehe ich meinen riesigen Sohn oder den Kaiser mit seinen grauen Haaren, schon fühle ich mich alt.«

Die Kaiserin sitzt auf einem hölzernen Pferd, denn sie probiert gerade neue Reitkleider an. Eine Beschäftigung, die mehrere Stunden dauern kann. Das Holzpferd steht vor dem großen Spiegel in ihrem Toilettezimmer, und die Kaiserin betrachtet kritisch den Schnitt des Kleides und seinen Faltenwurf, während ein Schneider auf den Knien um sie herumrutscht und am Rocksaum zupft. Die Reitgarderobe kommt nahezu fertig aus Frankreich. Da die Kammerfrau Meissl eine ähnlich schlanke Figur wie die Kaiserin hat, werden Kleider von ihr als Muster in die Pariser Modesalons geschickt. Die letzten Änderungen und die Länge des Saums werden in Ungarn auf dem Holzpferd bestimmt.

»Aber Tante Sisi, niemand sieht so jung aus wie du! Alle sind sie verliebt in dich. Batthyány und Esterházy, sogar diese kleinen Kümmeltürken, diese Baltazzis ...«

»Kinder sind ein Fluch für jede Frau. Sie jagen die Schönheit fort, die die Götter ihr geschenkt haben. Glaube mir: Nichts ist schrecklicher, als zu fühlen, wie die Zeit ihre Hand an uns legt. Niemand entgeht dem. Ich bete, dass ich mir vorher den Hals breche.«

Der Schneider krabbelt weiter und markiert mit einem Stück Kreide einen Abnäher, als hätte er nichts gehört.

»Aber Tante Sisi, wie kannst du das sagen? Das meinst du nicht so!«, ruft die Nichte.

»Ich meine es ganz genauso. Ein Leben, ohne begehrt zu werden, hätte für mich jeden Reiz verloren.«

»Das wird niemals geschehen!«

»Du bist ein liebes Kind. Übrigens wird Rudolf natürlich versuchen, dich auszufragen. Sag ihm nichts! Egal, worum es geht. Was habe ich dir beigebracht?«

»Schweigen ist Gold.«

»Genau. Erzähle ihm vor allem nichts über mich, hörst du! Kein Wort. Wenn du das nicht kannst, musst du abreisen.«

»Aber Tante Sisi! Schweigen ist Gold.«

»Wenn ich mich richtig erinnere, habt ihr euch schon als Kinder nicht vertragen. Lass es dabei! Rudolf kann auch jetzt seine dummen Witze nicht lassen. Und jetzt musst du gehen! Ich möchte allein sein.«

Handkuss.

Als der Kronprinz dann eintrifft, ist Marie Louise angenehm überrascht. Abgesehen von den Segelohren ist Rudolf recht hübsch geworden. Nicht so hübsch wie sie selber, aber schon sehr ansehnlich. Weiches blondes Haar und eine unglaublich zarte Haut. Und er hat so einen düsteren, melancholischen Zug um Mund und Augen. Kein Wunder, dass die Schulmädchen alle sein Bild besitzen. Rudolf trägt ein schickes braunes Jackett mit Seidenpaspeln, dazu eine grüne Krawatte mit weißen Punkten und ein hellblaues Blumensträußchen im Knopfloch. Sein Spazierstock findet allerdings keine Gnade vor Marie Louises Augen. Er ist aus krummem Wurzelholz geschnitzt. Wie albern.

Der Thronfolger ist achtzehn Jahre alt. Mit siebzehn hat er sich mit Gonorrhöe infiziert und verteilt die Krankheit seitdem fleißig in Wien.

Er küsst seiner Cousine die Hand.

»Du trägst ja jetzt dein Haar wie Mama. Bist derselbe Aff' geblieben.«

»Natürlich bin ich ein Affe, wir sind ja so nahe verwandt.«

Er lacht.

»Und ich hatte mich schon so darauf gefreut, dich wieder an den Zöpfen zu ziehen.«

Erstaunt sieht der Kaiser, wie die Hofdame Festetics die Treppe heraufkommt.

»Ja, haben Sie denn diesmal nicht neben der Kaiserin Quartier bezogen?«

Festetics druckst herum, gibt schließlich zu, dass Herzog Ludwig mit den ihm zugewiesenen Zimmern nicht zufrieden war – von Zugluft sei die Rede gewesen – und verlangt hat, sie solle mit ihm tauschen. Der Kaiser ist empört.

»Ich hätte mich lieber einer Todeskrankheit ausgesetzt, als eine Dame so zu belästigen. Ich finde es eine unerhörte Rücksichtslosigkeit.«

An diesem Abend macht der Kaiser etwas, das Elisabeth sehr für ihn einnimmt. Er zeichnet Ludwigs unstandesgemäße Frau aus, indem er sie am Arm zum Tisch führt.

»Onkel Nando – darf ich dir meine liebe Schwägerin Henriette vorstellen.« Ferdinand von Toscana ist bereits am Morgen aus seinem Salzburger Exil eingetroffen. Der Erzherzog ist ein ziemlich junger Onkel von einunddreißig Jahren, der seinen Mangel an Kinn mit einem Überfluss an Bart ausgleicht. Sein Reich existiert nicht mehr, sein Amt als Großherzog hat er nie angetreten. Bei Henriettes Anblick zeigt er sich entzückt, hebt ihre Hand höher als nötig und lässt sie in seinem Vollbart verschwinden. Ein feuchter Handkuss.

»Überaus erfreut«, sagt er und übertreibt dabei seinen italienischen Akzent. Er glaubt, dass ihm das eine feurige Note verleiht. Louis' unstandesgemäße Frau entwindet ihm ruhig die Hand und tritt einen halben Schritt zurück. Onkel Nando rückt nach. Wieder tritt sie zurück. Weiß die Theaterschlampe denn nicht, mit wem sie es zu tun hat? Onkel Nando sieht den Kaiser an, der Kaiser lächelt amüsiert. Ferdinand von Toscana ist ein großer Spaßvogel, der dem Kaiser schon manch vergnügte Stunde bereitet hat. Manchmal ist er leider auch peinlich, aber im Gegensatz zu seinen exzentrischen und renitenten jüngeren Brüdern, deren einer gerade auf einer Arche Noah voller Affen, Hunde, Katzen und Papageien durchs Mittelmeer segelt, ist er kaisertreu und dankenswert normal. Die Kaiserin sieht Henriette Wallersee mitfühlend an und rollt mit den Augen.

* * *

18   *Der Tag des Franz von Assisi*

Am 4. Oktober läuft Anna Heuduck durch Wien. Sie muss in den Park von Schönbrunn, um den Kaiser abzupassen. Sie will ihm zu seinem Namenstag gratulieren und er soll doch auch das Ergebnis ihrer Niederkunft erfahren. Am 22. September hat sie einen Sohn geboren. Das muss ihn doch interessieren. Emmerich heißt der Kleine. Da könnte es doch ruhig noch einmal einen Umschlag geben. Obwohl es so früh am Morgen ist, weht ein Wind, der ihr fast den Hut vom Kopf reißt. Ihr Rock windet sich dramatisch um die Beine, und sie muss die Augen zusammenkneifen, damit ihr keine Sandkörner hineingeraten. Es ist nicht nur wegen des Wetters unangenehm, es ist auch gefährlich, als Frau ganz allein unterwegs zu sein. Aber die Lini muss zu Hause auf das Kind aufpassen. Anna ist völlig zerzaust, als sie ankommt. Der Kaiser ist nicht da. Sie läuft immer weiter, hoch zur Gloriette, zum Fasangarten, am Tiroler Garten vorbei zurück bis zur Menagerie. Sie betrachtet die Papageienwelt, wo gerade die im letzten Jahr weggestorbenen Exemplare durch neue glänzende Vögel ersetzt werden. Nach zwei Stunden auf den schnurgeraden, glatt geharkten Parkwegen kehrt sie bedrückt wieder heim. Später erfährt sie, dass der Kaiser am Vortag nach Ungarn gefahren sein soll. Sie hat nicht die allergeringste Ahnung, wie lange er bleiben wird. Wenn sie Pech hat, dauert es Wochen, bis er nach Wien zurückkehrt. Sie legt das Gesicht in die Hände.

Während Anna weint, sitzt der Kaiser mit Frau und Tochter, seinem Schwager Herzog Ludwig, dessen Tochter Marie Louise und dem lustigen Onkel Nando in der Hofloge. Nur Henriette und Rudolf fehlen. Henriette hat sich rechtzeitig und mit großem Takt zurückgezogen und sich schnell einen Platz auf den einfachen Holzbänken gesucht, sodass die Frage, ob sie mit in der Hofloge sitzen dürfe – Natürlich nicht! – gar nicht erst aufkommen konnte. Dafür schätzen sie ja alle so sehr: für ihre Begabung, niemanden je in Verlegenheit zu bringen. Rudolf sitzt auch irgendwo auf den Holzbänken. Bischof Rónay zelebriert die Messe. Der Namenstag des Kaisers ist der Tag des Heiligen Franz von Assisi, der die Tiere als Brüder ansah, den Menschen gleichrangig. Davon lässt sich Franz Joseph in seinen Passionen aber nicht behindern. Er kann sich immer nur kurz und mit Unterbrechungen in Gödöllő aufhalten, und um keine Zeit zu verlieren, ist gleich für den ersten Tag eine Parforcejagd angesetzt. Die Damen tragen bereits Reitkleider und auch der Kaiser wird seine Offiziersbluse nicht wechseln. Nach der Messe geht es direkt in den Hof, wo Pferde und Kutschen warten. Der Kaiser hilft Elisabeth in den Sattel und steigt dann selbst auf sein Pferd. Die kleine Wallersee sitzt bereits auf ihrem Schimmel, bevor ihr jemand zu Hilfe kommen kann.

»Gelenkig wie ein Jockey«, murmelte Onkel Nando. Herzog Ludwig, der seine bayerische Generaluniform trägt, kutschiert wieder den Lippizaner-Viererzug. Seine Frau Henriette verabschiedet ihn, und Onkel Nando, der auch nicht mitreiten will, stellt sich gleich wieder neben sie:

»Geben Sie mir einen Kuss, Baronin.«

Henriette mustert ihn.

»Ich würde schon, aber ehrlich gesprochen sehen Sie zum Küssen nicht sauber genug aus.«

»Das sind doch bloß Ausreden«, sagt Nando.

Herzog Ludwig lacht.

Beim oberen Tor verlässt die Jagdgesellschaft den Park und trabt dann durch den Wald von Haraszti nach Megyer. Die Damen in ihren blauen Reitkleidern und Zylindern vorneweg.

Rudolf trödelt am Ende des Zuges. Er reitet demonstrativ in Infanterieuniform, um keinen Zweifel daran zu lassen, auf welcher Seite der rivalisierenden Waffengattungen Kavallerie und Infanterie er steht. Marie Louise berichtet der Kaiserin kichernd, dass Rudolf zuerst auf einem feurigen Rappen gesessen, das Pferd aber noch im letzten Moment gegen einen ruhigeren Braunen getauscht hat.

»Er ist leider von Natur aus feige«, sagt die Kaiserin. »Es ist beinahe rührend, wie er immer wieder dagegen anzukämpfen versucht. Wenn ich an dem Bild vorbeigehe, das ihn auf dem steigenden Lippizanerhengst zeigt, muss ich mich zusammenreißen, um nicht laut herauszulachen. Es ist reiner Zufall, dass er mein Sohn ist.«

Graf Esterházy reitet den Majestäten strahlend entgegen. Doch als er sie begrüßen will, jault neben einem Stall ein Hund schrill auf. Sofort schnellt der Kopf der Kaiserin herum. Sie sieht gerade noch, wie ein Stallbursche einem kleinen Foxterrier eins mit der Peitsche überzieht.

»Was macht der Mann da«, ruft Elisabeth und reitet hinüber.

Der Stallbursche erstarrt vor Schreck und zieht seine Kappe. Mit gesenktem Kopf steht er vor dem Pferd der Kaiserin. Esterházy begrüßt hastig den Kaiser und trabt ihr hinterher.

»Es ist sein eigener Hund, den er da schlägt«, sagt er beschwichtigend.

»Wie heißt er«, will die Kaiserin wissen.

»Mein Name ist William, Eure Majestät«, antwortet der Stallbursche mit englischem Akzent.

»Ich meine natürlich den Namen des Hundes.«

»Chester, Eure Majestät.«

»Chester ... Ich hätte den Schlag lieber selbst ertragen, als zusehen zu müssen, wie ihn der liebe Chester erhält.«

Der Stallbursche senkt den Kopf noch tiefer.

Esterházy bringt Kaiser und Kaiserin zum Meet. Als sie sich nähern, löst Elemér Batthyány sich aus einer Gruppe, reitet ihnen entgegen, grüßt mit gezogenem Zylinder die Kaiserin und reitet am Kaiser vorbei, ohne ihn eines Blickes zu würdigen. Fragend sieht die kleine Wallersee zur Kaiserin, aber die ist gerade vollkommen davon in Anspruch genommen, ihre Zügel zu sortieren.

Im Wald von Haraszti werden zwei Füchse aufgetrieben, die allerdings gleich wieder in einem Dickicht entkommen. Während die Hunde noch suchen, führt der Kaiser ein lebhaftes Gespräch mit Elisabeth. Sie legt ihm ab und zu die Hand auf den Unterarm und dankt ihm, dass er gestern ihre morganatische Schwägerin so ausgezeichnet hat. Beim nächsten Run bleibt sie sogar neben ihm, als wäre er ihr Pilot. Er genießt es, ihr den Weg zu zeigen. Aber dann taucht ein furchterregender Graben vor ihnen auf. Der Kaiser zügelt sein Pferd und macht Elisabeth Zeichen. Sie galoppiert einfach weiter.

»Zu breit«, brüllt Franz Joseph, während Elisabeth an ihm vorbeirast und »flying« hinübersetzt.

Der Kaiser ist zutiefst gekränkt. Er ist ein fabelhafter und allseits anerkannter Reiter. Wenn er ein Hindernis nicht springen will, dann hat das seinen guten Grund. Der Herzog von Cumberland reitet mit und hätte das sehen können. Elisabeth hat es nicht einmal für nötig befunden, ihr Pferd vor dem Sprung zu versammeln.

Er findet eine schmalere Stelle und setzt ihr nach. Immerhin lässt sie es zu, dass er sie wieder einholt, und gemeinsam treffen sie rechtzeitig zum Kill ein. Wie der Fuchs schreit. Wie ein kleines Kind.

»Es werden mehrere Jahrtausende von Liebe nötig sein, um den Tieren ihr durch uns zugefügtes Leid heimzuzahlen.« Franz von Assisi.

In Gödöllő gibt es anschließend noch ein Diner für die hohe Gesellschaft. Danach hält das Kaiserpaar kurzen Cercle. Rudolf steht nicht weit von ihnen und plaudert mit Esterházy über seine Lieblingsthemen, Geschichte und Naturwissenschaften. Der Kronprinz doziert und Esterházy hört respektvoll zu. Als Rudolf auch noch mit Nationalökonomie anfangen will, kann der Kaiser es nicht mehr mitansehen und geht zu ihnen hinüber.

»Du hast nun ausgiebig geplauscht. Es müssen auch einmal andere zu Wort kommen können.«

Der Kronprinz errötet, verbeugt sich vor Esterházy und seinem Vater und geht zu seiner Schwester Valerie.

»Eben bei Tisch hast du wie ein kleines Schweinchen gegessen. Lass mal sehen, ob dir schon eine Schweineschnauze wächst.«

»Botz sagt, ich esse sehr elegant.«

»Deine Botz war ja eben gar nicht dabei.«

»Hibou findet auch, dass ich elegant esse!«

»Hibou? Was ist denn das für ein blöder Name?«

»Marie Louise. Marie Louise sagt das auch!«

»Ach ja? Wo ist sie denn, damit ich sie danach fragen kann. Ich wette, Marie Louise hat das noch nie zu dir gesagt.«

Valerie wird unruhig. Zum Glück ist Hibou nirgends zu entdecken.

»Außerdem wissen die in Possenhofen selber nicht, wie man isst«, sagt Rudolf. »Wahrscheinlich haben sie dich bloß deswegen mit an den Tisch gelassen, damit die Bayern nicht so auffallen.«

Als Marie Louise endlich im Salon erscheint, trägt sie zu ihrem hellblauen Seidenkleid einen Strohhalm im Haar, was zu viel Gelächter führt.

»Die Baronesse ist wohl mehr in den Ställen zu finden als in den Salons«, sagt ein alter Erzherzog, dessen Namen sich Marie Louise nicht gemerkt hat. Alle glotzen sie an. Sie murmelt etwas von einem Pferd, das nach der Jagd gelahmt hat.

»Neidisch könnt man werden, wenn man sieht, wie sie die Pferdchen liebhat«, fällt Baron Simonyi in den Spott ein, zieht eines seiner Bartenden lang.

»Das Baronesserl Wallersee hat ihren Beruf verfehlt. Schade, Baronesse«, sagt der alte Erzherzog mit süffisantem Lächeln.

»Na, Erzherzogin könnte ich ja immer noch werden, wenn ich es hier zu nichts bringe.«

Einen Augenblick herrscht bestürztes Schweigen, dann lacht die Kaiserin laut auf, und da lachen auch die anderen erleichtert mit. Nur der Erzherzog läuft dunkelrot an.

»Nehmen Sie sich vor meiner Nichte in Acht, mein Lieber.«

Festetics, die nicht weit von Rosa Hohenlohe und der Gräfin Almásy steht, hört, wie die Gräfin flüstert:

»Das Schoßkind Ihrer Majestät nimmt sich ja einiges heraus. Vielleicht sind es gar nicht die Pferde, vielleicht ist es in Wirklichkeit diese herbe Kunstreiterin, mit der die kleine Wallersee im Stroh tollt.«

Die Fürstin Hohenlohe hält die Hand vor den Mund und flüstert zurück.

»Wohl kaum. Der Fama nach ist die Petzold ab und zu für einen Seitensprung des Kaisers gut.«

»Vielleicht nimmt sie ja beide.«

Festetics lauscht angestrengt. Kommt noch etwas gegen ihre wundervolle Herrin? Nein? Gut.

Kronprinz Rudolf stellt sich neben Marie Louise, stopft sich ein kandiertes Obst in den Mund und sagt kauend: »Hast es inzwischen also zur Oberststallmeisterin-Vertrauten gebracht.«

»Falls du damit die Kaiserin meinst, dann weiß ich nicht, was du damit sagen willst. Für mich ist Tante Sisi die eleganteste, vornehmste und klügste Kaiserin, die es jemals gegeben hat.«

»Dich hat es ja ganz schön erwischt«, sagt Rudolf. »Meine Mutter ist allerdings ein durch und durch gescheiter Mensch. Nur leider interessiert sich die hohe Frau nicht mehr für Politik, sondern nur noch für den Sport.«

Sein Gesicht verzieht sich wieder zu einem höhnischen Grinsen.

»Wo wir gerade von Sport reden ... Auf der Jagd hattest du ja einen treuen Begleiter – Elemér Batthyány, wie ich bemerkte. Auch mit Niki Esterházy scheinst du dich gut zu verstehen. Du bist hier wohl auf dem Heiratsmarkt?«

Marie Louise wirft den Kopf in den Nacken.

»Zum Heiraten bin ich nicht hierhergekommen, aber auch nicht, um mir Sottisen sagen zu lassen!«

»Der Batthyány ginge vielleicht noch an«, fährt Rudolf ungerührt fort, »aber Niki Esterházy, das wäre ein famoser Witz!«

Er lacht so laut, dass der Kaiser sich nach ihnen umdreht.

Am Abend wird den Gästen eine Zirkusvorstellung in der prachtvoll eingerichteten Manege geboten. Alle setzen sich auf die rotsamtenen Sessel. Onkel Nando hat sich den Platz neben Fräulein Elisa geschnappt. Er fragt sie, ob sie die Spelterini kenne, die kürzlich Sensation gemacht hat, indem sie auf einem Seil über die Niagarafälle balancierte. Das muss Fräulein Elisa verneinen.

»Ich denke, wenn man das Seiltanzen einmal beherrscht, dann ist es doch ganz gleich, ob man über einem Marktplatz oder einem Wasserfall läuft. Und das Seiltanzen selber ist vielleicht gar nicht so schwierig«, sagt Ferdinand von Toscana.

»Da irren Eure Kaiserliche Hoheit. Es wirkt vielleicht wie Spiel, aber es geht an die Grenzen menschlicher Leistungsfähigkeit. Probieren Sie es ruhig einmal aus.«

»Wenn Sie mir zeigen, wie es geht, Fräulein Elisa ...«

Er rückt etwas näher an sie heran. Vielleicht kann er sie ja überreden, mit ihm in Pest essen zu gehen. Das wäre sein Traum. Es ist die Kombination aus rassigen, wilden Pferden und zarten, eleganten Frauen – oder umgekehrt –, die Offiziere, Bankiers und Männer wie Onkel Nando dazu bringt, Kunstreiterinnen mit Blumen und Geschenken zu überhäufen und ihnen eine Verabredung abzubetteln. Einen Sohn zeugen, einen Weinstock pflanzen und einmal eine dieser kühnen Amazonen zum Souper ausführen – unabänderliche Voraussetzungen für das erfüllte Leben eines richtigen Mannes.

Fräulein Elisa lächelt vage und zeigt in die Manege, die gerade von der Kaiserin betreten wird. Elisabeth trägt ein schwarzsamtenes Kostüm und hat ihr Dressurpferd Avolo dabei. Damit geht sie zu den Zuschauerplätzen, drückt Franz Joseph die Zügel in die Hand und bittet die Gräfin Almásy, mit ihr in die Manege zu kommen.

»Also, die Rollen sind verteilt«, sagt der Kaiser launig, »die Kaiserin reitet die hohe Schule und ich mache den Stallmeister.«

Was für ein köstlicher Witz! Die Gäste wollen sich gar nicht wieder einkriegen vor Lachen. Arglos nimmt die Gräfin Almásy das Brot, das ihr die Kaiserin reicht, und stellt sich mit ihr in die Manegenmitte. Da pfeift Elisabeth und von zwei Seiten kommen die Schimmel hereingestürmt, rasen auf die beiden Frauen zu und parieren im allerletzten Moment. Die Gräfin Almásy hat vor Schreck einen kleinen Schrei ausgestoßen, aber bei dem tosenden Applaus, der dann folgt, kann sie dann doch wieder lächeln. Flick und Flock fressen Zuckerbrot, apportieren ihre Servietten und winken damit, während sie wieder aus der Manege herausgaloppieren. Dann führt die Kaiserin die graziöse Schönheit des Avolo vor, lässt ihn piaffieren und Galoppwechsel springen und die Gräfin Festetics spielt dazu Klavier. Avolo lässt sich vor dem erlauchten Publikum auf die angewinkelten Vorderbeine herunter.

Die Zeremonie des abendlichen Handkusses ist für Marie Louise inzwischen zu einer lieben Gewohnheit geworden. Meist darf sie noch ein wenig länger verweilen und die Kaiserin schwatzt mit ihr dann über die Dinge, die auf der letzten Jagd geschehen sind, oder wie sich Flick und Flock, die beiden Zirkuspferdchen machen. Ist die Tante ›müde‹, was bedeutet, dass sie schlechter Laune ist, denn die Kaiserin kennt keine Müdigkeit, so wird die Nichte nach fünf Minuten entlassen.

An diesem Abend fragt die Kaiserin, worüber Marie Louise und Rudolf im Salon so gelacht hätten.

»Ich nicht«, sagt Marie Louise. »Ich habe überhaupt nicht gelacht.« Und dann erzählt sie, was Rudolf gesagt hat.

»Ärgere dich nicht. Du kennst ja Rudolfs Art. Übrigens reist er morgen glücklicherweise ab.«

Marie Louise kann den Kronprinzen auch nicht besonders gut leiden, aber sie ist bestürzt, wie unverhohlen Tante Sisi ihre Abneigung gegen den eigenen Sohn äußert.

»Wieso hat Graf Batthyány den Kaiser nicht gegrüßt? Und niemand hat ihn zur Rede gestellt!«

»Ich hoffe, du hast Batthyány nicht danach gefragt.«

»Natürlich nicht. Das würde ich nie tun. Gold!«

»Sehr gut. Elemér ist der Sohn von Lajos Batthyány, dem ungarischen Ministerpräsidenten, der nach der Revolution hingerichtet worden ist. Unter beschämenden Umständen. Es ist eine Lebensaufgabe, diese Schande zu tilgen. An allem ist natürlich nur die alte Erzherzogin Sophie schuld. Der Kaiser war so jung. Und so schlecht beraten.«

Elisabeth stellt die Verfehlung ihres Gatten etwas geschönt dar. Zwar war Franz Joseph sehr jung und der Rat seiner Mutter sehr schlecht, es gab aber auch guten Rat, mehr als das: Es gab internationale Proteste gegen sein barbarisches Vorhaben, die dreizehn aufständischen Generäle Ungarns hinrichten zu lassen. Selbst der russische Zar, ohne dessen Hilfe der Aufstand gar nicht erst hätte niedergeschlagen werden können, empfahl Franz Joseph dringend, sich zurückzuhalten. Das Blutgericht in Arad, dem ehemaligen Hauptquartier der Aufständischen um Lajos Kossuth, fand trotzdem statt. Lajos Batthyány sollte am gleichen Tag in Pest hingerichtet werden. Gerüchten zufolge versuchte er, sich am Vorabend seiner Exekution mit einem eingeschmuggelten Dolch umzubringen, um dem nicht standesgemäßen Tod durch den Strang zu entgehen. Es hieß, der Graf habe sich im Gefängnis die Kehle durchschnitten, man habe ihn irgendwie wieder zusammengeflickt und dann halb tot vor ein Erschießungskommando gestellt, sodass er immerhin dem demütigenden Erhängen entging.

Die Kaiserin seufzt schwer.

»Elemér ist mein Sorgenkind. Ich würde viel darum geben, die Familie mit dem Kaiser zu versöhnen. Vielleicht wäre es bei ihm möglich, aber seine Mutter, diese fanatische alte Frau … Elemér musste ihr schwören, den Kaiser niemals zu grüßen.«

»Stört es dich denn gar nicht, wenn Batthyány den Kaiser so brüskiert?«

»Nein. Wieso? Der Kaiser selber achtet ihn ja für diese Haltung. Außerdem ist Batthyány mir treu ergeben. Für seine Königin würde er durchs Feuer gehen. Und er ist ein exzellenter Reiter.«

»Ich glaube, sie hat ihn überhaupt nicht gern«, sagt Marie Louise, als sie in das Zimmer ihrer Mutter tritt. Henriette steckt schnell einen Brief weg, den die Ferency ihr von der Kaiserin zur Besorgung gegeben hat.

»Wen meinst du? Rudolf?«

»Rudolf hat sie auch nicht gern. Es ist schrecklich, wie sie über ihren eigenen Sohn spricht.«

»Das ist eine komplizierte Geschichte«, sagt die Baronin. »Komm, setz dich einmal zu mir her. Du darfst Tante Sisi deswegen nicht verurteilen. Die Schwiegermutter war schuld, die Erzherzogin Sophie. Sie hat der Kaiserin die Kinder genommen. Tante Sisi durfte Gisela und Rudolf nur sehen, wenn Erzherzogin Sophie es erlaubte, und die Erzherzogin war immer anwesend. Die arme Sisi hat mehr unter ihr gelitten, als wir ahnen können. Es muss furchtbar für sie gewesen sein mitanzusehen, wenn ihre Kinder mit dieser herzlosen alten Frau zärtlich waren. Und nun scheint es ihr heute noch so, als stünden Rudolf und Gisela auf der anderen Seite und wären gegen sie.«

»Aber Rudolf kann doch gar nichts dafür«, erwidert Marie Louise. »Ich glaube, Tante Sisi kann es einfach nicht ertragen, wenn man noch jemand anderen außer ihr liebt.«

Seltsamerweise widerspricht ihre Mutter diesmal nicht, und Marie Louise fühlt sich ermutigt, noch ein anderes Thema anzuschneiden.

»So wie sie den Kaiser auch nicht mehr liebt, seit er ...«

»Ich verbiete dir, so zu reden«, sagt Henriette von Wallersee scharf. »Ich weiß nicht, wo du solche Gerüchte aufschnappst, aber ich verbiete dir, sie weiterzutragen.«

* * *

Kaum ist Rudolf wieder abgefahren, reisen die Pennants an. Oberst Pennant, ein wohlbestallter Squire mit prächtigen Koteletten und einer ungewöhnlich lauten und durchdringenden Stimme, hat sich der Kaiserin verdient gemacht, als er sie in Cheshire pilotierte. Seine Frau ist ebenfalls sporting, weswegen die Kaiserin sie gleich mit nach Gödöllő eingeladen hat. Lady Pennant trägt die Haare straff gebändigt zu einem kugelrunden, glänzenden Dutt, der wie ein Huhn oben auf ihrem Scheitel brütet. Die Kleidung der Lady ist von solch rustikaler Zweckmäßigkeit, dass selbst die gutherzige Henriette Wallersee bei ihrer ersten Begegnung mit dem Lachen zu kämpfen hat.

Beide sorgen allseits für vergnügte Bestürzung, indem sie die Fragen der Kaiserin ohne die Anrede Majestät, sondern mit einem einfachen »Yes Ma'm« oder »No Ma'm« beantworten. Die Kaiserin hält es für das Günstigste, die Vorstellung dieses schrulligen Ehepaares mit dem Kaiser bei einem allgemeinen Diner stattfinden zu lassen, wobei Oberst Pennant zur Linken Franz Josephs sitzen soll. Der Squire ist darüber keinesfalls verlegen, sondern hocherfreut, was er auch unüberhörbar zum Ausdruck bringt.

Marie Wallersee wird zwischen beide platziert, um zu dolmetschen.

Oberst Pennant sitzt also zu ihrer Linken, wo er mit dem Kaiser Konversation zu machen glaubt, indem er brüllt und mit den Armen fuchtelt. Marie Louise wirft besorgte Blicke auf die Gläser und was sonst noch gleich vom Tisch zu fliegen droht. Der Kaiser, der zu ihrer Rechten sitzt, nickt höflich, als verstünde er, was sein Gast zum Besten gibt. Marie Louise beugt sich zu ihm.

»Der Squire sagt, er …«

»Schon gut, Marie, das musst du nicht auch noch übersetzen. Der Mann allein macht ja genug Lärm. Was will er eigentlich? Er soll essen und schweigen.«

Als Marie an diesem Abend im Zimmer Ihrer Majestät steht, um ihr Gute Nacht zu sagen und den Handkuss anzubringen, erscheint der Kaiser.

»Um Gottes willen, Sisi, wo hast du denn diese Leute aufgelesen?«

Die Kaiserin lacht: »Die Armen! An das Hofleben scheinen sie allerdings nicht gewöhnt zu sein, aber es sind ausgezeichnete Reiter.«

»So lass sie reiten, aber verschone mich mit ihrer Gegenwart!«

Am 7. Oktober ist eine Gelegenheit, die Pennants reiten zu lassen. Eine Versuchsjagd ist angesetzt. Da der Hirschbestand in Ungarn nicht unendlich ist, will man etwas Neues ausprobieren. Zum ersten Mal hat man im Lainzer Tiergarten sechs Hirsche eingefangen und in einer Kiste per Bahn nach Ungarn transportiert, wo sie zusätzliches Jagdvergnügen bereiten sollen.

Elisabeth wartet mit Franz Joseph und ihrer Nichte am oberen Tor des Gödöllőer Parks auf ihre Gäste, als unter den Buchen zwei Schatten auftauchen – ein Turm und etwas Unförmiges.

»Was ist das?«, fragt indigniert der Kaiser.

»Ich fürchte, das sind die Pennants.«

Nun erkennt man den Squire, der zwar ziemlich groß für sein Pferd ist, aber bei näherer Betrachtung gar nicht so schlecht im Sattel sitzt. Etwas sehr lässig vielleicht, aber doch mit natürlicher Eleganz. Auch sein Suit ist ganz passabel. Das Pferd neben ihm trägt ein großes, unordentliches Paket auf dem Rücken, das sich beim Näherkommen als Lady Pennant herausstellt. Der Rock ihres vorsintflutlichen Reitkostüms verdeckt das halbe Pferd. Auf dem Kopf trägt sie einen steifen grünen Filzhut, den sie sich bis über die Ohren gezogen und zusätzlich mit einem Gummiband unter ihrem Kinn gesichert hat. Der Squire brüllt einen Guten Morgen. Dann erscheint zum Glück auch Herzog Ludwig im Lippizaner-Viererzug mit Festetics und Ferenczy hinter sich und man kann sich auf den Weg nach Megyer machen.

Dort absentiert sich der Kaiser sofort von seiner Gruppe, vorgeblich, weil er unbedingt Baronin Edelsheim-Gyulai und Baron Simonyi begrüßen möchte, die von so viel Ehre ganz aus dem Häuschen sind. Elisabeth entscheidet sich, ihre neuen Gäste nur dem Master und den wenigen Herren, die gerade bei ihm sind, vorzustellen.

Esterházy gibt sich die allergrößte Mühe, aber ihm fallen vor Anstrengung beinahe die Augen aus dem Gesicht. Schweigend zieht er seine Kappe. Sein Schnurrbart zittert. Zwei weniger beherrschte Herren nicken kurz, drehen ihre Pferde auf der Hinterhand und galoppieren schleunigst davon.

»Wie geht es dem lieben Chester«, fragt die Kaiserin, um Esterházy eine Chance zu geben, sich wieder zu fangen.

»Sehr gut, Eure Majestät«, erwidert Esterházy knapp und hustet in seine Hand. Der Schnurrbart zittert immer noch wie wild.

»Wollen Eure Majestät sich vielleicht selbst davon überzeugen?«

Er reitet mit der Kaiserin zu den Hundekarren. Die Karren sind verschlossen, man hört nur das Winseln und Scharren der Hunde.

»Und da ist auch Chester drin«, fragt die Kaiserin und zieht die Augenbrauen hoch. »Sie nehmen einen Foxterrier mit zur Hirschjagd?«

Esterházy schüttelt mit zusammengepressten Lippen den Kopf, und dann kichert er hysterisch los.

»Also wirklich, Niki!«, sagt die Kaiserin und kichert ebenfalls ein wenig.

Nur Esterházys Freund, Aristides Baltazzi, der in England aufgewachsen und den rustikalen Chic der Landlords gewohnt ist, hält stand. Er spricht sehr freundlich mit den Pennants und beschreibt ihnen das Gelände, das sie zu erwarten haben.

»Der Boden eignet sich bestens zum Reiten, überwiegend handelt es sich um sandige Felder, außer im sumpfigen Gelände, wo Sie sehr aufpassen müssen ... aber zum Springen gibt es praktisch nichts, nur hin und wieder ein paar Gräben.«

Aristides Baltazzi und seine drei Brüder Alexander, Hector und Heinrich sind gutaussehende Dandys mit unerschöpflichen Geldquellen. Andere Stimmen behaupten hingegen, die Brüder wären schwer verschuldet. Ihr exzellenter Ruf im Pferdesport hat ihnen Einladungen zu den Hofjagden und sogar Zutritt zu den luxuriösen Zimmerfluchten des Wiener Jockey-Club verschafft. Doch wenn es ihnen auch gestattet ist, sich in den Chesterfield-Sesseln eines der elitärsten Clubs der Donaumonarchie zu lümmeln, so weigert sich die erste Gesellschaft trotzdem, die zugereisten Krämer aus dem Orient – der früh verstorbene Baltazzi-Vater war Bankier – bei sich anzuerkennen. Aristides weiß also, wie gut ein wenig Freundlichkeit tut. Er bleibt bei den Pennants, bis die Kaiserin zurückkehrt.

»Ari, haben Sie meine Papers dabei?«

»Selbstverständlich, Eure Majestät. Die Gräfin Ferenczy hat sie mir gegeben.«

»Dann versuchen Sie bitte, in meiner Nähe zu bleiben.«

Aristides lächelt breit.

»Ich werde alles geben, Eure Majestät, aber mit Verlaub: Eure Majestät reiten wie der Teufel.«

Ein Pony zieht einen geschlossenen Holzkarren herbei. Darin befindet sich einer der sechs Hirsche, die im Wiener Tiergarten gefangen wurden. Einer der vier, die an der Bahnstation Rákos-Palota noch lebend entladen werden konnten. Einer der drei, die es lebend bis Megyer geschafft haben.

Der Kasten wird geöffnet, und das Tier springt heraus, taumelt nach rechts, nach links – überall Pferde. Es nimmt seinen Lauf gegen Csömör.

Der Kastel-Hirsch bekommt ein paar Minuten Vorsprung, dann werden die Hunde aus ihren Karren geholt und losgelassen. Die Reiter stürmen hinterher. Vor Csömör wendet der Hirsch und bietet Meute und Feld einen scharfen Run zurück Richtung Czinkotai.

Aristides Baltazzi kann natürlich sehr gut mit der Kaiserin mithalten.

Er ist bei jeder Pause zur Stelle, wartet in einiger Entfernung und dann kommen die Kaiserin und ihre Nichte langsam zu ihm hinübergeritten und die Kaiserin bittet noch leiser, als sie sonst schon spricht:

»Ari, my papers.«

Er weiß auch ohne etwas zu verstehen, was sie möchte, und öffnet seine Satteltasche, in der das in Taschentuchgröße geschnittene Seidenpapier steckt, das sie sich mit abgewandtem Kopf gegen das Gesicht presst. Marie sieht sie fragend an. »Wegen der Sommersprossen«, flüstert die Kaiserin, »Schweiß vermehrt die Sommersprossen.«

Sie sind winzig, die Sommersprossen der Kaiserin, zart und hell.

Schon haben die Hunde die Spur wieder aufgenommen und es geht weiter, kreuz und quer durch einen Weingarten. Elemér Batthyány kommt an Marie Louises Seite. Er zeigt auf die Pennants und lacht.

»Von welcher wüsten Insel kommt denn dieses Paar? Aber Schneid haben sie, das muss man ihnen lassen. Wie die über das Terrain jagen.«

Beim Tarcsaer-Wald wird der Hirsch von der Meute gestellt. Sein Maul ist weit aufgerissen. Die Zunge hängt heraus, Schaum tropft. Halbherzig senkt er das Geweih, als die Hunde sich auf ihn stürzen.

Hundemüde und glücklich kehrt die kleine Wallersee von der Hirschhatz zurück. Batthyány hat ihr wieder lange Blicke zugeworfen, und er war nicht der Einzige.

Als sie aus dem Sattel springt, sagt die Kaiserin:

»Hast du das neue Pferd gesehen, das letzte Woche gebracht worden ist? Es ist noch nicht zugeritten. Ich möchte, dass du es heute bewegst. Hüttemann ist mir für diese kleine Stute zu schwer. Aber er wird dich an die Longe nehmen. Er bereitet schon alles vor und wartet dann in der Manege auf dich.«

»Jetzt?«

Die kleine Wallersee ist so erschöpft, dass sie fürchtet, gleich in Tränen auszubrechen.

»Natürlich jetzt. Du hast ja bereits dein Reitkleid an.«

Neben ihnen zügelt der Kaiser sein Pferd.

»Habe ich dich gerade richtig verstanden, Elise? Marie soll wilde Pferde zureiten? Eine reizende Mädchenbeschäftigung!«

»Sie kann das. Marie Louise ist eine hervorragende Reiterin. Ich selber reite ja auch Pferde zu.«

»Schlimm genug. Das ist die Arbeit eines Stallburschen. Siehst du nicht, wie müde das Kind ist? Marie, ich verbiete dir hiermit, noch in die Reithalle zu gehen!«

Die kleine Wallersee lächelt dankbar zum Kaiser hinauf. Die Kaiserin ist verärgert, wagt aber keinen Widerspruch. Als Franz Joseph abgestiegen und gegangen ist, sagt sie:

»Dann reitest du eben heute Abend. Der Kaiser wird es gar nicht mitbekommen. Es ist wichtig, dass sich heute noch jemand auf die Stute setzt.«

Marie Louise nickt ergeben.

* * *

20 *Es ist nicht immer leicht*

Die Hofdame Festetics sitzt allein in ihrem Zimmer. Sie hat bis zum Abend frei. Das Kaiserpaar und seine Gäste besuchen ein Herrenrennen in Vesnyö, welches Graf Almásy und noch einige Kavaliere zu Ehren der allerhöchsten Herrschaften veranstalten. Während der Aufenthalte in Gödöllő ist die Hofdame Festetics immer viel allein. Die Kaiserin jagt oder ist anderweitig beschäftigt. Natürlich sieht sie die Herrin täglich, aber es gibt die schönen Gespräche nicht mehr, und beim Diner sind zu viele Menschen, die jeden harmlosen kleinen Blick sofort bemerken würden. Die Kameradien mit ihr sind dieses Jahr noch seltener als sonst, weil die Kaiserin nun ständig mit ihrer Nichte die Köpfe zusammensteckt. Die Gäste tuscheln schon darüber. Wenn die Kaiserin wüsste, was ihr unterstellt wird – das Herz im Leibe würde ihr zerspringen. Doch Festetics wird alles in ihrer Macht Stehende tun, dass nichts davon an die Ohren ihrer Herrin gelangt.

Es ist ganz still im Schloss. Valerie und die Scherak sind mit der Ponykutsche verschwunden. Baron Nopcsa und Frau von Ferenczy machen einen Spaziergang. Festetics blättert in einem Buch. Es wird ihr merkwürdig schwer, es zu halten. Irgendetwas stimmt nicht mit ihrem Arm. Sie kann einen kleinen harten Gnubbel darin ertasten. Sie hat aber auch sowieso nicht die Ruhe, um zu lesen. Vorgestern sind zwei Briefe gekommen. Ihr Bruder Victor hat Liebeskummer, oh, schlimmer als das: Seit dreieinhalb Jahren wirbt er nun um dieses Weib, hat sie samt ihren Eltern in seinem Haus aufgenommen, verköstigt die berechnende Bande – und jetzt die Absage. Er bräuchte ihren Trost, aber den kann sie ihm nicht geben, weil sie hier heute Abend die Liebenswürdige und Heitere spielen muss für einen Salon voller Menschen, die das alles von ihr erwarten dürfen. Karl, ihr anderer Bruder, schreibt, dass ihm ein Kind geboren wurde, nur wenige Monate nach seiner Scheidung. Was soll aus dem armen Wurm werden? Auch erinnert sie dieses neue Kind nur an das andere Kind ihres Bruders, das kleine Mädchen Mathilde, das sie so sehr geliebt hat und das schon seit zehn Jahren in der kalten Erde liegt. Sie möchte sich auf den Boden werfen und weinen und den ganzen Tag so bleiben. Aber nachher ist wieder Diner. Oh, tot sein, wie die kleine Mathilde, tot sein und nichts mehr spüren.

Marie Louise fährt mit Valerie in einer kleinen Ponykutsche die umliegenden Dörfer ab. Die Scherak ist natürlich auch wieder dabei, sie lässt sich einfach nicht abwimmeln.

»Valerie kommt!«, schreien die Kinder, wenn das Getrappel des Shetlandponys erklingt. Und Valerie verteilt Zuckerl. Am Bahnwärterhäuschen darf sie aussteigen, um mit ihrer liebsten ungarischen Freundin Mariska zu spielen. Marie Véner, genannt Mariska, ist die Tochter des Bahnhofsvorstehers von Gödöllő. Die Kaiserin will, dass ihre jüngste Tochter eine Kindheit wie sie selber hat. Sie soll mit ganz normalen Kindern spielen dürfen – jedenfalls hin und wieder. Aber Mariska ist nicht da, sondern mit den anderen Mädchen beim Pilzesuchen. Valerie möchte nun natürlich auch in den Wald zum Pilzesuchen, aber so viel Zeit ist nicht mehr. Am Abend ist ja noch Diner. Also zurück ins Wägelchen, und das Pony trabt munter heimwärts. Valerie darf zum Trost die Zügel halten.

Nach dem Diner spricht die Kaiserin ihre Hofdame Festetics an, warum sie denn so bedrückt aussehe, ob das etwas mit den Briefen vom Freitag zu tun habe.

»Was stand denn drin?«

»Oh, nichts, Eure Majestät. Rein gar nichts.«

Wie gern würde Festetics der Herrin ihre Sorgen anvertrauen. SIE würde es verstehen, SIE könnte sie trösten mit ihrer lieblichen Anteilnahme. Das Band zwischen ihnen würde dadurch fester werden, denn was kettet die Menschen mehr aneinander, als die tausend kleinen und großen Schmerzen, die man einander anvertraut. Doch der Respekt lässt solch ein zärtliches Sichgehenlassen nicht zu. Es ist schon eine ganz ungewöhnliche Gnade, dass Festetics hin und wieder am Kummer der Kaiserin teilhaben darf. Eigene Sorgen zu äußern wäre unverschämt und unpassend.

»Waren es womöglich anonyme Briefe? Bekommen Sie etwa auch solche Schreiben?«

Festetics greift nach diesem Ausweg. Sie hat tatsächlich schon infame Briefe ohne Absender bekommen, in denen sie selber beschimpft und die Kaiserin angeschwärzt wurde.

»Ja, Eure Majestät.«

»Und was steht drin?«

»Nichts Angenehmes, Eure Majestät. Unter anderem, dass ich ein Verhältnis mit dem neuen Flügeladjutanten Seiner Majestät hätte.«

»Mit Gemmingen?«

Die Kaiserin lacht. Wie sie lacht!

»Ich bekomme auch Briefe, Ida auch. Ich bin das so gewöhnt, dass es mir nichts ausmacht. Gott im Himmel weiß, dass ich nie etwas Unrechtes getan habe. Ich hoffe, Sie sind klug genug, dass so etwas Sie bald auch nicht mehr verletzt. Bringen Sie mir die Briefe nachher.«

»Ich habe sie bereits verbrannt, Eure Majestät, sie widerten mich an. Ich begreife nicht, warum Menschen so etwas tun.«

»Nun verstehen Sie vielleicht, warum ich so vorsichtig bin in dem, was ich über andere erzähle. Ich möchte niemandem schaden, denn ich habe selber zu viel gelitten unter dem, was man über mich sagt. Es tut sehr weh, Marie, das Stichblatt der

Bosheit zu sein, wie ich es immer war. Besonders, wenn man selber niemandem etwas tut.«

Die Stimme der Kaiserin hat gezittert.

»Majestät, ich kann nicht leugnen, dass nicht alles so ist, wie es sein sollte, aber Eure Majestät ahnen gar nicht, wie viele Menschen Eurer Majestät in Treue ergeben sind und wie erst, wenn sie Eure Majestät zu Gesicht bekommen.«

»Oh, ja, neugierig sind sie. Wenn was zu sehen ist, laufen alle für den Affen, der am Markt tanzt. Ich bin nicht so eitel, mir einzubilden, dass das Zuneigung wäre, und es ist gescheiter, etwas zu versäumen, als sich zu täuschen.«

Die Hofdame schweigt.

»Na«, sagt die Kaiserin, »und ist es nicht wahr?«

Es ist nicht immer leicht mit Tante Sisi. Marie Louise wird zunehmend vertrauter mit ihr, aber je vertrauter sie wird, um so mehr ist sie auch ihren Launen und Stimmungen ausgeliefert. Den einen Moment ist die Kaiserin faszinierend und geistsprühend, jugendlich und übermütig und gleich im nächsten dann wieder vollkommen niedergeschlagen oder wütend und verzweifelt und Marie Louise soll gefälligst abfahren. Hilflos steht die Nichte diesen Ausbrüchen gegenüber, grübelt tagelang, wie sie helfen könne. Sie versteht es nicht. Kaiserin zu sein, scheint ihr der Inbegriff eines gelungenen Lebens. Aber Tante Sisi behauptet, es wäre die Hölle und lamentiert über das Älterwerden und die zunehmende Hässlichkeit. Sie, die doch die Schönste weit und breit ist.

Immer öfter fällt jetzt der Name eines Captain Middleton, dessen Ankunft in Kürze erwartet wird. Wenn die Kaiserin vom Captain und seinen Heldentaten erzählt, geht es ihr gleich wieder besser.

Nachmittags reiten die Kaiserin und ihre Nichte regelmäßig mit den schrecklichen Pennants aus. Die Freundlichkeit gegen die Pennants soll die Freundlichkeiten, die demnächst Captain Middleton erhalten wird, weniger auffällig machen. Der Squire und die Lady sind über ihre Bevorzugung ganz beglückt.

»Das ist es, was mich immer noch jung aussehen lässt«, sagt Elisabeth zu ihrer Nichte. »Ungarn. England. Wenn ich in der Hofburg bliebe, wäre ich innerhalb eines Jahres eine alte Frau.«

* * *

21 *Der Platz an ihrer Seite*

Am 15. Oktober trifft er endlich ein, jener ominöse Captain aus England, dessen Namen Tante Sisi so oft erwähnt hat.

Elisabeth strahlt über das ganze Gesicht.

»Marie, das ist Captain Middleton, Captain – meine Nichte Marie Louise.«

Der Captain hat ein militärisches Auftreten und sieht in seinem braunen Reiseanzug gleichzeitig sehr lässig aus. Ob sein Gesicht nun hübsch oder hässlich ist, kann sich Marie Louise nicht gleich entscheiden. Vor allem ist es mit Sommersprossen übersät. Leuchtend rotes Haar und ein gleichfarbiger Schnauzbart. Er lächelt, und man sieht seine schönen Zähne. Die kleine Wallersee beschließt, dass ihr sein Gesicht gefällt.

Er greift ihre Hand und schüttelt sie wie die eines Burschen. Einen Handkuss hat sie ja gar nicht erwartet, aber das ist derb. Doch gegen Tante Sisi nimmt er sich nichts heraus. Wenn er sie anschaut, scheint es ihn im Inneren zu zerreißen. Schnell sieht er woanders hin. Aber das hält er auch nicht aus, und gleich suchen seine Augen wieder sie.

»Majestät«, sagt Middleton, »wie konnten sie nur die Pennants hierher einladen? Es sind ja feine Menschen, aber nur daheim, wo sie hingehören.«

Die Kaiserin lacht.

»Sie waren drüben so nett zu mir. Wissen Sie noch, als wir den kleinen Jagdunfall hatten? Da nahmen sie mich ins Haus und deswegen wollte ich ihnen eine Freude machen.«

»Außerdem«, setzt sie etwas leiser hinzu, »fällt Ihr Besuch weniger auf, wenn Landsleute von Ihnen eingeladen sind. Sie ahnen nicht, was hier getratscht wird.«

Da Middleton an einem jagdfreien Tag angekommen ist, verabredet man sich zu dem gewöhnlichen nachmittäglichen Spazierritt, an dem in den letzten Tagen immer die Pennants teilnehmen durften. Die Pennants ahnen nichts von dem Grund für die ihnen bisher erwiesene Gunst und begreifen darum auch nicht, dass sich ihre Aufgabe nunmehr erledigt hat. Sie stehen wieder strahlend vor den Stallungen, um die Kaiserin und ihre Nichte zu begleiten. Elisabeth lässt sich schnell auf einen Schimmel heben und macht Middleton ein Zeichen, an ihre rechte Seite zu kommen. Bisher ist das immer das Privileg des Squire gewesen. Oberst Pennant ärgert sich über diese Konkurrenz. Er denkt gar nicht daran, neben seiner Frau und der kleinen Wallersee in der zweiten Reihe zu reiten. Laut auf die Kaiserin einredend, versucht er während des Ausritts immer wieder, sich zwischen sie und ihren neuen Favoriten zu drängen. Doch Middleton gibt keinen Zentimeter Platz. Daraufhin trabt Oberst Pennant vor, lässt sich plötzlich zurückfallen und versucht, mit dem Hinterteil seiner Stute Middletons Pferd zur Seite zu schieben. Middleton reitet einfach in Pennants Stute hinein, bis sie quiekend nach vorn springt. Von ihrem Platz neben der Missis, die wieder ihren Filzhut trägt, kann Marie Louise die Manöver bestens beobachten. Sie weiß, wie wütend Tante Sisi über das völlig unerwünschte Bemühen des Squire sein muss. Lange geht das nicht gut. Pennant hat sich schon wieder etwas Neues ausgedacht. Er reitet nun auf der linken Seite der Kaiserin – etwas, das Tante Sisi auf den Tod nicht ausstehen kann – und mischt sich lauthals und mit den Zügeln fuchtelnd in das Gespräch zwischen ihr und Middleton ein.

Die Kaiserin beugt sich zu Bay hinüber und flüstert ihm etwas zu. Eine Sekunde darauf machen ihre beiden Pferde einen Satz nach vorn und rasen los, als wäre hinter ihnen eine Bombe explodiert. Die Stute des Squires beginnt vor Schreck zu bocken und rennt den beiden nach. Marie Louises Pferd steigt und geht dann ebenfalls durch, und auch Lady Pennant muss sich unfreiwillig anschließen. Weiter vorn klammert sich der Squire an den Hals seiner rasenden Stute. Er hat beide Steigbügel verloren, hält sich aber tapfer oben. Erst als Middleton und die Kaiserin hinter einem Fasanengehege verschwinden und Pennants Stute ruckartig stehen bleibt, rutscht der Oberst samt Sattel auf der rechten Seite hinunter. Auch Marie Louise und Lady Pennant können jetzt endlich ihre Pferde anhalten und steigen ab, um dem Oberst aufzuhelfen. Sein Sattelgurt ist gerissen. Das Gummiband unter dem Kinn Lady Pennants hat sich hingegen bewährt. Der Filzhut sitzt immer noch wie aufbetoniert. Mit Hilfe eines Gürtels und eines Tuchs kann der Sattel des Oberst wieder notdürftig an seinem Platz gehalten werden. Die Kaiserin und Middleton dürften inzwischen uneinholbar sein. Also zuckelt man zu dritt zurück zum Schloss.

Eine Stunde später kehren auch Middleton und die Kaiserin heim. Die Kaiserin ist in denkbar schlechter Laune. Middleton hingegen kommt gar nicht mehr aus dem Lachen heraus. Man hört ihn noch, während er zu dem Nebengebäude, einem kleinen Landhaus geht, in dem auch die Pennants untergebracht sind. Leute wie Captain Middleton und die Pennants lässt man nicht im Schloss wohnen.

Von nun an legt man den nachmittäglichen Ausritt eine Stunde vor, ohne den Pennants Bescheid zu sagen. Middleton schleicht dann auf Socken an ihrem Zimmer vorbei und zieht seine Stiefel erst draußen an. Nur Marie Louise darf weiterhin dabei sein. Little Girlie, sagt Middleton, wenn er sie sieht und immer macht er einen seiner komischen Scherze.

Bei den Ausritten bleibt Little Girlie stets ein ganzes Stück hinter der Kaiserin und Middleton zurück, wo sie die beiden in aller Ruhe beobachten kann. Wie flattrig und verlegen die Kaiserin in seiner Gegenwart manchmal ist. Dann wieder reiten sie so vertraut nebeneinander wie Geschwister. Middleton bleibt stets respektvoll. Man merkt, wie sehr er die Kaiserin bewundert. Er scheint in ihr eine Art höheres Wesen zu sehen. Manchmal wird Marie Louise während des Ausritts wieder zurückgeschickt, um einen vergessenen Schal oder eine Wasserflasche zu holen. Die häufige vorzeitige Rückkehr der kleinen Wallersee bleibt natürlich nicht unbemerkt.

Ende Oktober reisen Herzog Ludwig und seine Frau aus Gödöllő ab. Es fällt Henriette nicht leicht, ihre Tochter in dieser Umgebung zurückzulassen. Aber der Herzog will wie jedes Jahr um diese Zeit zur Jagd in die Vorderriß, und dem muss alles andere untergeordnet werden. Baronin Wallersee lässt ihre Zofe Sophie bei der Tochter zurück. Das tolpatschige Trampel hat zwar keine Ahnung von Etikette, kann aber später wenigstens alles berichten, was vorgefallen ist. Auch die beiden Pferde bleiben im Schloss. Sullivan soll noch etwas Schliff bekommen und der Rappe darf ihm Gesellschaft leisten.

»Hoffentlich füttern sie Sullivan richtig«, sagt Herzog Ludwig, als er und Henriette den Extrazug in Gödöllő bestiegen haben, »vielleicht hätten wir unseren Groom doch dortlassen sollen.«

»Ich sorge mich mehr um unsere Tochter«, erwidert Henriette. »Hast du gesehen, wie Marie Louise sich beim Sprechen neuerdings ein Taschentuch vor den Mund hält? Sie macht Elisabeth schon jetzt alles nach. Verzeihe mir bitte, wenn ich das sage, aber ich fürchte, deine Schwester hat keinen guten Einfluss auf sie.«

»Da gibt es nichts zu verzeihen. Es ist eine Tatsache, dass Sisi Marie Louise vollkommen verderben wird. Ich wüsste sie lieber in der Obhut einer Tingeltangel-Garderobiere. Aber ir-

210

gendwann lässt Elisabeth sie auch wieder fallen. Sie lässt jeden irgendwann fallen.«

»Marie Louise tut mir so leid«, sagt Henriette, »ich sehe schon die Tränen, wenn sie wieder bei uns ist.«

Herzog Ludwig kräuselt die Lippen. Schwer zu sagen, ob er amüsiert oder angeekelt ist.

»Elemér Batthyány scheint sich für sie zu interessieren, und wer weiß, vielleicht taucht ja in Ihrer Majestät hübschem Kopf eine Idee auf!«

Sorgenvoll blickt Henriette aus dem Eisenbahnfenster.

Nach der Abreise Herzog Ludwigs hat die Hofdame Festetics eigentlich damit gerechnet, vom ersten Stock wieder in ihre angestammten Zimmer im Parterre ziehen zu dürfen. Aber die Kaiserin hat verfügt, dass jetzt ihre Nichte dort einzieht. Sie will sie näher bei sich haben. Das Abendessen nimmt Marie Louise von nun an mit ihr und Valerie im Zimmer der kleinen Erzherzogin ein. Nach dem Essen trägt Marie Louise Lieder vor, von Fräulein Scherak am Klavier begleitet. Tieftraurige melancholische Lieder aus Ungarn und England.

Der Meet findet morgens um elf an einer Mühle statt. An die fünfzig Reiter und Reiterinnen sind eingetroffen. Der hochelegante Graf Andrássy ist gekommen und hat Kerkapoly, den ehemaligen Finanzminister Ungarns mitgebracht. Baron und Baronin Edelsheim-Gyulai sind wieder dabei, der alte ungarische Innenminister Béla Wenckheim, Baron Simonyi, Victor Zichy, der deutsche, der russische und der französische Generalkonsul, die Tochter des russischen Konsuls, Graf Koloman Almásy, Sárolta Auersperg, Graf Stephan Karolyi und Elemér Batthyány. Praktisch alle sind gekommen. Die Baltazzi-Brüder sind diesmal sogar zu viert.

Esterházy hat wieder einen prächtigen Hirsch mitgebracht.

Als das große Tier aus seinem Holzkasten springt, erschrickt das Pferd von Viktor Zichy dermaßen, dass es einfach umkippt und Zichy unter sich einklemmt. Unter Gelächter kann er herausgezogen werden und sitzt wieder auf. Noch während gewartet wird, um dem Hirsch einen Vorsprung zu lassen, erwischt es den nächsten. Das Pferd von Béla Keglevich beginnt wild zu bocken, er stürzt, kann aber leider nicht wieder aufsitzen, da sein bockender Hunter dem Hirsch hinterher ist.

»Das fängt ja großartig an«, ruft der alte Béla Wenckheim, »zwei Stürze, bevor die Jagd überhaupt losgegangen ist. So muss das sein!«

Der Hirsch ist jetzt weit genug voraus, die Hunde dürfen ihm nach. In rasendem Galopp folgen Esterházy, Middleton und die Kaiserin. Die Gäste versuchen zu folgen, aber die ersten bleiben bereits an einem Eisenbahndamm zurück, die restlichen verlieren den Anschluss in einem Steinbruch.

Auch Esterházy will hier eigentlich langsamer werden – schon um die Kaiserin-Königin nicht zu gefährden – aber Middleton in seiner unverantwortlichen Furchtlosigkeit rast einfach durch das Geröll samt Felsbrocken hindurch. Elisabeth folgt ihm, ohne zu zögern. Überholt werden will Esterházy auch nicht – wer ist denn hier der Master? – und so riskiert er ebenfalls seinen Hals. Die Kaiserin ist glücklich. Wie der Wind in ihren Ohren braust. Wie die Kiesel um sie herumprasseln. Es gibt nicht viele Menschen, die ein solches Risiko eingehen würden. Bay bringt sie nicht nur dazu, an die Grenzen ihrer Kraft zu gehen, sondern auch an die Grenzen des Möglichen. Nur gut, dass ihr vernünftiger und ständig besorgter Gemahl das nicht mitbekommt. Er versteht nicht, dass es Momente gibt, für die es sich zu sterben lohnt. Dass die absichtlich herbeigeführte Gefahr, jede Sekunde aus dem Leben gerissen werden zu können, das Glück erst vollkommen macht.

Die Gräben hinter dem Steinbruch springen Master, Pilot und Kaiserin danach in aller Gelassenheit. Das ist gar keine Herausforderung mehr. Fünf Minuten später findet an dieser Stelle ein Gemetzel statt. Elemér Batthyány schafft es nur bis zum zweiten Graben. Er selber kann noch zur Seite kriechen, aber sein Pferd steht nicht wieder auf. Sárolta Auersperg springt mit ihrer Fuchsstute direkt auf das tote Batthyány-Pferd, stürzt ebenfalls, und ihre Stute reißt im Fallen den Klepperschimmel eines kaiserlich-königlichen Reitknechts mit zu Boden.

Marie Louise, die neben Elemér geritten ist, zögert kurz, ob sie nach ihm sehen soll. Aber Elemér hat ihr selber einmal erklärt, dass man bei Stürzen anderer einfach weiterreitet, solange niemand kopfüber in einem Wassergraben steckt und wirklich dringend Hilfe braucht. Dafür wird zu oft gestürzt, und man will ja nichts verpassen. Sie holt die Kaiserin, Middleton und Esterházy an einem Waldrand ein. Dort haben die Hunde die Witterung verloren und rennen jetzt aufgeregt hin und her. Doch der Wind bläst zu Gunsten des Hirsches. Esterházy lässt sie noch suchen, bis auch die letzten Reiter eingetrudelt sind. Wie sich nun herausstellt, ist niemand ernsthaft verletzt. Sárolta Auersperg hat sich bloß die Lippe blutig gebissen und der Reitknecht seine Hand verstaucht. Auch Elemér, der natürlich fehlt, soll nur ein paar blaue Flecken abbekommen haben.

Der alte Béla Wenckheim ist entzückt. So eine schöne Jagd ist er lange nicht mehr geritten. Genau so muss es sein. Er wundert sich nur, dass dieser Captain Middleton der Pilot Ihrer Majestät gewesen ist. Der Pilot sollte jemand aus einer der alten ungarischen oder österreichischen Adelsfamilien sein. Aber doch kein englischer Stallmeister.

Nach der Jagd begibt sich Graf Andrássy erst zu Ida Ferenczy und dann zu Marie Festetics und lässt sich von ihnen Rapport erstatten über die Zustände im Haus, über das Schimpfen, Nörgeln und Tratschen in der Umgebung Elisabeths. Das Ansehen der Königin ist ein Barometer für die Einstellung des Hofes gegenüber Ungarn.

»Wieso ist dieser englische Captain ihr Pilot?«, fragt er die Hofdame.

»Was ist da zwischen den beiden?«

»Graf, wo denken Sie hin? Das sind nur wieder diese Trätsche. Bay Middleton ist einfach der beste Reiter. Die beiden passen ja überhaupt nicht zusammen. Außerdem ist der Captain halb taub, und Ihre Majestät spricht doch so leise – wie sollte das gehen?«

»Offenbar spielt das überhaupt keine Rolle. Auf der Jagd konnte ich eine Verbindung jenseits irgendwelcher Worte zwischen ihnen bemerken. Jeder konnte das bemerken.«

»Man sagt unserer Königin so viel Böses nach, das Absurdeste wird ihr unterstellt – sogar dass sie ein Verhältnis mit der eigenen Nichte hätte.«

»Mit der Nichte?«

»Die kleine Wallersee ist jetzt ständig um Ihre Majestät. Deswegen kann ich auch kaum etwas über die Meinung Ihrer Majestät zu Captain Middleton erzählen. Sie bespricht sich nur noch mit ihrer Nichte und hat sie sogar statt meiner neben sich einquartiert.«

»Das ist nicht gut. Wie alt ist die Wallersee? Warum ist sie noch nicht verheiratet? Ist da etwas in Aussicht?«

»Nun, das Mädchen selber bildet sich ein, alle Männer zappelten in ihrem Netz und brüstet sich offen ihrer Eroberungen: Elemér Batthyány, Nicky Esterházy und Aristide Baltazzi.«

Andrássy lacht.

»Das wird Ihrer Majestät aber gar nicht gefallen.«

»Ich glaube nicht, dass auch nur einer der Herren es ernst meint«, sagt Festetics. »Sie flirten nur gern mit dem dummen Ding. Neulich hat sie sich auch noch dem Kronprinzen genähert, der aber keinen Hehl aus seiner Abneigung gegen sie macht.«

»Eine Ehe käme da ja ohnehin nicht infrage«, sagt Andrássy und denkt nach.

»Und wie geht es Ihnen, Sie gefährliche kleine Frau? Ihr alter Verehrer Kerkapoly will Sie gleich noch aufsuchen. Warum, können Sie sich ja denken.«

»Danke, mir geht es sehr gut«, sagt Marie Festetics. Was hätte es für einen Zweck, Andrássy zu erzählen, dass sie zu Tode erschöpft ist. Etwas Seltsames wuchert in ihrem Arm. Schwere Dinge anzuheben ist jedesmal ein Opfer. Sie kann ihren Dienst nur noch mit dem Aufgebot ihrer gesamten Willenskräfte versehen. Wenn keiner hinschaut, lehnt sie sich irgendwo an.

Während Festetics dem Grafen Bericht erstattet, ist die kleine Wallersee in ähnlicher Mission bei ihrer Tante. Es gehört zu ihren Aufgaben, jede üble Nachrede oder indignierte Bemerkung über die Kaiserin dieser sofort zu berichten. Allerdings ist sie klug genug, nicht alles zu erzählen und beschränkt sich darauf zu erwähnen, dass sich alle fragen, warum Middleton ihr Pilot ist.

»Ich glaube Andrássy hat davon angefangen«, behauptet Marie Louise. »Er ist bestimmt eifersüchtig, weil er selber kein schöner Reiter ist.«

»Das täuscht. Graf Andrássy ist ein guter Reiter, aber ein Minister des Äußeren kann nicht so oft auf die Jagd gehen, wie er vielleicht möchte. Und dann hat er diese Passion, junge, halb wilde Pferde zu reiten. Das sieht dann natürlich nicht immer elegant aus.«

Nachdem Graf Andrássy die Hofdame Festetics wieder verlassen hat, erscheint Kerkapoly an ihrer Tür. Der ehemalige Finanzminister Ungarns, der sich seit seinem unschönen Ausscheiden aus der Welt der Politik nur noch philosophischen Studien hingibt, liebt die Hofdame seit Jahren. Er schaut Festetics an, als wäre sie ein Heiligenbild. Etwas verschämt bittet sie ihn herein. Ist nicht etwas gar Rührendes um die große Liebe eines Mannes? Besonders, wenn man sie nicht erwidert. Kerkapoly mit seinem dichten, aber kurz geschnittenen Vollbart sieht aus wie ein freundliches Tierchen und ist schon über fünfzig. Ein älterer Mann, der in seinen späten Jahren den Traum der Jugend träumen will. Seine Augen sind auch nicht in Ordnung. Was denkt er sich nur?

Er plaudert über dies und das und kommt recht bald zur Sache.

»Sie wissen ja, dass ich Sie liebe«, sagt Kerkapoly. »Schon als ich Sie das erste Mal bei Andrássy sah, wusste ich, dass mein Schicksal vor mir steht. Ich möchte Sie immer noch heiraten. Kommen Sie mit mir, Gräfin Marie. Machen Sie mich zu einem glücklichen Mann.«

Festetics erschrickt so sehr, dass er es merkt. Sie sieht, wie ihn das verletzt.

»Ich verdiene es gar nicht«, sagt sie schnell. »Ihre Phantasie schmückt mich viel zu großartig aus. Und Sie wissen es doch: Mein Leben gehört der Königin. So Gott es erlaubt, wird das bis an mein Lebensende so sein. Ich bleibe dabei, ich will nichts weiter, mein Leben gehört IHR! Es tut mit sehr leid.«

Es ist viel leichter, einen Mann aus Treue zur Kaiserin zurückzuweisen, als zuzugeben, dass er einen nicht interessiert. Schicksalhaftes Gebundensein in dieser Größenordnung kann ihn betrüben, aber nicht kränken.

»Ihnen begegnet zu sein, ist Glück genug für mich«, sagt Kerkapoly geknickt. »Es bleibe wie es ist, ich werde damit leben können. Und vielleicht besuchen Sie mich ja einmal am Gellert-hegy und lassen sich meinen Weingarten zeigen.«

Dann sprechen sie viel und ernst von anderem, als wäre dies ein ganz normaler Besuch. Nur einmal fragt Kerkapoly aus heiterem Himmel, ob es vielleicht einen anderen gebe. Festetics verneint.

»Mir tut jeder leid, der Sie liebt, wenn ich es auch verstehe«, sagt der traurige alte Philosoph.

Solch kleine Triumphe der Eitelkeit sind es, die der Hofdame Festetics genügen müssen.

* * *

22 Das kleine Souper

Die Gäste auf Gödöllő kommen und gehen. Ende Oktober kommen besonders viele und kaum einer geht. Es sind vor allem Herren, die sich gern zur Parforcejagd einladen lassen, die alten Getreuen sind dabei: Rudi Liechtenstein, Johann und Heinrich Larisch. Der Kaiser selber und sein launischer und bockiger Sohn sind eingetroffen.

An Jagdtagen lädt die Kaiserin nun anschließend zu einem ›Kleinen Souper‹. Die Einladung gilt aber nur für einen exklusiven Kreis. Exklusiv, was das reiterliche Können betrifft. Middleton ist der unausgesprochene Ehrengast und Hüttemann und Elisa Petzold sind auch jedesmal dabei. Abstammung ist etwas, auf das Elisabeth nur bei Pferden Wert legt. Gleich nach der Jagd, nachdem man sich gebadet und umgezogen hat, trifft man sich in den Räumen der Kaiserin. Es ist ein bisschen wie in Easton Neston. Alle sind noch aufgekratzt von den herrlichen Runs und den überstandenen Gefahren und Aristide Baltazzi muss immer wieder von dem Derby-Sieg seines Pferdes erzählen. Eine Sensation. Das Derby in Epsom ist das prestigeträchtigste Flachrennen der Welt. Erst zum zweiten Mal in der Geschichte des englischen Rennsports hat ein ausländisches Pferd dort gewonnen.

»Und dann kommt Kisbér auch noch mit fünf Längen Vorsprung durchs Ziel«, seufzt Middleton in gespielter Verzweiflung. »Was ein Derby-Sieg bei uns bedeutet, davon kann sich kein Kontinentale einen Begriff machen. Jeder wettet in England auf den Derby-Sieger, wirklich jeder. Der Thronfolger tut es und die Schuhputzer wetten auch. Das Gedränge rund um die Rennbahn ist unbeschreiblich. Hunderttausende sind auf den Straßen unterwegs. Es ist lebensgefährlich.«

»Innerhalb der Anlage beinahe auch«, sagt Aristide. »Die Zuschauer sind ja ständig in Bewegung, die Buchmacher laufen hin und her, die Wetten werden praktisch überall abgeschlossen. Das berühmteste Rennen der Welt – aber elegant ist es fast gar nicht, eher ein Volksfest. Die Leute schießen einem mit Blasrohren Papierkügelchen in den Nacken, und wenn du nicht aufpasst, schleicht sich einer von hinten an dich ran und schüttet dir Mehl über den Kopf. Die erste Gesellschaft steigt deswegen oft gar nicht erst aus den Equipagen. Sie schauen sich das Spektakel von dort an, trinken Champagner und essen Hummer, und zwischen den Rädern balgen sich zerlumpte Kinder um die Abfälle.«

»Bei wem steht denn jetzt eigentlich die Trophäe?«, fragt Prinz Kinsky.

»Bei mir natürlich«, sagt Aristides.

Während beim Kleinen Souper munter geplaudert wird, muss der Kaiser allein mit den anderen Gästen und den Angehörigen des Hofstaates speisen. Franz Joseph ist die Nettigkeit in Person, doch Diners in Anwesenheit des Kaisers sind von strengstem Protokoll beherrschte Angelegenheiten. Die Stimmung ist feierlich, sofern man überhaupt noch von Stimmung sprechen kann. Die Gäste benehmen sich steif und befangen. Das ist so beabsichtigt. Des Kaisers Mutter hat Franz Joseph und seine Brüder ab einem gewissen Alter isoliert und jede Intimität mit anderen Menschen unterbunden. Der Kaiser ist eine Insel. Seine Einsamkeit hat etwas Absolutes. Das verschafft ihm Respekt und Autorität. Sein Sohn sitzt am Tisch und denkt nicht ›Papa‹, er denkt nicht ›mein Vater‹, er denkt ›Seine Majestät der Kaiser‹ und führt schweigend die Gabel zum Mund.

Nach dem Essen wird es noch schlimmer. Der Kaiser setzt sich mit den Gästen und seinen Angehörigen an den Kamin. Auf ihren Stühlen bilden sie einen Kreis, während die Hofstaaten einen zweiten Kreis darum herum anlegen. Die Tortur der Feuersitzungen wurde ebenfalls von der Erzherzogin Sophie eingeführt. Von wem sonst? Das förmliche Miteinander steigert sich hier zu lähmender Langeweile. Der Kaiser sitzt, lächelt jovial und vergewissert sich alle fünf Minuten, dass sein Schnurrbart noch existiert. Er richtet an jeden einzelnen Anwesenden ein paar freundliche Worte oder eine Frage. Es sind Fragen, die mit »Ja, Eure Majestät« oder »Nein, Eure Majestät« beantwortet werden können und sollen. Eine Ehre für die Angesprochenen und gleichzeitig die Hölle des Nichts. An Tagen, an denen nicht gejagt wird, und das Kleine Souper somit ausfällt, muss auch die Kaiserin anwesend sein. Sie sagt dann kein einziges Wort und sieht aus wie eine gelangweilte Taubstumme. Ihre Augen sind stumpf, der Mund verhärmt. Die strahlende Gastgeberin, die alle beim Kleinen Souper bezaubert hat, ist vollkommen erloschen.

Erst am nächsten oder übernächsten Tag, wenn es wieder eine Jagd und ein Kleines Souper gibt, findet die Kaiserin zu ihrer mädchenhaften Heiterkeit zurück, ihrer schlichten Liebenswürdigkeit und Zugänglichkeit, die einen so gefährlich leicht vergessen lässt, dass sie nicht nur eine schöne Frau, sondern auch die Kaiserin ist.

Mit Karl Kinsky, dem Sohn des Fürsten Ferdinand, erscheint ein neues Gesicht in Gödöllő. Ein liebenswürdiger Junge, ein Jahr jünger als Rudolf und sehr hübsch. Alle Mitglieder der Kinskyschen Ethnie sind auffallend schön. Kronprinz Rudolf hat seiner Ankunft hoffnungsvoll entgegengesehen. Er braucht dringend einen Freund – einen Freund, der die dämlichen Pferde und die Arroganz der Jagdreiter genauso verabscheut wie er selber. Doch leider: Prinz Kinsky liebt die Pferde, und ein schneidiger Reiter ist er auch noch. Gleich bei der ersten Jagd mischt er ganz vorn mit.

Wie alle ist auch der junge Kinsky zunächst indigniert über die Privilegien, die die Kaiserin einem Mann wie Captain Middleton zubilligt. Doch als er ihn reiten sieht, vergisst er sofort seine Vorbehalte.

»Ich habe noch nie einen Menschen gesehen, der sich so im Einklang mit seinem Pferd befunden hat wie der Captain«, sagt er nach der Jagd zu Kronprinz Rudolf.

»Das sollte man auch erwarten – bei einem Stallmeister«, erwidert der Kronprinz, »allerdings habe ich eher den Eindruck, dass er auf diese armen Tiere eindrischt wie ein Fuhrmann. Dem Mann fehlt jede Klasse.«

»Nun, es stimmt, er ist etwas grob, Eure Kaiserliche Hoheit. Aber haben Eure Kaiserliche Hoheit auch gesehen, wie er die Hindernisse anreitet? Sein Pferd ist immer perfekt im Gleichgewicht. Es ist wie bei einem guten Tennisspieler, der sich nie von der Stelle zu bewegen scheint, als ob die Bälle von selbst auf ihn zukämen. Er scheint einfach so vor sich hin zu reiten, ohne nach links und rechts zu schauen, und trotzdem kreuzen die Hindernisse immer genau dort seinen Weg, wo der Absprung am günstigsten ist.«

Rudolf sieht ihn schlecht gelaunt an.

»Sagen Sie ihm das bloß nicht, Prinz! Sonst bestärken Sie ihn noch in seinem ungerechtfertigten Glauben an die eigene Überlegenheit.«

Karl Kinsky empfindet Mitleid für den hilflos opponierenden Thronfolger, Mitleid oder Abneigung. Eins geht ins andere über.

Niki Esterházy kommt zu ihnen.

»Gut gemacht, Kinsky! Sie haben beeindruckt. Die Kaiserin wünscht, Sie beim Kleinen Souper dabeizuhaben.«

»Ist mir eine Ehre«, sagt Kinsky, schlägt die Hacken zusammen und wendet sich mit einer Verbeugung an Rudolf.

»Eure Kaiserliche Hoheit.«

Esterházy verbeugt sich ebenfalls.

»Eure Kaiserliche Hoheit.«

Sie lassen ihn stehen und verschwinden in Richtung des Appartements der Kaiserin. Man ignoriert ihn. Niemand kommt auf die Idee, ihn dazuzubitten. Die Kaiserin selber will ihren Sohn nicht an dem exklusiven Kreis teilnehmen lassen. In Gödöllő ist das Pferd ein mächtiges Tier. Einen guten Reiter hebt es über alle Standesunterschiede hinweg in den Olymp, einen schlechten wirft es auch dann in den Dreck, wenn es der Thronfolger selber ist.

* * *

23 Eifersucht

Der Kronprinz ist nicht der Einzige, der auf Middleton eifersüchtig ist. Alle Kavaliere der Kaiserin sind schließlich ein wenig in sie verliebt. Manche auch ein wenig mehr. Und so wie jeder von ihnen auf seine eigene, ganz besondere Art verliebt ist, so hat auch jeder seine eigene ganz besondere Art, mit Middletons Anwesenheit zurechtzukommen. Elemér Batthyány begreift sofort, dass er niemals gegen den Captain gewinnen könnte, und tut das Beste, was man in einer solchen Situation machen kann. Er erklärt Middleton neidlos für einen glänzenden Reiter und leidet gefasst vor sich hin. Aristides Baltazzi ist wie immer höflich, und Rudi Liechtenstein begegnet Middleton mit dem undurchsichtigen Lächeln, mit dem er jedem begegnet. Karl Kinsky, der sich natürlich auch sofort in die Kaiserin verliebt hat, verliebt sich einfach auch noch in Middleton und erklärt ihn zu seinem Helden.

Niki Esterházy hasst Middleton vom ersten Moment an. Er weiß nicht, was schlimmer ist: die Art, wie die Kaiserin den Captain ansieht, oder die Art, wie Middleton über die Gräben setzt und sie alle hinter sich lässt.

Außerdem ist Middleton ein Nörgler, der die Jagd in Ungarn weit hinter der in England einordnet. Zu viele dichte Wälder gebe es hier, die verhindern, dass das Wild gerade und weit laufen kann. Ein widerlicher Angeber.

Einmal nimmt Esterházy die Nichte der Kaiserin zur Seite. »Ist es wahr«, will er wissen, »ist es wahr, dass Sie von den Nachmittagsausritten mit der Kaiserin und dem Captain manchmal allein zurückkehren?«

»Natürlich nicht. Das sind böse Gerüchte. Ich habe einmal einen Schal geholt und bin dann gleich wieder zurück zu ihr.«

»Dann ist es wohl auch erfunden, dass die Kaiserin und der Captain allein reiten, und Sie mit dem Stallmeister einen ganz anderen Weg einschlagen?«

»Wo denken Sie hin, Graf! Ich bin immer dabei.«

Er schaut sie mit seinen unendlich traurigen Augen an.

»Sie sind noch sehr jung. Es ist ein Jammer, dass Sie in diese höfischen Intrigen eintauchen wie eine Ente ins Wasser. Ich rate Ihnen, kleine Baronesse, kehren Sie nach München zurück, bevor man Sie ganz verdorben hat.«

Marie Louise wirft verärgert den Kopf zurück.

Der Einzige, der nicht im Geringsten auf Middleton eifersüchtig ist, ist der Kaiser. Der Captain ist eine Art Stallmeister, ein Gentleman-Reitlehrer. Wie könnte solch ein Mann eine Gefahr darstellen? Die Durchlässigkeit der englischen Gesellschaft, in der die Söhne von Armeeoffizieren mit Grafen und Herzögen auf dieselbe Schule gehen, sprengt das kaiserliche Vorstellungsvermögen. Er mag Middleton, findet seine unbeholfenen Versuche, deutsch zu reden, amüsant. Seine Späße versteht er nicht, weil er Middletons Sprache nicht beherrscht, aber Elisabeth kann darüber lachen und ist glücklich. Das ist die Hauptsache. In Gödöllő ist sie immer glücklich, aber diesmal glüht sie geradezu vor Freude. Ständig schenkt sie Franz Joseph kleine Aufmerksamkeiten. Eine Reitpeitsche mit seinen Initialien und dem Habsburger Wappen, die sie in England hat fertigen lassen. Eine Canteen, eine elegante kleine Satteltasche, in der sich Schnaps und eine silberne Dose mit Butterbrot verstauen lassen. Auch aus England. Und jedenfalls ist Middleton nicht so eine Nervensäge wie Oberst Pennant. Und der Bursche ist verdammt schlau im Jagdfeld. Trotzdem: keine große Familie.

»Stört es dich gar nicht, dass dein Captain fast taub ist«, fragt er Elisabeth.

»Das macht mir nichts. Ich höre schließlich, was er sagt, und brauche selbst keine Konversation zu machen.«

Fast taub ist der Captain nicht. Auf einem Ohr hört er noch recht gut. Beim Kleinen Souper wird englisch gesprochen, damit auch Middleton mitreden kann. Eine Zumutung, findet Niki Esterházy. Nach dem Essen singt die kleine Wallersee oft noch ein trauriges Lied, das meist ein englisches trauriges Lied ist. Wie der Mann hier alles bestimmt.

Jetzt gibt Middleton auch noch damit an, dass er einem der Jagdpferde das Apportieren beigebracht hat.

»Und das in nur zwei Tagen«, begeistert sich die Kaiserin, »Bay könnte als Zirkusreiter arbeiten.«

»Apportieren ist keine Reitkunst, das ist Pudeldressur«, knurrt Esterházy.

»Das nehme ich als Kompliment«, sagt Middleton, »Einen Pudel gefügig zu machen, halte ich für viel schwieriger als ein Pferd. Bei einem Hund hat man weder Zügel noch Sporen, sondern bloß die Peitsche zur Verfügung. Aber ein Pferd mit dem Reiter im Sattel ist wie ein Schulknabe, dem man so viele Ohrfeigen geben kann, wie man will.«

»Wenn man Zwangsmittel anwendet, bekommt das Pferd leicht Nicken«, wirft Gustav Hüttemann ein. »Natürlich gibt es Dresseure, die ihre Arbeit so verstehen, dass sie ihren Pferden ununterbrochen Peitschenhiebe versetzen. Manche fügen ihnen unter den Schenkeln auch kleine Wunden zu, an welchen sie von Zeit zu Zeit mit dem Nagel kratzen, um ihre Autorität zu festigen. Solche Leute müssen sich dann allerdings mit dem wenigen begnügen, das sich durch Gewalt erreichen lässt. Ich persönlich halte Brutalität für einen Fehler.«

Hämisch sieht Niki Esterházy zu Middleton hinüber. Der Captain ist für seine Roheit bereits berüchtigt. Er setzt unbedingt durch, was er von einem Pferd haben will und straft auch sinnlos. Die Kaiserin sieht ihm alles nach – ob er ihre fein gerittenen Vollblüter am Gebiss reißt oder ihnen die Sporen in die Flanken hackt. Sie hält ihn für kühn und energisch. Sogar die Pferde scheinen es ihm nachzusehen. Es ist immer das Gleiche: Die Pferde, die Frauen und die Völker lieben nicht die, die gut zu ihnen sind, sie lieben die, die ihnen imponieren.

Elisa Petzold mischt sich ein.

»Ich kenne jemanden, der seine Pferde manchmal vor Wut in die Nüstern beißt.«

»Grauenhaft«, sagt Esterházy, »wie ist es, in einer so rohen Welt wie dem Zirkus aufzuwachsen, Fräulein Elisa?«

»Ich bin überhaupt nicht im Zirkus geboren. Und ich bin auch nicht die Tochter vom Renz, wie viele denken. Mein Vater ist Apotheker in Dresden.«

»Und ihre Eltern hatten nichts dagegen, dass Sie so einen gefährlichen Beruf ergreifen?«

»Doch. Natürlich. Als ich den Wunsch äußerte, haben sie mich sofort in ein Kloster gesteckt. Aber das hat meinen Willen nicht gebrochen und schließlich gab mein Vater nach und hat sogar die Reitstunden für mich bezahlt.«

»Bei wem haben Sie gelernt?«

»Gustav Steinbrecht, der Gewalt in der Dressur übrigens vollkommen ablehnt.«

»Ich habe Sie im letzten Jahr bei Renz gesehen. Ihr wunderbarer Lancaden-Galopp wird mir unvergesslich bleiben.«

Esterházy redet sonst nie so viel. Er flirtet ganz offensichtlich. Aber die Kaiserin, zu der er immer wieder hinschaut, bemerkt es nicht einmal.

»Was hat Renz denn in diesem Jahr im Programm?«, versucht er es weiter.

»In Wien? Das Programm heißt ›Ein Fest der Königin von Abessynien‹.«

Jetzt horcht Elisabeth endlich auf.

»Sind neue Tiere dabei?«

»Ja, zwei Giraffen. Sie treten am Anfang und am Ende auf. Am Anfang gibt es eine Tierhatz. Die Jäger reiten auf Pferden, Kamelen und Elefanten und jagen die Giraffen zusammen mit Straußen, Antilopen und Lamas immer rund um die Manege. Im Schlussbild ziehen die Giraffen den Wagen der Königin, die unter einem mächtigen Fächer aus Pfauenfedern sitzt.«

»Wundervoll«, sagt Elisabeth, »ich muss unbedingt bald in den Zirkus.«

Dann geht es wieder um die Jagd, die Kaiserin erzählt, wie ein junger Ulanenoffizier direkt neben ihr in einen sumpfigen Graben gefallen ist und seine Uniform ruiniert hat.

»Es ist mir ein Rätsel«, sagt Middleton, während er sich eine Zigarre ansteckt, »wieso jeder, der hier irgendeinen militärischen Rang bekleidet, zu jeder Gelegenheit Uniform trägt. Sogar zur Jagd! Englische Militärs sehen immer zu, dass sie ihre Uniform so schnell wie möglich gegen Zivilkleidung eintauschen können.«

»Es ist eine Frage des Respekts gegenüber den Kaiserlichen Majestäten«, erwidert Esterházy kühl. »Außerdem ist es eleganter.«

»Was soll an dem Anblick von Offizieren mit Tschakos auf dem Kopf elegant sein? Noch dazu, wenn die Herren die Angewohnheit haben, ihre Reitgerten in die Stiefelschäfte zu stecken.«

»Ich bedaure es wirklich außerordentlich, wenn die Gewohnheiten unserer Offiziere ihre Augen beleidigt haben«, antwortet Esterházy mit zusammengekniffenen Lippen.

»Wie bitte?«, sagt Middleton und legt andeutungsweise eine Hand ans Ohr.

Esterházy wird mit jedem Tag übellauniger. Der junge Kinsky kann den ganzen Tag von nichts anderem reden als von

Middletons Reitkünsten. Auch Esterházys Freunde Alexander und Hector Baltazzi haben sich mit dem Captain angefreundet. Natürlich, die Baltazzis haben die Rugby School in den Midlands besucht, Hector lebt mit seiner Frau in Higham Grange, sie sprechen also hervorragend englisch und sind ebenfalls nicht von großer Familie. Insofern gibt es da keine Berührungsängste. Im Gegensatz zum Captain sind die Baltazzis allerdings märchenhaft reich – den Gerüchten über ihre immensen Schulden schenkt Esterházy keinen Glauben – und Hector gewinnt am laufenden Band Pferderennen. Seit Middleton dabei war, als ein russischer Diplomat die Baltazzis wegen ihres Draufgängertums die »Rastas« nannte, nennt er sie ständig so. Und der junge Kinsky macht es ihm natürlich nach: »Die Rastas hier, die Rastas da.« Die Baltazzi selber machen dabei mit. »Wir als Rastas ...«, sagen sie. Es ist zum Speien.

Zum nächsten Meet sind etwa fünfundzwanzig Reiter und Reiterinnen erschienen. Middleton kann es nicht fassen. Zweimal fragt er Esterházy, ob das wirklich alle seien. Beim ersten Mal nickt Esterházy gereizt, beim zweiten Mal dreht er nur noch den Kopf weg.

Die Kaiserin, ihre Nichte und Elemér Batthyány stehen mit ihren Pferden nebeneinander. Batthyány ist bei fast allen Jagden dabei. Zuerst war nicht ganz eindeutig, ob er der ständige Begleiter der Kaiserin oder der kleinen Wallersee war, da Marie Wallersee in jeder Pause an der Seite der Kaiserin blieb. Inzwischen hat Marie Louise ihre Schüchternheit überwunden und bewegt sich ungehemmter zwischen den Aristokraten. Sie ist schön, gescheit, schlagfertig, und besser reiten als die anderen kann sie sowieso. Nur ihr und Middleton überlässt die Kaiserin ihre besten Pferde. Die Herren finden die kleine Wallersee amüsant und sind einem Flirt nicht abgeneigt, die Damen finden sie vorlaut und unangebracht eingebildet.

Elemér kramt in seiner Satteltasche, um der kleinen Wallersee etwas zu geben. Während sie ihm dabei zusieht, treibt plötzlich Kronprinz Rudolf sein Pferd zwischen ihnen hindurch und lacht dabei laut und anzüglich.

Die Kaiserin will ihn zu sich rufen, aber gerade kommt sehr aufgeregt die Hofdame Festetics angelaufen, und Elisabeth reitet ihr entgegen, um ungestört mit ihr sprechen zu können.

»Eure Majestät, die Vetsera ist soeben eingetroffen.«

Die Baronin Helene Vetsera ist die Schwester der Baltazzi-Brüder und gilt als vortreffliche Reiterin. Früh verwaist, hat sie wie ihre Brüder ein ganz enormes Vermögen geerbt. Elisabeth hat sie trotzdem nicht eingeladen.

»Die Vetsera? Wie konnte das passieren?«

»Ein Kinsky aus der gräflichen Linie hat sie auf die Einladungsliste setzen lassen.«

»Hat die Vetsera jetzt auch noch Graf Kinsky in ihre Netze gezogen?«

»Es scheint so, Eure Majestät. Das Merkwürdige ist jedoch, dass ich die Einladung an die Vetsera schon letzte Woche entdeckt und sofort wieder von der Liste habe streichen lassen.«

»Dann hat sie jemand anderer wieder daraufgesetzt. Ich hoffe nur, dass es nicht Rudolf war. Das fehlte uns gerade noch. In Wien wird es schon wegen der Einladung heftige Kritik geben.«

»Das ist allerdings zu befürchten, Eure Majestät.«

»Und der arme Niki! In welche Verlegenheit ihn das bringt.«

Baronin Vetsera ist Esterházys Geliebte gewesen. Das ist weit und breit bekannt. Falls da nicht sogar immer noch etwas läuft.

Die Baronin Vetsera hat inzwischen den Meet erreicht. Einer ihrer Baltazzi-Brüder – es ist Aristides – stellt sie gerade Marie Louise Wallersee vor. Die Baronin ist zwar klein, aber elegant gekleidet und macht sich gut auf ihrer langbeinigen braunen Stute. Die Kaiserin reitet zu ihnen hinüber und zeichnet die Vetsera vor allen anderen durch ein längeres Gespräch aus. Der Kronprinz gesellt sich hinzu und beteiligt sich ebenfalls am Gespräch. Mehr Anerkennung für die Vetsera ist kaum noch möglich.

Beim ersten Run rast Middleton dicht hinter Esterházy und seiner Meute dahin. Die Kaiserin immer an seiner Seite. Dahinter der junge Kinsky und die Baltazzis. Middleton hält überhaupt keinen Abstand, und schließlich passiert es. Die Hunde verlieren die Fährte und sammeln sich vor und hinter einem Gatter. Esterházy bringt sein Pferd zum Stehen und hebt warnend den Arm. Aber Middleton galoppiert einfach an ihm vorbei und springt mitten in die Meute hinein. Die Kaiserin ihm nach. Die Hunde schreien und Esterházy explodiert:

»Das kann doch nicht wahr sein! Das sieht man doch, dass die Hunde noch nicht durch sind! Siehst du das denn nicht.«

Middleton grinst entschuldigend, wirkt dabei aber alles andere als geknickt. Die Kaiserin lacht übermütig. Sie lacht einfach. Esterházys Gesicht wird dunkelrot. Zwei Hunde humpeln jetzt. Die Baltazzis und der junge Kinsky kommen hinzu, zügeln ihre schweißnassen Pferde.

»Warum stoppen die auch direkt hinter einem Gatter. Da gibt es doch keinen Grund«, sagt Prinz Kinsky. Auf Englisch natürlich, damit Middleton auch mitbekommt, wie er sich für ihn ins Zeug legt.

»Jetzt haben wir schon mal ein Gatter, vermutlich das einzige Gatter in der gesamten Pußta und ausgerechnet hier sollen wir nicht springen. Etwas viel verlangt«, sagt Middleton.

»Vielleicht hätte man die Hunde lieber an dem Gatter vorbeiführen sollen«, schlägt Hector Baltazzi vor. Die Kaiserin lacht jetzt nicht mehr. Sie sieht Esterházy prüfend an. Schießen ihm da etwa gerade Tränen in die Augen? Ihr Pferd bäumt sich vor lauter Ungeduld auf. Inzwischen sind auch Marie Wallersee und Elemér Batthyány angekommen.

Esterházy hebt das Kinn und schaut der Kaiserin direkt in die Augen. Keine Tränen.

»Da die Herren so unzufrieden sind, bitte ich Eure Majestät, mich für den Rest dieser Saison von meiner Aufgabe als Master zu befreien. Es verträgt sich nicht damit, dass ich nachrangig behandelt und der Kritik ausgesetzt werde.«

»Ach Niki, das meinen Sie doch nicht ernst? Sie wollen doch nicht wirklich Ihre Position zur Verfügung stellen?«

»Allerdings ... Eure Majestät. Und vielleicht ist die Baronesse Wallersee so freundlich, mit mir die Hunde zurückzubringen? Ich möchte hier abbrechen. Die Meute ist es nicht gewohnt, nur dort Witterung aufzunehmen, wo es den Jagdgästen in den Kram passt.«

Beim anschließenden Kleinen Souper fehlt Esterházy. Er lässt sich mit der Versorgung der verletzten Jagdhunde entschuldigen. Eine leicht durchschaubare Ausrede, die auch leicht durchschaubar sein soll. Um die Hunde kümmert sich selbstverständlich ein Stallbursche.

Als Marie Louise wie jeden Abend ihre Tante zum Handkuss aufsucht, fragt Elisabeth:

»Wie ist es mit Esterházy ausgegangen, seid ihr mit den Hunden glücklich zurückgekommen?«

»Ja, das lief sehr gut.«

»War er noch lange beleidigt? Hat er noch etwas über Bay gesagt? Oder über mich?«

»Nein, Graf Esterházy hat sofort von etwas anderem gesprochen und sogar Scherze mit mir gemacht. Und dann hat er mich gefragt, ob ich mir vorstellen könnte, in einer Einsamkeit wie hier in Ungarn mehr Zeit zu verbringen. Ich weiß nicht, aber es kam mir beinahe so vor, als ob er auf etwas hinauswollte.«

Die Kaiserin lacht höhnisch auf.

»Zieh bloß keine falschen Schlussfolgerungen! Niki will mich eifersüchtig machen. Das ist alles. Außerdem hat er eine verheiratete Geliebte. Und der möchtest du nicht in die Quere kommen, glaube mir.«

»Niki sagte, er würde mich gern aus all diesem Hoftratsch und den Intrigen herausholen. Er meint, …«

»Seit wann ist Graf Esterházy für dich Niki? Pass auf, was du redest!«

»Ja, Tante Sisi.«

»Weißt du Marie«, fügt die Kaiserin nach einer Weile hinzu, »ich ärgere mich über Esterházy, ich hätte ihn nicht für so kleinlich gehalten. Diese Animosität gegen Middleton ist lächerlich. Niki hasst alles, was englisch ist, das ist der pure Neid. Er glaubt, außer den Pester Jagden gibt es keinen Sport. Sogar meine Freude, in England zu jagen, missgönnt er mir.«

»Aber Tante Sisi, was geht es Graf Esterházy an, was du tust?«

Die Kaiserin sieht sie erstaunt an, dann besinnt sie sich und sagt:

»Es ärgert mich und ich will nicht, dass meine Gäste hier schlecht behandelt werden. Wie hat sich übrigens die Baronin Vetsera gehalten? Warst du in ihrer Nähe? Mit wem ist sie geritten? Ich habe sie die ganze Zeit nicht gesehen.«

»Sehr gut«, erwidert Marie Louise. »Eine ausgezeichnete Reiterin. Ist ja kein Wunder bei den Brüdern. Sie ist die ganze Zeit mit Rudolf geritten, hat ihr Pferd extra für ihn zurückgehalten. Ich fand sie nett. Und sie hat schöne Augen. So groß und grau.«

»Ja ja, die Baltazzis«, sagt die Kaiserin hart. »Alle intelligent und generös, und alle mit diesen wunderschönen Augen. Nur weiß niemand genau, woher diese Leute kommen. Ari, Hector und Alexander sind ja ganz vortreffliche Menschen, aber die Vetsera ist eine Tempelschlampe!«

»Tante Sisi!«

»Eine Tempelschlampe! Eine orientalische Salon-Flirteuse. Springt mit jedem ins Bett, der sie gesellschaftlich weiterbringt. Erzherzog Wilhelm gehört auch dazu. Jeder weiß das. Ihr Ehemann, der Baron, hält sich wegen seiner verschiedenen Posten fast immer im Ausland auf. Seine Diplomatenkarriere hat er übrigens Erzherzog Wilhelm zu verdanken. So sind vermutlich alle zufrieden.«

Marie Louise schlägt übertrieben affektiert die Hände vor den Mund.

»Das ist ja shocking!«

»Ja, ziemlich shocking, aber sie gleicht das mit extravaganten Soireen und Bällen aus, für die sie ein Vermögen ausgibt. Ihr Küchenchef soll ausgezeichnet sein.«

* * *

24 Der Captain geht auf Expedition

Elisabeth reitet ohne Middleton nach Megyer. Nur die Nichte begleitet sie. Auch die Pennants sind diesmal nicht dabei. Ein Telegramm hat sie nach England zurückgerufen. Die Schwiegermutter des Squire ist schwer erkrankt.

»Nun«, sagt die Kaiserin, »ich schwärme zwar nicht für Schwiegermütter, aber diese hier sei gesegnet.«

Elisabeth will Niki Esterházy noch einmal zureden, weiter Master zu bleiben. Sie geht davon aus, dass es ihr gelingen wird, denn sie hat alle ihre Bewunderer fest im Griff. Als Kaiserin kann sie Esterházy notfalls auch ein wenig herumkommandieren. Aber der Graf, der sie sonst immer mit Trauben bewirtet, lässt sich nicht blicken. Sie treffen nur Aristides Baltazzi an, der verlegen murmelt, dass Niki krank, aber auch sowieso nicht da sei.

»Aber er hat doch versprochen, mir seine neuen Hunde vorzuführen.«

»Das werde ich übernehmen.«

Aristides führt sie zu den Kennels. Außer den Fuchshunden will Esterházy nun auch noch dreifarbige Harriers züchten, die etwas größer als Beagles sind und für die Hasenjagd eingesetzt werden. Drei Koppeln Harriers sind gerade aus England eingetroffen. Aristides lässt die Hunde in der alphabetischen Reihenfolge ihrer Namen herausbringen, und Elisabeth verteilt ganze Schüsseln von Biscuits, sodass die gefleckten Jäger ungestüm vor Gier an ihr hochspringen. Staub wirbelt auf, und die Farbe ihres Kleides wechselt allmählich von Blau zu Grau. Aristides geht zu dem Stallburschen, der tatenlos danebensteht, und schlägt ihm mit der flachen Hand an den Hinterkopf.

»Halt gefälligst die Hunde zurück!«

»Lassen Sie nur, Ari – es macht mir nichts – sie werden mir nicht wehtun, ich habe es sogar gern. Wie geht es dem lieben Chester? Bitte bringen Sie mir doch auch Chester noch einmal.«

Während Aristides den Liebling holt, geht ihr besorgter Blick zu Esterházys Cottage hinüber. Er steht nicht einmal am Fenster.

Da Graf Esterházy auch am folgenden Tag nicht zu erreichen ist, stellt sich nun das Problem, wer auf der nächsten Jagd das Amt des Masters übernehmen wird. Der Kaiser hält sich bei dieser Entscheidung vollkommen heraus. Die Meute ist ausschließlich Sache der Kaiserin und ihrer Freunde. Alexander und Hector Baltazzi behaupten beide, dass sie sich mit den Hunden am besten auskennen. Prinz Kinsky schlägt wie zu erwarten Middleton vor.

Solange das noch nicht entschieden ist, zeigt Elisabeth ihrem Gast aus England die kaiserlich-königlichen Gestüte und unternimmt mit ihm und ihrer Nichte ungewöhnlich lange Spazierritte. Elisabeth lässt vor jedem dieser Ritte ihre Schneiderin rufen, die sie in ihr Reitkleid einnähen muss.

Marie Louise ist verblüfft, als sie die Garderobe ihrer Tante betritt und diese bloß das Oberteil ihres Kleides trägt und an den Beinen nur dünne hirschlederne Reithosen, die fast wie Unterhosen aussehen. Die Schneiderin legt den Rock an die Taille an und beginnt zu nähen.

»Machst du das jedesmal, Tante Sisi?«

»Ja. In England ist das Einnähen durchaus üblich. Und die Engländer wissen schließlich, wie man scharfen Sport betreibt.«

»Aber wir wollen doch bloß ausreiten?«

»Es sieht außerdem viel besser aus«, erwidert Elisabeth. »Ich betrachte es als Pflicht einer Kaiserin, immer perfekt angezogen zu sein. Ich weiß, es gibt Fürsten, die kleiden sich wie

Spießbürger. Sie denken, ihr Titel verleihe ihnen ausreichend Glanz. Doch da irren sie sich. Ihre Untertanen haben das Recht, mehr von ihnen zu erwarten. Ich bedaure, dass Unsereiner nicht mehr in dem Gepränge vergangener Zeiten auftreten kann – wie Könige und Königinnen aus dem Märchen. Das würde den Untertanen nämlich wirklich gefallen.«

Sie gibt Marie Louise einige Nadeln, Bänder und Spangen, die sie für sie einstecken und bereithalten soll.

Die langen gemeinsamen Ritte sorgen weiterhin für Klatsch. Nun, da Esterházy sich nicht mehr sehen lässt, ist Bay in den Augen der anderen Gäste ganz klar der neue Favorit, und wenn die Nichte mal wieder allein und viel zu früh zurückkehrt, werfen die Tratschen sich vielsagende Blicke zu. Die Vetsera weiß zu berichten, dass Middleton in England zahlreiche Affären, aber auch beispiellose Diskretion nachgesagt werden.

Nach den Ausritten sind die Kaiserin, Middleton und Marie Louise oft noch stundenlang in der Manege. Mit Hüttemann und Elise Petzold üben sich alle drei in der Hohen Schule, während die Hofdame Festetics dazu auf dem Klavier spielt. Es fällt ihr schwer. Der Arm tut so weh. Der Gnubbel darin wird immer größer. Sie versucht, mehr aus den Handgelenken als aus den Armen zu spielen. Irgendwann muss die Herrin doch endlich genug davon haben, die Pferde zu tummeln. Was in einem Tag an Strapazen Raum hat, ist unglaublich.

Middleton übt auch, lässt sich aber nicht gern von Hüttemann etwas sagen. Er trainiert lieber mit Fräulein Elisa und springt auch lieber durch Reifen, als zu piaffieren.

Gegen Ende des Tages versammelt sich die ganze Gödöllőer Gesellschaft, um ihnen zuzusehen. Als Höhepunkt der Vorstellungen holt die Kaiserin stets ihren kleinen grauen Araberhengst ›Menazet‹ herein, befiehlt ihm, sich auf die Hinterbeine zu stellen und führt ihn zu Festetics' Klavierklängen im Tanzschritt einmal um den ganzen Ring herum. Alle Blicke haften an diesem entzückenden Anblick. Die Kaiserin trägt dabei einen schwarzsamtenen Rock und ein auf Figur gearbeitetes Trikot, wie es eigentlich in den Zirkus gehört. Oder ins Varieté. Jede Bewegung ihrer graziösen Arme und Schultern kann darin ausgiebig bewundert werden. Franz Joseph als Feind alles Extravaganten nennt dieses Kleidungsstück stets nur »die gräuliche Hülse«, allen anderen Männern steht der Schweiß auf der Stirn. Es kommt nicht völlig überraschend, dass auch dieser Aufzug wieder zu Gerede führt.

Die ständige Nähe der verführerischen Kaiserin ist eine Prüfung für Middleton. In der Turnhalle, in die sie ihn mitnimmt, damit er ihr beim Fechten zusieht, trägt sie zu ihrem Zirkustrikot nur einen kurzen grauen Rock, einen kleinen Panzer und die Fechthandschuhe. Der knapp verhüllte Körper springt mit Florett und Degen vor ihm hin und her, und als der Fechtlehrer gegangen ist und die kleine Wallersee ebenfalls hinausgeht und Elisabeth sich heftig atmend neben ihn auf die Bank fallen lässt, geschieht es beinahe.

»Ich könnte dich immerzu ansehen«, flüstert Middleton.

»Bay«, sagt Elisabeth und lächelt ihm in ihrer mädchenhaften Art zu. Er beugt sich vor, aber da erstarrt ihr Lächeln und sie wirkt auf einmal enttäuscht, wendet sich ab und steht auf. Dabei hat er doch diesen Ausdruck in ihren Augen gesehen, dieser Ausdruck, der ganz deutlich gesagt hat, dass sie berührt werden will.

Die engen Trikots, das niedliche Fechtröckchen, die verheißungsvollen Blicke, tausendmal: ja, und dann doch wieder: nein. Middleton ist wütend. Die Kaiserin versteht es, nicht nur ihre Pferde alle Gangarten machen zu lassen. Sie zwingt ihn ja förmlich dazu zu vergessen, dass sie eine Kaiserin ist, nur um ihn dann ins Leere laufen zu lassen. Middleton verlangt es plötzlich dringend danach, sich Buda und Pest anzusehen. Elisabeth stellt ihm einen Hofbeamten als Stadtführer und Dolmetscher zur Seite, den Middleton jedoch gleich nach der Ankunft in Pest fortschickt. Bei dem, was er vorhat, will er keine Zeugen. Er verabredet mit ihm, in vier Stunden im Kasino zu sein. Vermutlich hat ihm einer seiner Jagdgefährten einen Tipp gegeben, vielleicht ist es aber auch nur der Instinkt des viktorianischen Lebemanns, der ihn zielstrebig in eine schlecht beleuchtete Gegend führt.

Vier Stunden später erscheint der abgewimmelte Hofbeamte pünktlich im Kasino, wartet mit zunehmender Beunruhigung und fährt nach mehreren Stunden völlig aufgelöst ohne Middleton nach Gödöllő zurück.

Das gibt Ärger.

Allerdings. Die Kaiserin ist außer sich. Bay, der Sprache nicht mächtig, allein in Pest. Möglicherweise ein Opfer von Räubern oder Totschlägern. Nicht einmal »Hilfe« schreien kann er auf Ungarisch.

»Wie konnten Sie ihn nur allein lassen?«

»Er hat darauf bestanden, Eure Majestät. Er sagte, er wolle auf eigene Faust auf eine Expedition gehen.«

Als er am nächsten Tag immer noch nicht aufgetaucht ist, will Elisabeth die ungarischen Behörden einschalten. Da kommt ein Telegramm: Ein englischer Captain namens Middleton befinde sich auf dem Polizeirevier in Pest. Er habe keinen einzigen Heller in der Tasche, gebe an, in der Wohnung einer Dame unbestimmter sozialer Lebensstellung ausgeraubt worden zu sein und behaupte überdies, als Gast der ungarischen Königin auf Schloss Gödöllő zu wohnen.

Elisabeth ist kurz erleichtert, dann tobt sie vor Wut. Durch dieses billige Abenteuer hat Middleton nicht nur sich selber zum Narren gemacht, sondern auch ihre Freundschaft beschmutzt. Diese ganz besondere Verbindung zwischen ihnen. Ein anderer Hofangestellter wird nach Pest geschickt, um ihn einzusammeln. Währenddessen schließt sich die Kaiserin in ihrem Appartement ein.

Es gibt keine Liebe, es gibt keine Treue. Alle Männer sind gleich. Schweine. Sie fühlt sich verraten. Entehrt und zum besten gehalten wie damals bei der Sache mit Dr. Fischer.

* * *

Das Jahr 1859 war eines der schwärzesten für Österreich. In Italien hatte man eine Niederlage nach der anderen erlitten. Der junge Kaiser übernahm schließlich selbst das Kommando. Doch sein strategisches Talent konnte mit seiner romantischen Ambition nicht mithalten. Er, der das Militär doch so liebte, der so viel Geld dafür ausgab, machte schreckliche Fehler. Die Schlacht von Solferino war ein Gemetzel, ein Blutbad unter brennender Sonne. Das viele Geld, das der Kaiser für die Armee ausgegeben hatte, steckte in der Ausrüstung. Für die Versorgung der Verwundeten war kaum etwas übrig geblieben.

Elisabeth, die in den Zeitungen gelesen hatte, wie schlimm es stand, schrieb Franz Joseph einen Brief, in dem sie ihm riet, sobald wie möglich Friedensverhandlungen aufzunehmen. Doch Franz Joseph hegte die Hoffnung, dass Preußen oder Gott ihm noch zu Hilfe kämen.

»Überhaupt bitte ich dich«, schrieb er zurück, »nicht zu glauben, was in den Zeitungen steht, die so viel dummes und falsches Zeug schreiben.«

Der Krieg ging verloren, die Lombardei ging verloren, das Ansehen des Kaisers ging verloren. In den Kaffeehäusern wurde er offen geschmäht. In Ungarn rumorte es schon wieder. Generaladjutant Grünne als Leiter der Militärkanzlei nahm zur eigenen Verantwortung auch noch die Schuld des Kaisers auf sich und musste auf Druck der öffentlichen Meinung entlassen werden. Für Erzherzogin Sophie war das kaum erträglich, ein beinahe körperlicher Schmerz. Sich dem Volkswillen zu beugen war ein Verbrechen am Kaisertum von Gottes Gnaden und damit fast ein Verbrechen an Gott. Elisabeth hätte gern mit Franz

Joseph darüber gesprochen, doch er legte keinen Wert darauf. Er besprach sich ausschließlich mit seiner Mutter.

Er hatte sich in Sisi verliebt, als sie fünfzehn war. Wenn man sich in eine Fünfzehnjährige verliebt, geht es eher nicht darum, dass man sich einen regen Gedankenaustausch von der Ehe mit ihr erhofft. Allerdings besteht das Risiko, dass eine Fünfzehnjährige noch wächst. Der süße Sisi-Fratz, es gab ihn nicht mehr. Die Kaiserin überragte den Kaiser inzwischen um einige Zentimeter. Sie hatte auch angefangen, sich eine eigene Meinung über das absolutistische Regime ihres Mannes zu bilden, und ein liberaler Verfassungsstaat schien ihr nicht das Teufelswerk, das ihre Schwiegermutter darin sehen wollte. Ganz ungeheuerliche Korruptionen im Militär- und Finanzwesen kamen nach und nach ans Licht. Die Aussichten waren erschreckend: Staatsbankrott, Revolution oder noch ein Krieg – alles schien plötzlich möglich. Und Franz Joseph sprach in einfältiger Harmlosigkeit von göttlichen Prüfungen und Strafen, die es zu ertragen galt, und wirkte dabei heiter und zuversichtlich.

Natürlich machte Elisabeth ihm keine Vorwürfe, aber sie verlor die Achtung vor ihrem Mann, und damit hörte sie auf, ihn zu lieben. Wie sie ihn angehimmelt hatte. So klug, so gut, so rein war er ihr vorgekommen, wie ein Mensch – selbst wenn es sich dabei um einen Kaiser handelte – gar nicht sein konnte. Und er war so schön! Wie seine schwarzen Wimpern sich über seine Augen senkten, wenn er sie küsste. Es war schrecklich, diese Liebe in sich sterben zu fühlen. Aber der Kaiser machte fatale Fehler – Sisi hatte das provisorisch eingerichtete Spital in Schloss Laxenburg besucht und die Amputierten, die Entstellten und die qualvoll Stöhnenden gesehen – und wenn sie mit ihm reden wollte, behandelte er sie wie ein Kind.

Dann kamen auch noch Gerüchte auf, dass Franz Joseph fremdgehen würde. Das konnte doch gar nicht sein. Seine schwarzen Wimpern gehörten doch ihr. Aber es waren sehr konkrete Gerüchte. Sogar Kaiserbruder Luziwuzi machte Anspielungen. Das hätte allerdings die Veränderungen erklären können, die Elisabeth an sich festgestellt hatte, seit Franz Joseph aus dem Krieg zurückgekehrt war. Denn irgendetwas stimmte nicht. Ihre Handgelenke und Knöchel waren angeschwollen, ihr Gesicht war von einem hässlichen Ausschlag überzogen. Dazu hatte sie Halsschmerzen. Die Halsschmerzen gingen weg und dann kamen sie wieder und waren schlimmer. Seeburger, der kaiserliche Leibarzt, band Silbermünzen um die geschwollenen Gelenke. Elisabeth verlangte Dr. Fischer, den Hausarzt ihrer Eltern, zu sehen. Davon hielt die Erzherzogin Schwiegermutter aber nichts. Seeburger war doch ein verdienter Mediziner. Nach dem Attentat auf den jungen Kaiser vor sechs Jahren hatte er aufopferungsvoll dessen Stichwunde ausgesaugt. Elisabeth jammerte und tobte, und Seeburger wurde durch Skoda ersetzt, einen Professor der Wiener Universität, der wegweisende Methoden der Diagnostik entwickelt hatte. Skoda brachte sein berühmtes Abklopfen zum Einsatz und ließ dann offiziell verlautbaren, dass Ihre Majestät an einer Halsaffektion litt. Mit Gefahr für die Lunge. Elisabeth glaubte kein Wort. Skoda, dieser bebrillte und froschmäulige Quacksalber stammte aus Böhmen und gehörte damit auf die Seite der Erzherzogin Schwiegermutter. Folglich war er gegen sie.

Elisabeth weinte und flehte, bis der Hausarzt der Wittelsbacher doch noch anreisen durfte. Doktor Fischer fand ein Häuflein Elend vor.

»Schonen Sie mich nicht«, sagte die junge Kaiserin, »sagen Sie mir einfach die Wahrheit.«

»So einfach ist das aber nicht, Eure Majestät«, erwiderte Dr. Fischer, »die Symptome Eurer Majestät sind nicht so eindeutig, dass ich sofort eine Diagnose abgeben könnte.«

So viel wusste Dr. Fischer allerdings bereits: Was immer es für eine Krankheit war, die der Kaiserin zusetzte, es war nicht das, was Skodas Diagnose den Wienern weismachen wollte.

»Es gibt Gerüchte ...«, sagte die Kaiserin und errötete tief.

»Gerüchte?«

»Gerüchte, dass der Kaiser ...« Sie wandte den Kopf ab. Welch eine schändliche und entwürdigende Angelegenheit.

»Ich verstehe«, sagte Dr. Fischer. »Ich halte das für unwahrscheinlich. Es ist wohl eher so, dass die drei Schwangerschaften die Gesundheit Eurer Majestät erschöpft haben. Die Geburt des Kronprinzen soll sehr schwer gewesen sein, wie man mir sagte. Aber ich kann es auch nicht ganz ausschließen. Dieses und jenes Symptom spricht dafür, ein anderes wiederum vollkommen dagegen. Es bedarf noch weiterer Untersuchungen.«

Doch bevor er zu einem abschließenden Bericht kommen konnte, setzte jemand – irgendjemand – vielleicht war es der beleidigte Skoda oder ganz jemand anders – vielleicht aus eigenem Antrieb oder nach längerer Beratung mit der Geheimpolizei oder der Erzherzogin Schwiegermutter – also irgendjemand setzte Dr. Fischer die Idee in den Kopf, er müsste unbedingt einmal in den Prater fahren, um einen Hirschen zu schießen. Das gehöre zu einem erfüllten Leben einfach dazu: einen Sohn zeugen, einen Weinstock pflanzen und einen Prater-Hirschen schießen. Die kaiserliche Erlaubnis würde heute Abend noch ausgehändigt. Auch ein Jagdgewehr könnte man ihm zur Verfügung stellen. Wann bekäme ein bayerischer Arzt wohl noch einmal so eine Chance?

Am nächsten Morgen mietete Dr. Fischer einen Fiaker, legte sich die Büchse quer über die Beine und ließ sich in Richtung des Jagdareals fahren. Kaum hatte er die Praterallee erreicht, begegnete ihm auch schon ein kapitaler Hirsch. Er kam direkt auf ihn zugelatscht. Was für eine Gelegenheit! Was für ein Geweih! Fischer ließ den Fiaker halten, legte die Büchse an und jagte dem mächtigen Tier aus fünfzehn Metern Entfernung eine Kugel in den Kopf. Möglichst tief, um die Trophäe nicht zu beschädigen. Der Hirsch brach mit dem Ausdruck größter Verständnislosigkeit zusammen. Wie ein Kastenteufel sprang der Kutscher vom Bock, riss den Schlag auf und schrie: »San's deppert?«

Schon kamen von allen Seiten die Spaziergänger gelaufen, Frauen schlugen die Hand vor den Mund, Kinder plärrten und Männer drohten mit der Faust. Doktor Fischer hatte einen der zahmen und allseits beliebten Praterhirsche erlegt – ausgerechnet auch noch den Gustl, den Liebling der Kinder, der die Kutsche angesteuert hatte, um Brezeln abzustauben. Offenbar hatte niemand Doktor Fischer darüber aufgeklärt, dass das kaiserliche Jagdrevier nur einen bestimmten Teil des Praters ausmachte. Der Kutscher riss dem unglücklichen Mediziner das Gewehr aus der Hand, sprang wieder auf den Kutschbock und gab seinen Juckern die Peitsche. Nur schnell in den nicht öffentlichen Bereich des Praters hinein, bevor sein Fahrgast noch an Ort und Stelle gelyncht würde. Doch die Nachricht von der frevelhaften Tat verbreitete sich schneller, als die Pferde galoppieren konnten. Als der Fiaker sich auf Schleichwegen der Rückseite der Hofburg näherte, hatten sich auch dort schon empörte Bürger versammelt. Sie buhten und pfiffen, während Doktor Fischer sich mit seinem Gewehr in den Dienstboteneingang drückte. Als er durch die Gänge eilte, guckten Diener und Kammermädchen um die Ecken und flüsterten einander zu. Am nächsten Tag wurde Fischer am ganzen Hof offen geschnitten. Niemand sprach mehr mit ihm. Sogar die Lakaien drehten sich weg. Was für ein ausgemachter Trottel! Ein Scharlatan! Der Mann war nicht mehr tragbar. Fischer reiste überstürzt wieder ab.

Doch Elisabeth benötigte gar keinen abschließenden Bericht. Sie wusste es einfach, dass der Kaiser sie angesteckt hatte. Auch ohne Beweise. Ihre Wut auf Franz Joseph und diese fremde Frau stieg ins Unermessliche. Sie beschloss, nie wieder glücklich zu sein und von nun an und für alle Zeit zu hassen und zu verzweifeln. Und Franz Joseph sollte ebenfalls nie wieder glücklich sein. Jedenfalls nicht mit ihr. Nicht, nachdem er ihr *das* angetan hatte.

* * *

Für Middleton gilt jetzt natürlich das Gleiche. Wie kann ein Mann, der in ihrer Gunst steht, sich wie ein Schwein im Schmutz suhlen? Der Zauber ist vorbei, das besondere Band zwischen ihnen zerschnitten. Abends vor dem Einschlafen denkt die Kaiserin nicht mehr an Bay, sondern nach langer Zeit wieder einmal an Fritz Pacher. Wie Pacher ihr nachgesehen hat im Prater, so voller Sehnsucht. Was dieser junge Mann, mit dem sie sich damals so gut unterhalten hat, wohl gerade tut. Ob auch er gerade an sie denkt?

Middleton wird nicht einmal mehr zu den Kleinen Soupers geladen. Die Kaiserin hat Esterházy befohlen, die Meute wieder zu übernehmen. Ohne ihn wäre eine Jagd sonst nicht möglich. Da ginge doch alles bloß durcheinander. Middleton ist zwar immer noch ihr Pilot, aber sie hört gar nicht mehr auf das, was er ihr zuruft. Sie reitet, als wäre sie allein unterwegs und nimmt es lieber in Kauf zu stürzen, als sich an ihm zu orientieren. Wenn er sie dann in den Sattel heben muss, sieht sie dabei an ihm vorbei. Esterházy triumphiert.

Aber Middleton trägt seine Verdammung nicht so ergeben und zerknirscht, wie Franz Joseph es damals getan hat. Im Gegensatz zum österreichischen Kaiser hat er Charme. Natürlich lachen alle über ihn – je missgünstiger, um so lauter – doch er lacht einfach mit. Er gibt sogar Details zum Besten, die ihn im schlechtesten Licht dastehen lassen. Die peinliche Angelegenheit wird zur amüsanten Geschichte. Und während einer Jagdpause geschieht ein Wunder. Elisabeth, die in der Nähe wartet, als er den Baltazzi-Brüdern seine Dummheit und Leichtgläubigkeit in den buntesten und lächerlichsten Farben ausmalt, muss gegen ihren Willen lächeln. Sie, die niemals irgendetwas verzeiht, kann seiner unterhaltsamen Liebenswürdigkeit nicht widerstehen. Als er bei einer Jagd vom Pferd stürzt und dabei auf dem Bauch zu liegen kommt, spricht sie ihn zum ersten Mal seit Tagen wieder an:

»Also wirklich, Captain, lächerliche Situationen scheinen Sie ja geradezu anzuziehen.«

Middleton humpelt auf Elisabeth zu und überreicht ihr mit jungenhaft zerknirschtem Gesicht seine Reitpeitsche. Dann senkt er den Kopf, als erwarte er ihre Schläge. Und er verharrt so, bis Elisabeth einfach lachen muss und vom Pferd herunter einen Schlag in die Luft tut. Gerade noch rechtzeitig vor seiner Abreise darf er wieder an den Kleinen Soupers teilnehmen und die gemeinsamen Ausritte werden wieder aufgenommen.

So reiten die Kaiserin, Middleton und Marie auch an seinem letzten Tag noch einmal aus. Blätter rascheln unter den Pferdehufen. Keiner von ihnen spricht. Erst bei Sonnenuntergang kehren sie zurück. Kurz bevor sie wieder bei den Stallungen sind, seufzt Middletons Pferd schwer.

»Poor Boy«, sagt Middleton. Seine Stimme krächzt etwas.

Die Kaiserin lächelt unendlich traurig.

Zum ersten Mal begleitet der Captain die Kaiserin und die kleine Wallersee von den Stallungen bis zum ›Garten der Königin‹. An der Gittertür bleiben sie stehen. Middleton berührt mit einem Finger Elisabeths Hand.

Marie Louise weiß nicht, wohin sie vor lauter Verlegenheit schauen soll.

»Tante Sisi, darf ich dir einen Schal holen?«

Die Kaiserin dreht ihr unendlich langsam das Gesicht zu.

»Ja, tu das, du bist ein gutes Mädel.«

Marie Louise läuft durch den ›Garten der Königin‹. Von hier führt der Weg ins Schloss durch einen Gartensalon, von welchem wiederum eine schmale Treppe ins Vorzimmer von Frau Ferenczys Wohnung führt. Marie setzt sich auf die Stufen und nestelt an den Schnüren ihrer Reitstiefel, lockert sie zuerst und zieht sie dann wieder fest. Dann steht sie auf, den Schal zu holen. Als sie zurückkommt, hat sich der Sonnenuntergang zu einem dramatischen Himmelsspektakel entwickelt. Violette Streifen, ein rosa getünchter Wolkenrand, ein fernes Himmelstürkis. In all dem orientalisierenden Schwulst stehen die Kaiserin und Middleton noch immer so, wie die kleine Wallersee sie verlassen hat. Als hätten sie sich die ganze Zeit nicht gerührt. Marie Louise legt ihrer Tante den Schal um und die Kaiserin reicht Middleton sehr förmlich die Hand.

»Ich werde Sie morgen noch sehen, Bay.«

Schnell wendet sie sich ab und geht. Marie folgt ihr. An der Glastür dreht Marie sich noch einmal um. Middleton macht keine Anstalten, die Hand zu heben und noch einmal zu grüßen, kein: See you, little girlie. Er starrt ihnen einfach bloß traurig hinterher.

An diesem Abend verläuft das Essen recht einförmig. Marie Louise soll auch nicht, wie sonst, von Fräulein Scherak am Klavier begleitet Lieder vortragen. Obwohl der Kaiser anwesend ist, zieht sich Elisabeth vorzeitig zurück. Sie sucht nicht einmal nach einer Ausrede. Sie sagt einfach:

»Ich bin müde und möchte jetzt zu Bett.«

Marie stellt sich innerlich seufzend darauf ein, dem Kaiser nun allein Gesellschaft leisten zu müssen, diesem Quell der Langeweile. Aber auch Franz Joseph hält nichts mehr, da seine Sisi gegangen ist. Valerie schmollt mächtig, dass sie so früh von ihren Eltern verlassen wird, aber Valerie aufzuheitern ist ein Leichtes.

Am folgenden Tag fällt der nachmittägliche Spazierritt aus. Stattdessen wird die kleine Wallersee ins Boudoir gerufen, wo sie ihre Tante in Tränen vorfindet. Die Ferenzcy sitzt mit ihr auf dem Sofa, drückt den bebenden Körper der Kaiserin an sich, streichelt ihr über den Rücken und küsst sie wie ein Kind auf die Schläfen. Offenbar hat Tante Sisi gerade Abschied von Captain Middleton genommen. Marie Louise hat sie noch nie so aufgelöst gesehen. Das Gesicht ist verquollen, der Leib so merkwüdig gekrümmt, dass sogar die Schönheit ihres Körpers gebrochen scheint – als ob es keinen Grund mehr gäbe, elegant, aufrecht und begehrenswert zu sein. Es ist beängstigend.

»Tante Sisi, liebe Tante Sisi, du musst nicht weinen! Du wirst ja in ein paar Monaten unseren roten Fuchs in England wiedersehen!«

Die unbeholfenen Worte helfen erstaunlicherweise. Die Kaiserin lächelt, Ida Ferenczy hält ihr ein Taschentuch hin und die Kaiserin tupft sich damit die zu Schlitzen verschwollenen Augen.

»Du hast recht, ich benehme mich wie ein dummes Kind. Aber es ist schwer, einen ehrlichen treuen Freund zu vermissen.«

In diesem Moment klopft es an der Tür. Kammerfrau Schmidl kommt herein. Seine Majestät der Kaiser wünscht Ihre Majestät zu sprechen. Die Kaiserin löst sich aus den Armen der Ferenzcy und springt auf.

»So darf er mich nicht sehen! Halte den Kaiser auf, Marie! Sage, dass ich gerade Lingerie anprobiere.«

Sie verschwindet im Toilette-Zimmer. Gerade noch rechtzeitig, denn schon klopft es an der anderen Tür, und der Kaiser tritt ein. In der Hand hält er ein Telegramm.

Marie Louise beugt die Knie.

»Ihre Majestät probiert gerade Lingerie an, Eure Majestät.«

»Na, das kann lange dauern!«, brummt Franz Joseph. »So viel Zeit habe ich nicht. Bring das Telegramm hier Tante Sisi. Ich möchte wissen, was sie meint, ehe ich abreise; ich lasse um Antwort bitten.«

Er gibt ihr das Telegramm, dreht an seinem Schnurrbart und geht wieder.

Marie wartet, bis seine Schritte auf dem Korridor verhallen, dann klopft sie an die Tür des Toilette-Zimmers. Frau von Ferenczy steckt den Kopf heraus und lässt Marie hinein. Die Kaiserin sitzt an ihrem Toilettentisch und tupft sich die Nase mit Reispuder. Es riecht ganz wunderbar in diesem Raum, obwohl Tante Sisi nie Parfüm benutzt. Es müssen die Cremes sein. Oder es ist der Geruch von Schönheit.

Ungeduldig überfliegt Elisabeth das Telegramm.

»Der Trottel! Zu was die Fragerei? Wenn er doch schon eingeladen ist!«

Mit dem Trottel ist der einstige Großherzog von Toscana gemeint, der ehrerbietig anfragt, ob er für seinen zweiten Aufenthalt in Gödöllő einige Tage früher eintreffen dürfe.

»Laufe dem Kaiser nach, du erwischst Seine Majestät noch! Bring ihm das Telegramm zurück, und sage, meinetwegen kann Onkel Nando selbstverständlich früher kommen.«

»Soll ich sagen, der Trottel?«, fragt Marie Louise grinsend.

»Bist selber einer«, sagt die Kaiserin und lacht.

Dem Himmel sei Dank, sie kann wieder lachen.

Der Kaiser reist ab. Seine Rückkehr nach Wien ist von den Zeitungen mehrmals angemahnt worden. Sie machen das auf eine ganz perfide Weise, indem sie die Rückkehr Seiner Majestät einfach ankündigen.

Franz Joseph bestellt Wiens Chefredakteure immer mal wieder ein, um sie daran zu erinnern, dass die Beseitigung jener Schranken, welche der freien Meinungsäußerung hemmend entgegenstanden, ihm zu verdanken ist. Womit es wohl nicht zu viel verlangt ist, sein Privat- und Familienleben oder die Dauer seiner eh schon kurzen Jagdaufenthalte aus der kritischen Berichterstattung herauszuhalten. Aber Falschmeldungen unterlaufen nun mal. Das kann man schlecht rügen. Außerdem hat der Kaiser in den letzten Tagen ja auch zwei schöne Steinadler geschossen. Das muss genügen als Erholung. Der Kronprinz hat seinen Uhu mit nach Gödöllő gebracht und seinem Vater zum Anlocken der Raubvögel überlassen. Rudolf selber hat sogar drei Steinadler erlegt und dazu noch einen Seeadler angeschossen.

Auch Rudolf findet es gemütlicher, wenn der Kaiser abwesend ist. Endlich lässt sich wieder atmen. Wenn man sich nun an den Kamin setzt, reden manchmal sogar zwei Gruppen gleichzeitig, und Rudolf macht für Marie Louise heimlich den Kaiser nach, indem er immer wieder an einem imaginären Schnurrbart dreht. Marie Louise findet ihren kaiserlichen Cousin ungeheuer witzig. Vielleicht ist er doch gar nicht so übel.

»Hör mal, du bist ja immer mit der Kaiserin zusammen«, sagt Rudolf später zu ihr, »was treibt ihr denn eigentlich so den ganzen Tag.«

»Da ist nichts zu sagen.«

»Ach nein?«

»Du weißt doch, was wir tun. Wir reiten.«

»Und worüber sprecht ihr dabei?«

»Kann es sein, dass du neugierig bist?«

»Na bravo! Meine Mutter hat ja ein hübsches zahmes Tier aus dir gemacht. Weißt du eigentlich, wozu man dich hergebracht hat? Der nächste Schritt wird sein, dass du ein anderes hübsches zahmes Tier nach Mamas Geschmack heiraten sollst.«

»Solange ich nicht für dich bestimmt bin, ist ja alles gut.«

Der Kronprinz lacht.

»Du schmachtest also tatsächlich nach Elemér. Es gibt doch nichts Lächerlicheres als ein liebeskrankes Mädel. Batthyány wird sich niemals mit dir vermählen. Der spielt nur. Wie ich mit der Tochter von …«

Er verstummt und weist mit dem Kinn auf einen Aristokraten von unvergleichlicher Arroganz.

»Du und Elisabeth von …«

Marie Louise verstummt rechtzeitig.

»Die dumme Pute glaubt, ich bin in sie vernarrt, deswegen kann ich mit ihr machen, was ich will.«

»Du lügst doch! Du bist ein Renommist.«

»So, na sieh mal hier.«

Rudolf zieht eine Photographie des Mädchens heraus und reicht sie seiner Cousine.

»Umdrehen.«

Auf der Rückseite des Photos steht ein leidenschaftlicher Liebesschwur.

»Kleine dumme Marie, sei nicht so fügsam«, sagt Rudolf.

* * *

Anfang November fallen die ersten Schneeflocken, auch wenn sie noch nicht lange liegen bleiben. Elisabeth, Marie Louise und die Hofdame Festetics reisen nach Böhmen zu den Pardubitzer Jagden. Marie Louise darf mit ihrer Tante im Salonwagen fahren, an den sich durch einen geschlossenen Faltengang der Schlafwagen für die Kaiserin anschließt. Dort gibt es auch eine Schlafnische für die Nichte. Gemeinsam nimmt man das Abendbrot und Marie Louise wird von dem bayrischen Bier so müde, dass die Kaiserin sie zu Bett schickt. Als sie am nächsten Morgen ankommen, haben sich am Bahnhof bereits die Kavaliere aus Easton Neston versammelt, die beiden Larischs, Liechtenstein, Ferdinand Kinsky, Auersperg – sie alle sind gekommen. Doch die Jagd muss wegen des starken Frostes abgesagt werden, stattdessen stehen nun einige Verpflichtungen an, also das, was die Kaiserin, die hier wieder Kaiserin genannt wird, am allermeisten hasst. Es beginnt mit einem Gabelfrühstück im Casino von Pardubitz, bei dem der älteste Adel des Landes versammelt ist.

»Das wird ein Spießrutenlaufen«, sagt Elisabeth zu Marie Louise. »Mache dich auf einiges gefasst. Diese böhmischen Weiber sind neugierig und gehässig. Du fährst am besten, wenn du möglichst viel Unbedeutendes sagst. Das machen alle so. Pass auf, dass du dich nicht verplapperst. Das sind Großinquisitoren. Denk daran ...«

»Schweigen ist Gold«, antwortet Marie Louise.

Im Casino werden sie vom Master Fürst Emil Egon zu Fürstenberg und Fürstin Leontine empfangen.

»Die Fürstin ist eine geborene Khevenhüller-Metsch«, flüstert Elisabeth ihrer Nichte am Eingang zu. Nach dem Tod ihres

Gatten hat sie dessen Bruder geheiratet. Jetzt kann sie in doppelter Linie für den Fortbestand der Familie sorgen.«

Marie will kichern, aber die Kaiserin stößt sie schmerzhaft an, und als sie eintreten und auf Fürstenbergs zugehen, begreift Marie Louise zum ersten Mal, was Tante Sisi meint, wenn sie so oft von einem Leben als Anziehpuppe im Geschirr spricht. Eine Mauer aus Etikette schließt sie plötzlich ein. Nicht für die kleinste natürliche Regung ist noch Raum. Marie Louise kommt hier gar nicht erst auf die Idee, zu kichern oder eine ihrer Spötteleien loszulassen. Niemand käme hier auf eine solche Idee. Die böhmischen Hofdamen sind mit Lorgnetten und scharfen Zähnen bewaffnet und lauern nur so darauf, dass die Kaiserin einen Fehler macht. Mit dem kalten, hochmütigen Blick, den Elisabeth für solche Gelegenheiten parat hält, lässt sie sich die Anwesenden vorstellen. Ihre Majestät bemüht sich nicht, die achtungsvolle Steifheit der Gäste aufzulockern, und hält sich kaum bei dem Einzelnen auf. Zu einem der Herren sagt sie bloß: »Ah. Sie sind Protestant, nicht wahr?«, und geht, ohne auf die Antwort zu warten, weiter, reicht dem nächsten die Hand. Dem Oberststallmeister Fürst Emmerich von Thurn und Taxis nickt sie nur stumm zu und sieht dabei an ihm vorbei. Fürst Taxis hat es doch noch durchgesetzt, dass einige der Fohlen einer Gesellschaft von Privatleuten zur Rennausnutzung überlassen werden. Die ersten kaiserlichen Pferde sind bereits in den Farben der Gesellschaft Captain Blue auf der Rennbahn erschienen. Das wird die Kaiserin Fürst Taxis niemals vergeben. Die Vorstellung ihrer Nichte muss die Hofdame Festetics übernehmen. Marie Louise macht einen möglichst kleinen Knicks. Der Oberststallmeister hat einen Schnauzbart, eine Stirnglatze und trägt links eine schwarze Augenklappe. Mit dem rechten Auge schaut er sie streng an.

»Baronesse, Sie sind mir bereits ein Begriff«, sagt er ohne jede Freundlichkeit. »Ihnen kann ich ja wohl die beiden Pferde

zuschreiben, die mir von Gödöllő mit wundem Rücken zurückgeschickt worden sind.«

Die kleine Wallersee will auffahren und klarstellen, dass Ihre
Majestät die Pferde höchstpersönlich zuschanden geritten hat.
Aber das geht natürlich nicht. Das wäre ein unverzeihliches Benehmen. Sie überlegt, wenigstens zu kontern, dass Fürst Taxis
ihr ebenfalls ein Begriff sei, weil ihm ja wohl zuzuschreiben ist,
dass die Hofpferde an Ringstraßenbarone verramscht werden.
Aber das geht natürlich auch nicht. Und nach einer peinlichen,
viel zu langen Pause, in der sie ihn nur wütend anstarrt, be-
gnügt sie sich damit, noch einen, diesmal besonders tiefen und
vollendeten Knicks zu machen. Es gibt hier keinen Raum für
Zorn, und erst recht keinen für Ironie. Für gar nichts Lebendi-
ges gibt es hier irgendeinen Raum.

Nach den Vorstellungen setzt Marie Louise sich ganz allein
auf einen der an der Wand stehenden Sessel und lässt schüchtern die Augen über die unbarmherzig hochmütige Gesellschaft
wandern. Die Liechtensteins sind da, irgendwelche Kinskys,
die Auerspergs, die Wilczeks … . Schmerzlich wird ihr bewusst,
dass niemand mit ihr zusammen gesehen werden möchte. Als
sie Niki Esterházy und Aristides Baltazzi entdeckt, ist sie ungeheuer erleichtert. Baltazzi kommt zu ihr herüber und bittet sie,
ihm und dem Grafen Gesellschaft zu leisten. Tante Sisi gegenüber hat sie Aristides schon mal »die freundliche Baumwanze«
genannt, da er so oft ihre Nähe sucht und manchmal einfach
nicht abzuschütteln ist. Jetzt möchte sie ihn am liebsten umarmen, weil er bereit ist, mit jemandem wie ihr zu sprechen. Aristide zieht auch einen der abseitsstehenden Offiziere am Ärmel
herbei.

»Baronesse, mein jüngster Bruder Henri«, stellt er vor. Der
jüngste Baltazzi ist ein hübscher Husarenkadett mit einem
Mädchengesicht und rosigen Wangen. Noch ein Offizier gesellt sich zu ihnen. Esterházy, der sich in der Böhmischen

Aristokratie auskennt, stellt den Leutnant als Graf Georg Larisch vor. Der junge Mann ist mindestens so unbeholfen und verlegen wie Marie Louise. Er verbeugt sich stumm. Sie mustert ihn. Er ist schlank, aber höchstens mittelgroß. Er profitiert davon, dass Aristides noch kleiner ist. Sein Gesicht könnte als charakteristisch durchgehen, wenn es nicht über und über von Pickeln und Beulen entstellt wäre. Sie kann gar nicht hinsehen. Die schlimmste Beule sitzt mitten auf der Stirn. Rot, stramm und glänzend. Er versucht etwas Konversation. Marie hat in ihrem Leben noch keinen verzweifelteren und langweiligeren jungen Mann getroffen.

Als er wieder gegangen ist, sagt Esterházy:

»Der junge Larisch hat gerade ein schlimmes Fieber überstanden. Die Pflege in seiner galizischen Garnison war vermutlich auch nicht die beste. Seien sie nachsichtig mit seinem Gesicht.«

»Habe ich ihn etwa angestarrt?«

»Ein wenig.«

Übernachtet wird an diesem Abend im Gestüt Kladrub, wo die Schimmel für das Hofzeremoniell und die Rappen für den Galazugdienst der Hohen Geistlichkeit gezüchtet werden. Die Unterbringung ist etwas provisorisch, jedenfalls für kaiserliche Ansprüche. Marie Louise schläft in der Sakristei der Kapelle, in die das Mondlicht durch zwei hohe Fenster hereinfällt.

»Diese schrecklichen Weiber«, sagt die Kaiserin zu Marie Louise, als diese kommt, um ihr die Hand zu küssen und gute Nacht zu wünschen, »dieses böhmische Deutsch und diese Mehlspeisfiguren!«

Der Frost dauert auch am nächsten Morgen an. Jagden werden in absehbarer Zeit nicht stattfinden können. Die Kaiserin beschließt, den Aufenthalt in Böhmen um einen Tag zu verkürzen, auf den Besuch bei Fürst Auersperg zu verzichten und schon heute nach Prag zu fahren, um die alte Kaiserin Maria Anna zu treffen, eine dürre italienische Greisin mit schwarzen Augen, die nach 40 Jahren Ehe mit einem österreichischen Erzherzog – späteren Kaiser und Ex-Kaiser – immer noch kein Wort Deutsch spricht. Franz Josephs Vorgänger im Amt, der abgedankte Kaiser Ferdinand, ist im letzten Jahr verstorben, und seine Witwe bewohnt nun ganz allein den Hradschin und hat schon mehrmals einen Besuch der jetzigen Kaiserin erbeten. Den hat sie auch verdient, denn es ist nicht zuletzt ihrem guten Zureden zu verdanken, dass Ferdinand im Revolutionsjahr 1848 den Thron für seinen Neffen frei gemacht hat.

Der Hofzug wird allerdings erst um halb fünf in Pardubitz losfahren, da die alte Kaiserin auf die Frage, zu welcher Uhrzeit ihr ein solcher Besuch genehm wäre, zehn Uhr abends genannt hat. Das gibt ein wenig Grund zur Besorgnis, was ihren derzeitigen Geisteszustand betrifft. Maria Anna wird auch das Gespenst des Hradschin genannt, weil sie die beunruhigende Angewohnheit hat, nachts ahnfrauhaft durch die Korridore und das gotische Gewölbe des Wladislawsaals zu huschen. Das Leben an der Seite Ferdinand des Gütigen hat seine Spuren hinterlassen.

Maria Anna von Savoyen war schon bei der Hochzeit weder schön noch charmant. Sie wurde damals ausgewählt, weil sie mit siebenundzwanzig Jahren als kaum noch vermittelbar galt und deswegen keine Ansprüche zu stellen hatte. Außerdem war sie fromm und das ihr zugedachte Schicksal setzte Fügsamkeit voraus. Ihren Bräutigam zeigte man ihr trotzdem lieber erst, nachdem sie ihn mittels eines Stellvertreters bereits geheiratet hatte. Ferdinand war ein hochgradiger Epileptiker mit übergroßem, deformiertem Kopf und häufig offen stehendem Mund.

Seine geistige Beweglichkeit ließ zu wünschen übrig; Treppensteigen und das Befüllen eines Glases mithilfe einer Karaffe hatte er erst spät gelernt. Ferdinand der Gütige wurde vom frechen Volk auch »Gütinand der Fertige« genannt. Im Grunde war er regierungsunfähig. Ein unglückseliges Produkt permanenter Inzucht im Hause Habsburg.

Als der Hofzug um halb fünf abfährt, schneit es lebhaft. Auch in Bubenč herrscht Schneegestöber, als er um neun Uhr dort einfährt. In den Zeitungen wird die Ankunft später mit sechs Uhr sechsunddreißig angegeben werden, um die Leser nicht zu verwirren. Der Bahnhof ist mit Fahnen und Girlanden in den Reichs- und Landesfarben geschmückt.

Die Kaiserin seufzt, wirft der Hofdame Festetics einen gequälten Blick zu, strafft sich und steht auf. Und es geht los: Ihre Majestät die Kaiserin erscheint unmittelbar, nachdem der Train gehalten hat, auf der Plattform des Hofsalonwagens, gefolgt von der Baronesse Wallersee. Ihre Majestät begrüßt beim Verlassen des Wagens irgendein durchlauchtigstes, erzherzögliches Mitglied der weitverstreuten Familie der Habsburger. Ihre Majestät die Kaiserin nimmt die ehrfurchtsvolle Vorstellung Ihrer Exzellenzen des Herrn Grafen Pergen und des Herrn Statthalters entgegen und wird hierauf von diesem durch den Wartesalon und durch das Stationsgebäude geleitet. Ihre Majestät erwidert huldvollst die ehrfurchtsvolle Begrüßung des distinguierten Publikums, das sich trotz des miesen Wetters in und vor dem Bahnhof eingefunden hat. Ihre Majestät die Kaiserin besteigt einen zweispännigen Hofleibwagen. Zur Linken Ihrer Majestät nimmt die Baronesse Wallersee Platz. Dem Leibwagen Ihrer Majestät folgt unmittelbar in einem Hofwagen die Frau Gräfin Festetics und seine Exzellenz der Herr Obersthofmeister Freiherr von Nopcsa. Die Kaiserin fährt am Gebäude des Gemeindevorstehers von Bubenč vorbei, das zu diesem Anlass festlich illuminiert ist, und so weiter und so fort.

Mühsam geht es den Hradschin hinauf. Die Pferde machen sich lang und stemmen sich gegen die Steigung. Der Schnee liegt jetzt fußhoch. Es gibt am Hradschin noch keine Straßenbeleuchtung, weswegen man Waisenkinder in gleichmäßigen Abständen am Wegrand positioniert hat, die im Schneegestöber Laternen hochhalten.

Die riesige Burganlage der böhmischen Könige liegt tief verschneit mit weißen Mützen auf allen Türmen und Spitzdächern, aus einem geöffneten Tor strahlt der hell erleuchtete Hof in die dunkle Nacht. Am Fuß der Schlosstreppe stehen Herren in goldverbrämten Uniformen im Schnee, Damen in seidenen Kleidern mit langen Schleppen, Perlen und Diamanten im Haar und um den Hals. Zwölf Lakaien halten Girlanden, und als Ihre Majestät in ihrer anbetungswürdigen Lieblichkeit hindurchschreitet, da gibt es ein Knicksen und Beugen und Neigen. Es ist ganz unwirklich, als wäre man in einen verwunschenen Königshof aus längst vergangenen Tagen geraten, der nur für diese eine Nacht aus seinem ewigen Schlaf erwacht ist. Endlich sind alle Würdenträger begrüßt, und Seine Durchlaucht Fürst Karlos Auersperg, der Hofmarschall von Böhmen, führt Ihre Majestät ins Schloss hinein und bringt sie in einen großen Saal, in dem nichts als ein runder Tisch und rundum Sessel an den Wänden stehen. Nichts sonst, keine Blumenvase, nicht einmal ein Teller mit Gebäck. Dort sitzen sie nun, die Kaiserin, Hofdame Festetics, Obersthofmeister Nopcsa, die Lieblingsnichte Marie Louise und Seine Durchlaucht Fürst Auersperg und warten.

Die Tür geht leise auf, ein livrierter Diener tritt ein und verbeugt sich tief.

»Die Kaiserin erwartet Eure Majestät.«

Die Kaiserin geht zur Kaiserin. Allein.

Es dauert keine fünf Minuten, da öffnet sich die Tür erneut und Ihre Majestät kehrt schon wieder zurück. Sie ist verlegen, fast beschämt.

»Die alte Kaiserin war müde und etwas nervös. Sie sieht so wenig Leute und ich wollte sie nicht zu lang belästigen. Sie war sehr erfreut, mich zu sehen, dankte mir herzlich und dann, glaube ich, war es ihr angenehm, wieder allein zu sein.«

Um zwölf sind die Kaiserin und ihr Gefolge wieder auf dem Bahnhof. Wie die Kutsche den Hradschin herabgefahren ist, haben die Waisenkinder eines nach dem anderen hinter ihr die Laternen ausgepustet. Jetzt stapfen sie zurück ins Waisenhaus, halten dabei die Fäuste vor den Mund und hauchen auf ihre steifgefrorenen Finger. Die Königsburg sinkt zurück in ihren Zauberschlaf.

Im Zug will Festetics ihrer Herrin aus dem Mantel helfen, da versagt ihr der Arm und der Mantel gleitet zu Boden.

»Ich bitte um Verzeihung, Eure Majestät.«

Sie will den Mantel aufheben, aber auf halber Strecke gleitet er ihr abermals aus der Hand und sie stöhnt leise auf.

»Marie, um Himmels willen! Was ist mit Ihnen?«

»Es ist nichts, Eure Majestät, nur der Arm wird mir manchmal so müde.«

Die Kaiserin bückt sich und hebt ihren Mantel selber auf.

»Sie müssen darüber mit Dr. Widerhofer sprechen.«

»Das habe ich bereits getan, Eure Majestät. Er sagt, es ist eine Geschwulst, die ich herausnehmen lassen muss. Wenn wir wieder in Wien sind, wollte ich Eure Majestät um Urlaub dafür bitten.«

»Das erlaube ich nicht. Dr. Widerhofer soll Sie gleich in den nächsten Tagen, noch hier in Ungarn, operieren.«

»Jawohl, Eure Majestät.«

Die Kaiserin setzt sich hin und seufzt.

»Das muss man sagen: für drei Minuten die ganze Reise! Aber Sie können sich nicht vorstellen, wie unheimlich es mit der alten Kaiserin war. Das dürre Gespenst klapperte die ganze Zeit mit den Zähnen. Sie freute sich, als ich kam, aber sie war mindestens genauso froh, als ich mich verabschiedete. Mir ging es nicht anders.«

* * *

28 *Waldesgespräch*

In Gödöllő ist das Wetter besser. Hin und wieder kann sogar eine Jagd stattfinden – auch wenn die Saison eigentlich schon vorbei ist. Die Spazierritte an den Tagen zwischen den Jagden werden nach und nach durch lange Spaziergänge ersetzt. Sehr zu Marie Louises Verdruss. Es sind überaus sportliche Gänge. Eher ein Marschieren als ein Spazieren. Abends sitzt die Kaiserin nun lange in Valeries Zimmer und Marie Louise trägt Lieder vor. Die Kaiserin selber ist nicht musikalisch. Oder vielleicht will sie auch einfach nicht singen. Solange Middleton noch zu Besuch war, musste Marie Louise vor allem englische Lieder singen. Nun will Tante Sisi Vertonungen von Heine-Gedichten hören. Dabei fließt dann auch die eine oder andere Träne Ihrer Majestät. Erst Heine, und dann ungarische Lieder. Zum Glück hat Marie Louise genügend Notenbücher mitgenommen, neben englischen, deutschen und französischen Texten sind auch ungarische dabei. Sie versteht nicht alles, was sie da singt. Aber sie weiß zumindest ungefähr, worum es geht, und so gibt sie den Liedern den richtigen Schmacht.

An einem Vormittag – die kleine Wallersee sitzt auf dem Fensterbrett ihres Zimmers, schaut hinaus und wartet auf den Befehl zum langweiligen und anstrengenden Spaziergang – tritt Frau von Ferenczy in ihr Zimmer.

»Ihre Majestät erwartet Sie. Bringen Sie bitte folgende Noten mit.«

Sie gibt ihr einen Zettel, auf den in Bleistift Liedertitel vermerkt sind: ›Lotusblume, Asra, Waldesgespräch‹. ›Waldesgespräch‹ von Schumann versetzt Marie Louise in leichte Panik. Sie hat die Noten dabei, das Lied bisher aber noch nicht singen müssen. Sie rutscht vom Fensterbrett, läuft zum Schreibtisch und wühlt in den Heften.

»Ein Liedvortrag? Jetzt? Am Vormittag?«

»Beeilen Sie sich bitte. Die Kaiserin liebt es nicht zu warten.«

Marie Louise wühlt weiter. ›Lotusblume‹ muss sich ganz unten versteckt haben. Frau von Ferenczy ist angespannt. Sie stellt sich schon einmal in die Tür, den Körper bereits in den Korridor gewandt und klopft mit der Schuhspitze auf den Parkettboden.

Marie Louise sieht mit rotem Kopf hoch.

»Ich finde es nicht. Wahrscheinlich ist es in einer Schublade. Was ist denn eigentlich los?«

Die Ferenczy keucht ungeduldig und läuft voraus, um die Wartezeit Ihrer Majestät abzukürzen, indem sie die Ankunft der kleinen Wallersee wenigstens schon mal ankündigt.

Endlich hat Marie Louise alle Notenblätter zusammen und kann hinterherhetzen. Die Appartements der Kaiserin liegen zwar gleich nebenan, aber man muss erst durch einen großen in Violett gehaltenen Saal, bevor man den kleinen Salon in Violett erreicht. Marie Louise schliddert durch das große Violett bis zur Tür, ordnet ihre Haare, schiebt die Notenblätter zusammen und tritt in den kleinen Salon.

Die Kaiserin sitzt in einem goldenen, mit veilchenfarbener Seide bezogenen Rokokosessel. Sie trägt ein einfaches elfenbeinfarbenes Flanellkleid, das sich eng an ihren schmalen Körper schmiegt, und sieht wie ein junges Mädchen aus. Ihre Wangen sind rosig, sie lächelt ihrer Nichte verschwörerisch zu. Am Fenster steht Graf Esterházy im Sportanzug und schaut hinaus in den ›Garten der Königin‹.

Marie hat sofort ein Bild vor Augen. Vor wenigen Wochen saß Tante Sisi im selben Sessel an der selben Stelle und trug dasselbe Kleid, aber es war Captain Middleton, der am Fenster stand. Sogar die beiden Blumensträuße auf den Tischen neben den Fenstern sehen aus wie die, die hier vor einigen Wochen standen – weiße Rosen und irgendetwas blaues Zartes dazwischen. Marie Louise sieht ihre Tante an. Die Kaiserin hebt die Hand an den Mund und unterdrückt ein Lachen. Was ist sie nur für ein Schelm, ihre beiden Verehrer in der gleichen Umgebung und der gleichen Situation zu inszenieren, ohne dass diese davon wissen. Ein lebendes Bild ihrer Austauschbarkeit. Es ist unheimlich, denkt Marie. Und es ist gemein. Aber auch ziemlich lustig.

Esterházy begrüßt sie überrascht und zerstreut.

»Da bist du ja endlich«, sagt die Kaiserin. »Du sollst uns hernach ein wenig die Zeit vertreiben und etwas singen.«

Sie wendet sich wieder Esterházy zu. Sie sprechen Ungarisch miteinander. Marie Louise versteht nur einzelne Wörter. Weder die Kaiserin noch Esterházy beachten sie noch. Sie weiß vor Verlegenheit nicht wohin mit sich. Schließlich setzt sie sich ans Klavier und schaut die Noten durch. Sie singt nicht gern ohne Vorbereitung. Und dann noch am Vormittag. Vormittags ist die Stimme immer irgendwie grell. Das ›Waldesgespräch‹ also. Esterházy und die Kaiserin unterhalten sich über Pferde. Soviel versteht sie immerhin: Ein Pferd aus der Zucht des Grafen, das andere aus einem kaiserlichen Gestüt, beide sollen für die Frühjahrsrennen trainiert werden. Es scheint beinahe, als würden die Kaiserin und Esterhászy darüber streiten. Doch was soll ihre Aufgabe dabei sein? Wozu die Noten? Sie weiß nicht, warum, aber sie fühlt sich auf einmal zornig und verletzt.

Die Kaiserin kommt zum Klavier. Sie spricht noch leiser als sonst:

»Hast du alles mitgebracht, was ich aufgeschrieben habe?«

Sie sieht die Hefte durch, nimmt das ›Waldgespräch‹ und legt es mit dem Titel nach unten neben die anderen.

»Singe dieses zuletzt.«

Damit kehrt sie an ihren Platz zurück.

Marie Louise steigert sich in ihren Zorn hinein. Die reine Schikane, dass sie jetzt hier sein muss. Esterházy hat sich ebenfalls in einen violetten Fauteuil fallen lassen, direkt unter das Bild eines Jockeys, der gerade ein Hindernis nimmt. Da sitzt der Graf jetzt mit gespreizten Beinen und den Armen auf den Sessellehnen. Wie ein Pascha. Zwischen ihm und der Kaiserin steht ein runder Tisch mit einer Weinkaraffe und einer silbernen Gebäckschale. Fehlt nur noch, dass die beiden jetzt anfangen, Kekse zu knabbern.

Als Erstes singt Marie die ›Lotusblume‹.

Als sie fertig ist, sagt Graf Esterházy mit gedämpfter Stimme: »Sie hat eine wirklich schöne warme Stimme und singt gut.«

Marie schnaubt. Was für ein Lob – über ihren Kopf hinweggesprochen. Sie greift nach dem zweiten Heft. Sie kommt langsam in Fahrt und singt von dem Jüngling, der versichert, er stamme von jenen Asra, welche sterben, wenn sie lieben. Marie Louise ist der Jüngling. Sie singt und stirbt, weil sie liebt.

Als sie das Lied beendet hat, fühlt sie, dass ihre kaiserliche Tante nun das ›Waldgespräch‹ hören will. So gut ist sie bereits dressiert, dass sie das weiß, obwohl sie die Kaiserin von ihrem Platz am Klavier aus gar nicht im Blick hat. Nur den Grafen Esterházy. Kaum schlägt sie den ersten Akkord von Schumanns ›Waldgespräch‹ an, geht es wie ein Ruck durch seinen Körper. Kerzengerade sitzt er plötzlich, starrt zu ihr herüber. Aber er sieht sie nicht an, sondern schaut durch sie hindurch. Es ist beunruhigend. Je länger sie singt, desto starrer wird sein Blick.

Sie schlägt in die Tasten, singt: »Kommst nimmermehr aus diesem Wald«, und da steht Esterházy plötzlich auf und tritt wieder ans Fenster. Er wendet den beiden Frauen den Rücken zu.

Das Lied ist zu Ende. Stille.

Wie aus dem Nichts steht plötzlich Frau von Ferenczy neben Marie Louise.

»Kommen Sie, Baronesse«, sagte sie, indem sie die Noten zusammenschiebt. Marie Louise erhebt sich vom Klavier, und einen Augenblick später sind sie wie durch Zauberhand im Boudoir der Vorleserin. Die Ferenczy schließt die Tür.

»Es ist mir immer eine Freude, Sie singen zu hören« sagt sie, lächelt und gibt ihr die Noten.

»Was hat das zu bedeuten?«

»Gold«, sagt die Ferenczy.

Ach ja: Gold.

* * *

29 Parforce mit dem Kaiser

Franz Joseph kommt für wenige Tage nach Gödöllő und will an einer Parforcejagd teilnehmen. Leider fühlt sich die Kaiserin ausgerechnet an diesem Morgen etwas erkältet und beschließt, der angesetzten Jagd fernzubleiben.

»Aber ich will dir das Vergnügen nicht verderben, Hibou«, sagt sie zu Marie Louise. »Du darfst natürlich trotzdem reiten. Der Kaiser ist so gütig, dich unter seine Obhut zu nehmen. Und Frau von Ferenczy soll dich als Gardedame begleiten.«

Der Meet ist etwas weiter entfernt, sodass mit dem Extrazug gefahren wird. Ida von Ferenczy ist in höchster Aufregung. Sie lebt sehr zurückgezogen, und wenn sie ausnahmsweise einmal mit zu einer Jagd fährt, dann sitzt sie in der Kutsche, in der die Hofdame Festetics und Obersthofmeister Nopcsa sitzen, und niemand nimmt Notiz davon, dass es sie überhaupt gibt. Diesmal soll sie im Hofsalonwagen reisen – zusammen mit dem Kaiser. Als sie mit der kleinen Wallersee den Bahnsteig betritt, steht der Hofzug seit einer Stunde bereit, der Salonwagen hält direkt vor dem Ausgang des Hofwartesaals. Nun erscheint der Kaiser, begrüßt die beiden Damen und erhält vom Bahnhofsvorsteher die Meldung »Alles bereit!«, was bedeutet, dass sämtliches Personal an seinem Platz ist, alle Pferde und Gepäckstücke untergebracht sind und die Lokomotive unter Dampf steht. Seine Majestät lässt die Damen vorgehen und erklimmt elastischen Schrittes den Salonwagen. Hier nimmt er an einem Tisch Platz, der an dem einen Ende des Salonwagens steht, die kleine Wallersee und die Ferenczy sitzen ihm am anderen Ende des Salonwagens in gesteppten Sesseln gegenüber. Adjutanten kommen und gehen, bringen dem Kaiser Schriftstücke und nehmen Befehle entgegen. Franz Joseph liest und unterzeichnet. Am anderen Ende des Salonwagens klopft Marie Louise sich mit der neuen Reitpeitsche gegen die Stiefel und die Ferenczy stickt.

Der Kaiser sieht von seinen Papieren auf.

»Nun, Frau Ferenczy, da verbringen wir auch endlich einmal etwas Zeit miteinander«, ruft er freundlich durch den Raum.

»Ja, Eure Majestät«, antwortet die Ferenczy furchtbar verlegen und errötet. Außer ihrem Stickzeug hat sie noch zwei Bücher mitgenommen. Ihre Aufgabe wird darin bestehen, im langsam, aber stetig auskühlenden Salonwagen die Rückkehr des Kaisers und der kleinen Wallersee abzuwarten. Das ist alles andere als ein Vergnügen, denn es kann Stunden dauern. Der Kaiser sieht noch einmal von seinen Papieren hoch, schaut wieder die Ferenczy an und sagt:

»Immer fleißig, die Damen. Sehr lobenswert.«

Die Ferenczy zerfließt vor Wonne.

Ein Hausoffizier im braunen Dienstkleid mit schwarzen Hosen und Lackstiefeln serviert den Damen ein Gabelfrühstück: Suppe, kaltes Fleisch mit Sauce Remoulade und Gebäck. Der Kaiser bekommt von seinem Kammerdiener serviert. Die Ferenczy wagt kaum zu essen. Marie Louise ist durch die Anwesenheit ihres kaiserlichen Onkels nicht besonders eingeschüchtert, kaut aber ebenfalls nur ein wenig auf einem Streifen Rindfleisch, weil es auch die Kaiserin so gemacht hätte.

Am Ankunftsbahnhof wartet Graf Esterházy. Als nur der Kaiser und danach gleich die kleine Wallersee und die Ferenczy aussteigen, sieht man ihm die Bestürzung an. Zweimal schaut er sich verstohlen um, während er Seine Majestät zu den Pferden begleitet.

Kurz bevor die Jagd beginnt, reitet er zu Marie Louise herüber. Er hat einen Moment abgepasst, in dem der Kaiser nicht an ihrer Seite ist.

»Warum sind Sie allein, Baronesse?«, fragt er hastig. Seine Stimme zittert vor Enttäuschung.

»Die Kaiserin fühlt sich nicht, Graf. Nichts Schlimmes, nur eine kleine Erkältung.«

Esterházy sieht sie mit seinen bohrenden Augen an und wendet das Pferd.

Weil die Kaiserin nicht anwesend ist, hofieren die Magnaten diesmal Franz Joseph und seine Nichte. Irgendwo muss die aufgestaute Begeisterung ja hin. Marie Louise erregt wieder Aufsehen. Die Gräfin Almásy, die die Jagd mit ihrem Mann besucht, ist bei ihrem Erscheinen mehr als ungehalten und wirft ihr böse Blicke zu. Die Fürstin Hohenlohe schaut wie ein Kreuzworträtsel nach allen Richtungen. Auch die Baronin Vetsera ist wieder dabei, umringt von mehreren Verehrern. Trotz der Warnungen von Tante Sisi plaudert Marie Louise ein wenig mit ihr. Der Kaiser tut es schließlich auch. Wirklich schön ist die Vetsera nicht. Marie Louise hat sie beim Aufsteigen auf das Pferd beobachtet und festgestellt, dass irgendetwas mit den Proportionen ihres Körpers nicht stimmt. Sie kann aber nicht sagen, was, weil die Vetsera sich einfach phantastisch kleidet. Der Reitrock mit der kleinen, für einen Sporting Dress völlig außergewöhnlichen Rüsche an einer außergewöhnlichen Stelle rückt die Proportionen wieder zurecht. Und als die Baronin erst einmal zu Pferde sitzt, gibt es rein gar nichts mehr zu bemängeln. Wie eine orientalische Prinzessin.

Marie reitet wieder den Grauschimmel. An der Seite des Kaisers galoppiert sie dahin. Hinter ihnen, leicht zurückversetzt, folgen in einer Reihe Aristides Baltazzi, Elemér Batthyány, die Vetsera und zwei Magnaten. Ein sehr breiter Graben taucht vor ihnen auf. Gewohnt mit Tante Sisi das Feld zu führen, bemerkt Marie Louise zu spät, dass der Kaiser seinen braunen Hengst durchpariert, und springt hinüber. Nun ist sie als Einzige noch hinter den Hunden. Alle anderen sind mit dem Kaiser zurückgeblieben, um mit ihm den Graben zu umreiten. Wie peinlich. Darüber wird Franz Joseph sich ärgern, das ist einmal sicher. Ihn so zu degradieren.

Als er sie wieder eingeholt hat, reitet sie fortan eine ganze Pferdelänge schräg hinter ihm, damit ihr das nicht noch einmal passiert.

Und dann stürzt ihr Pferd. Eben ist da noch der schnaufende, nickende Pferdekopf vor ihren Händen, und plötzlich ist da nichts mehr. Das Pferd ist in ein Kaninchenloch getreten, und die kleine Wallersee fliegt einfach weiter geradeaus. Das ist ein Glück, denn das Pferd überschlägt sich, und es ist eine besonders unschöne, und gar nicht mal so seltene Todesart, vom Knauf des eigenen Damensattels aufgespießt zu werden. So aber segelt sie bloß durch die Luft und erwartet mit bangem Entsetzen den Schmerz des Aufschlags, während das enge Reitkleid sie daran hindert, sich wenigstens abzurollen. Sie klatscht auf den Boden wie ein Klumpen nasser Ton. Gott sei Dank, nichts gebrochen! Der Kaiser hat es gar nicht bemerkt, die Vetsera und die Magnaten stürmen rechts und links an ihr vorbei. Schlammbrocken prasseln auf sie ein. Nur die Vetsera dreht sich um und Marie Louise hebt kurz die Hand, dass alles in Ordnung ist. Auch das hat ihr Elemér Batthyány beigebracht, dass jemand, der bei einer Parforcejagd stürzt, gefälligst allein damit zurechtkommen muss. Das ist ein ungeschriebenes Gesetz und gilt auch für Frauen. Ausgenommen sind nur die Kaiserin und der Kaiser. Wer ansonsten Hilfe erwartet, muss sich dafür einen Kavalier oder einen Stallknecht mitnehmen. Niemand hat Lust, den Anschluss an die Hunde zu verpassen, bloß um jemanden aufzusammeln und ihm sein Pferd wieder einzufangen. Damit keiner deswegen ein schlechtes Gewissen haben muss, hat das ungeschriebene Gesetz einen B-Paragraphen, der die Stürzenden dazu verpflichtet, in jedem Fall so zu tun, als wäre ihnen nichts passiert. Wenn der rechte Arm ausgekugelt ist, winkt man eben mit dem linken, und wenn beide Arme ausgekugelt sind, schreit man noch schnell: »Bestens, mir geht's bestens«, bevor man ohnmächtig wird. Aber auf gar keinen Fall verdirbt man den anderen das Jagdvergnügen.

Es ist also ganz und gar ungewöhnlich, dass plötzlich ein Reiter umdreht und zu ihr zurückkehrt.

Elemér Batthyány springt vom Pferd und hilft ihr auf.

»Haben Sie sich verletzt, Baronesse?«

Die kleine Wallersee schüttelt den Kopf.

Elemér hebt ihren ramponierten Zylinder auf, putzt ihn sorgfältig ab und überreicht ihn ihr. Marie Louise dreht ihn in der Hand und weiß nicht, wohin damit.

»Hier« sagt Graf Batthyány, »halten Sie mein Pferd«, und drückt ihr auch noch die Zügel in die Hand. Dann beginnt er, sie wie ein Kind abzuputzen. Ihr Kleid ist voller Schlamm. Der Graf beginnt beim Saum und arbeitet sich langsam hoch. Er reibt den Stoff gegeneinander, wischt mit dem Handballen über besonders grobe Flecken, putzt und streichelt über ihre Hüften und ist so versunken in seine Arbeit, dass er ihr dabei nicht ins Gesicht sieht. Den Bereich oberhalb der Taille spart er aus, reibt nur mit der Handfläche über den schmutzigen rechten Ärmel.

»Au«, macht Marie Louise, »ich glaube, der Arm hat doch etwas abbekommen.«

»An der Seite ist eine Naht geplatzt«, sagt Batthyány.

Marie Louise verrenkt den Kopf, um die Stelle zu begutachten, und Batthyány nutzt den Moment, um ihren Kopf in seine Hand zu nehmen und zu sich zu drehen. Diesmal sieht er sie an. Sein dunkles und hageres Erlösergesicht ist dicht vor ihrem.

Marie Louise schluckt.

»Da war noch Schmutz«, sagt Elemér und zieht seine Hand wieder weg.

Die kleine Wallersee greift sich an die Wange, und Elemér nimmt diese Hand, hält sie fest und wischt mit ihrer Hand in der seinen noch einmal über den angeblichen Fleck. Dann gehen sie los, den Grauschimmel einzufangen.

Auf der Heimfahrt werden im Zug angewärmter Bordeaux und Sandwiches angeboten. Marie Louise greift diesmal mit ungezügeltem Heißhunger zu. Die Ferenzy mümmelt zierlich vor sich hin.

Auf einmal ertönt die Stimme des Kaisers:

»Habt ihr auch Kaviarbrötchen, Marie?«

»Nein, Majestät«, kommt die Antwort vom anderen Ende des Salonwagens. Im nächsten Augenblick steht der Kaiser auf und läuft mit elastischen Schritten einmal der Länge nach durch den ganzen Wagen. In der Hand balanciert er dabei einen Teller mit vier Kaviarbrötchen, den er vor Marie Louise und der Ferenczy auf den Tisch stellt.

»So, da sind zwei für jede von euch! Und guten Appetit!«

Er kehrt um und geht einfach an seinen Platz zurück.

»Danke, Majestät«, ruft ihm Marie Louise verblüfft hinterher. Frau von Ferenczy rutscht vor Staunen und Rührung fast unter den Tisch.

Abends, beim Plauderstündchen zur Nacht, muss Marie Louise der Kaiserin von ihrem Sturz berichten.

»Soso, Elemér hat dir beigestanden. Was hat denn die Gräfin Almásy dazu gesagt?«

»Dazu nichts. Aber sie hat gesagt, dass jemand, der ohne den Kaiser ein Hindernis nimmt, auf einer kaiserlichen Jagd nichts zu suchen hat. Dabei habe ich das wirklich nicht mit Absicht gemacht. Ich dachte ja, Seine Majestät will auch springen. War das wirklich so schlimm?«

»Mache dir keine Sorgen. Durch deinen Sturz ist die Ehre des

Kaisers ja einigermaßen wiederhergestellt. Und Franz ist nicht nachtragend. Deine enge Freundschaft mit Elemér hat die Gräfin Almásy einen Verehrer gekostet. Aber wenn sie das so sehr ärgert, muss sie den Jagden eben fernbleiben.«

»Graf Almásy war hingegen sehr nett zu mir. Ich soll dir Grüße ausrichten. Esterházy lässt auch grüßen.«

»Und das sagst du mir erst jetzt?«

Der Kaiser wird angemeldet und tritt ein.

Er setzt sich in einen Sessel und berichtet, dass ein Telegramm gekommen ist und er schon am nächsten Morgen wieder zurück nach Wien muss. Der Balkan steht immer noch in Flammen. Diesmal gab es einen Aufstand in Bosnien. Nie kann der Kaiser lange bleiben, immer ist da die Pflicht, und er darf an den Freudenbechern des Lebens nur nippen. Franz Joseph richtet seiner Gemahlin noch Grüße von der Vetsera aus.

»So, so, die Vetsera«, sagt Elisabeth. »Weißt du eigentlich, dass die Baronin unserem Sohn ein Zigarettenetui mit ihrem eingravierten Vornamen geschenkt hat?«

»Die Vetsera? Wie kommt sie dazu?«

»Angeblich hat sie eine Wette mit Rudolf verloren. In dem Etui war auch noch ein Fidibus, vermutlich mit einer Rendez-vous-Einladung. Rudolf behauptet natürlich, er hätte den Zettel weggeworfen, ohne ihn zu lesen.«

Franz Joseph dreht heftig an seinem Bart.

»Die Mätzchen dieser Frau sind geschmacklos. Sie ist elf Jahre älter als Rudolf.«

»Wie genau du das weißt«, sagt Elisabeth und streift einen imaginären Fussel von ihrem Rock.

* * *

Am nächsten Nachmittag lässt die Kaiserin ihre Nichte in ihr Boudoir rufen. Marie Louise fürchtet, dass sie wieder abkommandiert werden könnte, ein oder zwei junge Pferde in der Manege zu bewegen. Der Tag hat ihr bereits einen fünfstündigen Spaziergang beschert. Als sie eintritt, sitzen Tante Sisi und Frau von Ferenczy am Teetisch und unterhalten sich lebhaft auf Ungarisch. Beide verstummen, als sie die Nichte sehen. Frau von Ferenczy sieht bekümmert aus. Die Kaiserin lässt einen feierlichen Moment verstreichen, bevor sie beginnt.

»Sag mal Marie, du kennst doch keine Furcht?«

Marie Louise ist auf einmal hellwach.

»Bisher habe ich mich noch vor nichts gefürchtet.«

»Ich habe hier einen Brief, der heute noch dem Grafen Esterházy ausgehändigt werden muss. Es ist sehr wichtig, dass er ihn heute noch erhält, und ich kann ihn niemandem außer dir anvertrauen.«

Tante Sisi lacht leise.

»Die Ida kann ja leider nicht reiten, und der alte Fritsch hat gestern auf der Jagd einen Sturz gemacht und geht heute krumm, also bleibst nur du für diese Mission. Hast du den Mut, im Dunkeln nach Megyer zu reiten und den Brief dort heute noch abzugeben?«

Marie Louise nickt begeistert. Was für eine Hetz. Natürlich hat sie den Mut.

»Ja, Tante Sisi.«

Frau Ferenczy schüttelt mit zusammengekniffenen Lippen den Kopf. Aber die Kaiserin schert das nicht. Alles ist ihr gestattet, auch ein junges Mädchen in den Wald zu jagen, denn sie ist einzigartig, und die Welt geht sie nichts an.

Marie Louise wird instruiert. Nach dem Souper soll sie in ihr Zimmer gehen und ihren Suit anziehen. Sie soll wie ein Junge aussehen, damit später niemand darauf kommt, wer den Brief gebracht haben könnte.

»Auf gar keinen Fall darfst du erkannt werden. In diesem Aufzug wird niemand auf dich raten, wenn du vorsichtig und geschickt bist. Den Weg hinüber kennst du, somit ist keine Gefahr dabei. Deiner Zofe erzählst du, dass du noch ein Pferd im Herrensattel probieren sollst.«

Zu gegebener Stunde begleitet Frau von Ferenczy die Baronesse zu einer kleinen Parktür, welche den Weg Richtung Puszta versperrt. Dort wartet Stallmeister Fritsch mit einem verlässlichen Doppelpony, das Marie Louise schon oft geritten hat. Die hübsche kleine Stute Platana. Marie Louise steigt auf und die Ferenczy reicht ihr den Brief.

»Istén agyon – Gott befohlen!«

Die kleine Wallersee verschwindet in flottem Trab unter den Bäumen. Als sie sich umdreht, erkennt sie im Mondlicht gerade noch die Umrisse des Schlosses mit seinen Türmen. Es ist kalt, der Geruch von nassem Laub und vermodernder Rinde steigt vom Waldboden auf. Über ihr rauschen die kahlen Zweige. Dann, als die Bäume zurückbleiben und Marie Louise den Sand der Puszta unter sich spürt, Galopp. Es ist herrlich, so frei und allein durch die helle Nacht zu reiten. Was für ein Mond! Die Weite um sie herum ist wie verzaubert. Sie kennt den Weg bereits. Sie ist ja schon einige Male mit der Kaiserin zum Cottage nach Megyer hinübergeritten. Dort soll sie an eines der ebenerdigen Fenster klopfen. Der Kammerdiener des Grafen wird öffnen, sie wird ihm den Brief übergeben und gleich wieder davonreiten. Am besten, ohne ein Wort zu sagen.

Noch ein Wäldchen muss passiert werden. Dahinter liegen Esterházys Stallungen. Das Jagdcottage steht etwas abseits.

Marie umreitet langsam das Grundstück, bis sie in der Hecke einen Durchschlupf findet. Um kein Geräusch zu machen, meidet sie die Wege und lässt ihr Pony den Rasen zertrampeln. Im Erdgeschoss des Cottage leuchtet ein einziges Fenster, im oberen Stock scheint ein grünes Licht. Marie Louise lenkt die kleine Stute ganz gerade neben die Hauswand, stellt sich in die Bügel, reckt den Arm und klopft mit der Reitpeitsche an das Fenster. Ein Kopf erscheint, das Fenster öffnet sich, und jemand brummt etwas auf Ungarisch, das Marie Louise nicht versteht. Also antwortet sie ebenfalls ungarisch.

»Vigyaz a levélt!«, flüstert sie und will den Brief hinaufreichen.

»Warten's einen Augenblick«, kommt die Antwort, und das Fenster wird wieder zugeschlagen.

Marie Louise zieht sich die Kappe tiefer. Das Mondlicht muss natürlich ausgerechnet auf diese Seite des Hauses fallen. Nach einer Weile knirschen Schritte auf dem Kies. Ein Schatten, der den langen Mantel eines Unholds trägt, kommt um die Ecke. Als er vor ihr steht, schreit Marie Louise unwillkürlich auf. Es ist der Graf selber. Esterházy starrt sie an.

»Steigen Sie ab, Baronesse«, sagte er ruhig. »Im Herrensattel sind Sie also auch zu Hause? Sie machen übrigens eine ganz gute Figur. Kommen Sie!«

Die kleine Wallersee gehorcht. Sie ist den Tränen nahe. Esterházy hat sie in ihrem Bubenanzug erwischt. Er sieht ihre Beine. Praktisch alles sieht er von ihr. Nun taucht auch noch der Diener auf. Die Scham nimmt kein Ende.

Der Diener fasst das Pony bei den Zügeln.

»Das ist ja die Platana«, sagt Esterházy und klopft der Stute den Hals. »Kommen Sie mit, Baronesse, hier können Sie nicht stehen bleiben.«

Er bringt die kleine Wallersee über die Veranda in den matt erleuchteten Gartensalon. Sie taumelt und fällt beinahe über die Stufen, und dabei hält sie die ganze Zeit den Brief in der Hand.

»Setzen Sie sich. Sie müssen ja müde sein.«

Marie Louise reicht ihm den völlig zerknitterten Brief und sinkt in einen Korbsessel. Marius Louis Desbini.

»Den sollte ich eigentlich gar nicht Ihnen geben, Graf, sondern Ihrem Diener.«

Esterházy wirft den Brief achtlos auf den Tisch. Im Licht der Petroleumlampe erkennt die kleine Wallersee, dass Esterházy gar keinen Mantel, sondern einen kaftanähnlichen schwarzen Schlafrock trägt. Sehr elegant, mit ungarischer Verschnürung. Unter dem Saum schauen grellgrüne Lederpantoffeln hervor. Ein ganz unglaubliches Grün!

»Na, na, armes Mädel, nur nicht so verzagt dreinschauen. Jetzt erzählen Sie mir, aus welchem Grund man Sie in die Nacht hinausgeschickt hat. War niemand anderer für diese Mission zu finden als eine junge Dame?«

Marie Louise berichtet alles und gesteht, dass sie den nächtlichen Ritt nur zu gern übernommen hat. Esterházy lacht, aber nur ganz kurz. Dann sagt er ärgerlich:

»Das sieht ihr wieder ähnlich! Eine schöne Erziehung für ein junges Mädel! Einmal erstickt man Sie mit Liebe, ein anderes Mal können Sie sich den Hals brechen. Es ist empörend. Ich hätte gute Lust, an Ihre Mutter zu schreiben, dass man Sie zurückholt. Hier ist kein Platz für ein unerfahrenes junges Ding.«

»Bitte tun Sie das nicht«, fleht die kleine Wallersee. »Die Kaiserin meint es so gut mit mir und ich muss ihr dankbar sein …«

»Ihre Majestät die Kaiserin denkt ja auch, die allerhöchsten Ausflüge in Knabenhosen und im Herrensattel wären niemandem bekannt. Ich kann Sie versichern, Sie sind genug bekannt. Ausgangspunkt solcher Abenteuer ist eine kleine Pforte auf der Gartenseite des Schlosses, nicht wahr?«

Marie Louise antwortet nicht. Esterházy sieht ihr tief in die Augen, sein Blick taucht förmlich in sie ein. Die Baronesse wagt nicht, sich zu rühren, wagt nicht, ihre Augen abzuwenden. Eine schreckliche Angst steigt in ihr auf. Was für eine Dummheit es war, den Auftrag anzunehmen. Ganz allein herzureiten! In Männerhosen! Sie ist kurz davor zu weinen.

Da schließt Graf Esterházy die Augen, atmet tief ein und aus und streicht sich mit der Hand über die Stirn. Als er die Augen wieder öffnet, sagt er: »Sie müssen etwas zu sich nehmen, Baronesse. Ich bin ein schlechter Hauswirt.«

Seine Stimme klingt fremd und rau.

Er läutet die Tischglocke. Der Diener erscheint.

»Bring Wein!«

Der Graf steht auf und wendet sich an die Baronesse.

»Sie müssen mich für ein paar Minuten entschuldigen. Ich will mich nur umziehen – ich werde Sie nicht allein zurückreiten lassen.«

»Oh, bitte nicht! Sie wird schimpfen, wenn sie merkt, dass ich mich habe erwischen lassen.«

»Sie ...?« Der Graf lächelt. »Ja, das ist Ihrer Majestät zuzutrauen, dass sie Sie auch noch dafür auszankt. Keine Sorge! Ich bringe Sie nur so weit, bis ich weiß, dass Sie sicher den Schlosspark erreichen.«

Die kleine Wallersee tippt mit dem Finger an den Brief, der immer noch ungeöffnet auf dem Tisch liegt.

»Ist keine Antwort notwendig?«

Die Stimme des Grafen ist eisig, als er antwortet:

»Ich bin es nicht gewohnt, junge Damen als Boten zu verwenden.«

Er nimmt den Brief und verlässt das Zimmer. Der Diener bringt eine Karaffe Wein und Gläser, sieht sie dabei nicht an und entfernt sich. Der kleinen Wallersee schwirrt der Kopf. Was für eine Blamage! Wenn nur Tante Sisi es nicht herausfindet.

Der Graf kehrt zurück, diesmal in Reitkleidung.

»Trinken Sie«, sagt er. »Trinken Sie wenigstens ein Glas Wein. Vorher lasse ich Sie nicht gehen.«

Die kleine Wallersee trinkt einen Schluck und stellt das Glas wieder auf den Tisch. Sie darf trotzdem aufstehen. Die Platana und eines von Esterházys Pferden warten schon vor dem Cottage. Schweigend reiten der Graf und die kleine Wallersee nebeneinanderher. Der Mond ist jetzt von Wolken verdeckt. Im Wald ist es finster.

»Halten Sie sich dicht an meiner Seite«, sagt der Graf, »hier gibt es viele Kaninchenlöcher.«

Dann wird wieder geschwiegen. Als sie aus dem Wald herauskommen, galoppieren sie den ganzen Weg – schweigend – bis die Umrisse des Schlossparks sichtbar werden. Esterházy hält sein Pferd an. Es schnaubt und schüttelt den Kopf.

»Das letzte Stück finden Sie sich nun allein zurecht.«

Der Graf streckt Marie Louise die Hand hin. Sie gibt ihm die ihre.

»Ich danke Ihnen, dass Sie mich begleitet haben.«

Und wieder sieht er sie so unheimlich an, dann drückt er ihre Hand, dass sie beinahe aufschreit.

»Gute Nacht, Marie!«

Er reißt sein Pferd herum und galoppiert davon.

Am Parktor wartet Fritsch. Sie hat ihn zuerst für eine kleine, dicke Tanne gehalten, so unbeweglich steht er da.

»Die gnädige Frau war schon zweimal hier, sie ist in großer Angst.«

Marie Louise steigt vom Pony und geht neben ihm her zu den Ställen. Aus einer Seitentür des Schlosses kommt auch schon Ida Ferenczy gelaufen. Sie ist ganz atemlos.

»Gottlob, dass Sie da sind!«

Fritsch muss die brave Platana allein zu den Ställen bringen. Marie Louise und die Ferenczy schleichen sich zurück ins Schloss. Die Ferenczy würde gern hören, was sich ereignet hat, aber die kleine Wallersee behauptet, sehr müde zu sein.

»Dann kann ich Ihrer Majestät morgen früh berichten, dass alles in Ordnung ist?«

»Ja. Und gute Nacht!«

Marie Louise geht leise den Gang entlang in ihre Zimmer. Zofe Sophie kommt im Nachthemd angetappt.

»Geh wieder ins Bett, ich helfe mir allein.«

Marie Louise fängt plötzlich an zu zittern. Sie windet sich aus dem Reitanzug. Das Gute an den unanständigen Bubensachen ist, dass man beim Auskleiden keine Hilfe benötigt. Sie lässt sich ins Bett fallen. Was für ein nervenaufreibendes Abenteuer. Und Tante Sisi ist währenddessen in aller Gemütsruhe schlafen gegangen! Aber die Kaiserin weiß ja schließlich, dass ihre Nichte eine sichere Reiterin ist – warum sollte sie sich also Sorgen machen? Morgen wird Marie Louise nur erzählen, dass sie den Brief abgeliefert hat. Mehr nicht. Gold.

* * *

31 *Elemér*

Einige Tage später wird Marie Louise in das Toilette-Zimmer der Kaiserin gerufen. Als sie eintritt, kommt auch Tante Sisi gerade herein. Aus der gegenüberliegenden Zimmertür. Sie trägt einen weißen Bademantel aus Flanell. Ihr Gesicht ist ernst. Sie wirft ihrer Nichte nur einen kurzen Blick zu und setzt sich an den Toilettentisch, nimmt einen der vielen Tiegel in die Hand und stellt ihn dann doch wieder hin, ohne Salbe daraus zu entnehmen. Stattdessen dreht sie sich zu Marie Louise um.

»Setz dich.«

Die Nichte setzt sich.

»Ich beabsichtige, dich bald zu verheiraten, Marie. Ich habe auch schon einen Gatten für dich in Aussicht.«

Marie Louise wird rot.

»Du denkst wohl an Niki Esterházy?«

Die Stimme der Kaiserin ist hart, beinahe hämisch.

»Niki wird nie heiraten. Er wäre auch kein Mann für dich. Wußtest du, dass er eine Affäre mit einer verheirateten Frau unterhält? Ich wünsche, dass du Elemér heiratest.«

Marie Louise schluckt.

»Durch diese Ehe würde endlich Frieden geschlossen mit den Batthyánys, denn Elemér würde dadurch der Neffe des Königs.«

Marie Louise antwortet nicht. Aber sie ist ja auch nichts gefragt worden. Nach einer kleinen Pause spricht die Kaiserin weiter:

»Gyula Andrássy hat für uns die Sache in die Wege geleitet. Andrássy hat dich sehr gern. Er meint, du müsstest stolz sein, diese Mission zu erfüllen. Mit Elemér hat er bereits gesprochen, Elemér ist einverstanden; offenbar liebt er dich. Bisher war er ein wenig unbeständig. Aber jetzt wird er einen guten

Ehemann abgeben. Allerdings ist er bedeutend älter als du, damit wirst du dich abfinden müssen. Ich bin sicher, ihr werdet glücklich sein.«

Die kleine Wallersee ist unfähig, sich zu rühren, unfähig, etwas zu erwidern. Die Stimme der Kaiserin ist so kalt, dass jeder Satz wie ein Urteil klingt.

»Elemér wird sich dir also erklären, schon bei der nächsten Jagd. Kannst du Elemér lieben?«

Die kleine Wallersee weiß, dass ihre Tante sich mehr als Königin von Ungarn denn als Kaiserin von Österreich fühlt – was ihr ja auch von den Wienern entsprechend verübelt wird. Ungarn zu dienen bedeutet also, Ihrer Majestät zu dienen.

»Nun, was sagst du, Marie. Du sitzt ja da wie ein erfrorener Buddha.« Zum ersten Mal lächelt die Kaiserin und ihre Stimme wird zwei bis drei Grad wärmer.

»Ich glaube es dir, wenn du erstaunt bist, aber ich müsste mich sehr irren, wenn Elemér dich nicht längst interessiert. Du wirst ihn auch lieben lernen, trotz des Altersunterschiedes. Nun?«

»Ja, Tante Sisi, ich will gern seine Frau werden«, sagt die kleine Wallersee mechanisch, denn eine andere Antwort ist nicht möglich.

Den mangelnden Enthusiasmus nimmt die Kaiserin nicht zur Kenntnis. Die Nichte bekommt einen zärtlichen Kuss und darf gehen.

Zwei Tage hat Marie Louise Zeit, sich mit dem Gedanken anzufreunden. Die Witterungsbedingungen lassen eine Parforcejagd zunächst nicht zu. Inzwischen ist es Glückssache, ob Reitjagden stattfinden. Immer wieder müssen sie kurzfristig abgesagt werden, weil die Hunde bei Frost oder fallendem Schnee keine Witterung aufnehmen können. Wie wird es sein, Batthyány zu heiraten und in Ungarn zu leben? Sie schwankt zwischen Aufregung und Furcht. Als am dritten Tag der Himmel aufklart, ist sie in Batthyány verliebt. Während der Fahrt zum Meet erwähnt die Kaiserin den bevorstehenden Antrag mit keinem Wort. Sie gibt Marie Louise stattdessen Anweisungen, wie sie mit ihrem Pferd umgehen soll. Die braune Stute hat die unangenehme Angewohnheit, im Galopp heftig am Zügel zu ziehen, den Kopf herunterzunehmen und mit einem plötzlichem Ruck ihrer Reiterin die Zügel aus der Hand zu reißen und dann durchzugehen. Also am besten gar nicht erst ins unkontrollierte Rennen kommen lassen. Wenn es doch passiert: Warten, Kräfte sammeln und dann, am besten an einer Steigung, noch einmal versuchen, die Zügel aufzunehmen. Wenn auch das nicht klappt, einen großen Kreis von den anderen Pferden weg reiten, und diesen Kreis dann immer kleiner machen. Marie Louise nickt. Die Stute ist ihr geringstes Problem. Als sie ankommen, ist alles wie gewöhnlich, nur dass Elemér Batthyány nicht wie sonst gleich zu Marie Louise herübergeritten kommt, sondern sich in einiger Entfernung herumdrückt. Ihr ist beinahe übel vor Aufregung.

Erst als ein Fuchs aufgestöbert ist und die Reiter hinterhergaloppieren, kommt er an ihre Seite. Beide haben es nicht eilig. Sollen die Hunde doch laufen. Sie lassen sich so weit zurückfallen, dass sie nicht mehr im Pulk, sondern von den anderen getrennt hinter ihnen hergaloppieren. Marie Louises Stute schäumt und tobt, schlägt mit dem Kopf vor Wut über diese Zumutung. Batthyány – oder Elemér, wie die kleine Wallersee ihn jetzt bei sich nennt – sieht nicht gut aus. Er ist weiß wie eine Wand.

»Baronesse Marie«, sagt er endlich, »werden Sie meiner immer freundlich gedenken?«

Was ist das für eine Einleitung zu einem Heiratsantrag? Und alles im Galopp. In diesem Moment halten die Hunde und suchen nach der verlorenen Witterung. Marie Louise und

Batthyány parieren ihre Pferde durch, noch bevor sie zu den anderen Reitern aufgeschlossen haben. Sie starrt ihn an. Als Elemér zu sprechen beginnt, sieht er noch mehr wie Jesus Christus aus als sonst. Er sieht aus wie der Gekreuzigte.

»Ich muss Abschied nehmen von Ihnen«, sagt er mit halb erstickter Stimme. »Vielleicht werden wir uns nie mehr sehen, Baronesse Marie. Ich bin gezwungen, heute noch auf einige Wochen nach Paris zu reisen, aber ich konnte nicht ohne Abschied gehen. Werden Sie mich nicht vergessen, so wie ich Sie nie vergessen werde?«

Die Hunde haben die Witterung wieder aufgenommen und rennen bellend los. Die anderen Reiter hinterher. Marie Louises und Batthyánys Pferde beginnen wild zu bocken, was Marie Louise eine Antwort erspart. Sie muss ihre Stute hinterhergaloppieren lassen, will sie nicht abgeworfen werden. Elemér reitet direkt neben ihr. Kopf an Kopf rasen ihre Pferde dahin.

»Geben Sie mir wenigstens die Hand«, ruft Elemér. Marie reicht sie ihm. Er beugt sich weit zu ihr herüber: »Kedvesem!«, ruft er. Dann lässt er ihre Hand aus seiner gleiten, galoppiert noch einige Sprünge neben ihr her, bevor er sein Pferd zurückfallen lässt und in eine andere Richtung lenkt.

Marie Louise galoppiert allein weiter, setzt über Gräben, lässt sich von ihrem Pferd die Zügel aus der Hand ziehen und treibt es an, noch schneller zu werden. Schneller und schneller.

Als sie später zu der Kaiserin in die Kutsche steigt, legt diese wortlos den Arm um sie. Marie Louise fängt sofort an zu weinen.

»Armes Mädel, hätte ich dir dies nur ersparen können. Aber Graf Andrássy hat sich ausgerechnet heute verspätet. Erst nach dem Run ist er zu mir gekommen und hat mir die Nachricht gebracht. Alles ist im letzten Moment gescheitert. Die alte Gräfin Batthyány hat Elemér gedroht, sich im selben Augenblick, wo er mit der Nichte des Königs am Altar stünde, eine Kugel in den Kopf zu schießen. Elemér kann nichts dafür. Er musste so handeln.«

Die Kaiserin küsst ihre Nichte auf Wangen und Stirn, wischt ihr die Tränen weg.

»Wie leid mir das tut«, sagt sie immer wieder. »Wie unendlich leid mir das tut.«

Als sie in Gödöllő ankommen, zieht sich Marie Louise gleich auf ihr Zimmer zurück.

»Geh nur«, sagt Tante Sisi, »ich werde behaupten, dass du einen kleinen Unfall gehabt hast. Nichts Gravierendes, aber genug, dass es dich vom Souper dispensiert.«

Allein in ihrem Zimmer bricht Marie Louise wieder in Tränen aus. Sie weiß jetzt, dass sie Elemér unendlich geliebt hat und dass sie nie wieder jemanden wie ihn finden wird. So ein schöner und nobler Mann. Dazu so ein guter Reiter. Und nun hat sie ihn verloren. Alle Träume sind unwiederbringlich zerstört.

Die Kaiserin ist jetzt immer sehr rücksichtsvoll mit ihrer Nichte.

Am 26. November nimmt sie sie zu einem Querfeldeinrennen über Hindernisse mit. Um sie abzulenken. Marie Louises erste Steeplechase. Die Kaiserin überlässt ihr dafür ›Toogood‹, ihren schnellen Fuchswallach. Kaiserin und Nichte treten beide im dunkelblauen Reitkleid nebeneinander an. Nach allen Seiten grüßend, reiten sie an Kronprinz Rudolf vorbei zur Startlinie. Rudolf nimmt an diesem Rennen nicht teil. Die Kaiserin hat es verboten. Seine Mutter fürchtet nicht, dass er stürzen könnte, sie fürchtet, er könne ihr Schande bereiten. Diese einfache, unstandesgemäße Verwandte aus Bayern aber holt sie an ihre Seite, flüstert und tuschelt mit ihr. Weil sie besser reitet, diese dumme Pute. Rudolf muss mit Valerie an der Ziellinie stehen, wo sie mit weißen Taschentüchern winken. Natürlich gewinnt

Marie Louise das Rennen nicht. Solche Rennen gewinnt immer die Kaiserin. Höchstens Esterházy wagt es einmal, sie zu überholen. Die Kaiserin spendet den Siegespreis – ihr Pferd – der örtlichen Schule. Da die Schule mit einem Vollblüter wenig anfangen kann, gibt es den Gegenwert in bar. Marie Louise ist Vierte geworden.

»Was für ein schöner Erfolg«, sagt Rudolf zu ihr. »Was für ein Jammer, dass Batthyány das nicht gesehen hat. Wo steckt er eigentlich? Man sieht ihn ja gar nicht mehr.«

Marie Louise wird bleich. Die Kaiserin lenkt ihr Siegerpferd zu ihr hinüber und reitet mit ihr an die Seite.

»Gräme dich nicht über Rudolfs Gemeinheit. Du heiratest noch früh genug! Und wenn man es erst einmal ist, bereut man es danach für den Rest seines Lebens. Sei froh über jeden Tag, der dir noch in Freiheit bleibt.«

»Ja, Tante Sisi.«

* * *

32 *Emmerich*

Anna Heuduck ist bei ihrer Mutter ausgezogen. Es ging einfach nicht mehr. Sie wohnt jetzt in der Kaiserstraße No.12, im Haus ihres Vormunds Backhausen. Ihr Hausmädchen Lini hat sie mitgenommen. Das Kind ist immer noch krank. Vermutlich ist Annas Mutter schuld, die ihm so unvernünftige Nahrung gegeben hat. Zwieback für einen Säugling. Anna und die Lini wachen Tag und Nacht bei Emmerich, massieren seinen Bauch, flößen ihm etwas Milch ein, tragen ihn im Zimmer herum. Leider lässt sich Annas Mutter nicht so schnell abschütteln. Sie kommt jeden Tag mit etwas Neuem vorbei, von dem sie sich ein Besserwerden verspricht. Ein kleiner Schluck Schnaps in die Milch, ein seltsames graues Pulver, dass sie von einer Doktorbäuerin erstanden hat. Anna wagt nicht, sich ihren Befehlen zu widersetzen. Am achtundzwanzigsten November weigert sich das Baby zu essen. Am neunundzwanzigsten stirbt es. Am ersten Dezember wird es auf dem Zentralfriedhof begraben.

»Du willst doch wohl nicht mir die Schuld daran geben«, sagt Annas Mutter. Der Tod eines Kindes ist nichts Ungewöhnliches in Wien. Die Säuglingssterblichkeit liegt bei dreißig Prozent.

* * *

In Ungarn sind die Jagden endgültig eingestellt worden. Zuerst wegen des andauernden Frostes. Dann taut es und schneit anschließend so stark, dass die Donau über die Ufer tritt. Das Ende von Marie Louises Aufenthalt in Gödöllő rückt näher. Es gibt noch die anstrengenden Spaziergänge und nachmittags fährt Marie Louise mit Valerie und der Scherak im Ponyschlitten oder trainiert Pferde in der Manege. Ein längeres Beisammensein mit Tante Sisi nach dem Souper wird immer seltener, da die Kaiserin sich jetzt abends noch massieren lässt. Oft erscheint sie gar nicht erst zum Essen und nimmt stattdessen eines ihrer Schönheitsbäder mit geheimnisvollen Essenzen und kostbaren Ölen. Elisabeths religiöse Hingabe gilt nicht nur der katholischen Kirche, sondern auch einem heidnischen Kult um die ihr eigene zarte Haut, ihr unwirklich langes und prächtiges Haar und ihre mädchenhafte Figur. Geheime Ingredienzen aus dem Rezepteschatzkästlein der Naturheilerin Amalie Hohenester sollen der Kaiserin helfen, sich die Entstellungen des Alters vom Leibe zu halten. Frau Hohenester, die in ihrer Jugend noch wegen Diebstahls, Herumtreiberei und liederlichen Lebenswandels polizeilich erfasst wurde, ist inzwischen so etabliert, dass sie ihr naturheilerisches Unwesen in einer eigenen Kuranstalt betreibt. Selbst Rothschild und der russische Zar pilgern nach Mariabrunn, und die kaiserliche Hofapotheke bezieht von dort indische Wunderrezepte, die normalen Sterblichen unzugänglich sind.

Marie Louise fühlt sich ein wenig zur Seite geschoben. Aber bis nach Weihnachten darf sie ja noch bleiben, so ist es verabredet. Es sind auch noch Gäste da, Esterházy und die Baltazzis kommen manchmal herüber, trotzdem ist es irgendwie einsam. Sie muss ständig an Elemér denken. Wie sehr sie ihn liebt. Dass sie nie wieder glücklich sein kann. Da trifft auf Schloss Gödöllő die Nachricht ein, dass sich ein Hirsch auf der Flucht vor den eisigen Fluten der Donau bis nach Pest verirrt hat und nun durch die Straßen irrt. Ein Hirsch! Das Leben ist schön! Sofort wird der Sonderzug bestellt, werden die Pferde verladen, und Elisabeth und ihre Gäste reisen zur städtischen Jagd. Die Hunde sind nicht dabei, aber was für ein Aufmarsch, als die Meute Aristokraten Pferdeleib an Pferdeleib durch die Straßen von Pest reitet, rauchend, schwatzend, wild erregt von diesem exotischen Vergnügen. Und Marie Louise mittendrin. Es dauert nicht lange, bis sie den Hirsch finden, sie müssen nur dem Geschrei folgen, das er überall auslöst. Da steht er. Groß, erhaben, voller Würde. Er ist in den Stadtpark geflohen, das verschafft ihm eine kleine Ruhepause. Er ist völlig erschöpft, weil er seit Stunden von einem Quartier ins nächste geirrt ist. Aber die berittenen Jäger drücken ihn hinaus. Wieder flüchtet der Hirsch über den harten, unebenen Pflasterboden, an kahlen, glatten Häuserwänden vorbei. Nirgends ein Versteck. Die Menschen schreien, wenn sie ihn sehen. Sie zeigen auf ihn. Sie verfolgen ihn, laufen neben ihm her. Er irrt durch Nebenstraßen, stolpert über Plätze. Seine Augen sind jetzt stumpf. Er zuckt nur noch zusammen, wenn er Geschrei hört, weicht nur so eben aus, stolpert immer häufiger. Da erscheint schon wieder die Kaiserin mit ihren Kavalieren. Die Menschen in den Straßen bleiben stehen. »Éljen, Éljen«, schreien sie, als die wilde Bande an ihnen vorbeigaloppiert. Die Hufe tosen über das Pflaster. In seiner Not stürmt der Hirsch in einen Trödelladen, springt in das ausgestellte Tafelgeschirr, reißt die alten Uniformjacken vom Haken, tritt in eine Vitrine voller niedlicher Schäferinnen mit Lämmern unter den Armen. Der Hirsch wird im Laden eingefangen, Hector Baltazzi hängt sich an seinen Hals und Esterházy flößt ihm aus einem Flachmann Schnaps ein, bis das Tier so betrunken ist, dass es sich an einem Seil aus dem Laden führen lässt. Wozu es töten? Man kann einen Gatterhirsch aus ihm machen, einen Kastelhirsch. Ihn laufen und wieder laufen lassen, und immer wieder Freude an ihm haben.

Das ist endlich mal wieder etwas gewesen. Marie Louise ist rechtschaffen müde. Sie möchte ins Bett gehen und an Elemér denken. Aber die Kaiserin schickt nach ihr. Hoffentlich soll sie nicht noch in der Manege reiten. Tante Sisi sitzt im weißen Flanellbademantel vor dem Spiegel und reibt sich das Gesicht mit ihrer Spezialsalbe ein.

»Hör zu, Marie! Ich möchte dir eine Freude machen. Ich will dich mit nach England nehmen. Die Erlaubnis von deinen Eltern habe ich auch schon.«

Nach England! Marie dankt enthusiastisch. Der Liebeskummer ist sofort vergessen. Glückliche Jugend, der das so leicht gelingt. Ihre Tante gibt ihr noch Anweisungen, welche Vorbereitungen sie in München treffen soll, bevor der kaiserliche Sonderzug sie dort Ende Januar auflesen wird. Die Kaiserin erhebt sich. Die kleine Wallersee beugt den Kopf, um ihr die Hand zu küssen. Ihr Blick fällt zwangsläufig auf die Pantoffeln der Kaiserin, die unter dem langen weißen Mantel hervorschauen – grüne Pantoffeln, von jenem leuchtenden, gar nicht pantoffelgemäßem Grün, wie sie sie damals bei ihrem nächtlichen Botenritt auch an den Füßen des Grafen Esterházy gesehen hat.

»Grüne Schuhe scheinen dir ja großen Eindruck zu machen.«

Die Tante lacht wie ein übermütiges junges Mädchen. Ihr Herz ist ein fünfzehnjähriges Mädchenherz, ein ewig junges Geheimnis in einem Körper, der – bitte, bitte – auch nicht altern soll.

»Siehst du, so verrät man sich. Du hast also schon grüne Schuhe gesehen? Wo und wann, das brauche ich nicht zu fragen. Aber ich wusste es längst. Niki hat mir alles gesagt. Ich sehe aber, dass du schweigen kannst. Wie neckisch doch oft der Zufall sein kann, nicht wahr? Er und ich haben die gleiche Marotte, grüne Pantoffeln zu tragen. Merkwürdig, nicht wahr? Doch nun gute Nacht. Ich will schlafen gehen und du gehörst auch schon ins Bett.«

Marie bekommt einen langen, weichen Kuss auf die Wange, dann verschwindet die Kaiserin in ihrem Schlafzimmer. Marie Louise hat keineswegs das Gefühl, die Kaiserin bei etwas ertappt zu haben. Die grünen Pantoffeln wurden absichtlich in Szene gesetzt, da ist sie sich sicher. Es gibt Trätsche in Wien, dass Ihre Majestät mit Niki Esterházy ein Verhältnis habe, dass er nachts als Geistlicher verkleidet durch die Hofburg schleiche und in den Zimmern der Gräfin Festetics die Rendezvous seien. Rudi Liechtenstein wird ebenfalls als ihr Liebhaber gehandelt. Und seit Neuestem natürlich auch Middleton. Marie Louise hat ihre kaiserliche Tante anfangs selber für eine große Verführerin gehalten. Aber inzwischen scheint es ihr immer weniger wahrscheinlich, dass Tante Sisi und Esterházy jemals etwas Verbotenes getan haben. Die Kaiserin gibt sich alle Mühe, einen Eindruck zu erwecken, dem sie gar nicht gerecht werden könnte. Sie tut Marie Louise fast ein wenig leid.

* * *

Drei Tage vor dem Christfest findet die Operation der Hofdame Festetics statt. Ein Küchentisch ist in eines der unbewohnten Appartements gestellt worden. Als Festetics eintreten will, hört sie die Stimme Ihrer Majestät. Sie bleibt vor der Tür und hört nicht ganz zufällig, wie die Kaiserin sich mit dem Doktor bespricht.

»Stehen Sie mir dafür ein, dass nichts geschieht, dass sie wieder aufwacht?«

»Eure Majestät, dafür kann niemand garantieren. Ich hoffe ja, denn in tausend Fällen misslingt es nur einmal. Welcher aber der tausendste Fall ist, wer kann das bestimmen?«

Dann ist die Kaiserin fort und Festetics liegt auf dem Küchentisch. Über ihren Mund und ihre Nase ist ein Handtuch gebreitet. Chirurgische Instrumente liegen auf dem kleinen Spieltisch neben ihr bereit.

»Schließen Sie die Augen, Gräfin«, sagt Dr. Widerhofer, »und stellen Sie sich vor, Sie springen ins Wasser.«

Er tropft Chloroform auf das Handtuch. Immer nur einen Tropfen, und dann macht er eine Pause. Jemand kommt ins Zimmer, der Stimme nach eine Frau. Festetics hört alles, was gesagt und getan wird, die Frau soll Dr. Widerhofer die Schere reichen, dann hört Festetics die Geräusche plötzlich so, als ob es jemand anderes wäre, der diese Dinge hört. Das entsetzliche Geräusch einer Schere, die in Fleisch schneidet. Dann nichts.

Als sie wieder zu sich kommt, sagt Dr. Widerhofer gerade:

»Wenn sie jetzt nicht aufwacht, dann weiß ich auch nicht.«

Es muss wohl jemand recht krank sein, denkt Festitics,

und: Es wird doch hoffentlich nicht Ihre Majestät sein. Dann muss sie sich erbrechen. Eine Gehilfin mit einer braunen Schürze hält ihr eine silberne Schale hin. Wo kommt die denn her? Vielleicht ist es eines der Küchenmädchen. Festetics hat große Schmerzen am Arm. Als sie hinschaut, sieht sie, wie der Arzt einen roten Lumpen davon entfernt und einen frischen Stapel taschentuchgroßer Leinenstücke auf den Oberarm drückt. Blut quillt die ganze Zeit hervor. Sie wird wieder ohnmächtig.

Frau von Ferenczy übernimmt die Pflege, mehrmals täglich wechselt sie den Verband und bringt der Hofdame Wasser oder eine klare Brühe. Während Festetics auf einem Liegemöbel ruht, versieht Ida Ferenczy an ihrer Stelle den Dienst bei der Kaiserin. Festetics kann den Gedanken kaum ertragen.

Alle wetteifern, der Hofdame die Zeit zu vertreiben und überhäufen sie mit Aufmerksamkeit und Süßigkeiten. Sogar der neue Flügeladjutant Baron Gemmingen und Bischof Wersebe machen ihre Aufwartung.

Während der Bischof mit ausgestreckten Händen auf die Kranke zutritt, bleibt Gemmingen wie ein kleiner Junge an der Tür stehen, verschränkt die Hände auf dem Rücken und sieht Festetics ängstlich an. Eigentlich ist er ein ernster und gescheiter Mensch, mit einem ausgezeichneten Renommée als Reiter und Offizier, aber die Hofdame ist so klein und bleich, wie sie da auf der Chaiselongue hingestreckt liegt. Die Situation überfordert ihn. Als ein Diener die Tür schließt, geht der Flügeladjutant zum Ofen, so weit wie möglich von der Hofdame entfernt. Wie benimmt man sich gegenüber einer liegenden Frau? Was sagt man zu einer Frau, in die man sich wegen ihres Selbstbewusstseins ein wenig verliebt hat, und die nun plötzlich schwach und bedürftig ist? Als Obersthofmeister Nopcsa kommt, nutzt Gemmingen die Gelegenheit, unauffällig zu verschwinden. Nopcsa bringt eine Tüte mit Veilchenpastillen. Die Festetics ist zwar eine Langweilerin, mit der man nicht flirten kann, aber irgendwie ist man ja doch aufeinander angewiesen. Verlässlich ist sie, immer zur Stelle, und wenn es mitten in der Nacht ist. Nicht auszudenken, wenn die Festetics plötzlich nicht mehr da wäre. Das hat ihm die gefährliche Operation vor Augen geführt, und er hat sich vorgenommen, netter zu ihr zu sein. Später taucht sogar das liebe Kronprinzerl mit seinem ehemaligen Lehrer Latour auf. Das Schönste aber geschieht am Abend, als sich leise die Tür öffnet und SIE kommt. Ihr besorgter Blick, ihr liebes Lächeln machen alle Schmerzen vergessen.

»Seine Majestät lässt schön grüßen«, sagt die Kaiserin. »Ich soll ihm ganz genau berichten, wie es um Sie steht.«

Selber erscheinen wird der Kaiser nicht. Er hat eine Scheu vor Kranken. Seine starke Persönlichkeit zieht ihre Stärke auch daraus, dass sie nichts davon wissen will, dass die Möglichkeit, krank zu werden, überhaupt existiert.

Am 24. Dezember ist nicht nur der Heiligabend, sondern auch der Geburtstag der Kaiserin. Alles an ihr ist besonders, sogar der Tag ihrer Geburt. Sie soll dabei bereits einen Zahn im Mund gehabt haben. Und Sonntag war auch noch. Gnädig nimmt Elisabeth die Gratulationen entgegen. Festetics schenkt ihr ein Notizbuch mit einer Hülle aus selbst gemachter, feiner Gobelinstickerei.

»Wie reizend. Aber das beste Geschenk ist, dass es Ihnen wieder gut geht.«

So liebe Worte findet auch nur die Kaiserin.

Festetics ist schon wieder so weit genesen, dass sie nach dem Besuch bei der Kaiserin auch noch an der Messe teilnehmen kann. Als sie aus dem Oratorium kommt und in ihre Zimmer zurückkehren will, trifft sie im Korridor auf den Kaiser.

»Guten Morgen, Gräfin Marie«, ruft er und eilt ihr entgegen. »Ich bin glücklich, dass es Ihnen wieder gut geht und sehr, sehr erfreut, Sie zu sehen. Es ist eine Ewigkeit her!«

Was für eine schöne tiefe Stimme Seine Majestät doch besitzt. Er schüttelt ihr die Hand und sieht ehrlich erfreut aus.

»Sie müssen schreckliche Schmerzen ausgestanden haben.«

Festetics ist wie betäubt von so viel kaiserlicher Gunst.

»Sehr starke Schmerzen vielleicht nicht gerade, Eure Majestät, es war nicht so arg.«

»Da gehören wieder Sie dazu, um so etwas erträglich zu finden! Aber wann werden wir wieder die Freude haben, Sie beim Speisen dabeizuhaben?«

»Eure Majestät, ich kann den Arm noch nicht gebrauchen und bin so langsam und ungeschickt.«

»Wird nicht so schlimm sein und wir werden helfen. Kommen Sie nur gleich heute! Ich werde es gleich sagen.«

Er schüttelt ihr noch einmal die Hand, dass es durch den ganzen Arm zieht, und rennt mit seinen großen, elastischen Schritten fort. Festetics wischt sich eine Träne aus dem Auge. So nette, liebe Sachen sagt der Kaiser sonst nie – nicht einmal zu seinen Kindern. Gefühle machen ihn unbeholfen und verlegen, und das ist nichts, was zu einem Kaiser passt; also lässt er es lieber ganz.

Für die kaiserliche Familie und ihren engsten Hofstaat ist Weihnachten in Gödöllő ein einfaches Familienfest, viel friedlicher und intimer als in Wien, wo man die ganze Zeit von Hofwürdenträgern umgeben wäre. Für Marie Louise ist es die Hetz – prächtiger, als sie sich ein kaiserliches Weihnachten je hätte ausmalen können. Im neun Meter hohen Festsaal steht ein Tannenbaum, der die Zimmerdecke erreicht. Tante Sisi, Marie Louise, die Festetics und die Ferenczy haben beim

Dekorieren geholfen. Die Schmücke kommen zum großen Teil aus der Natur. Vergoldete Nüsse, Tannenzapfen, Äpfel, dazu die vielen Lichter, die bald eine ungeheure Hitze verbreiten. Unter der Tanne liegen japanische Seidenschachteln voller Schokoladenbonbons von Demel. Für Marie Louise gibt es allein drei. Von der Kaiserin bekommt sie außerdem vier wundervolle Kleider geschenkt – schon für die Englandreise – und ein großes Album mit den Photographien der Jagdgenossen. Ob auch ein Bild von Elemér dabei ist? Das wird sie später überprüfen. Von Valerie bekommt ›Hibou‹ eine Eule aus Brillanten, vom Kaiser Armbänder, ein schwarzes Emaillekreuz mit eingelegten Diamanten und einen Fächer aus Leder, damit sie sich wie Tante Sisi beim Reiten vor Sonne und Staub schützen kann.

Marie Louise schenkt ihrer Tante zwei Karikaturen, die sie gezeichnet hat. Auf der ersten Zeichnung sieht man die Kaiserin nach einem Sturz vom Pferd. Ihr Zylinder sitzt schief und ist völlig zerbeult, Bay Middleton und Niki Esterházy wollen ihr beide aufhelfen und reißen rechts und links an ihren Armen, dass die Kaiserin gar nicht weiß, wie ihr geschieht.

Tante Sisi ist entzückt.

»Dieses Bild kommt einer Majestätsbeleidigung gefährlich nahe.«

»Ich werde es Bay schicken«, flüstert sie ihr später zu.

Die zweite Karikatur zeigt die kleinen Baltazzis, zu dritt auf einem einzigen langen Pferd, das wohl Kisbér sein soll.

Tante Sisi küsst ihre Nichte dafür. »Bist du noch traurig wegen Elemér?«, fragt sie leise. »Das musst du nicht sein. Du hast so viele Talente. Das Heiraten dient nur zum Flügelstutzen begabter, reiner Frauen.«

Valerie und Rudolf bekommen Bücher für ihre Studien, Valerie noch ein Püppchen in einer Wiege. Die kleine Erzherzogin schenkt ihrer Mutter eine selbstgemalte Karte von Ungarn, der

Kronprinz schenkt der Kaiserin eine Diamantbrosche in der Form eines silbernen Tannenzweigs.

Der Kaiser bekommt etwas Praktisches: zwei Blechbüchsen für die Aufbewahrung von Zwieback und Keksen in seinem Arbeitszimmer. Ihn zu beschenken ist schwierig. In edelster Anspruchslosigkeit äußert er keine Wünsche. Wenn man ihn unbedingt beschenken will, tut man gut daran, sich vom Utilitätsprinzip leiten zu lassen und Dinge zu besorgen, die mit dem Gepräge der Brauchbarkeit versehen sind. Auf keinen Fall will der Kaiser etwas Großes und Prächtiges. Er ärgert sich ja schon, wenn seine Diener im Laufe des Jahres Anschaffungen für seinen persönlichen Haushalt erbitten. Ach was, das alte Tintenfass kann man doch kleben, dann wird es auch noch die nächsten vierzig Jahre halten. Weihnachten ist eine Gelegenheit, dringend notwendige Käufe zu tätigen, ohne dass er sich dagegen wehren kann. Schon Wochen vor Weihnachten fragt die kaiserliche Familie bei seiner persönlichen Dienerschaft an, was der Kaiser benötigt. Die Diener selber bekommen niemals Geschenke.

Irgendwann wird Valerie von der Scherak zu Bett gebracht. Rudolf sitzt bereits in seinem Appartement und spielt mit einer neuen Pistole. Der Kaiser tritt mit Flügeladjutant Gemmingen vor das Schlosstor und beide rauchen im Angesicht des klaren, sternenfunkelnden Himmels billige Virginierzigarren. Marie Louise trägt ihre Pralinenschachteln in ihr Zimmer, kann nicht widerstehen, öffnet eine und muss feststellen, dass Cousin Rudolf jeden einzelnen Schokoladenbonbon angebissen und dann sehr ordentlich wieder in die Schachtel zurückgelegt hat. Es kann nur Rudolf gewesen sein.

Die Kaiserin sitzt mit Nopcsa, Ida Ferenczy und der Gräfin Festetics noch im Festsaal. Endlich allein.

»Ich hoffe, dass wir vier für immer zusammenbleiben«, sagt die Kaiserin warm, und alle sind gerührt. Dies ist ihre eigentliche Familie, dies sind die Menschen, die immer um sie sind, die jedes Glück und jedes Leid mit ihr teilen, weil ihr Lebensinhalt darin besteht, die Kaiserin restlos zufriedenzustellen. Darum kommen sie auch so gut miteinander aus.

* * *

Marie Louise ist wieder bei ihren Eltern in München. Aber es fällt ihr schwer, in ihr altes Leben zurückzufinden. Sie weiß jetzt, wie viel besser es sein könnte. Die Kaiserin beherrscht alle ihre Gedanken, die märchenhaft schöne Kaiserin, die mit einem Fingerschnipsen jeden Wunsch erfüllen konnte. Marie Louise ist sich selber fremd und auch ihre Eltern kennen die Tochter kaum wieder. Sie ist launenhaft, macht abfällige Bemerkungen über ehrwürdige Verwandte oder versinkt urplötzlich in Trübsal.

»Willst Du denn nicht wieder einmal zu Herrn Levi gehen«, schlägt ihre Mutter vor. »Herr Levi sagt, du hast so eine schöne warme Stimme. Er versteht gar nicht, warum du nicht mehr kommst. Es ist eine Schande, seine Talente so brachliegen zu lassen.«

Doch Marie Louises frühere Musikpläne bedeuten ihr nichts mehr. Sie spricht nur noch von Gödöllő, dem wundervollen Gödöllő, dem Glanz dort, den wilden Ritten in der Puszta und den Männern, die sie umschwärmt haben. Sie verachtet den Rest der Welt, insbesondere ihr zweitklassiges Zuhause in München. Die Mutter ist lieb und nachsichtig, aber niemand kann neben Tante Sisi bestehen.

»Ich habe es ja gleich gesagt«, stellt Herzog Ludwig grimmig fest.

Immerhin erhält die kleine Wallersee nun eine Einladung zum Ball des Prinzen Ludwig von Bayern. Das hat sie vermutlich ihrer neuen Stellung als Lieblingsnichte der Kaiserin zu verdanken. Es wird ihr Debüt in der Münchner Gesellschaft. Ein spätes Debüt, sie ist dort eines der ältesten Mädchen. Tante Sisi hat ihr ein weißes mit Rosengirlanden besetztes Spitzenkleid geschickt. Auf dem Ball begegnet sie Herbert Bismarck wieder, den sie im letzten Winter beim Einstudieren ›Lebender Bilder‹ in der Münchner Hofreitschule kennengelernt hat. Beim Figurieren und Stillestehen hatten sie sich ineinander verliebt. Sie war die Jungfrau von Orléans, er stellte den Grafen Dunois dar, den Bastard von Orléans, dessen Hand die Jungfrau um ihrer Berufung willen zurückweisen musste. Doch in der Wirklichkeit war es gerade andersherum gewesen. Nicht er war der Bastard, sondern sie, ihr Blut trotz königlicher Vorfahren unebenbürtig, verdorben durch das der bürgerlichen Mutter. Die Bismarcks lehnten sie ab.

Graf Herbert sieht verlegen zur Seite, als sie aneinander vorbeigehen. Wie erbärmlich. Ein langer, schmachtender Blick der Entsagung wäre angebracht.

Sie tanzt auch an diesem Abend. Sehr wenig, wenn man bedenkt, wie hübsch sie ist. Erstaunlich oft, wenn man ihre gesellschaftliche Stellung in Betracht zieht. Nicht ein kleiner Flirt.

Das Einzige, woran Marie Louise sich aufrichten kann, ist die von Tante Sisi in Aussicht gestellte Englandreise. Täglich wartet sie auf Nachricht. Doch aus der Reise wird nichts. Die Beziehungen zwischen Österreich und England haben sich verschlechtert. Auf der Konferenz von Konstantinopel hat Großbritannien versucht, den drohenden russisch-osmanischen Krieg zu verhindern. Es ist aber zu keiner Einigung gekommen. Da Russland sich weiterhin als Schutzmacht der christlich-orthodoxen Bevölkerung des Balkans aufspielt, ernennt Großbritannien sich im Gegenzug zum Beschützer des Osmanischen Reiches. Elisabeth muss zu Hause bleiben. Eine Reise nach England zum jetzigen Zeitpunkt wäre das völlig falsche Signal. Der Aufenthalt einer Kaiserin – und wenn sie noch so gern reitet – ist immer auch ein politisches Statement. Nicht einmal eine Inkognito-Reise ist denkbar. Alle Vorbereitungen werden abgebrochen. Marie Louise ist am Boden zerstört. Tante Königin von Neapel springt ein und nimmt die Nichte mit nach Paris.

Die Absage der Englandreise stürzt auch die Kaiserin von Österreich in eine schwere Krise. Sie bricht ihren Aufenthalt in Ungarn ab und kommt zurück nach Wien, womit sie den Plänen des Kaisers in die Quere kommt. Franz Joseph freut sich immer, wenn Sisi zu ihm zurückkehrt. Allerdings hat sich der alleinige Aufenthalt des Kaisers in der Residenzstadt gerade so glücklich mit einer mehrwöchigen Geschäftsreise des Ehemanns von Anna Heuduck überschnitten. Diese netten kleinen Treffen haben nun ein Ende, ohne dass die Gemahlin einen amüsanten Ersatz böte. Elisabeth befindet sich in einer Gruft der Schwere und Verzweiflung. Alles ist schlimm! Morgens starrt sie minutenlang in den Spiegel, ob die Nacht etwa wieder eine zarte Spur neben die ahnungslos schlafenden Augen gezogen hat. Alter, Vergänglichkeit, Tod. Wenn sie sich nicht selber beobachtet, beobachtet sie ihre Tochter. Die Einzige. Jedes zweite Wort ist ›Valerie‹ und schon im Tonfall liegt zitternde Sorge. Elisabeth steigert sich in die Angst hinein, Valerie könnte krank werden und sterben. Hat sie denn nicht schon einmal ein Kind verloren? Die Scherak, die Hofdamen, die Lehrer – sie alle sollen darauf achten, ob sich irgendwelche Krankheitszeichen bei ihrer jüngsten Tochter zeigen. Wer auch nur hustet, darf nicht mehr in ihre Nähe. Der Kaiser darf gleich gar nicht mehr erscheinen, weder bei Valerie, noch bei der Kaiserin, weil er ja von seinen Visiten Masern oder Scharlach mitbringen könnte. Wenn Valerie selber hustet, werden sofort alle Fenster geschlossen und alle Verabredungen abgesagt. Das Kind bleibt in seinem Zimmer und wird noch intensiver beobachtet.

Den Rest des Tages füllt die Kaiserin mit Reitstunden in der Spanischen Hofreitschule. Oberbereiter Franz Gebhardt gibt ihr Unterricht. Er ist von ihren Fähigkeiten beeindruckt und von ihrer Gegenwart bezaubert. Ihre große Traurigkeit pausiert, sowie sie einen der Lippizanerhengste reitet. Das Lebensfeuer der Tiere springt auf sie über.

»Eure Majestät stellen jede Reiterin, die ich kenne, in den Schatten«, sagt Gebhardt, und er ist kein Mann, der schmeichelt. Nicht einmal einer Kaiserin. Was er vor sich sieht, ist mehr als Körperbeherrschung und Technik. Die Kaiserin hat eine so unmittelbare Beziehung zu dem Pferd, auf dem sie sitzt, wie er das bisher nur bei einer Handvoll auserlesener Reiter gesehen hat – bei sich selber zum Beispiel. Tier und Mensch sind völlig aufeinander konzentriert und durch eine Innigkeit miteinander verbunden, dass Gebhardt in Versuchung kommen könnte, von Verschmelzung zu sprechen. Aber das wäre unangemessen bei einer Kaiserin. Sie hat den Kniff raus, denkt er stattdessen, und in seine Bewunderung mischt sich eine Spur Mitleid. Wer Pferde in der ihnen eigenen tierhaften Art so verstehen kann, zahlt dafür einen Preis. Auch die Kaiserin dürfte zu jenen über die Maßen empfindlichen Charakteren gehören, die unfähig sind, normale menschliche Beziehungen mit all ihren Belastungen und Spannungen zu ertragen. Er weiß, wovon er spricht. Solche Menschen könnten höchstens mit Ihresgleichen glücklich werden. Auch Gebhardt sollte nicht vergessen, dass er die Kaiserin vor sich hat.

In der letzten Februarwoche steigen die Brüder Alexander und Aristides Baltazzi in Fräcken die Kaiserstiege der Hofburg hinauf. Aristide trägt ein großes, rechteckiges Paket in braunem Papier unter dem Arm. Im Krafftsaal, wo an normalen Audienztagen stets zehn bis zwanzig Personen gleichzeitig warten, vom Hofoberkommissär dem Rang nach geordnet und von einem Flügeladjutant unterhalten, sind an diesem Tag nur die Grafen Rudi Liechtenstein und Oktavian Kinsky vor ihnen dran.

Während die Baltazzis warten, können sie die monumentalen Wandgemälde betrachten, die Szenen aus dem Leben Franz I. zeigen. Die Wände zwischen den Bildern sind ziemlich schmuddelig und der Mörtel rissig. Die Baltazzi-Brüder werden vorgelassen. Sie schreiten durch eine normal breite, aber vier Meter hohe Tür. Der Kaiser steht neben dem Fenster an einem Pult, von wo er ihnen zu ihren epochalen sportlichen Triumphen für die Monarchie gratuliert.

»Alle Achtung, meine Herren – die beiden größten Rennen Europas. Und wie aufmerksam, dass Sie das Wunderpferd Kisbér genannt haben. So trägt sein Ruhm den Namen unseres Gestüts in die ganze Welt.«

»Untertänigsten Dank, Eure Majestät. Kisbér hat seinen Ruhm schließlich seinen guten Kisbérer Eltern zu verdanken.«

»Das waren noch gleich? Der Hengst ist Buccaneer, nicht wahr? Und die Stute ...«

»Die Stute ist Mineral, Eure Majestät.«

»Wer von Ihnen ist denn auf die Idee gekommen, einen ungarischen Hengst gegen englische Rennpferde antreten zu lassen?«

»Sozusagen eine Familienangelegenheit, Eure Majestät. Unsere Brüder Hector und Heinrich sind genauso darin verwickelt wie Alexander und ich. Schon als wir vor zwei Jahren die Jährlinge in Kisbér ersteigert haben, hatten wir uns vorgenommen, den Besten davon im Derby starten zu lassen.«

Die Baltazzi-Brüder packen gemeinsam das Geschenk für den Kaiser aus. Alexander hat den Siegerhengst vom besten Pferdemaler Englands darstellen und sich auch gleich zwei Kopien machen lassen. Für Situationen wie diese. Der Kaiser ist entzückt und fragt in seiner großen Güte und eigenartigen Höflichkeit noch nach der Farbe Alexander Baltazzis, in der seine Jockeys starten – graue Jacke und rote Kappe –, dann ist die Audienz beendet.

Die kleine Erzherzogin wird immer schwieriger. Wenn Doktor Widerhofer in ihr Zimmer kommt, starrt Valerie ihn feindselig an und antwortet nicht auf seine Fragen. Wenn die Hofdame Festetics eintritt, beginnt sie zu schreien. Festetics ist überzeugt, dass die Erzieherin Scherak dahintersteckt. Die Scherak hasst Festetics und will sie aus dem Weg schaffen, um ihren Platz einzunehmen – vielleicht nicht gerade als Hofdame, denn dafür fehlen ihr ja die Ahnen, aber doch in einer Position, die eine Gleichstellung bedeuten würde. Deswegen tut die Scherak alles, um Valerie gegen Festetics aufzubringen, droht vielleicht sogar mit ihr wie mit dem Schwarzen Mann.

Die gar nicht mehr so kleine Erzherzogin hat auch wieder angefangen, am Daumen zu zutzeln, und wenn die Kaiserin sie deswegen beruft, steckt sie sich aus Trotz gleich alle zehn Finger in den Mund. Neuerdings sitzt und läuft sie so krumm, dass bereits das Gerücht umgeht, sie sei bucklig. Elisabeth ist bestürzt. Nach einer besonders unangenehmen Kutschfahrt durch den Prater ruft sie Festetics zu sich, um Rat zu erbitten.

»Es war entsetzlich, Marie. Valerie saß neben mir und starrte die Leute an, die sie grüßten, dankte aber kein einziges Mal. Als Therese Fürstenberg ihr sagte, sie möge doch einfach nur leicht mit dem Kopf nicken und lächeln, steckte Valerie sich von jeder Seite einen Finger in die Mundwinkel und zog sich die Lippen bis zu den Ohren. Es kommt noch so weit, dass es heißt, mein Kind sei ein Trottli.«

»Es ist die Scherak, Eure Majestät. Sie erlaubt der Erzherzogin Valerie alles. Sie lässt ihr das schlechte Benehmen durchgehen, um sich die Liebe des Kindes zu sichern und sich Eurer Majestät dadurch unentbehrlich zu machen.«

»Wir müssen Valerie von nun an ausnahmslos berufen, wenn sie solche Faxen macht. Ich werde es auch Ida und Therese sagen.«

»Wir rügen die Fehler der Kleinen jedesmal, Eure Majestät. Wir alle machen uns der Erzherzogin durch das fortwährende Berufen ja bereits unlieb. Doch solange Fräulein Scherak nicht mit uns am selben Strang zieht, wird Erherzogin Valerie dadurch nur immer scheuer und unfreundlicher.«

»Ich habe es auch schon bemerkt«, gibt die Kaiserin zu, »es ist Valerie zuwider, wenn sie getadelt wird. Wir müssen es aber trotzdem tun.«

Die Hofdame Festetics gibt es auf, die Kaiserin davon überzeugen zu wollen, dass die Erzieherin Böses im Schilde führt. Vermutlich weiß Ihre Majestät es selber. Es ist ja gar nicht zu übersehen. Die untertänigen Manieren der Scherak, das falsche bescheidene Niederschlagen der Augen und das maßlose Einschmeicheln bei dem Kinde. Die Kaiserin hat nur nicht den Mut, ihr Kindermädchen zur Ordnung zu rufen. Die mächtigste Frau Österreichs fürchtet sich vor einer Gouvernante. Die Scherak – Botz – ist unentbehrlich. Sie darf nicht verärgert werden. Was, wenn sie fortgeht? Was, wenn sie Valerie gegen die Kaiserin aufbringt? Mit der letzten Erzieherin, mit Minny Throckmorton, war es dasselbe. Die Frau war unmöglich. Die verlogene Throckmorton erzählte überall herum, dass der Kaiser gegen die verschlossene Schlafzimmertür der Kaiserin gebollert und getreten hätte, um ... Man mag es gar nicht wiederholen. Und gleichzeitig hatte Minny Throckmorton die schwache Kaiserin so im Griff, dass sie es am Ende durchsetzte, zur Hofdame erhoben zu werden. Das hatte es noch nie gegeben. Natürlich steckte auch dahinter wieder die Königin von Neapel. Die Königin hatte diese unmögliche

Person ja überhaupt erst vermittelt und behauptete, die Erhebung zur Hofdame stünde Minny Throckmorton aufgrund ihrer Familie zu – einer Familie, über die praktisch nichts bekannt war.

Zum Glück begriff die Kaiserin schließlich doch noch, was vor sich ging und entließ die Throckmorton wegen Entfremdung des Kindes. Und nun dasselbe Spiel mit der Scherak.

Im April erhält die Hofdame Festetics besorgniserregende Nachrichten über den Gesundheitszustand ihres Vaters. Sie bittet um Urlaub und reist sofort nach Ungarn.

»Weiberl, ich sterb noch nicht, wir sehen uns wieder«, sagt ihr Vater, als sie an seinem Bett steht. Den Rücken mit drei prallen Kissen gestützt, müht er sich, aufrecht zu sitzen. Doch am nächsten Tag geht es ihm noch schlechter. Die ganze Familie versammelt sich. Der Vater legt jedem seiner großen Kinder – erst Karl, dann Victor und zuletzt Marie – die Hand auf die Stirn und gibt ihnen seinen Segen.

»Liebe Kinder, das nur tut mir weh, dass ich euch nichts hinterlassen kann. Begrabt mich auf dem Hügel, damit ich von da oben auf euch herunterschaue.«

Die letzte Nacht schläft er nicht mehr. Mit erhabener Ruhe sieht er dem Tod entgegen. Festetics, ihre Brüder und die Mutter wachen mit ihm.

Den 16. April, einem Donnerstag, früh um neun, ist es so weit.

»Weiberl! Kinder«, sagt er, »ich bitt euch, trauert nicht. Ich sterbe gerne, ich fürchte mich nicht. Ich steh nicht schlecht mit meinem Herrgott, er wird mir gnädig sein. Ich dank euch, liebe Kinder, dass ihr alle gekommen seid.«

Dann hört sein Herz zu schlagen auf. Festetics kann immer nur denken, dass er sie nie mehr in den Arm nehmen kann. Nie mehr. Nie mehr. Das ist so lang. Als Russland am 24. April dem

Osmanischen Reich den Krieg erklärt, nimmt Festetics es gar nicht zur Kenntnis. Den 28. April wird ihr Vater begraben. Die Comitatshusaren tragen seinen Sarg. Der Flieder blüht, und die Narzissen. Eine Nachtigall singt.

Anna Heuduck ist wieder schwanger und ihr Mann hat das ganze Geld verspielt. Das ganze schöne Geld des Kaisers. Sie hätten noch Monate davon leben können. Aber die Geschäftsreisen ihres Mannes waren nur vorgetäuscht, in Wahrheit hat er seine Schauspielerfreunde ausgehalten und Karten gespielt. Sie muss den Kaiser noch einmal um Geld bitten. Im Juni zieht er wieder nach Schönbrunn und Anna geht mit ihrem Hausmädchen wieder täglich früh eine Stunde quer durch die Stadt und dreht danach ihre Runden im Park. Endlich begegnet sie ihm. Er grüßt sie freundlich, lächelt, nickt, fasst an seine Kappe, aber er bleibt nicht stehen und spricht sie auch nicht an. Was bedeutet das? Gibt er ihr so zu verstehen, dass es vorbei ist? Sie selber kann ihn ja nicht ansprechen. Niemand darf den Kaiser einfach ansprechen. Er ist schließlich der Kaiser. Jeden Morgen geht Anna hinaus, trifft ihn immer wieder. Er lächelt und geht vorbei wie eine Erscheinung. Er hat andere Sorgen. Der Krieg läuft nicht gut für die Russen. Gott sei Dank, dass Österreich neutral geblieben ist. Die Osmanen halten inzwischen die gesamte Küste. Und in den russisch besetzten Gebieten gibt es jetzt Aufstände der muslimischen Bevölkerung.

Anna ist verzweifelt. Wenn sie vom Kaiser kein Geld bekommt, muss sie zurück zur Mutter. Nur das nicht. Das Gerede der Leute, wenn sie nochmals nach Hause käme. Und das neue Kind wäre wieder den Kuren der Mutter ausgeliefert. Von diesen stummen Treffen in Schönbrunn hängt alles ab. Der Kaiser muss doch sehen, dass es sie gibt und dass sie jeden Tag kranker und bleicher aussieht. Wie sie sich seinetwegen grämt.

Sieht er denn nicht, dass sie wieder schwanger ist. Sie geht jedesmal ins Hohlkreuz, wenn sie ihn von ferne kommen hört. Gott hilf, ach hilf mir doch, lieber Kaiser! Hat er denn gar keine Freude mehr an ihr? Er lächelt gütig und geht vorbei. Es ist zum Verzweifeln. Die Lini drückt ihr mitfühlend den Arm.

* * *

36   *Rustimo*

Am 1. Juli überrollt die Kaiserin mit Valerie und der üblichen umfangreichen Suite wieder Feldafing. Außer den Kammerfrauen, ihrem Sekretär, der Friseurin Feifalik, dem Küchen-, Kur- und Stallpersonal, der Hofdame Festetics, der Hofdame Fürstenberg, der Vorleserin Ferenzcy, der Scherak, dem Lehrer und Dr. Widerhofer, dessen Aufgabe es ist, zweimal täglich einen Kurzbericht über Valeries Befinden zu erstellen, wird diesmal auch ein schwarzer Bub im Hotel Strauch einquartiert. Das Kind aus Afrika heißt Rustimo.

Als Marie Louise in Feldafing eintrifft und von Tante Sisi in Valeries Zimmer geführt wird, hockt Rustimo im Schneidersitz auf dem Boden und spielt mit der kleinen Erzherzogin eine Partie Mühle. Gekleidet ist er wie der kleine Muck: mit Schnabelschuhen, Pluderhose, kurzer Weste und einem um den Bauch gewickelten breiten Tuch. Alles in den grellsten und miteinander kontrastierenden Farben. Auf dem Kopf trägt er einen roten Fez mit Quaste. Als sie eintreten, erhebt er sich, humpelt auf kurzen, verkrümmten Beinen zwei Schritte auf sie zu und verbeugt sich. Seine Haut ist tiefschwarz.

Marie Louise schreckt zurück.

»Das ist Rustimo«, sagt die Kaiserin und kichert schelmisch.

»Rustimo, begrüße meine Nichte, die Baronesse Wallersee.«

Der Junge, der nicht größer als ein Achtjähriger ist, aber eindeutig älter aussieht – eher doppelt so alt – hebt das Gesicht und gurgelt irgendetwas Unverständliches, das wohl ›Baronesse‹ heißen soll. Marie Louise ist ernsthaft schockiert. Schwarz allein hat der Kaiserin offenbar nicht gereicht, es musste auch noch eine Missgeburt sein.

Sogar Valerie scheint sich vor ihrem neuen Spielkameraden zu fürchten.

Sie ist sofort aufgesprungen, hat Hibou umarmt und bittet, mit ihrer Mutter und Marie Louise mitkommen zu dürfen.

»Nein, das geht nicht«, sagt die Kaiserin, »ihr beendet diese Partie, wie es sich gehört. Und danach zeigst du Rustimo, wie ›Eile mit Weile‹ gespielt wird.«

Valerie setzt sich wieder auf den Boden und wirft ihrem Spielkameraden einen scheuen Blick zu. Rustimo hat eine flache Nase, seine Augen quellen aus dem Kürbiskopf hervor und sein Mund sieht aus wie ein Froschmaul. So beschreibt ihn jedenfalls Marie Louise später ihren Eltern. Rustimos Kopf ist tatsächlich groß und die Stirn ist vorgewölbt. Er besitzt breite Lippen wie Prinz Leopold, der Schwiegersohn der Kaiserin. Seine Augen quellen nicht im Geringsten vor, sie leuchten nur sehr weiß in dem dunklen Gesicht. Es sind die Lider, die geschwollen sind. Rustimo weint viel, wenn er allein ist.

»Gut gemacht, Rustimo«, sagt die Kaiserin. »Wir haben schon in Ischl mit seinem Deutschunterricht angefangen, und ab morgen geht er hier in die Dorfschule. Er soll auch Lesen, Schreiben und Rechnen lernen.«

»Wo kommt er denn her?«, fragt Marie Louise.

Tante Sisi lächelt geheimnisvoll und greift nach dem Fez auf Rustimos Kopf, rückt ihn so zurecht, dass er ein wenig schief sitzt.

Von der Kammerfrau Passy erfährt Marie Louise später, dass Rustimo wohl ein Geschenk des Schahs von Persien sei. Die Hofdame Fürstenberg behauptet, nein, nein, den habe der Khedive von Ägypten geschickt. Offenbar weiß niemand wirklich Bescheid. Marie Louise könnte sich auch vorstellen, dass Rustimo aus einer Schaubude im Prater stammt. Tante Sisi hat sich schon mehrfach vom Kaiser einen Mohren gewünscht. Er ist diesem Wunsch aber niemals nachgekommen. Nicht einmal von seiner Reise zur Eröffnung des Suez-Kanals hat Franz Joseph das Gewünschte mitgebracht, obwohl es dort doch bestimmt nicht an Sklavenmärkten gemangelt hat. Manchmal ist er einfach stur. Als der Kaiser sich vor einigen Jahren weigerte, Elisabeth ein Tigerbaby aus dem Berliner Zoo zu schenken, hat sie sich aus Trotz selber einen Affen gekauft – den Makaken, der dann so unangenehm auffiel und irgendwann in der Menagerie landete. Es wäre also nicht verwunderlich, wenn Tante Sisi auch diesmal die Sache in die eigene Hand genommen hätte.

Marie Louise zieht ebenfalls ins Hotel Strauch und verbringt nun wieder die meiste Zeit in unmittelbarer Nähe der Kaiserin. Endlich! Wie sie sie vermisst hat. Die Tage verlaufen gleichförmig und beginnen morgens um sieben mit einem zweistündigen Spaziergang in forciertem Tempo. Die Wunderheilerin aus Mariabrunn, von der die Schönheitstinkturen stammen, hat der Kaiserin auch eingeredet, dass es wichtig sei, viel zu laufen. So viel wie möglich, so schnell wie möglich. Manchmal ist die Hofdame Festetics dabei, sie ist das Tempo gewohnt, aber der Bernhardiner hat Mühe, Schritt zu halten. Das Ganze findet auch bei Regenwetter statt, ja man möchte fast sagen: Bei Regenwetter erst recht. Vor dem Hotel treffen sie dabei gewöhnlich auf Rustimo, der dann auf seinem Weg zur Dorfschule ist. Zu diesem Anlass trägt er unauffälligere Kleidung, einfarbig, aber elegant, und dazu schwarze Stiefel. Ein Diener begleitet ihn und trägt ihm die Schultasche. Die eigentliche Aufgabe des Dieners ist es, Rustimo gegen die Dorfbuben zu verteidigen. Verprügeln können sie ihn nicht mehr, seit er Personenschutz hat, also stehen sie am Weg und schreien »Mohrrackel«. Dann zieht Rustimo eine Hundepeitsche aus seinem Gürtel und schlägt nach ihnen.

Nach dem Spaziergang nimmt die Kaiserin im großen Balkonzimmer das Frühstück. Dazu kommt Herzogin Ludovika von Possenhofen herübergefahren. Marie Louise hat die Aufgabe, ihre Großmutter vor dem Hotel zu erwarten. Manchmal ist Valerie dabei und schreit laut »Oma Mimi«, wenn die Kutsche einrollt. Herzogin Ludovika winkt von weitem. Neben und auf ihr sitzen ihre beiden römischen Spitze Romulus und Roma. Ihr gegenüber, fast vergraben zwischen Kissen, Decken und Regenschirmen, befindet sich ihr Obersthofmeister und ständiger Begleiter, der kleine, mausgesichtige Baron Wulffen. Während Marie Louise und Valerie Oma Mimi und den Obersthofmeister ins Balkonzimmer geleiten, versuchen die römischen Spitze, die Mädchen in die Waden zu kneifen. Beim Frühstück ruhen die Römerchen dann einigermaßen friedlich auf einem Stuhl mit Kissen, der neben den Platz von Ludovika gestellt wird. Die Kaiserin würde es nicht zugeben, aber sie kann die Hunde ihrer Mutter nicht ausstehen. Elisabeth mag nur große Hunde. Außerdem muss wegen der lästigen Kläffer jedesmal der arme Bernhardiner ins Badezimmer gesperrt werden. In den Garten lassen kann man ihn nicht, weil er eine unselige Vorliebe fürs Geflügel hegt.

Um zwei Uhr gibt es Mittag.

Rustimo, der inzwischen aus der Schule zurück ist, serviert und räumt ab. Die Kaiserin genießt es, wie die Hofdame Festetics jedesmal erstarrt, wenn Rustimos kurze dicke Finger nach dem Gedeck greifen. Besonders geschickt stellt er sich nicht an. Man darf froh sein, wenn er nichts zerbricht. Aber die Kaiserin kennt da keine Gnade: Rustimo serviert.

»Du bist ganz wie dein Vater«, sagt Herzogin Ludovika, »dem würde er auch gefallen.«

Ida Ferenczy reicht Rustimo ihren Teller entgegen, bevor er sich zu ihr herüberbeugen muss und dabei die Messer und Gabeln von den anderen Tellern rutschen lässt.

»Was für eine schöne Brosche Sie da tragen«, sagt Marie Louise zu Ida. »Kann ich sie einmal sehen?«

Ida Ferenczy löst das Schmuckstück von ihrer Bluse und reicht es der Nichte. Prächtige Juwelen in den Farben Ungarns stellen den Buchstaben E dar, E für Elisabeth, darüber die Stephanskrone.

Die Kaiserin lächelt ein wenig boshaft.

»Hättest du auch gern so eine, Marie? Ich lasse sie dir anfertigen, wenn du Rustimo küsst.«

»Also wirklich, Sisi«, ruft Ludovika, »Marie Louise, ich verbiete es dir!«

Aber die Nichte ist bereits aufgesprungen, läuft zu Rustimo, nimmt seinen großen Kopf in ihre Hände und küsst ihn auf die Stirn. Herzogin Ludovica schreit auf und der römische Spitz springt erschrocken von ihrem Schoß herunter. Rustimo fasst sich an die Stirn, wo eben noch der Mund der Baronesse gewesen ist. Er sieht verwirrt aus. Die Kaiserin lacht Tränen.

»Auf die Stirn gilt nicht«, entscheidet sie.

Gegen Abend, wenn es nicht mehr so heiß ist, reiten Marie Louise und ihre Tante aus, an kühleren Tagen auch früher. Hin und wieder machen sie eine Ausfahrt mit Valerie in der Kutsche, damit die Kaiserin Rustimo ausstellen kann. Rustimo sitzt dann neben dem Kutscher. Üblicherweise kommen die Feldafinger Kinder gelaufen, wenn die kaiserliche Kutsche auftaucht, und Valerie verteilt Zuckerl. Aber mit Rustimo auf dem Kutschbock ist den Bauernkindern die Sache nicht geheuer und sie ziehen große Kreise um den Wagen und nähern sich nur von rückwärts und mit weit ausgestrecktem Arm. Valerie, die ihre Scheu vor dem neuen Spielgefährten inzwischen überwunden hat, bereitet es Vergnügen, wie die Kinder zwischen Angst und Gier hin- und hergerissen werden. Auch die Kaiserin und Marie Louise müssen lachen. Nur Frau Scherak und die Hofdame

Festetics sitzen mit verkniffenen Lippen da. Rustimo ist das einzige Thema, das sie in Abscheu verbindet. Was Rustimo selber fühlt? Wer will das wissen.

Wie jedes Jahr ist auch in diesem Sommer wieder die halbe Familie Wittelsbach am Starnberger See versammelt: Elisabeths Brüder Ludwig und Carl Theodor, genannt Gackel, sind mit ihren Familien angereist und ihre Schwester Mathilde Gräfin Trani, genannt Spatz, mit ihrem Gatten. ›Königs‹ – Marie und Francesco von Neapel – sind ja sowieso schon da. Es besteht eine große Familienähnlichkeit. Die Brüder sehen alle wie hungrige Zirkusdirektoren aus und die Schwestern sind hochgewachsen und schlank, haben wunderbar lange Haare und gehen alle auf die gleiche leichte und schwebende Weise. Herzog Max hat ihnen diesen Gang beigebracht. Nur ein Beispiel sollten sich seine Töchter vor Augen halten: die Schmetterlinge. Und vielleicht noch die Gämsen. Die Schwestern betonen diese Übereinstimmungen, indem sie sich auch noch möglichst ähnlich kleiden und frisieren. Da die Königin von Neapel wieder ihre graue Dogge mitgebracht hat, nimmt Elisabeth statt des Bernhardiners ebenfalls eine graue Dogge mit, wenn die Schwestern sich zu gemeinsamen Spaziergängen verabreden. Den alten Morphy. Auch die Gräfin Trani bekommt eine von Elisabeths Doggen an die Seite gestellt, eine schwarze namens Mohamed, die grauen sind ausgegangen. Alle Hunde tragen die gleichen, bestickten Halsbänder.

Wie die Kaiserin, die Königin und die Gräfin so nebeneinander hergehen, ist es wie eine Demonstration ihres Einverständnisses. Rustimo muss ihnen mit einem aufgespannten weißen Schirm folgen, auch wenn es sinnlos ist, da er den Schirm gar nicht hoch genug halten könnte, um einer von ihnen Schatten zu geben. Aber es ist dekorativ, und er übernimmt die Hunde, wenn die Damen es leid sind, um der Ähnlichkeit Willen von den Riesentieren herumgezerrt zu werden.

»Schade, dass nicht auch noch Sophie dabei ist«, murmelt die Königin von Neapel, ohne den Mund zu öffnen. Sophie, Herzogin von Alençon, steht ihren schönen Schwestern kaum nach, nur dass sie etwas kleiner von Gestalt ist.

»Oh, ja, Sophie müsste dabei sein«, sagt auch Mathilde. Dann wird einen Augenblick geschwiegen, denn alle denken das Gleiche. Keine von ihnen sagt, dass auch noch Néné dabei sein sollte. Sie haben nichts gegen ihre älteste Schwester, aber Helene Taxis kann mit ihnen nicht mehr mithalten und versucht es auch gar nicht mehr. Sie ist dick geworden, vernachlässigt ihr Äußeres und sieht inzwischen wie eine Karikatur von Elisabeth aus.

Auch Festetics, Ida Ferenczy, Marie Louise, die Scherak, Valerie und deren Cousinen Mädi und Amélie müssen ein wenig Abstand halten, um den harmonischen Anblick der Schwestern nicht zu stören. Sie gehen noch hinter Rustimo. Festetics schwelgt in dem Anblick ihrer Herrin. Sie wird nie müde, wenn sie mit der Kaiserin geht. Normalerweise geht sie ja neben ihr, aber auch hinter ihr zu gehen ist köstlich, das Schauen schon genügt. Und nun das Ganze mal drei. Drei Lilien, oder vielleicht doch eher drei Schwäne? Dann wieder wie drei Feen. Oder – nein! Zwei Feen und eine Feen-Kaiserin!

»Welche übernimmt es von welcher?«, denkt Festetics. Sie hat es in vier Jahren noch nicht herausgefunden, welche der Schwestern mit einer bestimmten Mode beginnt und wie sie es den anderen im Voraus mitteilt, sodass sie fast jedesmal wie die Drillinge unterwegs sind, wenn sie aufeinandertreffen. Die Königin von Neapel trägt heute rote Stöckel. Da ist nur zu hoffen, dass das nicht auch noch Mode wird. Festetics ist immer froh, wenn ihre Herrin den Einflussbereich ihrer Geschwister wieder verlässt. Die Possenhofener sind zwar lieb, aber auch unendlich extravagant, und vor allem sind es bodenlose Egoisten, die die Kaiserin ihren Interessen dienstbar machen wollen. Nach jedem Treffen muss die Kaiserin wieder etwas für Herzog Ludwig oder die Königin von Neapel tun.

Am 12. Juli kommt der bayerische König zu Besuch. Wenn Ludwig II. sich ankündigt, müssen die Possenhofener fernbleiben. Der eingefleischte Menschenfeind will niemanden außer Elisabeth sehen. Für sie zelebriert er eine jungenhafte Leidenschaft. Nur für sie. Er ärgert sich schon, wenn ihre Tochter Valerie anwesend ist. Also müssen Marie Louise und Valerie während des Besuchs im ersten Stock bleiben.

»Der König kommt«, ruft es von unten, und die beiden spähen hinter dem Vorhang hervor. Auch Rustimo darf einen Blick werfen.

Angekündigt von einer Staubwolke, erscheint zuerst der Vorreiter und dann die vierspännige offene Kutsche. Einen Kutscher gibt es nicht, die Schimmel werden à la Daumont gefahren, was bedeutet, dass auf den linken Pferden livrierte Grooms sitzen. Hinten auf einem Bock hockt der Leibjäger. Für eine inoffizielle Visite ist das ganz schön zeremoniell, aber Ludwig II. ist eine Diva, die am liebsten in barocken Prunkkarossen fährt. Wenn es möglich wäre, würde er seine Kutschen von Schwänen ziehen lassen.

Der König steigt aus. Jede Bewegung ist bei ihm eine große Sache. Er trägt Zivil, ist auffallend groß und bereits ganz schön dick für einen Zweiunddreißigjährigen. Schwer atmend steht er einen Augenblick da, den Kopf weit nach hinten gelehnt, seinen Hut wie ein Tablett vor sich haltend. Mit einem hochmütigen und feindseligen Blick rauscht er an den knicksenden Hofdamen vorbei.

Der Besuch dauert zwei Stunden, der König ist äußerst redselig. Er erzählt seiner Cousine von den Separatvorstellungen im Residenztheater, die er vorbereitet. Ein Regenguss mit wirklichem Wasser wird dabei eine Sensation sein. Schade nur, dass es außer ihm und dem jeweiligen auserwählten Gast niemand sehen wird. Die Kaiserin interessiert sich am meisten für ein Stück, das in der Zeit Ludwigs XIV. spielt und eine große Jagdszene beinhaltet, bei der unzählige Hunde mittun sollen. Der Eindruck, den solche Szenen machen, wird ausgiebig besprochen, dann verschwindet König Ludwig wieder, wie er gekommen ist. Die Hofdamen knicksen, der König steigt, ohne nach rechts und links zu schauen, in den Wagen. Die Kaiserin winkt ihm vom Balkon aus nach. Cousin Ludwig steht in der Kutsche auf und lupft mit Grandezza seinen Hut.

»Was für ein Jammer«, sagt die Kaiserin später. »Was für ein schlanker, anmutiger Jüngling Ludwig einmal war. Jetzt bleiben nur noch die gewellten Haare und seine merkwürdig schönen Augen.«

»Richtig fett«, sagt Valerie. Marie Louise nickt zustimmend.

»Ihr hättet die verfaulten Zähne sehen sollen«, seufzt die Kaiserin. »Oder nein, seid froh, dass ihr nicht dabei wart. Er hatte schrecklichen Mundgeruch.«

»König«, sagt Rustimo, »der König. Der König ist gut.«

»Sehr gut, Rustimo«, erwidert die Kaiserin.

* * *

Am 12. Juli wird der einundzwanzigste Geburtstag von Elisabeths Tochter Gisela mit einer Familientafel in München gefeiert. In der Schwabinger Landstraße Nr. 6 unterhalten Prinz Leopold und Prinzessin Gisela einen kleinen Adelssitz mit einem überschaubaren Hofstaat. Neben einem Hofmarschall, der Baronin Limpöck als einziger Hofdame und einem Sekretär gibt es nur noch einen Offizianten, der Haushofmeister und Kellermeister in einer Person ist und auch noch bei Tisch serviert. Dazu ein Diener, drei Lakaien, ein Leibkutscher, drei weitere Kutscher, zwei Reitknechte und ein Portier. Nicht einmal einen Bereiter kann sich Prinz Leopold leisten, sodass er seine jungen Pferde selber zureiten muss.

Die Kaiserin reist mit Tochter und Entourage per Bahn an. Rustimo ist natürlich auch dabei. Am Münchener Bahnhof warten der Kaiser und seine Flügeladjutanten mit drei offenen Kutschen. Franz Joseph hilft seiner Frau eigenhändig in das zweite Gefährt.

»Du bist der gute Engel meines Lebens«, flüstert er ihr zu und hält ihren Arm etwas länger, als es für den Einstieg nötig ist. Die Hofdame Festetics hat es natürlich trotzdem gehört und zerfließt vor Rührung.

Wie ein Liebhaber steht der Kaiser immer noch unter dem Charme seiner Sisi. Dabei hat er es weiß Gott nicht leicht mit ihr. Sie hält ihn ganz schön auf Trab, aber vielleicht ist es ja genau das. Denn gelangweilt hat sie ihn sicher nie. Flügeladjutant Gemmingen versucht, einen Augenkontakt mit der hübschen kleinen Hofdame herzustellen. Eigentlich ist er ja unübersehbar – auf seinem Stulphut steckt ein Busch aus grünen Geierfedern – aber Festetics ist mal wieder so in die Beobachtung ihrer Herrin vertieft, dass Gemmingens Bemühungen trotzdem ins Leere gehen. Festetics, Valerie, Rustimo und die Scherak steigen in die dritte Kutsche. Die Scherak beißt die Zähne zusammen. Jedesmal bleibt es an ihr hängen, mit dem zähnefletschenden Ungeheuer im selben Wagen zu fahren. Eine Gouvernante gilt eben nichts in einem Hofstaat. Die adligen Hofdamen sehen auf sie herab, und das rangniedere Personal lässt sich nichts von ihr sagen. Niemand nimmt irgendwelche Rücksicht auf sie. Einzig die öffentlichen Auftritte im Gefolge der Kaiserin bieten manchmal Gelegenheit, in bewundernden Blicken zu baden. Doch sie muss ja stets bei der kleinen Erzherzogin sein, und genau dort hält sich ständig auch Rustimo auf. So wird man nicht bewundert, sondern begafft. Als wäre sie Teil eines Zirkusses. Der Affenzwerg sollte endlich in eine Schaubude gebracht werden.

Als die kaiserlichen Kutschen durch das Siegestor rollen, sagt die Scherak giftig:

»Das ist hier doch gar nicht mehr München.«

Festetics schweigt, weil die Scherak leider recht hat. Auf der anderen Seite des Siegestores befindet man sich plötzlich auf einer geschotterten Pappelallee mit Straßengräben rechts und links. Es gibt erst wenige, vereinzelt stehende Villen, die Trottoirs sind noch ungepflastert und Gaslaternen gibt es auch nur alle dreihundert Meter. Das Palais von Prinz Leopold befindet sich eindeutig nicht mehr in München und auch noch längst nicht in Schwabing. Es handelt sich um eine preisgünstige Außenlage. Und selbst hier hätte er sich das Anwesen niemals ohne die Mitgift aus dem österreichischen Kaiserhaus leisten können. Prinz Leopold ist alles andere als eine gute Partie. Es hat viel böses Gerede gegeben, als die Verlobung bekannt gegeben wurde. Die Suiten hatten wieder Ernte, schimpften über die Herzlosigkeit der Kaiserin, die ein Kind in die Ehe zwinge. Es hieß, die Kaiserin wolle ihre ältere Tochter so schnell wie möglich aus den Augen haben, weil sie durch Gisela immer wieder an ihr eigenes Alter erinnert würde. Und da wäre es ihr ganz egal gewesen, an wen die Tochter gerate. Festetics wird es niemals verstehen: Wie kann man einer Frau, die so schön ist, wehtun wollen, indem man ihr solche Dinge nachsagt? Ihre Majestät hat ihr selber erzählt, wie es in Wirklichkeit gewesen ist. Stürmisch verliebt sei Prinz Leopold vor die Majestäten getreten, und da wollten der Kaiser und die Kaiserin nicht im Wege stehen, wenn er der Erzherzogin Herz gewinnen könne. Ihre Majestät hatte aber auch gleich gesagt, vor einem Jahr erlaube sie die Hochzeit nicht, weil Gisela noch so jung war. Es kann also überhaupt keine Rede davon sein, dass die Kaiserin ihre Tochter loswerden wollte.

Das Grundstück, vor dem die Kutschen schließlich halten, dehnt sich großzügig aus, und die Villa im italienischen Stil ist ganz charmant. Prinzessin Gisela hat rote Lampions in die Bäume gehängt, die am Abend angesteckt werden sollen. Überhaupt fügt sie sich ganz rührend in die für sie doch recht kleinlichen Verhältnisse. Wie sie mit ihrem Gatten und den Kindern die Verwandtschaft am Gartenzaun empfängt, wirkt sie auf geradezu bürgerliche Art glücklich.

Rustimo ist natürlich die Attraktion. Giselas Kinder scheinen vor ihm nicht die geringste Angst zu haben. Augusterl, noch keine zwei Jahre alt, streichelt seine glänzenden dicken Wangen und küsst ihn sogar. Festetics schüttelt es innerlich. Aber da Prinzessin Giselas Kinder ebenfalls abscheulich hässlich sind – da ist die Hofdame ganz der Meinung ihrer Herrin –, können sie die Garstigkeit des verkrüppelten Mohren vielleicht gar nicht empfinden.

Das Innere der Villa ist noch ein wenig kahl. Die Wände sind weder tapeziert noch vertäfelt, sondern einfach in einer Farbe gestrichen, die Decken weiß verputzt. Schmucklose weiße Kachelöfen und kaum Bilder an den Wänden. Da ist noch Platz für das ein oder andere Geschenk.

Weil es ein so schöner Sommertag ist, findet das Diner draußen auf der großen mit Lampions behängten Terrasse statt. Der Kaiser kommt en bourgeois zu Tisch. Man sieht, dass er es nicht gewöhnt ist.

Kronprinz Rudolf ist da, die Tranis sind da, und Herzogin Ludovika mit allen drei Söhnen, dem Louis, dem Gackerl und dem Mapperl, alle mit ihren Gemahlinnen und den Kindern. Mapperl, der jüngste und hübscheste der Brüder, hält die Hand seiner Gemahlin. Sie sind erst zwei Jahre verheiratet.

»Aber geliebt«, sagt Mapperl, »geliebt habe ich die Amalie immer schon.«

Dann besinnt er sich, dass ja Prinz Leopold mit am Tisch sitzt und korrigiert sich.

»Ich meine natürlich: seit Jahren. Immer schon ... immer schon ist ja Unsinn.«

Leopold ist irritiert. Was hat Mapperl da gerade gesagt? Er sei seit Jahren in Amalie verliebt? Eigentlich immer schon?

»Was heißt *seit Jahren*?«, fragt er.

Mapperl, der sich gerade entspannt zurücklehnen will, stockt in der Bewegung. Sein hübsches Gesicht sieht aus, als fühle er sich ertappt.

»Na immer schon«, sagt er hastig. »Wir kannten uns schon als Kinder – dann haben wir uns natürlich irgendwann aus den Augen verloren. Praktisch nicht mehr voneinander Notiz genommen. Aber als wir uns wiedersahen, da ...«

Er ringt nach Worten. Seine Frau Amalie sieht ihn erstaunt an.

»Wann«, sagt Leopold, »wann habt ihr euch wiedergesehen?«

»Vor zwei Jahren«, erwidert Mapperl in einem steifen, würdevollen Ton, und dann mischt sich Kronprinz Rudolf ein und schlägt vor, demnächst einmal gemeinsam auf die Adlerjagd zu gehen.

Leopold kommt ins Grübeln. Als er sich vor fünf Jahren mit Gisela verlobte, sorgte das allerorten für größtes Erstaunen. Zum einen, weil Leopold von Bayern als zweiter Sohn des Prinzen Luitpold und ohne nennenswertes Vermögen alles andere als eine gute Partie für die Tochter eines Kaisers war. Vor allem aber, weil es damals eine bereits so gut wie beschlossene Sache war, dass Leopold die Prinzessin Amalie von Sachsen-Coburg heiraten würde – Mapperls jetzige Ehefrau.

* * *

In den letzten Märztagen des Jahres 1872 traf in München ein Brief der österreichischen Kaiserin ein. Ein Brief, der Prinz Leopold von Bayern zur Schnepfenjagd in Ungarn einlud und Andeutungen enthielt, die die allererfreulichste Familienverbindung in Aussicht stellten.

Leopold hatte die Tochter des Kaisers nur zweimal in seinem Leben gesehen. Einmal als fünfjähriges Kind in Venedig, und dann war er ihr noch einmal flüchtig in der Bahn begegnet. Auch da war die Erzherzogin Gisela immer noch ein Kind gewesen.

»Bei einer Schnepfenjagd wird Ihre Anwesenheit hoffentlich gar nicht auffallen«, schrieb die Kaiserin.

Leopold dachte über diesen Brief lange und ernsthaft nach. Seit mehr als einem halben Jahr hatte er sich darauf eingestellt, demnächst Amalie von Sachsen-Coburg und Gotha zu ehelichen. Die Verhandlungen zwischen den Familien liefen bereits. Amalie war schon vierundzwanzig Jahre alt, aber sehr hübsch, und sie hatte ein angenehmes Wesen, sodass er ihrer gemeinsamen Zukunft freudig entgegen sah. Der Brief der Kaiserin brachte alles durcheinander.

Als Prinz Leopold eine halbe Stunde später immer noch geistesabwesend an seinem Schreibtisch saß, fragte ihn sein Kammerdiener untertänigst, ob etwas Schlimmes vorgefallen sei und er helfen könne.

»Nichts«, erwiderte Prinz Leopold wenig überzeugend, »aber melden Sie mich bitte bei meinem Vater an.«

Prinz Luitpold las den Brief mit großer Aufmerksamkeit durch. Dann ließ er ihn sinken, sah Leopold an oder vielmehr durch ihn hindurch und sagte nicht unfreundlich:

»Wir werden die Verhandlungen mit den Coburgern noch ein wenig in die Länge ziehen. Ich werde noch einmal die geringe Mitgift zur Sprache bringen. Du reist.«

Am 2. April bestieg Leopold mit seinem Freund und Adjutanten Hauptmann La Roche und seinem Leibjäger Hübner in München den Zug. Es gab noch keine durchgehende Bahnverbindung nach Ungarn, sodass sie ihre Fahrt für mehrere Stunden in Wien unterbrechen mussten und Pest erst am Nachmittag des folgenden Tages erreichten. Am Bahnhof empfing sie Graf August von Bellegarde, der Generaladjutant des Kaisers. Er brachte sie in einer Hofkutsche nach Ofen zur Königsburg, wo sie der allerhöchste Kaiser in seiner unendlichen Gnade an der Treppe erwartete. Franz Joseph hatte zu diesem Anlass extra eine bayerische Uniform angezogen. Angesichts dieser feinfühligen Artigkeit schämte sich Leopold, dass er selber in einfachem Reisezivil vor ihn hintreten musste. Doch der Kaiser lächelte sein väterlich-kaiserliches Lächeln, grabbelte an seinem Schnurrbart, blinzelte mit den Augen, begrüßte die Herren kurz und stellte ihnen den Flügeladjutanten Major von Krieghammer vor, den er Leopold zum Ehrendienst zugeteilt hatte. Dann bestellte Seine allerhöchste Majestät den bayerischen Prinzen für den nächsten Vormittag zur Aufwartung zur Kaiserin und verabschiedete sich.

Leopold bezog eine Wohnung im Stöckel, einem kleinen von der Burg getrennten Palais. Die Unterbringung war geräumig und im althergebrachten Stil des Wiener Hofes eingerichtet, also viel Gold und Rot. Auch Dienerschaft und Verpflegung waren bereits vorhanden, und im Vorzimmer wartete ein Gardereiter als Ordonanz. Offensichtlich sollte es ihm an nichts fehlen. Leopold soupierte mit Major Krieghammer und Hauptmann La Roche. Die Unterhaltung verlief schleppend, und Leopold ging bald zu Bett, während die Herren noch zu einem Tee bei den Hofdamen der Kaiserin aufbrachen. Prinz Leopold wollte gern erwartungsfroh sein, aber er fühlte sich beunruhigt und konnte mit niemandem darüber sprechen. Die Verbindung mit Amalie war doch eine sehr gute Sache gewesen, und es lag nicht in seiner Natur, sich schnell auf Veränderungen einzustellen.

Am nächsten Morgen weckte ihn die Sonne. Als er aus dem Fenster schaute, sah er tief unter sich auf einem Rasenstück Honvéd-Soldaten in ihren hautengen blauen Hosen und braunen Uniformröcken exerzieren.

Was mache ich hier eigentlich? dachte er. Ein Kammerdiener half ihm in seine Uniform, schloss für ihn den Kragenknopf und bürstete über die Schulterklappen. Zur befohlenen Stunde traf Leopold bei der Kaiserin ein.

Ihr Appartement lag im südlichen Teil der Burg. Die Wände der Salons waren mit violetter Seide bespannt, auch die Möbel hatten dieselbe dramatische Farbe. Der Kaiser war anwesend, Ihre Majestäten frühstückten gerade, und unendlich gnädig und verwandtschaftlich, wie sie waren, luden sie Leopold ein, sich zu ihnen zu setzen. Die Schönheit der Kaiserin entfaltete ihre übliche Wirkung. Prinz Leopold meinte, nie eine so wundervolle schlanke Gestalt, nie ein hübscheres Antlitz mit ausdrucksvolleren Augen, nie üppigeres Haar erblickt zu haben. Wie das wohl aussah, wenn sie die Flechten abends löste? Er konnte sich gar nicht sattsehen. Bald traten auch die beiden älteren Kinder ein, der dreizehnjährige Kronprinz und seine fünfzehnjährige Schwester. Leopold schluckte. Das Problem war nicht, dass Erzherzogin Gisela erst fünfzehn Jahre alt war – dieses Alter lag im völlig akzeptablen Rahmen bei Bündnisehen zwischen Herrscherhäusern – das Problem war, dass sie wie zwölf aussah. Ein liebes, sympathisches Kind mit Babyspeck im Gesicht, und in einem kurzen Kleid, wie es kleine Mädchen eben so trugen. Das Frühstück zog sich hin, man tauschte Artigkeiten aus. Die Kinder redeten gestelzten Kinderkram. Der Blick auf die Donau war einfach phantastisch.

Am Nachmittag spazierte Leopold allein über den Schlosshof. Hinter einer niedrigen Mauer fiel der Berg steil zur Christinenstadt ab. Dort stand er lange, sah abwechselnd herunter und dann wieder hinüber zum Ofener Gebirge. Hauptmann La Roche kam auf ihn zu, salutierte.

»Was gibt es denn?«

»Melde gehorsamst, Eure Königliche Hoheit, wir sind nicht die einzigen Gäste. Die Coburgs sind ebenfalls auf der Burg.«

»Wie bitte? Auch Prinzessin Amalie?«

»Prinzessin Amalie und ihr Vater, der Herzog. Soll ich ihnen eine Botschaft überbringen?«

Prinz Leopold schickte den Hauptmann ohne Botschaft fort. Er fühlte sein Herz bis in den Hals schlagen. War die Welt nicht groß genug? Warum musste die Frau, die zu versetzen er im Begriff stand und die noch nicht das Geringste davon ahnte, sich ausgerechnet heute mit ihm am selben Ort aufhalten.

Er ging in seine Wohnung im Stöckel zurück und verließ sie den ganzen Tag nicht mehr, aus Furcht, den Coburgern über den Weg zu laufen. Er sah aus dem Fenster auf die Wiese darunter, wo heute Morgen noch exerziert worden war, und fühlte sich wie ein Gefangener.

In der Nacht konnte er lange nicht schlafen.

Am nächsten Morgen war er wieder zum Frühstück bei den Majestäten geladen. Erzherzogin Gisela hatte man instruiert, ihm ihre Zeichnungen und Aquarelle zu zeigen. Ein talentiertes Kind, das konnte man nicht anders sagen. Die Aussicht war wieder ohnegleichen. Die Donau blau wie der Himmel, und Pest schwamm in goldenem Licht.

Mittags traf man sich abermals zum Essen und für den Nachmittag wurde auf Grund des prächtigen Wetters ein Ausflug zur Margareteninsel geplant. Erzherzog Joseph, der Besitzer der Insel, wollte ihnen die Sehenswürdigkeiten seines Kurbetriebs zeigen.

Als sie auf der Donauinsel anlangten, hatten sich dort bereits die Coburgs eingefunden, die die Besichtigung ebenfalls mitmachen wollten. Amalie strahlte Prinz Leopold an, er küsste ihr die Hand, und sie wechselten einige belanglose Worte, wobei er sich zwang, ihrem Blick nicht auszuweichen und ihr Lächeln zu erwidern. Was hatte er denn getan, dass er sich so schämte? Eigentlich doch noch gar nichts.

Es wurde die ganze Insel besichtigt, Brücken und geplante Brücken, einfache Übernachtungsstätten, die einmal sehr luxuriös werden sollten für die vornehmen Kurgäste, die man erwartete, insbesondere aber die wertvolle heiße Schwefelquelle, welche mehrere Meter hoch aus der Erde zischte. Leopolds Innenleben brodelte mit der Quelle um die Wette. Er ging neben Gisela hinter den Majestäten. Amalie ging mal hinter ihm mit ihrem Vater, dann seitlich von ihm, zusammen mit Kronprinz Rudolf. Immer wieder sah sie zu ihm hin und errötete dabei. Sie glaubte vielleicht, er sei ihretwegen nach Ofen gekommen, um einen Vorwand zu haben, sie zu sehen. Nun wunderte sie sich wohl, dass er gar keine Anstalten machte, ihre Nähe zu suchen. Sie war so hübsch, die Prinzessin. Gewiss hätte er mit ihr glücklich werden können. Gisela war natürlich auch lieb, und aus einem sehr vernünftigen Grunde würde er nun sie statt Amalie heiraten. Falls Gisela ihn überhaupt wollte. Das war ja noch gar nicht gesagt. Und solange darüber noch keine Gewissheit herrschte, brauchte er sich auch noch nicht schuldig zu fühlen.

Am nächsten Morgen ritt Prinz Leopold mit seinen beiden Herren aus. Das machte den Kopf klar und gab ihm eine Pause von all den schrecklichen Grübeleien. Danach wieder Frühstück und Mittagessen mit den Majestäten und Gisela, und am Abend fuhren der Kaiser und die Kaiserin mit Leopold und Gisela ins Theater.

»Denken Sie nur«, sagte Prinzessin Amalie am nächsten Morgen zur Hofdame Festetics, als sie sich in einem Gang begegneten, »gestern ist Prinz Leopold mit der kleinen Erzherzogin im Theater gewesen. Ist das nicht merkwürdig?«

»Allerdings«, erwiderte Festetics, »das erstaunt mich auch.«

Zu Mittag gab es diesmal ein großes Diner, bei welchem Erzherzogin Gisela zum ersten Male seit Leopolds Ankunft ein längeres Kleid trug. Vielleicht war es überhaupt das erste Mal, dass sie solch ein Kleid trug. Sie sah darin beinahe erwachsen aus. Eine Rose, die vorn an ihrer Taille befestigt war, unterstrich die jugendliche Lieblichkeit. Auch die Coburgs waren dabei und noch zwei ungarische Familien. Nach dem Cercle zogen sich die Majestäten zurück, wobei sie Leopold zu allseitigem Erstaunen mit zu sich in das Appartement der Kaiserin nahmen. Gisela nahmen sie auch mit, aber das fiel nicht weiter auf. Gleich im ersten der violetten Salons ließen sich die Majestäten nieder, nur um die beiden jungen Menschen, kaum hatten die sich ebenfalls gesetzt, dort zurückzulassen. Zuerst ging der Kaiser hinaus, weil er noch etwas zu arbeiten hätte, und einen Augenblick später entschuldigte sich die Kaiserin, sie hätte etwas vergessen. Ehe Prinz Leopold es sich versah, war er ganz allein mit Gisela. Er wünschte, man hätte ihm zuvor einen Hinweis gegeben, dass dergleichen geplant war. Dann hätte er sich doch einige Worte zurechtlegen können. Aber nun war der entscheidende Moment da und er musste eben improvisieren. Leopold bat Gisela um die Rose, die sie an ihrer Taille trug. Als sie ihm die Rose reichte, fragte er sie, ob sie es sich vorstellen könnte, es mit ihm zu versuchen.

»Ich meine ... ich will damit sagen ... es mit mir für das ganze Leben zu versuchen.«

Sie sagte Ja. Wie ein Kind Ja sagt, das in einem Märchenspiel auftritt. Und Leopold war der Prinz. Er küsste sie auf die

Stirn, und sie küsste ihn auf die Wange und fragte plötzlich ganz kleinlaut:

»Weiß denn Mama davon?«

»Oh, ja, und sie wird sich auch freuen.«

Als die Majestäten wieder eintraten, flog die Erzherzogin ihrer schönen Mutter entgegen. Selbst in diesem bewegenden Moment konnte Prinz Leopold nicht anders, als die Anmut seiner zukünftigen Schwiegermutter zu bewundern, wie sie mit ihren schlanken weißen Armen die Tochter umfing. Dann war der Papa an der Reihe, und anschließend wurde der Kronprinz hereingerufen. Als Rudolf erfuhr, dass seine Schwester heiraten sollte, starrte er Prinz Leopold fassungslos an. Gisela war die einzige Gefährtin seiner Kindheit – gleichaltrige männliche Gefährten gab es gar nicht –, und irgendwie war er davon ausgegangen, sie für immer an seiner Seite zu wissen. Er kämpfte dagegen an, aber dann flossen doch Tränen. Was gerade geschah, war einfach nicht möglich.

Inzwischen steckte die Kaiserin noch einmal den Kopf aus dem Salon, und als sie sah, dass sich der Cercle inzwischen aufgelöst hatte, rief sie nach Festetics.

»Marie! Raten Sie, was passiert ist.«

Das wusste die Hofdame nicht zu sagen.

»Gisela ist Braut!«

Festetics erstarrte. Es fiel ihr schwer, sich ihr Entsetzen nicht anmerken zu lassen. Das Kind von gestern sollte heute Braut sein?

Sie gratulierte Ihrer Majestät. Obersthofmeister Nopcsa trat hinzu, erfuhr ebenfalls die Neuigkeit und riss sich ebenfalls zusammen. Beide traten ein und gratulierten nun auch allen anderen. Prinz Leopold war recht verlegen, Gisela strahlte glückselig, und der Kronprinz heulte immer noch. Was für ein berechnender Schuft von königlicher Hoheit, dachte die Hofdame Festetics, als sie Leopold die Hand gab. Versucht es bei der kleinen Erzherzogin und lässt gleichzeitig die arme Prinzessin Amalie im Unklaren. Wenn nicht die, dann eben doch die andere. Wenn der Kaiser das wüsste! Oder die Kaiserin! Nie würde Ihre Majestät ihre Tochter einem solchen Manne anvertrauen. Man konnte nur hoffen, dass sie es niemals erfuhr. Das Herz würde ihr darüber brechen.

»Ist das nicht wundervoll, Marie!«, rief die Kaiserin, umarmte ihre Hofdame und küsste sie auf beide Wangen.

Wer wird es nur der Prinzessin von Sachsen-Coburg beibringen, dachte Festetics, als sie den langen Weg zu ihrer Wohnung ging. Hoffentlich macht derjenige es so schonend wie möglich. Die arme Amalie war schon weit über zwanzig. Sie würde vielleicht nie mehr einen Bräutigam finden.

Den Nachmittag durften Leopold und Gisela, da sie nun Braut und Bräutigam waren, allein im Schlossgarten und auf den Terrassen herumgehen. Die Kastanien hatten bereits hellgrüne und noch ganz weiche Blätter, die Beete waren üppig mit Hyazinthen und Narzissen bepflanzt, die Drosseln sangen, und zwischen all diesen aufdringlichen ungarischen Frühlingsboten standen der Prinz aus Bayern und seine kindliche Braut, sahen hinunter auf Donau, Brücken, Häuser und Straßen, und hielten sich an den Händen. Eine Terrasse über ihnen stand der Kaiser mit dem völlig aufgelösten Kronprinzen zwischen den Resten der einstigen Bastion und redete begütigend auf ihn ein.

Auch den Abend durfte Leopold noch im Kreis der kaiserlichen Familie verbringen. Seine Majestät gab die eine und andere Anekdote aus dem Krieg zum Besten. Gegen neun zogen sich alle zur frühen Nachtruhe zurück. Leopold ging ins Stöckel und schickte den Hauptmann La Roche, seinem Vater zu telegraphieren, er möge bei Ludwig II. um die Genehmigung zur Verlobung nachsuchen. Der Prinz war viel zu aufgewühlt, um jetzt schlafen gehen zu können. Major Krieghammer nahm ihn mit zum Tee bei den Hofdamen der Kaiserin, der Gräfin Festetics und der Gräfin Schaffgotsch. Der traut sich was, dachte die Gräfin Festetics, hier so aufzutauchen, als würden sich darüber alle freuen.

Am nächsten Morgen schickte Leopold seinen Flügeladjutanten gleich nach einem Blumenstrauß, den er Gisela beim Frühstück überreichte. Woraufhin ihn der Kaiser zum Inhaber des hundertvierunddreißigsten Artillerieregimentes ernannte.

»Es freut mich, einen so ausgezeichneten Offizier zum Schwiegersohn zu bekommen.«

Die Kaiserin behauptete, ohne mit der Wimper zu zucken, dass diese Verlobung schon lange, lange Zeit ihr Wunsch gewesen wäre.

Der Kaiser sagte: »Es freut mich, einen so passionierten Jäger zum Schwiegersohn zu bekommen.«

Hauptmann La Roche wusste später zu berichten, dass Prinzessin Amalie mit ihrem Vater nach Wien abgereist war.

»Wenn es nur A. nicht schadet«, schrieb Leopold an seine Tante. Er kürzte Amalies Namen lieber ab. Man konnte nie wissen, wer noch den Brief in die unbefugten Finger bekam. »Einmal begegnete ich A. auf der Treppe; sie sah so vergnügt aus. Die Arme … Es war einmal so vom Schicksal bestimmt. Gisela ist so nett, hat ganz die lieben Augen vom Vater.«

Zu den lieben Augen kamen noch 500 000 Gulden, spendiert von den lieben Großeltern, Erzherzog Franz Karl und Erzherzogin Sophie, welche sich gewiss andere Vorstellungen über Giselas Verheiratung gemacht hatten. Und 220 000 Gulden vom Kaiser selber.

* * *

37 Die Geburtstagsfeier (Fortsetzung)

Bisher ist Leopold davon ausgegangen, dass die Wahl deswegen auf ihn fiel, weil in den königlichen Häusern Europas nur wenige geeignete katholische Prinzen zur Auswahl standen. Vielleicht kam auch noch dazu, dass Gisela als nicht besonders hübsch galt. Dieser Gedanke ist ihm immer unbehaglich, denn er liebt seine Frau und findet sie hübsch genug. Auf seinem Schreibtisch steht ein Miniaturbild: Gisela in dem Kleid mit der Rose. Jetzt fragt Leopold sich allerdings, ob Mapperl vielleicht auch schon damals heimlich in Amalie verliebt gewesen ist, und die Kaiserin ihrem jüngsten Bruder einen Gefallen tun wollte, indem sie Leopold aus dem Weg schaffte. Es ist ein unerhörter Gedanke, dass die Kaiserin dafür ihre eigene Tochter geopfert haben könnte. Andererseits weiß Leopold inzwischen auch, dass seine schöne Schwiegermutter praktisch alles für ihre Geschwister tut. Etwas wie Zorn will in ihm aufsteigen, aber das unterdrückt er, weil es keinen Sinn machen würde, auf die Majestäten zornig zu sein. Eine Kaiserin stellt man nicht zur Rede. Und geht es ihm nicht gut? Er ist glücklich mit seiner Frau und der ganzen Situation. Gisela ist glücklich. Auch Amalie sieht zufrieden aus. Mapperl sowieso.

Die Kaiserin sieht ihn an und lächelt. Sie ist immer noch verteufelt schön.

»Du warst doch schon einmal in Island«, sagt sie, »hast du die dortigen Pferde geritten? Stimmt es, dass sie so klein sind?«

»Das ist richtig. Es sind unscheinbare, struppige Tiere, kaum größer als Ponys. Man muss beim Reiten aufpassen, dass die Füße nirgends hängen bleiben.«

Die Kaiserin lacht.

»Und womit werden sie geritten?«

»Ganz normale Sättel – wie die englischen, und gezäumt werden sie meist mit einem Pelham. Übrigens werden die Pferdchen nie geputzt und bekommen auch keinen Hafer. Das Einzige, was sie zu fressen bekommen, ist Gras, und in schweren Wintern gehen daher manche zugrunde. Aber die, die übrig bleiben, sind darum auch besonders zäh.«

Während in der Runde nun diskutiert wird, welches die zähesten Pferde der Welt seien, nimmt ein weiterer finsterer Gedanke in Leopolds Kopf Gestalt an. Gisela wurde ihm nicht anvertraut, weil man ihn für besonders würdig hielt, sondern weil man sie so geringschätzt. Ihm fallen lauter Ereignisse ein, die sich plötzlich in einem ganz anderen Licht darstellen.

* * *

Giselas erstes Kind kam in dem schlimmen Winter 1873/74 zur Welt. Die Cholera, die im Sommer nur eine kurze Visite gemacht hatte und im Herbst gänzlich besiegt schien, kehrte nach München zurück. Diesmal verbreitete sie sich mit rasender Geschwindigkeit. In den ärmeren Stadtteilen erkrankten oft sämtliche Bewohner eines Mietshauses innerhalb weniger Tage. Die Menschen waren bedrückt. Das vorherrschende Gesprächsthema war der neueste Stand der Seuche, die Zahl der Infizierten und Verstorbenen. In allen Gedärmen gurgelte und rumpelte es – auch wenn man noch gar nicht erkrankt war. Ständig waren diese beschämenden Geräusche zu hören, man entschuldigte sich schon gar nicht mehr.

Leopold, in dessen Kaserne die ersten Fälle aufgetreten waren, mochte kaum noch nach Hause kommen, aus Angst, seine schwangere junge Frau anzustecken. Hofrat Dr. Braun, sein Hausarzt, beruhigte ihn, dass Frauen in gesegneten Umständen gegen Infektionen meist immun seien. Es würde also vollkommen genügen, den hygienischen Vorschriften nachzukommen, die Kleidung häufig zu wechseln und vor allem: Hände waschen, Hände waschen, Hände waschen.

Es war eine schwere Geburt, die zwölf Stunden dauerte. Dr. Braun musste künstlich eingreifen. Das Kind war blau und gab kein Lebenszeichen von sich, bis die Hebamme es mit kaltem Wasser besprühte. Da wand es sich endlich und schrie. Gisela hatte das alles ohne den Beistand ihrer Mutter durchstehen müssen. Die liebe, schöne Kaiserin hatte ihr Kommen für Mitte Januar angekündigt, da sie die ganze Zeit überzeugt gewesen war, dass die Entbindung ihrer Tochter erst nach dem Zwanzigsten eintreten würde. Es gab keinen triftigen Grund für diese

Überzeugung, sämtliche Ärzte sagten den Geburtstermin für Anfang Januar voraus, aber Elisabeth von Österreich wusste es besser: auf keinen Fall vor dem Zwanzigsten. Nun reiste sie in aller Eile am zehnten an. Prinz Leopold durfte sie samt ihrer Hofdame von der Bahn abholen. Das sonstige Gefolge nahm eine zweite Kutsche. Es war eine gespenstische Fahrt. Das Leben auf Münchens Straßen war kaum noch vorhanden. Keine spielenden Kinder, keine flanierenden Damen, nur Geistliche mit der letzten Wegzehrung und Herren in Mänteln mit hochgeschlagenen Kragen und um den Mund gewickelten Schals, die ihren Weg so schnell wie möglich hinter sich zu bringen versuchten. Ab und zu kam ihnen ein Leichenwagen entgegen. Auf einem Handkarren wurden mehrere helle Holzsärge transportiert.

»Oh, Gott«, sagte die Kaiserin.

»Entschuldige bitte«, erwiderte ihr Schwiegersohn, »es ist so schlimm geworden, dass inzwischen nicht einmal mehr Decken über die Särge gelegt werden. Die Menschen sind fürchterlich abgestumpft. Vielleicht gibt es auch bloß nicht mehr genug schwarze Decken.«

Die Kaiserin lehnte es ab, bei ihnen zu wohnen und stieg stattdessen in einem Hotel ab. Damals hatte Leopold geglaubt, sie täte es aus Rücksicht und Bescheidenheit, weil sie ihnen nicht zur Last fallen oder sie in irgendeiner Weise genieren wollte. In der Residenz wollte sie auch nicht wohnen.

»Mehrere Tage lang mit König Ludwig zusammengesperrt – das halte ich einfach nicht aus.«

Die immer noch jugendschöne Kaiserin hob ihre Enkelin selbst aus der Taufe. Die Zeremonie fand im gerade erst fertiggestellten Tanzsaal der Villa statt. Elisabeth trug ein violettes Kleid, aber auch das machte sie nicht älter. Es war ganz unwirklich, sie sich als Großmutter zu denken.

Am nächsten Morgen empfingen Leopold und Gisela einen

Boten mit einem Brief der Kaiserin. Sie sagte ihre Teilnahme am Frühstück ab, weil sie stattdessen ein Cholera-Spital besichtigen wollte.

»Ich gehe allein«, schrieb sie, »da ich die Verantwortung nicht auf mich nehmen kann, jemand mitzunehmen.«

Leopold blieb beinahe der Verstand stehen. Er ritt sofort los, um sie noch davon abzubringen. Aber als er das Hotel erreichte, war die Kaiserin schon fort.

»Ich verstehe das nicht«, sagte Leopold, als er zu seiner Frau zurückkehrte. »Was tut sie da? Muss sie unbedingt ihre Furchtlosigkeit beweisen? Ihre Leute sind völlig aufgelöst. Nopcsa liegt auf den Knien und betet, dass ihr nichts passiert. Die Gräfin Festetics hat sich geweigert, sie allein in diese Gefahr gehen zu lassen, will sich lieber auch anstecken und ist mit. Wie soll das jetzt weitergehen? Ihre Majestät will doch eine Woche bleiben. Die Kaiserin kann doch nicht das Risiko eingehen, dich und unsere Kleine anzustecken. Das geht doch nicht! Als ich im letzten Jahr eine Erkältung hatte, ließ sie mich nicht einmal in die Nähe von Valerie kommen.«

»Ja, aber das war eben auch Valerie«, sagte Gisela unendlich traurig.

Den Tag darauf sprach ganz München von der großzügigen und todesmutigen Tat der Österreichischen Kaiserin. Die Zeitungen waren voll des Lobes; die Allerhöchsten, so schrieb man, suchten Stätten, wo so schweres Leid wohnt, normalerweise nicht auf. Die Kaiserin aber verachte die Gefahren für sich und gehe gerne zu denen, die des Trostes und der Aufmunterung bedurften. Und wie rücksichtsvoll sie war. Da ihr Besuch nicht angesagt war, gab es auch keine Vorbereitungen, die die Kranken hätten belasten können. Sie kam lautlos und ging ebenso. Erfreute die Kranken durch den Anblick der Lieblichkeit, die da von Bett zu Bett schritt, für jeden ein Trostwort auf den Lippen. Ihre sanfte Stimme ermüdete keinen. Ein Berichterstatter wollte Tränen in den Augen Ihrer Majestät gesehen haben und stellte sich und seinen Leserinnen die Frage, wie gut diese Tränen denen getan haben mochten, denen sie galten.

Als die Kaiserin bei Gisela und Leopold eintraf, sah sie blühend aus wie eine Rose. Sie berichtete, dass sie hervorragend geschlafen hatte und sich völlig gesund fühle.

»Gott sei Dank«, sagte Gisela, »Wie war es denn im Spital?«

»Sehr traurig. Es ist unsäglich wehmütig, wie der nahende Tod die Kranken noch einmal mit der Rosenglut der Jugend anhaucht. Einer sagte mir direkt, er würde wohl bald sterben. Ich sagte ihm, er solle auf Gott vertrauen. Aber er war ganz hoffnungslos. ›Ich habe ja schon den Todesschweiß‹, sagte er und streckte mir seine Hand hin. Sie war nass wie ein Schwamm.«

»Du hast seine Hand berührt?«, rief Leopold und wich unwillkürlich ein Stück zurück.

»Macht euch keine Sorgen«, sagte die Kaiserin, »ich habe im Hotel gleich meine Handschuhe weggeworfen und mich gewaschen.«

Sie sah ihn verstimmt an, weil er sie unterbrochen hatte.

»Jedenfalls habe ich dem jungen Mann noch einmal Hoffnung gegeben. Ich habe ihm gesagt, dass es ja auch gesunde, rettende Transpiration sein könne. Und da hat er ganz verklärt gelächelt und ist friedlich gestorben.«

»Das war eine großzügige Handlung von dir«, sagte Leopold, »wir haben uns nur so schrecklich gesorgt.«

»Der ist gestorben und wird mich einst am Himmelstor freudig begrüßen«, erwiderte die Kaiserin.

Als Gisela und Leopold stumm blieben, hob sie ärgerlich den Kopf.

»Ihr beide seht so gesund aus, ihr werdet bestimmt hundert Jahre alt.«

* * *

Von den zähesten Pferden ist die Tischrunde inzwischen zu den schnellsten Pferden gekommen – die englischen Vollblüter natürlich, darüber muss nicht diskutiert werden; aber warum sind diese Biester so schnell? Man ist jetzt beim Tee. Das schwere Teeservice, dass Kronprinz Rudolf seiner Schwester vor vier Jahren zur Hochzeit geschenkt hat, steht auf dem Tisch. Es wird sehr viel Tee im Palais Leopold getrunken, denn Gisela vermisst ihren jüngeren Bruder schrecklich. Jedermann hält die ältere Kaisertochter für ein still fließendes Gewässer, das niemals über die Ufer tritt. Niemand hält es für möglich, dass auch in ihr ein wildes Sehnen und Sichsträuben stecken könnte. Sie versteckt es zu gut.

Prinz Leopold fühlt ein überwältigendes Bedürfnis, den Tisch zu verlassen. Das ist der Nachteil, wenn man ein Prinz ist: Man kann nicht einfach so tun, als wolle man sich vergewissern, dass auf der Kegelbahn alles vorbereitet ist, oder als wolle man sich eine Zigarre holen. Dafür sind schließlich immer andere zuständig. Also entschuldigt Leopold sich bloß, steht auf und schlägt zum Befremden der Gäste den Weg zur neuen Kegelbahn ein. Gisela hat auch diesen Weg rechts und links mit Lampions behängen lassen. Wie schön das ist! Gisela arrangiert oft so stimmungsvolle kleine Feste. Ihre ›Italienischen Nächte‹ haben sein Haus zu einem Mittelpunkt der Münchner Gesellschaft werden lassen.

In der Kegelbahn gibt es Tee und Zigarren und ein Fässchen Hofbräu, an dem jeder nach Belieben sein Glas füllen darf. Leopold nimmt sich eine Zigarre, zündet sie an und geht damit zurück in den Garten, aber nicht zur Terrasse. Er stellt sich an das Schwimmbecken und betrachtet die Spiegelung der roten

Lampions. Grimmig pafft er vor sich hin. Leopold hat Tränen in den Augen. Das Mitleid für seine liebe junge Frau nimmt ihn sehr mit. Er wartet, bis er seine Fassung zurückgewonnen hat, kantet sich die Zigarre in den Mundwinkel und kehrt zum Familientisch zurück.

* * *

40 Ein Obersthofmeister
für den Thronfolger

Am 24. Juli 1877, kurz vor seinem neunzehnten Geburtstag, wird der Thronfolger mündig gesprochen. Die Zeit des unablässigen Anhäufens von Wissen unter der strengen Aufsicht seiner Lehrer ist damit vorbei. Carl Menger und Adolf Exner werden aus dem Lehramt entlassen und mit dem Orden der Eisernen Krone dritter Klasse bedacht, was sie dazu berechtigt, sich um den Ritterstand zu bewerben. Es ist allerdings nicht zu erwarten, dass Menger und Exner davon Gebrauch machen werden. Auch Rudolf erhält eine Auszeichnung für die ruhmvoll beendete Studienzeit: das Großkreuz des Sankt-Stephans-Ordens. Er bekommt einen eigenen Hofstaat und kann jetzt tun und lassen, was er will. Rudolf hat nur einen Wunsch: Er möchte sich als ganz normaler Student unter anderen Studenten den Naturwissenschaften widmen. Ein Kronprinz als Studiosus – das geht nun doch nicht. Der Kaiser hat es verboten. Was ist gegen eine Laufbahn beim Militär einzuwenden? Franz Joseph hat allerdings auch nicht vor, seinen Sohn auf sein späteres Amt als Regent vorzubereiten und an die Regierungsgeschäfte heranzuführen. Durch seinen recht ordentlichen Verstand und den exzellenten Unterricht seiner bürgerlich-liberalen Lehrer könnte sich der Kronprinz zum modernsten Monarchen seiner Zeit entwickeln. Das muss verhindert werden.

Deswegen ist der wichtigste Posten im Hofstaat des Thronfolgers, der Posten des Obersthofmeisters, mit Graf Carl von Bombelles besetzt worden. Charly, wie ihn seine Freunde nennen, ist ein geschmeidiger Lebemann und fleißiger Bordellgänger. Gern trägt er eine große und flott gebundene Schleife um Hals und Kragen und gilt als Naturtalent, was die Anbahnung von amourösen Abenteuern für hochgestellte Persönlichkeiten betrifft. Charly Bombelles soll dem Kronprinzen die Vorzüge seiner Stellung jenseits von Intellektualität und liberalen Ansichten schmackhaft machen. Vorgeschlagen hat ihn Erzherzog Karl Ludwig, der Bruder des Kaisers, weil er in Bombelles einen Mann sieht, der die Familientradition der Habsburger genau kennt. Die katholische Kirche zeigt sich über diese Wahl äußerst zufrieden. Bombelles' Gesinnung ist ultramontan.

Da steht der Kronprinz nun nach den Feierlichkeiten. In Händen hält er das Geschenk seines Großonkels Erzherzog Albrecht: ein Büchlein selbstverfasster reaktionärer Aphorismen. Um ihn herum stehen drei seiner ehemaligen Lehrer mit guten Wünschen für das Leben: Josef Krist, Josef Latour und Maximilian von Walterskirchen. Walterskirchen trägt das frisch verliehene »Ritterkreuz vom Leopoldsorden« an der Brust und sagt: »Bitte sehen Sie es Ihrem sentimentalen Lehrer nach, wenn er Ihnen noch einen letzten Rat geben möchte: Sie haben eine schöne, freudvolle Jugendzeit hinter sich, Kaiserliche Hoheit. Sie haben nicht Not, den Becher des Lebens mit Hast hinunterzustürzen. Genießen Sie die Freuden des Daseins mit Maß.«

Krist und Latour nicken zustimmend. Beide haben ihn einst auf die zarteste Weise mit den Tatsachen des Lebens bekannt gemacht. Naturkundelehrer Krist hat ihn im Unterricht über den Unterschied zwischen Hengst und Wallach aufgeklärt und mit ihm die Fortpflanzung der Tiere durchgenommen. Da war Rudolf dreizehn. Sein Lieblingslehrer Latour fühlte sich ein Jahr später dazu aufgerufen. Da wusste der Kronprinz allerdings bereits alles, auch das, was er gar nicht wissen sollte. Um über die heikle Frage nach ›dem Vorgang‹ hinwegzukommen, besuchte Latour mit ihm eine Fischbrutanstalt in der Nähe von Salzburg. Verlegen standen sie vor einem Becken, in dem eine trübe Spermienwolke langsam auf den Laich am Boden sank. »Es ist immer besser, eine gute Anschauung zu bieten, als der Phantasie durch dunkle Worte Stoff zu wirren Bildern zu geben«, hatte Latour gesagt. Bei so viel pädagogischer Unschuld kann der Kronprinz gar nicht anders, als seinen Lehrern gerührt Mäßigung zu versprechen.

Charly Bombelles, der alte Puffgänger, tritt dazwischen.

»Kaiserliche Hoheit, unser Wagen ist bereit.«

»Gleich. Ich will mich noch eben verabschieden.«

Als Rudolf endlich in die Kutsche steigt, kämpft er mit den Tränen.

»Er fällt Eurer Kaiserlichen Hoheit nicht leicht – der Abschied von Latour?«, sagt Bombelles.

Der Kronprinz schüttelt stumm den Kopf. Er sieht zur Seite und schluckt.

»Weinen Sie sich aus, Kaiserliche Hoheit! Sie haben sich Ihrer Tränen nicht zu schämen.«

Kronprinz Rudolf nickt gefasst. Dann rinnen die Tränen bitterlich, aber geräuschlos über sein Gesicht. Ganze Bäche. Endlich holt der Kronprinz ein Taschentuch heraus, wischt sich das Gesicht und schnäuzt sich.

»Latour ist mehr als mein Lehrer. Er ist mein Freund. Mein liebes, kluges Alterle ... Ich weiß gar nicht, wie ich es ohne ihn am Hof aushalten soll. Hier denkt doch niemals irgendjemand etwas zu Ende. Oder kennen Sie hier jemanden, der sich länger als zwei Minuten mit einem Gedanken beschäftigen kann?«

»Eure Kaiserliche Hoheit werden sich damit abfinden müssen, dass es nur wenige Genies unter den Menschen gibt. Eure Kaiserliche Hoheit täten gut daran, sich mit durchschnittlichen und unterdurchschnittlichen Geistern zufriedenzugeben.«

Der Kronprinz sieht ihn von der Seite an, und sein Obersthofmeister begreift sofort, dass sein junger Herr ihn für banal hält. Dabei ist Bombelles jemand, der sich durchaus für Musik und Literatur interessiert. Aber er ist klug genug, gar nicht erst zu versuchen, Rudolf von seinem Wert zu überzeugen. Stattdessen schlägt er ein wenig Abwechslung und Entspannung vor und bringt ihn zu zweien der hübschesten Prostituierten Wiens, keine kapriziösen Kurtisanen wie in Paris, sondern einfache, herzige, wenn auch teuer eingekleidete Wiener Vorstadtmädel, die offiziell als Weißnäherinnen bei einer Dame namens Johanna Wolf angestellt sind. Mit denen geht es in das neu eröffnete Hotel vom jungen Sacher, natürlich nicht in den hellen, eleganten Speisesaal, sondern in eines der Separées, in ein japanisches Cabinet mit Sesseln, Liegen und Draperien aus wassergrünem Plüsch.

Carl Bombelles nimmt seinen neuen Posten als Obersthofmeister des Thronfolgers zunächst durchaus ernst. Er versucht sogar, seinem Herrn Ratschläge zu erteilen. Aber der Kronprinz lacht ihn aus oder bekommt Wutanfälle. Je nach Thema. Nach einigen dieser niederschmetternden Versuche beschränkt sich Bombelles darauf, den kronprinzlichen Haushalt reibungslos funktionieren zu lassen und seinen Herrn mit erotischen Abenteuern von staubigen Büchern und liberalen Einflüssen fernzuhalten. Bombelles und Kronprinz Rudolf, sie sind bald ein Posten, mit dem in den Büchern der einschlägigen Etablissements gerechnet wird.

Jeden Abend stürzt der Kronprinz sich wie von allen konservativen Kräften erwünscht ins Nachtleben. Allerdings brennt das Licht im Kronprinzenappartement danach noch bis in die Morgenstunden. Sein umtriebiges Geschlechtsleben hält Rudolf nicht davon ab, aufrührerische Bücher zu lesen und sich eine dezidierte Meinung zu bilden: Der Mensch stammt vom hässlichen Affen ab, Aristokraten und Geistliche arbeiten von jeher Hand in Hand, um das übrige Volk recht dumm zu halten, und die erste Gesellschaft ist eine faule Eiterbeule am Staatskörper.

Es sind eher die repräsentativen Pflichten des Tages, die unter dem manischen Frauenkonsum des Kronprinzen leiden. Rudolf nimmt eine Vierzigjährige genauso gern wie ein blutjunges Mädel mit Zöpfen. Allenfalls scheint er dunkelhaarige und schlanke Damen etwas vorzuziehen. Um den Überblick zu behalten, beginnt er damit, ein Ordnungsbuch über seine Geschlechtsakte anzulegen, so wie er ja auch eine Jagdliste führt. Auf Bombelles sinnigen Vorschlag benutzt er rote Tinte für die Damen, die als Jungfrauen in sein Bett gestiegen sind, ansonsten schwarze Tinte. Frauen hohen Ranges erhalten post coitum ein silbernes Etui mit der gravierten Signatur des Prinzen und seinem Wappen, adlige Frauen mit Hofzugang, aber niederen Ranges bekommen Etuis mit seinem Namen in Druckbuchstaben und seinem Wappen, und Prostituierte bekommen etwas Praktisches: Geld.

Die Fiaker singen schon Lieder über ihn, an die sie immer wieder neue Strophen hängen. Vielleicht wäre es an der Zeit, dass der Kronprinz eine Pause einlegt.

Rudolf darf mit Bombelles eine Reise nach Korfu antreten. Anschließend geht es in die Schweiz, die Ruine der Habsburg besichtigen und die Schweizer Uhrenindustrie.

* * *

In Feldafing brechen die Kaiserin und ihre Nichte zu einem Gegenbesuch beim bayerischen König auf. Mit dem üblichen Groom im Schlepp reiten sie nach Schloss Berg. Es ist ein langer Weg, um das obere Ende des Starnberger Sees herum. Marie Louise trägt ein einfaches dunkelgraues Kleid, da sie nicht mit hineinkommen, sondern im Park auf die Rückkehr der Kaiserin warten soll. Elisabeth hingegen trägt ein sehr mondänes schwarz-weiß gestreiftes Reitkostüm.

»Franz Joseph sagt, ich sehe darin aus wie ein Zebra.«

Die staubige Landstraße setzt beiden Kleidern gleichermaßen zu. Die Damen ziehen ihre Lederfächer hervor und halten sie sich vor das Gesicht. Inzwischen hat auch Marie Louise stets so einen Fächer an ihrem Sattel hängen. Gegen den Staub und gegen die Sonne. Sie ist froh, als sie sich im Park von Schloss Berg in den Schatten setzen kann. Das würfelförmige Gebäude mit den flachen Zinnen, den vier Ecktürmchen und dem gerade erst angefügten nagelneuen Eingangsturm scheint vollkommen ohne Aufsicht, weder Portier noch Diener lassen sich blicken. Einzig am Eingang zum Schlosshof steht ein Gendarm.

»Warte hier«, sagt die Kaiserin, »und komme mir unter gar keinen Umständen nach. Ludwig ist sehr scheu und kann entsetzlich wütend werden.«

»Ich werde mich hüten. Papa hat mich einmal zu Prinz Otto mitgenommen. Prinz Otto hat mich gefragt, ob ich Blumen mag, und dann hat er lauter ausgerissenes Gestrüpp neben meinen Füßen aufgeschichtet.«

»So schlimm rappelt Ludwig zum Glück nicht; er ist bloß anstrengend. Ein Jammer ist es – diese schönen jungen Menschen.«

Die Kaiserin verschwindet im neuen Eingangsturm, dem der König Bayerns den Namen Isolde gegeben hat. Marie Louise sitzt mit geschlossenen Augen auf ihrer Steinbank, ignoriert die unvergleichliche Aussicht und genießt die kühle Luft, die vom Gebirge herunterweht. Doch schon nach kurzer Zeit kommt ein Lakai und bittet sie, ihm zu folgen. Marie Louise ist erschrocken. Es ist ganz und gar ungehörig, in diesem einfachen Kleid und so verstaubt vor dem König zu erscheinen. Die Königswohnung liegt im zweiten Stock. Der Lakai führt sie geradewegs in den Salon. König Ludwig liegt auf einer Chaiselongue, neben ihm sitzt die Kaiserin. An den Zimmerwänden tummeln sich die Nibelungen. Unbeholfen macht Marie Louise in dem engen Reitkleid ihr Hofkompliment.

Die Kaiserin winkt sie heran.

»Der König möchte dich singen hören.«

Es gibt einen Trost in dieser unglücklichen Situation. Der König sieht auch ziemlich merkwürdig aus. Seine rechte Backe ist monströs geschwollen, er hat ein großes Taschentuch um seinen Kopf gebunden und riecht nach Nelken. Freundlich streckt er ihr die Hand entgegen, schwärmerisch sanft blickt er sie an. Doch als sie seine Hand küssen will, zieht er sie entrüstet zurück, und sein Blick wird kalt und boshaft.

»Du sollst etwas aus Lohengrin singen«, sagt die Kaiserin schnell. Der König drückt auf die Tischglocke, worauf ein Lakai erscheint und auf den Befehl des Königs eine Flügeltür öffnet. In dem Zimmer dahinter steht ein Klavier. Marie Louise setzt sich, der Diener gibt ihr die Noten. Sie stecken in einem blauen Einband, in den eine silberne Krone und ein Schwan eingepresst sind. Flüsternd bittet Marie Louise den Diener um ein Glas Wasser, und es steht umgehend vor ihr. Mit Todesverachtung schlägt sie Elsas Klage an und singt. Es geht ganz passabel. Als sie endet, steht die Tante schon an der Tür. Zeit zur Heimkehr. Der König ist sehr zufrieden. Er sagt etwas Freundliches, hält dabei aber den Kopf hoch, das Gesicht gegen den Himmel gewandt und genau dort spricht er auch hin, sodass er nicht zu verstehen ist. Dann beugt er sich über die Hand der Kaiserin.

»Lebe wohl, Elisabeth.«

Langsam reiten Elisabeth und ihre Nichte heim.

»Ich fühle mich in König Ludwigs Gesellschaft nie ganz wohl«, sagt die Kaiserin, »und dennoch zieht er mich an mit seiner großen Traurigkeit. Ich bringe es einfach nie fertig, ihm böse zu sein. Heute hat er sich wieder über deine Tante Sophie beklagt und behauptet, er hätte die Verlobung bloß gelöst, weil sie ihn so enttäuscht habe. Lächerlich, aber er möchte es wohl selber gern glauben. Ich allein, sagt er, habe ihn niemals enttäuscht und entspreche immer noch dem Bild, das er sich in seiner Vorstellung von mir gemacht hat.«

»Ich weiß nicht, warum ich die Elsa singen sollte«, mault Marie Louise schläfrig, »die Senta gefällt mir viel besser.«

»Rede nicht so gedankenlos daher, was dir gerade einfällt. Wenn du nichts Interessantes zu sagen hast, solltest du schweigen.«

Sie galoppieren ein Stück neben der Straße, dann hält Tante Sisi in einem Tannenwald und steigt vom Pferd. Marie Louise tut es ihr ohne zu fragen nach. Sie warten, bis der Groom sie eingeholt hat. Er bleibt an der Straße zurück und hält die Pferde, während die Kaiserin einen schmalen Pfad einschlägt, der zu einem kleinen See führt. Es ist ein romantischer, düsterer Ort, das dunkelgrüne Wasser ist von hohen Tannen umstanden und das Ufer mit Moos und Farnen bewachsen. Ein umgestürzter Baum bietet Gelegenheit, sich zu setzen. Der Himmel färbt sich bereits rot. Wenn die Kaiserin einen Ort und eine Zeit aussuchen wollte, der ihre Worte bedeutungsschwer macht, so ist ihr das gelungen. Sie sitzen eine Weile schweigend beieinander. Marie Louise fährt mit der Reitpeitsche durch den Farn und ein Frosch rettet sich mit einem Sprung ins Wasser.

»Lass die armen Dinger in Ruh«, sagt die Kaiserin. »Es ist ihre Zeit, wo sie herauf zur Erde steigen, störe sie nicht.«

Marie Louise sieht sie erstaunt an.

»Es sind keine Frösche und Kröten, es sind Wassergeister. Sie können nur in dieser Gestalt zu uns heraufkommen.«

Marie Louise seufzt innerlich. Vermutlich will Tante Sisi jetzt wieder eines von ihren selbst erfundenen Märchen erzählen, die Marie Louise dann später für sie aufschreiben muss. Diese Märchen ähneln einander und führen nirgendwohin. Immer geht es um eine unverstandene Feenkönigin, die auch am Ende des Märchens immer noch unglücklich und unverstanden ist.

Aber die kaiserliche Tante will diesmal auf etwas anderes hinaus.

»Hör zu, Marie, ich muss mit dir reden. Wie du weißt, habe ich deinem Vater versprochen, für dein Glück zu sorgen.«

Marie Louise zuckt zusammen.

»Es geht auch nicht an, dass du unverheiratet bist, wenn du mich weiterhin in Gödöllő besuchst. Jedenfalls nicht, wenn du zu unserem kleinen Kreis gehören willst. Es ist zu unbequem, stets auf dich aufpassen zu müssen. Ein harmloser, netter Gatte wird unser Zusammensein nicht behindern.«

»Aber Tante Sisi, ich …«

»Sei still. Ich rede noch. Du hast in Gödöllő für Tratsch gesorgt. All das wird nicht mehr geschehen, wenn du erst mit Georg Larisch verheiratet bist. Alles wird dann viel einfacher sein.«

»Aber ich kenne diesen Georg Larisch doch gar nicht!«

»Doch, du hast ihn schon in Pardubitz kennengelernt. Dieser einfältige kleine Offizier. Er wäre just der rechte Mann, an den ich dich verheiraten möchte.«

»Der mit den Eiterbeulen im Gesicht?«

»Du übertreibst, Hibou. Außerdem sind die paar Pickel inzwischen längst wieder fort. Die Larisch-Moennichs sind ein altes schlesisches Grafengeschlecht und sehr reich. Eine bessere Partie kannst du dir gar nicht wünschen. Ich will nicht, dass du am Ende einen Mann heiratest, der eifersüchtig und besitzergreifend ist und uns daran hindert, uns zu treffen. Georg ist ein harmloser Alltagsmensch, der keine großen Ansprüche stellt. Er würde sich nie in das Tun und Lassen seiner Frau einmischen. Oder glaubst du etwa an die ideale Liebe? Die ideale Liebe ist nur unbequem, das lass dir sagen.«

Marie Louise starrt vor sich hin. Die Kaiserin beugt sich zu ihr herüber und küsst sie auf die Wange.

»Hibou, nun schau nicht so. Georg ist Vetter und Schwager von Heinrich Larisch. Den magst du doch! Und Johann Larisch kennst du auch. Er ist sein Onkel und Vormund. Mit seiner Exzellenz ist bereits alles geregelt. Du wirst, kurz bevor wir nach Gödöllő reisen, mit Gräfin Festetics nach Schlesien fahren und bei Graf Heini auf Schloss Solza wohnen. Es wird dir bei den Heinis gefallen. Und diesmal wird alles gut gehen.«

* * *

Am 31. August macht sich Anna Heuduck wieder auf nach Schönbrunn. Solange der Kaiser sich dort aufhält, geht sie jeden Morgen hin, normalerweise zusammen mit ihrem Mädchen, der
Lini. Aber die Lini hat eine Geschwulst im Gesicht. Sehr wider-
wärtig und auch schmerzhaft, wie die Lini selber sagt, weswegen sie diesmal zu Hause bleiben darf.

Es ist immer derselbe Platz, an dem Anna dem Kaiser begegnet. Beim Obelisken. Sie hofft, dass er sie ansprechen wird.
Es ist wieder länger her, dass das passiert ist. Zu lange. Sie hat
schon kein Geld mehr. Wie soll das weitergehen? Am besten,
man wäre tot. Dann hätte man seine Ruhe. Auch diesmal begegnet sie dem Kaiser. Er ist besonders lebhaft, als er sie grüßt,
er grüßt als wollte er gleich bei ihr stehen bleiben, aber dann
geht er doch weiter und verschwindet um die nächste Ecke und
mit ihm die Hoffnung.

Am nächsten Tag regnet es. Es ist ja schon September, der
Sommer ist bald vorbei. Anna Heuduck schiebt sich ihren Revolver in die Manteltasche. Natürlich hat Anna einen Revolver.
Einen Revolver kann man immer gebrauchen. Ohne die Lini
zu wecken, geht sie hinaus und zieht leise die Tür hinter sich
zu. Auf dem Weg nach Schönbrunn kommt sie sich schändlich
und verdorben vor. Was soll Gott nur von ihr denken? Mein
Gott! Mein Gott! Was ist das nur für ein Gedanke, sich zu töten,
wenn man kurz davor steht, einem Kind das Leben zu geben?
Aber für das Kind ist es auch besser, nicht geboren zu werden.
Der Regen lässt nach. Es ist kühl und feucht und Anna fröstelt
in ihrem durchgeweichten dünnen Mantel. Beim Obelisk setzt
sie sich in die Steingrotte. Es ist ruhig wie auf einem Friedhof.
Wie schön das ist, wenn es einfach nur ruhig ist. Wie wohl das

tut, nichts zu hören. Sie steht auf. Jetzt! Entweder erschießt sie sich jetzt endlich, oder sie geht wieder nach Hause, bevor sie sich noch ein Fieber aufsackt. Plötzlich hört sie Sporengeklirr. Der Kaiser kommt den Weg herab. Er grüßt. Anna dankt und bleibt unbeweglich an ihrem Platz. Der Kaiser verschwindet über der Stiege. Jetzt! Dann hört er den Schuss und findet die Leiche. Dann wird es ihm leidtun! Kurz darauf klirren noch einmal Sporen. Wer kann das sein? Außer Anna und dem Kaiser ist kaum einmal jemand so früh unterwegs. Der Kaiser kehrt zurück. In einiger Entfernung bleibt er stehen, ohne sie anzusehen. Sie weiß, was das bedeutet, und als er wieder fortgeht, folgt sie ihm mit großem Abstand. Über dem Badhaus im Wald wartet er auf sie. Er kommt ihr sogar entgegen, nimmt sie bei der Hand und küsst sie. Anna ist bleich wie der Tod. Es kommt zu plötzlich. Sie hat sich das Glück nicht mehr vorstellen können. Sie hält sich in den Zweigen eines Baumes fest, um nicht umzusinken, und schüttelt die Nässe darin über sich und den Kaiser. Der Kaiser lächelt, nimmt seine Kappe herunter und klopft das Wasser ab.

»Ich getraue mich kaum, mit Ihnen zu sprechen«, sagt er hastig, »hier in Schönbrunn – wegen der Kaiserin.«

Das also ist der Grund gewesen, warum er sie so lange nicht bemerken wollte. Offenbar ist die Kaiserin aus der Sommerfrische zurückgekehrt und hält sich in Schönbrunn auf.

Der Kaiser geht mit Anna in den Fasangarten. Dort will er sich mit ihr auf einen Stapel Baumstämme setzen.

»Halt«, sagt Anna. Und als er sie völlig verblüfft ansieht, korrigiert sie sich schnell:

»Einen Moment bitte, Eure Majestät. Es ist sehr nass und Eure Majestät könnten sich beschmutzen.«

Anna zieht ihren Mantel aus und breitet ihn über die Stämme. Dann setzen sie sich und der Kaiser nimmt ihre Hand und legt sie auf sein Bein. Er atmet schwer. Er öffnet ihr das Kleid am

Rücken, fährt mit seinen Händen unter den Stoff, bewundert, was er in die Finger bekommt, und wird immer stürmischer. Anna weiß nicht, worin das enden soll. Oder doch, sie weiß es nur zu gut.

»Ich möchte gehen, Eure Majestät. Bitte, Eure Majestät.«

»Lassen Sie mich«, sagt der Kaiser, »ich bin so glücklich!«

»Bitte, Eure Majestät, lassen Sie mich gehen.«

»Hast du etwa Angst? Es geschieht Ihnen doch nichts. Diese Treffen mit Ihnen sind meine glücklichsten Stunden.«

»Bitte.«

Das Mädchen, das Kind, die Frau – was immer es ist – beginnt zu weinen. Mit einem Seufzer zieht der Kaiser seine Hände aus dem Kleid und hakt es wieder zu. Er greift in seine Uniformjacke und zieht einen Umschlag heraus. Einen Umschlag mit Geld. Wie schön die Welt ist mit einem Umschlag voller Geld. Ein Reicher kann hundert Armen ein sorgenfreies Leben verschaffen. Nur tut er das so selten.

Als Anna Heuduck heimkommt, fliegen Schwalben durch die Wohnung. Die Lini hat wohl ein Fenster offen stehen gelassen.

Die letzten Wochen in Freiheit verbringt die Baronesse Wallersee mit ihren Eltern in Bad Kreuth. Tante Marie, die Ex-Königin von Neapel, ist auch dabei. In diesen eigentlich so schönen Tagen weiß Marie Louise nicht recht, wohin mit sich. Sie muss immer wieder an diesen Georg Larisch denken, sein unordentliches Gesicht. Vielleicht will er sie ja gar nicht und sie kommt noch einmal davon. Sie weint viel. Zweimal bekommt sie Nasenbluten. Alle versuchen, sie zu trösten und ihr zuzureden. Aber selbst ihre Mutter ist immer wieder den Tränen nah.

»Ich weiß, wir müssen dankbar sein, dass Tante Sisi sich so kümmert. Aber dass ich nicht ein einziges Wort dabei mitzureden habe, wen unsere Tochter heiraten wird, dass alles über meinen Kopf hinweg geschieht … Das ist nur schwer zu ertragen.«

Herzog Ludwig legt seiner Frau die Hand auf die Schulter.

»Über meinen Kopf hinweg ja auch. Wir müssen uns der Kaiserin fügen. Wird hoffentlich etwas Gutes dabei herauskommen. Ein Larisch – wir könnten es auch schlechter treffen. Immerhin ein Graf.«

Marie Louise fängt wieder an zu weinen.

»Du bist schon neunzehn«, brummt Herzog Ludwig verlegen. »So viele Bälle wird es nicht geben, zu denen man dich noch einlädt. Und wenn – wirst du dich da wohlfühlen, wenn du unter allen immer die Älteste bist?«

»Komm, mein Mädchen«, sagt die Königin von Neapel. »Du kannst mich zum Unterricht begleiten. Und dann gehen wir in die Konditorei.«

Marie von Neapel nimmt neuerdings Zither-Unterricht beim Glas-Anderl.

Auf dem Weg zum Glas-Anderl begegnen sie einem jungen Mann. Marie Louise muss ein zweites Mal hinschauen, bevor sie erkennt, dass es sich um den Geißbub Josef handelt, ihren ehemaligen Spielkameraden. Verlegen stehen sie voreinander.

»Ich seh schon, ich muss allein zum Unterricht«, sagt Tante Königin von Neapel und lässt ihre Nichte mit dem jungen Mann zurück.

»Wir sehen uns in einer Stunde beim Konditor.«

Ohne sich darüber zu verständigen, gehen Marie Louise und Josef am Bach entlang. Die zukünftige Gräfin ohne Anstandsdame mit dem Geißbub unterwegs. Unglaublich eigentlich. Marie Louise wird klar, dass dergleichen wahrscheinlich nie wieder in ihrem Leben geschehen wird. Nicht, wenn sie eine Gräfin Larisch wird. Sie reden über dies und das. Was die Vroni macht? Verlobt. Er selber? Noch nicht. Dann schweigen sie lange, schauen über die bunten Wiesen. Erst jetzt hat Marie Louise die Ruhe, Abschied zu nehmen von ihrem lieben Bayern und von der Freiheit. Plötzlich bricht es aus dem Geißbub heraus:

»A Mordstrum Frauenzimmer bist wordn!«

Später beim Konditor müssen die Königin von Neapel und ihre Nichte noch immer darüber lachen. Diese ländliche Direktheit. Eine schöne braune Haut hat der Josef gehabt.

»Ich habe mir heute morgen im Bett ein Märchen ausgedacht«, sagt die Königin von Neapel. Ich würde es dir heute Abend gern diktieren. Du hast so eine schöne Schrift.«

Oh, Gott, schon wieder ein Märchen.

»Gern, Tante Marie«, sagt die Nichte.

»Grottenschlecht«, sagt Marie Louise zu ihren Eltern, als sie am späten Abend aus dem Zimmer der Königin von Neapel zu ihnen zurückkommt. »Warum müssen die Tanten nur ständig Märchen erfinden. Bei Tante Sisi sind sie wenigstens ein bisschen gruselig – da gibt es eine hässliche Krötenfrau oder ... Aber bei Tante Marie schläft man sofort ein.«

»Noch so ein Erbfehler«, sagt Herzog Ludwig. »Dein Großvater hält sich auch für einen Schriftsteller.«

»Rede bitte nicht so respektlos über deine Tanten«, sagt ihre Mutter, »wir haben ihnen sehr viel zu verdanken. Vielleicht ist dieses Märchen Tante Marie gerade in einer schwachen Stunde eingefallen.«

»Ja«, sagt Marie Louise, »in einer sehr schwachen Stunde.«

Dann kommt aus Ischl der Brief der Kaiserin. Marie Louise soll nach Wien fahren, um von dort mit der Gräfin Festetics nach Solza aufzubrechen. Herzog Ludwig und seine Frau sollen hingegen gleich nach Gödöllő reisen, um Marie Louise dort in ein paar Tagen zu erwarten.

»Sie wird es wirklich tun«, sagt Henriette Wallersee tonlos, »sie verheiratet unser Kind in die Fremde.«

»Wenn Georg Larisch sie haben will – und das sollten wir hoffen«, erwidert Herzog Ludwig. »Mir ist immer noch nicht klar, welchen Vorteil sich die Larische davon versprechen. Ob sie denken, dass der Kaiser sie deswegen in den Fürstenstand erhebt?«

Es liegt noch ein zweiter Brief dabei. Die Hofdame Festetics schreibt der kaiserlichen Nichte, wie sehr sie sich auf diese gemeinsame Fahrt freue.

»Das ist aber nett von der Gräfin«, sagt Henriette.

»Wer's glaubt«, sagt Marie Louise, »die freut sich höchstens, dass ich so weit weg verheiratet werde, damit sie Tante Sisi wieder für sich allein hat.«

»Na, na«, erwidert Henriette, »die Gräfin wird doch wohl eher erleichtert gewesen sein, wenn sie mal ein paar Stunden freinehmen konnte.«

»Falsch«, sagt Herzog Ludwig. »Die Festetics ist völlig besessen von Elisabeth, die deliriert, wenn die hohe Frau sie nur anspricht.«

»Also wirklich, Louis«, sagt Henriette.

Marie Louise lacht und dann bricht sie in Tränen aus.

* * *

Die Hofdame Festetics und die kaiserliche Nichte sitzen miteinander in einem Zugabteil. Sie sind auf dem Weg nach Schlesien, um einen ungeliebten Mann zu erobern, damit die Kaiserin mit ihnen zufrieden ist. Die Zofe Sophie ist auch dabei. Henriette Wallersee hat sie ihrer Tochter mitgegeben, damit Marie Louise sich in Solza nicht so allein fühlt. Und Sophie kann dabei an Weltläufigkeit gewinnen. Die Zofe sitzt auf ihrem Platz am Gang und schläft mit offenem Mund. Sie sind schon die ganze Nacht unterwegs. Die Sonne ist eben erst aufgegangen. Festetics kann Marie Louise Wallersee nicht besonders gut leiden. Da ist etwas Falsches und Aufgesetztes an der Baronesse. Aber wie sie ihr da so bleich und hoffnungslos gegenübersitzt, tut sie ihr auch wieder leid.

»Georg hat keine leichte Jugend gehabt«, versucht sie das unglückliche Mädchen für ihren Bräutigam einzunehmen. »Seine Mutter, Gräfin Helene, eine gebürtige Prinzessin Stirbey, ist sehr jung einem Lungenleiden erlegen. Einige Jahre danach starb auch sein Vater. Graf Johann hat die drei Geschwister zwar in seinem Haus aufgenommen, Georg aber früh in ein Ulanenregiment gegeben. Seitdem hat er nur in kleinen Garnisonen gelebt und bis er vierundzwanzig ist, wird sich das wohl auch nicht ändern, denn solange steht er noch unter Vormundschaft.«

Beide schauen in ihre eigenen Gedanken versunken aus dem Fenster. Allmählich werden die strohgedeckten Bauernhöfe weniger und vereinzelt tauchen Kohlenschächte und Koksöfen auf.

»Es könnte sein, dass das schon die Kohlenschächte der Larischs sind«, versucht Festetics die Nichte aufzumuntern. »Die Bahnstrecke soll direkt am Johann-Schacht vorbeiführen. Die Larischs sind hier die Kohlenkönige.«

»Ich weiß«, mault Marie Louise, »und böhmischer Uradel sind sie auch noch! Sie werden auf mich herabsehen und uns gar nicht erst empfangen. Wahrscheinlich werde ich in den Stallungen untergebracht und dann schicken sie mich wieder zurück.«

»Reden Sie keinen Unfug, Baronesse. Sie sind die Nichte des Kaisers! Außerdem gibt es in der Ahnenreihe der Larische ebenfalls einen Mangel, einen bedeutenden sogar, der unter dem ganzen Adel bekannt ist. Graf Johanns Großvater heiratete ein Mädchen aus der untersten Klasse.«

Vor dem Fenster ziehen die Häuschen einer Arbeiterkolonie vorbei, jedes von einem kleinen Garten umhegt. Die Baronesse Wallersee sieht ihnen melancholisch nach.

In Karwin wartet Graf Heinrich an der Bahnstation, ein gut ge-launter Riese von siebenundzwanzig Jahren, den Marie Louise bereits aus Gödöllő kennt. Er führt die kleine Wallersee und ihre Anstandsdame an riesigen Güterhallen vorbei, aus denen die fa-milieneigene Kohle quillt. Dahinter wartet eine Kutsche. Zofe Sophie will sich mit den Reisetaschen als Letzte hineinwuch-ten und muss von einem Burschen darauf aufmerksam gemacht werden, dass es noch eine zweite Kutsche für sie und das Gepäck gibt. Graf Heinrich hat sein Pferd mitgebracht, er reitet neben den Kutschen her. Trotz des frühen Morgens rauchen in Karwin schon die Schlote. Aus der Ferne hört man das Stampfen von Maschinen. Sie fahren durch eine flache Landschaft aus Feldern und Wiesen mit einigen sanften Hügeln. Das Ziel ihrer Reise liegt auf einem dieser Hügel inmitten einer prächtigen Parkland-schaft. Schloss Solza ist gigantisch, ein erst vor drei Jahren fer-tiggestellter Prachtbau in der Art eines französischen Chateaus. Die zierliche, mädchenhafte Gestalt der Gräfin Yetta wirkt vor diesem Gebäude noch zerbrechlicher. Es scheint eher auf ihren hühnenhaften Gatten zugeschnitten zu sein.

»Man kann von hier die Karpaten sehen, dahinten ... da ... die blauen Berge ...«, sagt Graf Heini verlegen. Gräfin Yetta ist die Schwester von Georg. Heinrich Larisch hat seine eigene Cousine geheiratet, die als Kind mit im Haushalt aufwuchs. Es gibt einen kurzen Imbiss, Marie Louise und Festetics bekommen ihre Zimmer gezeigt, in denen sie die kommende Woche wohnen werden, ziehen sich um, und am späten Nachmittag fährt man hinüber ins nahegelegene Schloss Freistadt, wo das sechsundfünfzigjährige Oberhaupt des Hauses Larisch residiert. Marie Louise lernt sie nun alle kennen: Graf Johann Larisch, seine Gattin, die Gräfin Franziska, deren gleichnamige Tochter, die Finchy gerufen wird, und ein weiteres junges Mädchen namens Mizzi. Mizzi, eigentlich Marie Leontine, ist die jüngere Schwester von Yetta und Georg. Alle sind die Liebenswürdigkeit selber, und alle sind ein wenig verlegen, denn alle sind über den Grund dieses Besuchs in Kenntnis gesetzt. Von Georg, um den es ja eigentlich geht, ist weit und breit nichts zu sehen.

Er kann erst am nächsten Tag aus seiner galizischen Garnison anreisen. Der Mann, der Marie Louises Gatte werden soll, macht einen erheblich besseren Eindruck auf sie als beim letzten Mal. Er hat keine Beulen mehr im Gesicht und scheint auch etwas kräftiger geworden zu sein. Jetzt, wo die Furunkel weg sind, fällt plötzlich sein übermäßig großer Mund auf. Ansonsten hat er ein hübsches Gesicht, die etwas derbere Version des schönen Gesichts seiner Schwester Yetta. Für seine dreiundzwanzig Jahre sieht er sehr jung aus. Georg nimmt von seiner zukünftigen Braut kaum Notiz. Vielleicht stellt er sich aber auch bloß gleichgültig, weil er zu dumm zum Flirten ist. Wie hat ihn Tante Sisi noch gleich genannt? Einen Alltagsmenschen. Das größte Glück wäre es natürlich, wenn er tatsächlich kein Interesse an ihr hätte.

Sie wechseln die allerbanalsten Worte, dann verschwindet Georg im Arbeitszimmer seines Onkels und Vormunds. Die Damen bleiben im Salon und plaudern über England. Die Larische sind alle halbe Engländer. Entweder sind sie dort geboren oder aufgewachsen oder sie schwärmen einfach nur so für die Insel. Georg wird in der Familie immer nur George genannt. Oder Georgy.

Aus dem Arbeitszimmer sind plötzlich laute Stimmen zu hören.

»Das ist Georgy, der so schreit«, sagt Finchy trocken, »jedenfalls hat Papa wieder Ärger mit ihm.«

»Wenn er nur ruhig reden wollte«, murmelt Mizzi, »Onkel Hans hasst es, wenn er jedesmal gleich losfährt. Damit verdirbt sich Georgy immer so viel.«

Als Graf Johann kurz darauf mit seinem Neffen aus dem Arbeitszimmer kommt, vermeidet er es, der Baronesse ins Gesicht zu sehen. Das Familienoberhaupt ist enorm stolz auf seine guten Beziehungen zu Kaiser und Kaiserin – schließlich bekleidet er das Ehrenamt des Oberhofmarschalls – und die Peinlichkeit, wenn die von der Kaiserin gewünschte Hochzeit nicht zustande käme, wäre enorm. George ist bedrückt und sieht überhaupt niemanden an.

Angesichts der schicksalsträchtigen Entscheidung, die im Raume steht, vergehen die Tage erstaunlich ereignisarm. Solza sieht zwar wie ein französisches Schloss aus, dennoch pflegt man die englische Lebensart. Mehrmals am Tag wird sich nach britischer Etikette umgezogen, und nachmittags gibt es Croquet-Spiele, die an Langeweile nicht zu überbieten sind. Graf Johann und Gräfin Franziska tun alles, damit die beiden jungen Leute so viel Zeit wie möglich miteinander verbringen. Bei Tisch sitzt George jedesmal neben Marie Louise, wird spazieren geritten, dirigiert Yetta ihren Bruder sofort an die Seite der Baronesse. Trotzdem geht die Sache nicht voran. Georg Larisch ist gehemmt, er scheint sich in seiner eigenen Familie nicht wohlzufühlen. Und er ist alles andere als ein guter Gesellschafter. Halb gelangweilt, halb verlegen schleppt sich das Gespräch zwischen ihnen dahin. Marie Louise tut auch nichts, um ihn für sich zu interessieren. Sie hofft, die Woche wird schnell vorübergehen, das Ganze wird sich als Fehlschlag erweisen, und sie wird noch ein wenig Zeit haben, ein halbes oder ein ganzes Jahr in Freiheit, bevor sie woanders wieder auf den Heiratsmarkt geworfen wird.

Diesmal ist eine Ausfahrt angesetzt, und die Larischs drängen sich alle so in den Phaeton, dass Marie Louise nur noch neben George Platz findet.

»Schönes Wetter heute«, sagt Georgy.

»Hoffentlich bleibt es so«, erwidert die Baronesse. Noch stupider kann die Konversation nicht werden. Doch dann fragt George sie, ob sie den Reitsport etwa ebenso fanatisch liebe wie Kaiserin Elisabeth. Es ist die nackte Angst, die aus dem jungen Grafen spricht. Er hat von den außergewöhnlichen Leistungen seiner zukünftigen Braut zu Pferde gehört. Er selber wurde in seiner letzten militärischen Beurteilung als »genügend guter, dabei sehr determinierter Reiter« bezeichnet, was übersetzt so viel wie: »hoffnungsloser Fall, aber er fällt wenigstens nicht runter« heißt.

»Als Pferdekenner noch schwach«, hat ein weiterer Ausbilder dazugeschrieben. Es macht die Sache nicht besser, dass die anderen beiden Männer in der Familie ausgezeichnete Jagdreiter sind, die eigene Hundemeuten unterhalten. Vetter und Schwager Heinrich ist Master der Pardubitzer Hirschhunde, ein Amt, das vom Kaiser als Ausdruck allerhöchster Gunst vergeben wird. Nicht nur Georges' Reiterleben, sein Soldatenleben überhaupt ist eine Kette von Demütigungen. Schon den Kadettenvorbereitungskurs hat er mit ›ungenügend‹ abgelegt. Kadett durfte er trotzdem werden, aber nur weil es von hoher Stelle – sehr hoher Stelle – eine Empfehlung für ihn gab. Man spürt den guten Willen seiner Ausbilder, etwas Positives über ihn zu sagen, wenn sie ihn in der Beurteilung als harmlos, ehrenhaft und bescheiden beschreiben.

Marie Louise ahnt nichts von seinen Nöten. Sie ärgert sich. Warum nennt er die Kaiserin »fanatisch«? Tante Sisi ist möglicherweise die beste Jagdreiterin der Welt. Was hat das mit »fanatisch« zu tun? Dennoch gibt sie sich Mühe, höflich zu bleiben, und antwortet:

»Ich bin mit Pferden aufgewachsen. Ich kenne es gar nicht anders. Als kleines Kind habe ich bereits ein Pony gehabt und später mindestens drei Pferde am Tag geritten.«

»Sie folgen wohl den Fußstapfen Ihrer Majestät? Man sagt, die Kaiserin liebt die Pferde so sehr, dass sie mitunter bei ihren Lieblingen im Stall schlafe.«

George spricht ungewöhnlich laut. Noch etwas lauter und man kann es Schreien nennen.

»Wer erzählt denn so etwas?«, fährt Marie Louise auf. »Da hat sich wohl jemand einen schlechten Witz mit Ihnen erlaubt, Graf Larisch. Das kann doch kein gebildeter Mensch glauben.«

Erstaunlicherweise wird er durch ihre Widerworte ganz friedlich.

»Ja, es mag wohl viel übertrieben und getratscht werden. Immerhin sympathisiere ich nicht mit Damen, die nichts als Pferde im Kopf haben.«

Nun weiß sie Bescheid. Das Thema wird fallen gelassen.

Am Abend beim Dinner sagt George zu seinem Vormund:

»Ehe ich es vergesse, Onkel Hans, ich habe mir die Rana, die große braune Stute, bringen lassen. Ich will sie morgen früh reiten.«

Johann Larisch fährt sofort auf.

»Was hast du?«, schnauzt er.

George läuft rot an und ringt um Haltung. Betont ruhig sagt er:

»Ich habe mir eines meiner Pferde aus meinem Gestüt herbringen lassen, um es morgen zu reiten.«

»Wie kommst du dazu, hier einfach Befehle zu erteilen?«

Der alte Graf brüllt jetzt.

»Das ist eine bodenlose Frechheit. Hier gibt nur einer Befehle, und du hast mich zu fragen, wenn du hier irgendetwas geändert haben willst. Die Rana wird morgen früh gleich zurückgebracht. Du reitest das Pferd, das ich dir zuteilen werde!«

»Es sind meine Pferde«, schreit jetzt auch George. »Meine Pferde!«

»Dir gehört hier gar nichts! Noch gehört dir hier gar nichts! Ich dulde diese Unverschämtheiten nicht in meinem Haus.«

Die ganze Tischrunde sieht bestürzt auf ihre Teller. Außer den Gästinnen und der Familie sitzen auch der Sekretär und die beiden Erzieherinnen der Mädchen mit am Tisch. Alle sind zusammengezuckt, aber im Gegensatz zu Marie Louise und Festetics scheinen die anderen über die derbe Art des sonst so feinen alten Herrn gar nicht besonders überrascht. Trotzdem ist es natürlich furchtbar peinlich. Alle sind erleichtert, als George diesmal nichts antwortet, sondern sich einen Apfel aus der Obstschale greift und diesen stumm schält und in Stücke schneidet. Allmählich beruhigt sich auch der alte Graf, murrt nur noch vereinzelt vor sich hin, während George mit zitternden Fingern die Apfelstücke auf seinem Teller hin und her schiebt.

Nachdem die Tafel aufgehoben ist, steht George im Salon in einer Ecke wie ein relegierter Schüler. Marie Louise geht zu ihm hinüber.

»Machen Sie sich nichts daraus. Ich werde zu Hause von meinem Vater auch oft gescholten, aber das geht vorüber.«

»Ihr Vater kann Ihnen alles sagen, weil er als solcher das

Recht dazu hat. Doch glaube ich nicht, dass er Sie vor anderen derart beschimpfen und demütigen würde. Übrigens ist es mein Geld und mein Eigentum, um was es sich hier handelt, und mein Onkel ist lediglich der Administrator ... vorläufig noch!«

Er wirft einen zornigen Blick in die Ecke, in der sein Vormund sitzt.

Später am Abend zieht die Familie sich nach und nach zurück, bis nur noch Graf Heinrich, Marie Louise und die Hofdame Festetics im Salon sitzen. Graf Heinrich nutzt den Moment, als die Hofdame kurz hinausgeht.

»Lassen Sie mich offen sein, Baronesse, bevor die Gräfin wieder zurück ist. Ich sollte mich vielleicht heraushalten, aber ich kann nicht mit ansehen, wie Sie sich blindlings in eine Verbindung stürzen, die Sie vielleicht ein Leben lang bereuen werden. Verstehen Sie mich nicht falsch, ich habe nichts gegen George. Eher tut er mir leid. Aber solche Szenen, wie Sie sie eben mitbekommen haben, sind leider keine Ausnahme bei ihm. George ist schwierig. Ein störrischer Charakter. Sie sind viel zu jung und unerfahren für einen Mann wie ihn. Er braucht eine energische, willensstarke Frau, die ihn zu nehmen weiß. Und vor allem braucht er eine Frau, die ihn liebt, damit sie ihm einiges nachsehen kann.«

»Was denn? Was muss sie ihm nachsehen?«

»Sehen Sie, Baronesse, Georg hatte eine sehr unglückliche Jugend. Nach dem Tod der Mutter haben die Kinder mit ihrer alten Erzieherin ganz allein in Schönstein gelebt, während der Vater immer mehr dem Wahnsinn verfallen ist. Man hat die Kinder von ihrem Vater fernzuhalten versucht, aber irgendwann läuft man sich natürlich trotzdem über den Weg. George ist seinem Vater in dessen fortgeschrittenem Stadium der Gehirnerweichung im Garten begegnet und hat sich bei diesem Anblick so erschrocken, dass er darüber krank geworden ist. Ein schlimmes Nervenfieber. Noch lange danach hat er an hochgradiger Nervosität gelitten. Mit Müh und Not haben wir ihn in einer Kadettenanstalt untergebracht. Das hat ihn ein wenig abgelenkt, aber auch jetzt ist er immer noch ein sonderbarer und sehr verschlossener Mann.«

»Ich glaube, es rechnet sowieso niemand mehr mit einer Verlobung zwischen uns«, sagt Marie Louise.

»Da irren Sie, Baronesse; die Hochzeit ist schon so gut wie abgemacht. Und George ist einverstanden. Er kann sein Glück gar nicht fassen, eine so schöne Frau zu bekommen und Neffe des Kaisers zu werden. Er ist bloß zu schüchtern, sich zu erklären. Sehen Sie sich vor!«

Marie Louise ist nun ernsthaft erschrocken.

»Mein Gott, was soll ich tun?«

»Bitten Sie sich auf alle Fälle Bedenkzeit aus, wenn George Sie fragt. Sagen Sie, Sie wollten erst mit ihren Eltern und mit der Kaiserin sprechen, bevor Sie ihr Jawort geben.«

Wie betäubt geht Marie Louise an diesem Abend in ihr Zimmer zurück. Wie naiv sie gewesen ist. Sie hat sich vorgemacht, dieser Besuch sei ein Angebot. Ein Angebot, das von zwei Seiten angenommen werden müsste. Aber es ist eine Falle. Sie kann sich kein Leben mit Georg Larisch vorstellen. Nein, sie wird sich nicht zwingen lassen. Sie wird sich Bedenkzeit ausbitten, und dann – aus sicherer Entfernung – wird sie ablehnen. Tante Sisi wird sie erzählen, wie abfällig George über sie und ihre Passion für das Reiten geredet hat, dann wird die Kaiserin sie verstehen.

Als Marie Louise im Nachthemd vor dem Toilettentisch sitzt und sich von Zofe Sophie die Haare kämmen und zu einem langen Chinesenzopf für die Nacht flechten lässt, klopft es an der Tür. Die Gräfin Festetics tritt ein.

»So spät noch, Gräfin? Ist etwas vorgefallen?«

»Ich möchte einige Worte mit Ihnen reden, Baronesse.«

Die Zofe rafft die Kleider in den Armen zusammen und verschwindet. Marie Louise zieht sich eine seidene Jacke über. Festetics lässt sich in einen Sessel sinken.

»Baronesse Marie, Sie kennen doch die Wünsche der Kaiserin. Warum sind Sie nicht freundlicher zu Graf Georg? Wie soll er den Mut fassen, sich Ihnen zu erklären, wenn Sie ihm nicht einen einzigen freundlichen Blick schenken? Ich weiß gar nicht ...«

»Soll ich ihm um den Hals fallen und ihn bitten, mich zu heiraten?«

»Herrgott, das sollen Sie natürlich nicht! Nur etwas entgegenkommen. Seien Sie nicht so kühl. Alles ist doch längst arrangiert. Graf Georg wird sich glücklich schätzen, Sie ...«

Marie Louise lacht bitter auf.

»Ja, er wird sich glücklich schätzen, aus der Vormundschaft zu entkommen! Und dafür würde er auch des Teufels Großmutter heiraten!«

Nun bricht die Hofdame Festetics in Tränen aus.

»Ich darf Sie ja nur als Braut nach Gödöllő bringen. Ihre Majestät verzeiht mir das nie, wenn es mir nicht gelingt.«

»Beruhigen Sie sich, Gräfin! Sie wird keine Schuld treffen. Alles, was ich verlange, ist, dass man mir Zeit gibt. Das werde ich der Kaiserin selbst sagen.«

»Aber ich bin verloren, wenn aus dieser Sache nichts wird. Die Ungnade Ihrer Majestät wird auf mich allein fallen«, jammert Festetics.

»Sie erwarten doch nicht, dass ich einen ungeliebten Mann heirate, damit Sie sich bei Ihrer Majestät ein grünes Hütchen verdienen?«

Festetics steht auf und wendet sich zur Tür.

»Wir müssen die Wünsche der Kaiserin erfüllen«, sagt sie

jetzt wieder gefasst, »das ist unsere Pflicht. Auch wenn der Dienst nicht leicht ist. Sie sollten sich darin üben, ertragen zu lernen, Baronesse!«

Der letzte Tag vor der Abreise ist gekommen. Georg Larisch hat sich immer noch nicht erklärt. Da Sonntag ist, gibt es auf Schloss Solza ein Gala-Déjeuner. Die ganze Familie versammelt sich, auch der einzige noch lebende Bruder Johann Larischs, Graf Eugen mit seiner Gattin Marenka. Im Schlosshof spielt wie jeden Sontag die Kapelle der Bergleute aus den Kohlendistrikten der Larischs. Was für ein schöner Aufenthalt die Woche hätte sein können, wäre man nicht zum Heiraten hergekommen. Die Hofdame Festetics sitzt in einer Ecke des Salons und schmökert zum wiederholten Male in einem Telegramm Ihrer Majestät, die ihr zu ihrem Namenstag gratuliert, und das in so lieben und gütigen Worten, wie es nur Ihre Majestät fertigbringt. Gräfin Yetta bittet George und Marie Louise die Tischkarten umzulegen, da Graf Eugen einen unerwarteten Gast mitgebracht habe. Während sie noch die Karten auf der Tafel umsortieren, ist vom Hof herauf das grelle Jaulen eines Hundes zu vernehmen. Marie Louise und George gehen ans Fenster, um nachzusehen. Diesen Moment benutzt der junge Larisch.

»Baronesse, ich möchte Ihnen ein paar Worte sagen …«

Er ist wieder äußerst verlegen. Marie Louise holt Luft, ihre vorbereitete Rede zu halten, die Bedenkzeit, die Eltern fragen, die Kaiserin fragen, sie wird ihm schreiben etc. Sie stehen eng beieinander, er hat seine Hand auf ihren Arm gelegt, als sich die Tür öffnet und Yetta den Kopf hereinsteckt. Yetta sieht die beiden an wie ein ertapptes Liebespaar, stößt einen kleinen Freudenschrei aus, stürzt zu ihnen, küsst zuerst Marie Louise, dann George und gratuliert ihnen. Nun drängt die ganze Familie Larisch durch die Tür und umringt sie. Sie werden mit Gratulationen überschüttet und gleich darauf sitzt die Baronesse

Wallersee zwischen ihrem Verlobten und Onkel Hans. Denn das wird der alte Graf Larisch ja demnächst sein: ihr Onkel. Erstaunlicherweise verspürt Marie Louise einen großen Hunger, eine Gier regelrecht. Und während sie sich Brot und Schinken und noch mehr Schinken in den Mund stopft, intoniert die Bergmannskapelle den Brautmarsch aus Lohengrin.

* * *

Von Solza reisen die kleine Wallersee und ihre Anstandsdame direkt nach Gödöllő. Als sie dort in das Appartement der Kaiserin treten, kommt ihnen Elisabeth gleich entgegen, umarmt und küsst Nichte und Hofdame, überschüttet Festetics mit Dank und sagt ihr mit dem liebsten Gesicht, das nur sie machen kann:

»Ich freue mich sehr, dass es gelungen ist! Stiften Sie ruhig weiter Ehen, so viel Sie wollen, oder besser gesagt, wie viel ich will, aber bitte nur für sich keine Ehe stiften! Das verbitte ich mir erneut, sogar verbiete ich es, wissen Sie!«

Zu Marie Louise sagt sie:

»Wie schön, dich wiederzusehen, leider habe ich im Moment überhaupt keine Zeit, aber das wird sich noch finden. Mit Erlaubnis des Kaisers werde ich Georg Larisch für ein paar Wochen nach Gödöllő einladen. Sein Onkel soll ihn für einige Tage begleiten, damit alles für deine Zukunft geregelt wird. Du darfst gehen.«

Kein Glückwunsch, keine Frage. Marie Louise ist entlassen. Ihr ist, als stünde sie in einem kippeligen Kahn, der auf dem bodenlosen Meer treibt.

Im Appartement der Eltern trifft sie nur die Mutter an. Sie fällt ihr um den Hals.

»Es kam recht schnell«, sagt Baronin Wallersee.

»Ja, Mutter.«

Ihre Mutter sieht traurig genug aus. Was nützt es, sie durch die Details noch unglücklicher zu machen.

»Keiner hat mich gefragt«, sagt Henriette, »ich bekam lediglich die Telegramme zu lesen. Tante Sisi und dein Vater haben die Glückwünsche abgeschickt.«

»Glückwünsche ...«, sagt Marie Louise bitter.

Henriette wischt sich eine Träne aus dem Auge.

»Ich durfte dich erziehen, aber man hat mir schon längst alles Recht auf dich genommen, und ich werde nie um meine Meinung gefragt. Erst recht nicht, seit deine Tante die Regentschaft über dich hat. Ich hoffe nur, dass du nicht unglücklich bist, armes Kind?«

»Mutter, ich weiß noch nicht, ob ich glücklich oder unglücklich bin, ich kenne ja Georg Larisch kaum. Es geht alles so schnell. Ich habe das Gefühl, als ob diese Verlobung gar nicht wirklich stattgefunden hat. Sie ist ja auch noch nicht offiziell.«

Ihre Mutter schüttelt den Kopf.

»Da machst du dir etwas vor. Tante Sisi hat sich ganz ungemein über die Telegramme gefreut. Sie sagt, du machst eine glänzende Partie, und die Larischs seien eine prächtige Familie.«

Herzog Ludwig tritt ein. Er trägt eine kurze Lederhose und hat das Gewehr über der Schulter.

»Na, da bist du ja!«

Er schlägt seiner Tochter auf die Schulter, um seinen väterlichen Gefühlen Ausdruck zu verleihen, und geht wieder hinaus.

Erst am nächsten Abend bietet sich für Marie Louise die Gelegenheit, mit der Kaiserin zu sprechen. Sie darf sie ins Toilette-Zimmer begleiten. Elisabeth setzt sich und die Kammerzofen streifen ihre weißen Handschuhe über und beginnen mit dem Entflechten der Haare.

»Nun«, sagt Tante Sisi freundlich, »erzähle mir, wie es dir in Solza gefallen hat.«

Da sprudelt es aus der kleinen Wallersee heraus.

»Tante Sisi, ich glaube, ich kann Georg Larisch nicht heiraten. Er ist mir völlig gleichgültig, und er scheint sich auch nicht besonders für mich zu interessieren. Man kann doch nicht zwei Menschen aneinanderketten, die sich überhaupt nicht mögen.«

»Was faselst du da?«

Die Kaiserin spricht so leise, dass es fast ein Flüstern ist, und fixiert ihre Nichte über den Spiegel. »Die Verlobung hat stattgefunden, und es ist nicht mein Wunsch, dass hinterher ein Skandal kommt. Georg Larisch wird dir ein guter Mann sein, dafür hat mir sein Onkel gebürgt. Du wirst dich schon hineinfinden. Ich habe George eingeladen, damit ihr euch kennenlernt. Das andere findet sich von selbst.«

Nicht zum ersten Mal empfindet Marie Louise Furcht vor ihrer kaiserlichen Tante. Elisabeth dreht sich ein wenig zu ihr herum. Ihre Stimme ist auf einmal völlig verändert, weich, fast schmeichlerisch:

»Morgen früh reiten wir zum Cub Hunting. Halte dich bereit.«

Die Audienz ist beendet. Die Nichte küsst der Kaiserin die Hand.

Auch wenn das Gespräch mit der Kaiserin entmutigend war, Marie Louise kann sich nicht helfen: Auf das Cub Hunting freut sie sich. Cub Huntings sind die Jagden vor den eigentlichen Jagden. Sie finden bereits vor der Saison statt und sind dafür da, Pferde, Hunde und Reiter allmählich wieder in Form zu bringen, eventuell neue Pferde auszuprobieren und die neuen Hunde anzulernen. Es braucht jedes Jahr neue Hunde, um die zu ersetzen, die unter die Hufe gekommen sind oder so aufgerieben, dass man sie nur noch erschießen kann. Wenige Hunde halten länger als fünf Jagdsaisons. Bei den Cub Huntings geht es noch nicht ums Ganze. Es werden Jungtiere gejagt. Ein Gehölz wird von den Reitern eingekreist und die Hunde hineingelassen, um Beute zu machen. Die Fuchswelpen kommen aus diesem begrenzten Bereich nicht heraus, weil die Reiter sie wieder zurückscheuchen. Wenn doch einmal einer durchbricht, sind die Galoppstrecken viel kürzer. Alles geht ein wenig langsamer vonstatten, da die Beute so tolpatschig ist.

Außer Marie Louise und der Kaiserin nimmt nur ein kleiner intimer Kreis von Herren teil. Elemér Batthyány ist zum Glück nicht dabei. Niki Esterházy ist als Master natürlich anwesend, ignoriert die kleine Wallersee allerdings bis an die Grenze des Unhöflichen. Sein Grüßen ist kaum als ein solches zu erkennen. Die kleine Wallersee hält sich ein Stück abseits von ihm und der Kaiserin. Aristide Baltazzi kommt an ihre Seite. Er immerhin grüßt freundlich, platzt dann aber auch sofort heraus:

»Um Gottes willen, Baronesse, ist es wahr, dass sie mit Georg Larisch verlobt sind? Das ist doch unmöglich!«

»Ich verlobt? Wer sagt Ihnen das?«

»Aber Ihre Majestät hat es doch erst vor zwei Tagen an Niki Esterházy geschrieben.«

Er starrt sie erwartungsvoll an, die kleine Plaudertasche.

»Nun, und wenn ich verlobt wäre?«

»Wie konnte das so schnell kommen? Kannten Sie Georg Larisch denn schon früher?«

»Ist das so interessant, dass Sie mich so ausfragen müssen? Kann es sein, dass Sie neugierig sind?«

Aristide Baltazzi sammelt sich.

»Ich will Ihnen nicht sagen, wie sich Niki Esterházy zu Ihrer Verlobung geäußert hat. Es war nichts Persönliches gegen den jungen Larisch, der gewiss ein famoser Mensch ist, aber doch sicherlich kein Mann für Sie.«

»Ich glaube, das genügt jetzt.«

Marie Louise gibt ihrem Pferd die Sporen und trabt hinüber zu der Kaiserin und Esterházy, tut so, als würde sie nach einem fliehenden Fuchswelpen Ausschau halten.

Die Kaiserin ist bester Laune.

»Was machst du für ein Gesicht, Marie Louise? Ist irgendetwas?«

Ob etwas ist? Sie möchte es laut herausschreien.

»Nichts, Tante Sisi. Das heißt ... doch ... ich fürchte, ein Fischbein in meinem Korsett ist gebrochen. Es sticht ganz fürchterlich.«

»Oh, du Arme. Das kenne ich. Das ist ekelhaft.«

Am Abend nimmt die Kaiserin Marie Louise mit in die Manege. Geritten wird diesmal nicht. Sie setzen sich in die hinterste Reihe der roten Plüschsessel und sehen zu, wie Hüttemann die beiden Schimmel Flick und Flock dressiert. Er lässt sie immer wieder steigen und führt sie dabei jedesmal näher aneinander heran, sodass sie sich schließlich berühren. Es sieht aus, als würden die Pferde sich umarmen. Oder miteinander tanzen. In der vordersten Sesselreihe sitzt ein älterer Mann und kritzelt in ein kleines Buch. Er springt auf, als er die Kaiserin bemerkt, und verbeugt sich tief. Elisabeth macht ihm Zeichen, dass er sich wieder setzen und weitermachen soll.

»Wer ist das?

»Ein Maler. Er soll mir ein Bild von Flick und Flock anfertigen.«

»Welcher Maler?«

»Das ist doch egal. Jetzt schau her. Ich möchte dir eine Freude machen, kleine Hibou«, sagt die Tante – wieder mit der weichen, gütigen Stimme: »Hier, ich habe dir die Brosche kopieren lassen, die dir so gut gefallen hat.«

Sie reicht ihr ein Etui. Es ist eine Nadel mit Stephanskrone und einem E darin, prächtige Juwelen in den Farben Ungarns. Es ist die Brosche, die ihr einst dafür versprochen wurde, wenn sie Rustimo küsst. Was das jetzt wohl wieder heißen soll? Aber die Brosche ist einfach phantastisch.

»Oh, Tante Sisi, wie lieb von dir! Mei, ist die schön! So etwas Schönes aber auch.«

Flick und Flock stellen sich auf die Hinterbeine.

Und dann trifft er ein, der zukünftige Bräutigam. George kommt mit seinem Onkel Johann Larisch. Zuvor sind sie in Wien gewesen, all den Papierkram erledigen, damit der Bräutigam aus der Vormundschaft entlassen werden kann. Kurz nach ihnen erscheint auch der Kaiser für eine Stippvisite. Er umarmt Marie Louise und sagt: »Alles Glück zu deiner Verlobung, Marie.«

Erst jetzt fällt ihr auf, dass ihr in Gödöllő bisher noch niemand zu ihrer Verlobung gratuliert hat.

Georg Larisch wird zum Tee mit dem Kaiser und der Kaiserin und den Eltern seiner Braut in den Salon gebeten. Obwohl die Majestäten ihn huldvollst empfangen, ist er sehr gehemmt. Unbehaglich sitzt er auf seinem violetten Sessel, klappert mit seiner Teetasse und antwortet steif mit Ja oder Nein. Auch gegenüber den Eltern seiner Braut bleibt er zurückhaltend. Die Kaiserin schickt schließlich ihn und Marie Louise fort, die Stallungen von Gödöllő anzuschauen. Das wird ihn doch sicher interessieren.

Als sie gegangen sind, wendet sich der Kaiser an die Baronin Wallersee.

»Na, Henriette, was hältst du von deinem zukünftigen Schwiegersohn?«

Henriette Wallersee bemüht sich um ein Lächeln.

»Ich finde, dass George ein sympathischer Mensch ist. Mir ist nur bange, weil sie so gar nicht zueinanderpassen. Hoffentlich geht das gut.«

»Ach was«, erwidert der Kaiser. »Beide sind jung, und so etwas geht immer gut, das ist bei Menschenkindern nicht anders als bei den höheren Affen und den Hundsrüden.«

Die Kaiserin und Herzog Ludwig trinken ihren Tee und sagen gar nichts dazu. Ludwig in Bayern sieht sehr zufrieden aus. Wahrscheinlich ist er froh, seine Tochter los zu sein, denkt Festetics.

Noch zufriedener wirkt Herzog Ludwig, als es später an das Aushandeln des Heiratsvertrages geht. Um ein Haar gibt es wieder Feuer zwischen Georg und seinem Vormund, aber die Anwesenheit der Majestäten hält beide im Zaum. Georgs Heiratsbrief fällt dermaßen generös aus, dass auch die Gräfin Festetics ihn mahnt, nicht zu weit zu gehen.

Der Kaiser verlässt Gödöllő zwei Tage später schon wieder. Im Jagdschloss ist er immer nur eine flüchtige Erscheinung. Johann Larisch reist mit ihm zusammen ab. Das Cub Hunting wird nicht wieder aufgenommen, stattdessen dürfen Georg und Marie Louise die Kaiserin auf ihren Spazierritten begleiten. Die Kaiserin redet den Bräutigam ihrer Nichte mit »Georgy« an, aber Georgy ist damit völlig überfordert und wird noch steifer und einsilbiger als er sowieso schon ist.

»Weißt du noch, wie lustig wir es im letzten Jahr mit Bay hatten?«, sagt Marie Louise zu ihrer Tante. »Wird er auch dieses Jahr kommen?«

»Nein«, antwortet sie schroff, »nach Gödöllő kommt er nie mehr. Ich will ihn nicht noch einmal solchen Beleidigungen aussetzen.«

Nicht nur Bay fehlt. Alles ist anders in diesem Herbst. Alles ist schrecklich. Marie Louise darf nicht einmal mehr mit der Kaiserin und Valerie das Souper einnehmen. Stattdessen müssen sie und George in den Räumen der Gräfin Festetics essen, zusammen mit den beiden Hofdamen und Baron Nopcsa. Der Rest des Abends wird im Salon zugebracht. Festetics instruiert dann jedesmal George, seine Braut zu einem kleinen Kanapee zu führen, das mit dem Rücken zur übrigen Gesellschaft unter einer riesigen Zimmerpalme steht. Was immer dort von George erwartet wird, er erfüllt es nicht. Stattdessen erzählt er Marie Louise, wie er Schloss Schönstein umbauen und für sie beide herrichten will. Aber Marie Louise muss bei Schloss Schönstein immer an Georges irren Vater denken – wie der dort herumgeisterte. Als das Thema des Schlossumbaus ausgeschöpft ist, lässt sich George über die geplanten Verbesserungen in seinem Gestüt aus. Er ist der größte nur denkbare Langweiler.

»Ich werde mich vielleicht auf Rennpferde verlegen und dafür in England Zuchtpferde kaufen.«

»Wird dein Onkel Hans das denn gutheißen?«

»Gottlob, das ist vorbei. Mein Onkel ist nicht mehr mein Vormund und hat mir nichts mehr zu sagen.«

Die Kaiserin eröffnet Marie Louise, dass die Hochzeit für den 20. Oktober angesetzt ist.

»Das ist ja in drei Wochen!«

»Nun, deinen Eltern wird es nicht möglich sein, die Hochzeit in München auszurichten. Außerdem könnten dorthin nicht alle Verwandten der Larischs eingeladen werden. Es kommt also nur Gödöllő in Frage.«

»Aber weshalb denn so schnell?«

»Lange Brautschaften führen nur zu Enttäuschungen. Du weißt, wie es deiner Tante Sophie erging, sie war zweimal verlobt, ehe sie heiratete.«

»Aber jetzt ist Tante Sophie doch sehr glücklich!«

»Du wirst auch dein Glück finden, und jetzt lass mich bitte allein.«

Die so knapp angesetzte Vermählung versetzt Hof und Gesellschaft in Erstaunen. Die Vorbereitungen müssen nun alle zur gleichen Zeit stattfinden und auf Gödöllő wird es lebhaft. Obersthofmeister Nopcsa fährt nach Wien und kehrt mit sechs

Schneiderinnen und diversen geheimnisvollen Kisten, Kästen und Etuis zurück – dem märchenhaft fürstlichen Trousseau der Braut. In den größten Kisten ist aus feinstem Leinen alles, was der Wäscheschrank einer zukünftigen Gräfin nur benötigen kann. Ein Geschenk von Tante Sisi. Vom Kaiser ist der Ebenholzkasten, der mit exquisiten Garnituren alter Brüsseler Spitze im Wert von 300.000 Gulden gefüllt ist. Die Lederetuis enthalten den Familienschmuck von Georg Larischs verstorbener Mutter. Der Kaiser und die Kaiserin haben noch ein siebenreihiges Perlencollier mit Diamantverschluss dazugelegt.

Elisabeth überwacht selber die Anproben für das Brautkleid und den Trousseau, organisiert den Blumenschmuck und kümmert sich um die Gästeliste. Der Hof stellt fest, dass sie deutlich mehr für die Hochzeit ihrer Nichte tut, als sie es damals für die Hochzeit ihrer eigenen Tochter getan hat.

Normalerweise bringt der Oktober in Gödöllő noch ein letztes Aufglühen der Sommerwärme, aber diesmal kommen nur kalte und trübe Tage. Die ganze Zeit ist der nahende Winter zu spüren. Es finden wieder Parforcejagden statt, aber es macht der kleinen Wallersee keine Freude, mit George als ihrem offiziellen Bräutigam beim Meet zu erscheinen. Wenn er dabei ist, gibt es keine Neckereien mehr und keine Flirts, die doch einen großen Teil des Vergnügens ausgemacht haben. Sie kann auch nicht mehr so schnell dahinjagen wie sonst, sondern muss die ganze Zeit bei ihrem vorsichtig reitenden Verlobten bleiben. Es ist überhaupt keine richtige Hetz. Dazu ist George auch noch recht verschlossen. Er kennt doch die meisten der Aristokraten. Warum reitet er denn nie mit ihr zu ihnen hinüber, dass man ein wenig schwatzen kann? Sie ist dazu verurteilt, sich nach ihm zu richten. Alles ist gebremst, gezähmt, beschnitten.

An der nächsten Fuchsjagd will er gar nicht erst teilnehmen. Aber das bedeutet nicht, dass sie nun endlich allein reiten und wieder vorn mitmischen kann. Es bedeutet, dass auch sie nicht mehr mitreiten darf. Stattdessen gibt es jetzt nachmittags Spazierritte. Spazierritte! Und nicht einmal Bay ist dabei, um sie aufzuheitern. Es ist, als wäre ihr Leben jetzt schon zu Ende.

»Komm George«, sagt sie, »komm, wir kürzen den Rückweg ab und galoppieren durch den Hochwald.«

»Nein, das werden wir nicht tun, die Tannen stehen viel zu dicht.«

»Los, wer zuerst beim Schloss ist!«

Sie gibt ihrem Pferd die Peitsche und lässt es – links – rechts – links – mit sicherer Hand zwischen den Bäumen hindurchspringen.

Als sie beim Schloss ankommt und die Zügel einem Stallknecht zuwirft, ist von George noch weit und breit nichts zu sehen. Lachend kommt sie in den Salon, nimmt ihren kleinen runden Hut ab und schüttelt die Haare. Ihre Mutter schaut von einem Buch auf.

»Wo ist denn George?«

»Den habe ich im Wald versetzt. Kleines Wettrennen.«

»Nun, er wird schon heimfinden.«

Während sie sich im Nebenzimmer von Sophie ausziehen und ein Tageskleid reichen lässt, ist plötzlich Georges Stimme zu hören. Ein Donnergrollen.

»Wo ist Marie Louise? Sie soll sofort herkommen! Sofort! Das werde ich ihr austreiben; wenn sie denkt, dass ich mir ein solches Benehmen bieten lasse ...«

Dann die beruhigende Stimme der Mutter:

»Aber George, lieber George. Was ist denn vorgefallen? Ich kann mir nicht denken, dass Marie Louise dich absichtlich geärgert hat. Ein Missverständnis, es kann sich nur um ein Missverständnis handeln.«

Die Zofe Sophie zieht die Knöpfe auf dem Rücken des Tageskleids mit kleinen Haken durch die Knopflöcher. Marie Louise kann spüren, wie Sophies Finger dabei zittern.

»Sie hat mich einfach stehen gelassen«, brüllt George, und Marie Louise hört, wie ihre Mutter vorsichtshalber das Fenster des Salons schließt.

»Wie eine Zirkusreiterin ist sie zwischen den Tannen hindurchgetänzelt und hat von mir verlangt, ebensolche Kunststückchen zu machen. Sehe ich aus, als wäre ich vom Zirkus? Habe ich Punkte auf meiner Jacke?«

»Ach George, das war doch bestimmt nur, weil das Kind so verliebt in dich ist. Sie wollte dich ein wenig herausfordern.«

Sophie hat endlich alle Knöpfe geschlossen und bleibt starr hinter der Baronesse stehen. Auch Marie Louise rührt sich nicht. Beide atmen kaum. Marie schaut aus dem Fenster. Unten im Hof gehen Valerie und Rustimo vorbei. Die kleine Erzherzogin wirft dem Hofmohren einen geradezu bewundernden Blick zu. Vielleicht muss man jemanden nur erst ganz und gar kennenlernen, bis man ihn zu schätzen weiß.

Das Gespräch zwischen ihrer Mutter und George wird immer leiser, schließlich ist nur noch das begütigende Murmeln der Mutter zu hören, dann wird eine Tür geschlossen. Stille. Marie Louise atmet tief ein und aus und tritt in den Salon.

»Du hast es mitbekommen?«, fragt Baronin Wallersee. Ihre Tochter nickt schuldbewusst.

»Es ist gut, dass du nicht herausgekommen bist. Ich bin mir nicht sicher, was George getan hätte. So etwas wie heute darfst du nie wieder machen.«

»Woher sollte ich denn wissen, dass er sich darüber so aufregt?«

»Jetzt weißt du's. Er hat einen leicht erregbaren Charakter. Du musst dem Rechnung tragen und dich beherrschen lernen.«

»Ja, wie denn?«

»Durch angepasstes Verhalten.«

»Und wenn ich ihn lieber nicht heiraten würde?«

»Dafür ist es zu spät, also sieh zu, dass du dich zusammen-reißt.«

Marie Louise muss sich noch oft zusammenreißen, denn Georg Larisch hat viel an seiner Braut auszusetzen. Er mag es nicht, dass sie so häufig reitet, und erst recht nicht, wenn sie mit anderen Männern um die Wette galoppiert. Er mag es auch nicht, wenn sie sich mit anderen Männern unterhält. Oder wenn sie nach Tisch singt. Es gefällt ihm auch nicht, wie sie singt. Also lässt sie das alles sein. Trotzdem bekommt er weiterhin seine Wutanfälle.

Georgy wird nicht recht klug aus seiner schönen Braut. Mal lauscht sie hingebungsvoll seinen interessanten Ausführungen, mal behandelt sie ihn kühl und gleichgültig. Als wenn sie ihn ärgern wollte. Er sehnt sich so nach Frieden und sanfter Zärtlichkeit. Stattdessen muss er immer kämpfen und sich lautstark behaupten. Er will das gar nicht, aber sie zwingt ihn dazu. Erst war es sein Vormund, und kaum ist er den los, fängt seine zukünftige Gattin damit an.

»Was halten Sie davon, Festi«, sagt die Kaiserin, »Ich habe mir überlegt, die Wände des Altarraums ganz und gar mit Blumen zu überziehen. Ein paar Palmen und Zypressen als Haltepunkte und dazwischen wird alles mit Blumen aufgefüllt.«

»Wunderschön, Eure Majestät. Auf solche Ideen kommen auch nur Eure Majestät, den Frühling nach Gödöllő zu holen. Die Braut macht allerdings keinen besonders glücklichen Eindruck auf mich, wenn ich das sagen darf. Sie scheint nicht viel für ihren Verlobten übrigzuhaben.«

»Wie kommen Sie denn auf eine solche Idee, Gräfin? Für mich sehen Marie Louise und George sehr, sehr glücklich aus.«

»Graf Larisch ist schnell eifersüchtig, und es fällt ihm schwer, sich zu beherrschen. Die Baronesse hat mich schon zweimal unter Tränen gebeten, ihre Streitigkeiten zu schlichten.«

»Das sind die üblichen Anfangsschwierigkeiten. Marie Louise kommt in eine so liebe Familie. Alle sind mit dieser Verbindung zufrieden, also kann sie es auch sein.«

Ein weiterer Schlag trifft die kleine Wallersee. Zofe Sophie, die so lange in der herzoglichen Familie gedient hat und sie nach Schlesien begleiten sollte, eröffnet auf einmal, dass sie zu Weihnachten heiraten und ihren Dienst quittieren wird. Die Gräfin Festetics springt sofort in eine Kutsche, fährt zu ihrer früheren Herrin, der Erzherzogin Clotilde von Sachsen-Coburg, nach Alscuth und kommt zwei Tage später mit einem neuen Mädchen zurück. Die Nachfolgerin heißt Jenny und war bislang das Kindermädchen auf Alscuth. Insgeheim vermutet Marie Louise, dass Sophies plötzlicher Entschluss, ihren langjährigen Verehrer zu erhören, von Georges Wutanfällen befeuert worden ist. Seinetwegen muss sie nun ein anderes, ihr völlig fremdes Mädchen mit in die neue Heimat nehmen.

* * *

Drei Tage vor der Hochzeit trifft Kronprinz Rudolf in Gödöllő
ein. Die Kaiserin hat jeden mobilisiert, der bereit ist, der Vermählung ihrer morganatischen Lieblingsnichte ein wenig
Glanz zu verleihen. Rudolf ist extra aus der Schweiz angereist,
wo er gerade mit Bombelles in den Trümmern der Stamm-
burg seines Geschlechts herumkletterte. Onkel Nando, der alte
Schwerenöter, hat ebenfalls zugesagt. Er ist das Oberhaupt des
wichtigsten Habsburger Familienzweigs nach der direkten kaiserlichen Linie, aber er fühlt sich trotzdem nicht zu erhaben.
Er sagt, er liebe Familienfeiern, weil es dabei zu essen gibt und
sich ihm die Gelegenheit bietet, seine uralten Witze zum Besten zu geben. Manchmal kann er eben auch richtig nett sein.
Außer den beiden wird allerdings kein weiterer Habsburger
oder Angehöriger des bayerischen Herrscherhauses zur Hochzeit erscheinen. Allenfalls schickt man Delegierte. Prinz Leopold ist nahezu demonstrativ aus Österreich Richtung München abgereist. Nicht einmal ›Königs‹ haben zugesagt, obwohl
die Königin von Neapel doch Marie Louises Lieblingstante ist.
Sie hat bloß ein Hochzeitsgeschenk geschickt – eine Agraffe
in der Form eines Ankers mit einem herrlichen blauen Saphir.
Tante Néné hat ihr Fernbleiben mit drei mächtigen Kisten voller Silbergeschirr und Geschmeide gelindert. Der treue Graf
Andrássy wird natürlich erscheinen, sowie die Fürsten Schwar-
zenberg und Fürstenberg. Die restlichen Plätze in der kleinen
Kapelle müssen eben mit den Larischen und diversen Hofdamen, Ministern und Flügeladjutanten aufgefüllt werden. Den
Redaktionen der Zeitungen hat man schon mal eindiktiert,
dass man eine Familienfeier von privatem Charakter und mit
einfachem, anspruchslosem Verlauf anstrebe.

Gleich nach seiner Ankunft reitet der Kronprinz mit seiner Mutter und George und Marie Louise aus. Eigentlich ist er ziemlich müde, auch die Kaiserin hätte genug andere Dinge zu tun, als zwei Tage vor dem Großereignis auszureiten. Im Moment wird gerade ein Seitenaltar in der Schlosskapelle abgetragen und durch einen riesigen Blechofen ersetzt. Valerie soll sich auf gar keinen Fall erkälten, und um in diesen klammen Mauern eine angenehme Temperatur zu erzeugen, muss zwei Tage lang ununterbrochen durchgeheizt werden. Erst eine Stunde vor der Trauung wird der Ofen entfernt und wieder der Altar installiert werden. Die Kaiserin hätte sich gern angesehen, wie weit diese Arbeiten fortgeschritten sind, aber der gemeinsame Ausritt mit George ist eine wichtige Demonstration kronprinzlicher und kaiserlicher Huld, die die Familie Larisch-Moennich ein wenig über die ausbleibenden Erzherzöge hinwegtrösten soll. Liebevoll hält Rudolf seiner Mutter den Steigbügel und hebt sie in den Sattel. Er lächelt sie an, während sie nebeneinander reiten. Sie bilden ganz und gar nicht das Bild von Mutter und Sohn, sondern allenfalls von Geschwistern. Rudolf legt auf dem Pferd diesmal beinahe so etwas wie Eleganz an den Tag. Auch zu Georg Larisch ist er freundlich. Ein schwacher Reiter hat immer seine Sympathie.

Auf der Polterabendsoiree tanzt Rudolf zweimal mit Marie Louise. George läuft gleich wieder rot an, aber mit dem Thronfolger kann er sich ja schlecht anlegen.

»Schön, dass du heute mal eine andere Frisur als meine Mutter trägst«, sagt Rudolf zu seiner Cousine, »sie steht dir auch viel besser. Diese Sucht, ihr zu gefallen, wird dich noch ins Unglück bringen. Falls sie das nicht schon getan hat.«

Dann bittet er sie, mit ihm vor die Tür zu gehen, denn er möchte ihr noch etwas schenken. Draußen überreicht er ihr ein flaches Maroquin-Etui.

»Öffne es und sage, ob dir mein kleines Souvenir gefällt.«

Das Etui enthält eine Brosche mit einer in Brillanten gefassten, haselnussgroßen schwarzen Perle.

»Als Andenken«, sagt er und sieht sie tief an. Marie Louise starrt erschrocken auf den dunklen Schmuck.

»Nanu, bist du etwa ebenso abergläubisch wie Mama? Meine liebe Marie, du selbst machst dich unglücklich fürs ganze Leben, indem du diesen Einfaltspinsel Larisch heiratest. Meinst du nicht auch, dass du es eigentlich nur Mama zu Gefallen tust?«

Er spricht ernst, ganz ohne Spott.

»Es ist jetzt zu spät, etwas daran zu ändern«, erwidert Marie Louise.

»Das stimmt wohl. Aber gib meiner schwarzen Perle nicht die Schuld an dem, was da auf dich zukommt.«

Die Tür öffnet sich. Georgy steckt den Kopf heraus. Die Braut soll wieder hereinkommen. Auch Erzherzogin Valerie will ihr etwas schenken. Von Valerie, die ihr offiziell schon das Brautkleid spendiert, gibt es ein schweres, in gelbes Schweinsleder gebundenes Tagebuch.

»Für dich, Hibou, damit du alles aufschreiben kannst, das Gute, wie das Schlimme, was du tust.«

»Oh, das ist ganz wundervoll, meine liebste Valerie, das will ich immer tun.«

Der Abend klingt mit Onkel Nandos altehrwürdigen Witzen aus.

Dann ist der große Tag gekommen. In der Dunkelheit des frühen Morgens trifft am Bahnhof von Gödöllő ein Zug ein. Auf dem Bahnsteig wimmelt es plötzlich von Hofbediensteten und freien Dienstleistern aus Ofen und Wien, darunter zwei renommierte Wiener Friseurinnen und eine nicht minder berühmte Wiener Modistin. Obersthofmeister Nopcsa ist vollauf damit beschäftigt, das Personal für die Hochzeitsfeierlichkeiten auf die bereitstehenden Kutschen zu verteilen, da drängt sich ein Mann an ihn heran. Der Dreistigkeit nach vermutlich von der Presse.

»Verzeihen Sie, Baron – ich habe es doch mit Baron Nopcsa zu tun?«

»So ist es, womit darf ich Ihnen behilflich sein?«

Der Mann rückt ein sperriges Holzgestell vor sich.

»Könnten Sie mich vor der Trauung in die Kapelle bringen, damit ich hinter dem Altar Posto fassen kann?«

»Hinter dem Altar? Was wollen Sie hinter dem Altar?«

»Ich möchte das Brautpaar während der heiligen Handlung abkonterfeien.«

Keine Presse – ein Photograph.

»Photographieren? Hinter dem Altar? Mann, Sie sind wohl wahnsinnig? Gehen Sie schnell, ehe ich Sie verhaften lasse.«

Um neun dreiviertel fährt ein weiterer Zug ein, dem die Gäste, unter anderem Graf Johann Larisch mit Gemahlin und Tochter, Graf Andrássy, Minister Wenckheim und Graf Auersperg entsteigen. Baron Nopcsa geleitet auch sie zu den Hofequipagen, die sie zum Schloss fahren.

Zur gleichen Zeit helfen die Baronin Wallersee, die Friseurin Feifalik, Zofe Sophie und das neue Mädchen Jenny der Braut beim Anziehen ihres Hochzeitskleides. Es ist aus milchweißem Atlas und Brüsseler Spitzen gefertigt und eng auf den Leib geschneidert. Am Abend zuvor musste es noch einmal enger gemacht werden. Marie Louise ist so dünn wie noch nie in ihrem Leben. Mit großen, fremden Augen starrt sie vor sich hin, während die Feifalik den Schleier feststeckt. Auch Ida Ferenczy ist dabei. Sie trägt eine schwarze Samtrobe mit weißen Atlaspuffen, sitzt in einer Ecke und liest etwas Beunruhigendes über die Pflichten und die Heiligkeit der Ehe vor. Als die Feifalik fertig ist, küsst sie Marie Louise zum ersten Mal die Hand. Es ist die künftige Gräfin Larisch, die so geehrt wird. Dann verlassen alle bis auf Marie Louise und ihre Mutter den Raum.

»Nun sieh dich einmal im Spiegel an.«

Marie Louise schaut. Sie sieht unglaublich schön aus. Das ist doch ein Grund, glücklich zu sein – wenn man so schön ist.

Herzog Ludwig erscheint in bayerischer Generals-Uniform.

»Zum Donnerwetter, was macht ihr denn? Es ist allerhöchste Zeit!«

Baronin Wallersee legt die Hand auf den Arm ihrer schönen Tochter.

»Komm, Kind.«

Die Kapelle strahlt im Lichterglanz, der Altarraum ist in eine Blumenlaube verwandelt. Rot und golden leuchten die Säulen aus dem lebenden Grün heraus. Sie wurden mit Brokatstoff umwickelt, um einen märchenhaften Effekt zu machen. Links stehen zwei rote Samtfauteuils für Ihre Majestäten, dahinter ein mit rotem Damast überzogener Betstuhl für die Mitglieder des kaiserlichen Hauses. Schon am Vorabend ist der Boden der Schlosskapelle mit Gobelins bedeckt worden, damit sich Valerie nicht erkältet. Im letzten Moment erschien das der Kaiserin aber immer noch nicht ausreichend, und so darf sich Valerie doch nicht im Chorgestühl aufhalten, sondern muss mit Rustimo von einer verglasten Balustrade aus zuschauen.

In der ersten Bank sitzen Baron Nopcsa, General-Adjutant Baron Mondel, der alte Baron Wenckheim und Johann Larisch. Die zweite Bank ist mit Flügeladjutanten, Dienstkämmerern, Onkel Nando und Charly Bombelles gefüllt. Graf Esterházy ist nicht erschienen, sosehr ihn die Kaiserin auch gebeten hat. Er wird erst in den nächsten Tagen aus den Zeitungen erfahren, wie es abgelaufen sein wird:

»Ein Raunen und Rascheln unter den Gästen kündete vom Nahen des Allerhöchsten Hofes. Man erhob sich. Baron Nopcsa ging in seiner zweifachen Eigenschaft als Oberstzeremonienmeister und als Beistand dem Elternpaar der Braut entgegen. Herzog Ludwig führte seine Gemahlin, die Baronin Wallersee, am Arm. Die Baronin sah sehr ergriffen aus. Sie trug ein cremefarbenes Kleid mit Schleppe und eine gleichfarbige Pelzjacke.« (Eine andere Zeitung wird behaupten, die Baronin hätte »stahlgraue Seide mit einem verbrämten Jäckchen« getragen.) »... dann formierte sich der Zug: Voran ging die Braut in prachtvoller, eng anliegender weißer Atlasrobe mit langer Schleppe, die von einem Pagen getragen wurde. Während Schleppe und Ärmel mit einfachen Zweigen bestickt waren, lief von dem in einer Rüsche endenden Hals der Robe vorne über die ganze Mitte ein breites Myrtenband, welches bis hinab an den aus drei schmalen Plissees bestehenden Saum des Kleides reichte. Der die ganze Gestalt umfließende, bis zur Erde herniederwallende Schleier aber wurde auf dem Haupte von einem lebenden Myrtenkranz gehalten, dessen Mitte ein prachtvolles Brillant-Bouquet – das Brautgeschenk des Kronprinzen – bildete. Die Frisur bestand in einfachen Scheiteln mit gewundenen Zöpfen. Am Halse trug die Braut eine reiche Perlenschnur mit Brillantbrosche, die Brautgabe des Kaisers, welche auf 15 000 Gulden zu stehen kommt. In der Rechten hielt sie einen prachtvollen Blumenstrauß. Rechts und links von ihr die beiden Brautführer Prinz Franz Auersperg und Graf Karl Kinsky, die blaue Fracks mit goldenen Knöpfen trugen, dann folgte der Bräutigam in glänzender Ulanenuniform zwischen den Kranzeljungfern, seiner Schwester Marie Leontine und Comtesse Eugenie Kinsky, welche weiß-lichtblaue und weiß-rosa Roben mit Spitzen trugen. Dann folgte der Vater der Braut und die Mutter, Graf Andrássy in Generalsuniform, Minister Baron Béla Wenckheim in Ungarischer Gala, Hofmarschall Johann Graf Larisch-Moen-

nich und Gemahlin, die Letztere in silbergepresstem, bronze-
farbenen Sammetbrokat, Kämmerer Graf Heinrich Larisch mit
Gemahlin Henriette (dunkelgrün mit schwarzem Schmelz) und
Gräfin Marianka mit zwei Comtessen ...« »... Nun wurde den
Majestäten die Meldung erstattet, dass alles zur Trauung vorbereitet sei, und diese erschienen auch sofort, von Kronprinz
Rudolf in der Artillerie-Obersten-Uniform und dem Großherzog von Toscana geleitet, um ihre Sitze einzunehmen. Der Kaiser trug die österreichische Husarenuniform ...« (Die ungarischen Zeitungen werden behaupten, der Kaiser sei mit einer
ungarischen Husarenuniform bekleidet gewesen.) »Die Kaiserin, jugendlich und schön wie die Braut, trug Perlenschmuck
und eine lichtgraue Seidenrobe mit Volants aus wahrhaft königlichen antiken Brüsseler Spitzen. Dazu eine weiße, mit Zo-
bel verbrämte Atlasjacke mit Goldknöpfen à la Persienne durch
breite Goldborten und Achselschnüre geziert. Die Frisur bestand aus gewundenen Zöpfen, leicht gepudert, mit einer kleinen Brillant-Agraffe im Haar.« »... Die Frisuren der Gesellschaft
waren durchweg ohne Putz, rein Haar, stark zurückgelegt, von
himmelsstürmenden Turmfrisuren sahen wir nicht eine. Und
noch eine dominierende Nuance des Damenstaates vermissten
wir: die Schleppe. Außer I. M. der Kaiserin und der Braut waren
alle Roben rund.« »... Beim Eintritt der Majestäten ertönte die
Orgel, Kaiser und Kaiserin nahmen auf der Evangeliumsseite
Platz und dann vollzog Bischof Hyazinth Rónay unter Assis-
tenz der Kapuziner den Trauakt. Die Braut schien tief ergriffen, der Bräutigam freudig gestimmt. Auf die Fragen, ob Graf
Larisch die neben ihm stehende Jungfrau, Baronesse Wallersee, zu seinem ehelichen Weib nehmen wolle und sie auch ihn,
klang seine Antwort hell, laut und froh, ihre Antwort war durch
die große Ergriffenheit kaum zu vernehmen. Die Ringe wurden
getauscht.«

So weit die Zeitungen.

Als Rónay mit der Stola die Hände des Brautpaars umwindet und den Ehesegen spricht und die Orgel mit ihren mächtigen Tönen einfällt, rinnen Tränen über das Gesicht der Braut. Die Zeitungen, die Esterházy in den nächsten Tagen lesen wird, werden diese Tränen ihrer großen Ergriffenheit zuschreiben. Bischof Rónay weist die Braut darauf hin, dass der unsichere und nicht besonders kluge Mann neben ihr von nun an ihr Herr sein soll, und dass sie ihm nach Gottes Satzung und der Ordnung der Natur untertan und treu sein müsse für und für. Beide mahnt er, dass das gottgesandte Unglück an die Pforte der Vornehmen so gut pochen könne als an jene der Geringen. Dann aber gelte es, einander treu zu bleiben, an- und zueinanderzuhalten in aller Not und Widerwärtigkeit bis in den Tod. Den kurzen Worten verleiht die Orgel noch einmal Nachdruck und dann ist die Zeremonie beendet.

Kaiser Franz Joseph tritt zu seiner Nichte und reicht ihr die Hand, um sie zu beglückwünschen. Er kann es gerade noch abwehren, dass sie einen Hofknicks macht und ihm die Hand küsst. Dieses kleine Missgeschick werden Esterházys Zeitungen nicht erwähnen. Sie werden stattdessen schreiben:

»Ihrem Äußeren nach sah die junge Braut wundervoll aus: stattlich und lieblich, froh und geängstigt. Der Bräutigam machte voll den Eindruck eines glückseligen Jungen. Die Majestäten verließen zuerst die Kapelle, dann folgte der Hofstaat in der oben bezeichneten Ordnung. Die Feier hatte einen privaten, einfach-bescheidenen Charakter, doch war sie durchaus des kaiserlichen Hauses würdig. Nach zwölf Uhr war alles zu Ende.«

Nach der Trauung finden sich die Gäste ohne Toilettenwechsel in den Räumlichkeiten der Kaiserin ein, wo das Dejeuner serviert wird. Das Brautpaar sitzt am oberen Ende der Tafel, an der Seite rechts und links von ihnen die Majestäten, dann der

Kronprinz, der Großherzog von Toscana, die Eltern der Braut, die Familie des Bräutigams, die anwesenden Minister und die höchsten Hofchargen, insgesamt zweiunddreißig Personen. Onkel Nando stopft sich mit Begeisterung voll. Marie bekommt vor lauter Aufregung nichts herunter. Ihr enges Brautkleid ist sowieso nicht für Völlereien ausgelegt. Anschließend nimmt das jungvermählte Paar die Glückwünsche entgegen. Die Beistände unterzeichnen das Trauungsprotokoll und verlesen den Ehevertrag, aus dem hervorgeht, »dass Graf Larisch-Moennich von nun an eine aus seinen schlesischen Bergwerken sich ergebende Revenue von jährlich 56 000 Gulden mit seiner glücklichen Gattin zu teilen hat.«

Erst danach werden die Toiletten gewechselt. Bereits um zwei Uhr rollt der erste Wagen aus dem Schlosstor. Es sind der Kronprinz und der Großherzog von Toscana, die den Rest des Tages noch nutzen wollen, um auf Hirsche zu schießen.

Marie Louise steht als Gräfin Larisch in Hut und Reisekostüm in ihrem Zimmer. Bitterlich weinend reicht ihr Zofe Sophie als Letztes die Handschuhe. Die neue Zofe Jenny ist schon mit dem Gepäck unterwegs zum Bahnhof, von wo es über Wien in die Flitterwochen nach Italien geht. Im Salon trifft Marie Louise auf ihre Mutter, aber für einen langen Abschied ist keine Zeit, denn im gleichen Moment tritt auch schon George im Reiseanzug herein. Schweigend umarmt die Baronin Wallersee ihre Tochter und macht ihr das Kreuz auf die Stirn.

Mit bleiernen Füßen geht die neue Gräfin neben ihrem Ehemann den Gang entlang. An der Ecke, an der die Appartements der kleinen Erzherzogin liegen, steht diese mit der Kaiserin. Valerie hat zu ihrem Leidwesen nicht an der Tafel teilnehmen dürfen. Es gab nicht genug Plätze. Sie fliegt Marie Louise um den Hals.

»Hibou, lieber Hibou!«

Die Kaiserin geht dazwischen, löst das Kind vom Hals der Nichte.

»Du siehst sie ja in Wien wieder.«

Die Scherak, die im Hintergrund gewartet hat, schießt vor und zieht die kleine Erzherzogin an sich. Die Kaiserin umarmt ihre Lieblingsnichte und reicht George die Hand zum Kuss.

»Wenn alles sich so fügt, wie ich mir das wünsche, werde ich nach Weihnachten vielleicht wieder zur Jagd nach England reisen. Ich hoffe, Ihr beide werdet Euch mir und meinem Gefolge anschließen.«

Marie Louise lebt ein wenig auf. Die großen Parforcejagden in England, das ist doch etwas, auf das man hinleben kann. George dankt geschmeichelt für die Einladung.

»Behaltet das aber vorläufig noch für Euch. Ich habe noch nicht mit dem Kaiser gesprochen.«

Dann geht das Brautpaar die Seitentreppe hinunter in den Hof, wo ein geschlossener Hofwagen mit zwei Lippizanern wartet. Die restlichen Hochzeitsgäste haben sich darum herum versammelt: Umarmungen, allenthalben Rührung, die eine oder andere Träne, ein Schulterklopfen von Herzog Ludwig. Und dann, in letzter Minute, erscheint sogar der Kaiser. Er ist ohne Kopfbedeckung, umarmt Marie Louise, wie Herzog Ludwig es hätte tun sollen, und küsst sie auf beide Wangen.

»Gottes Segen mit dir, Marie.«

Er hilft ihr in den Wagen und reicht George zum Abschied die Hand. Winken und Abschiedsrufe, der Kaiser läuft um die Kutsche herum und reicht seiner Nichte durchs Kutschenfenster noch einmal die Hand. Er drückt sie ganz fest. Dann rasselt der Wagen durch das Schlossportal.

* * *

Es ist wieder still im Schloss, die letzten Gäste sind abgereist.
Gott sei Dank, dass endlich Ruhe ist. Auch das Verhältnis zwischen Österreich und England hat sich entspannt. Die Kaiserin interessiert sich plötzlich für Politik. Wenn das Verhältnis
zwischen Österreich und England nicht mehr heikel ist, dann
stünde doch auch einer Englandreise nichts mehr im Wege. Elisabeth weist Franz Joseph darauf hin, dass zur Ausbildung eines Kronprinzen der Besuch Englands unverzichtbar sei. Rudolf sollte dessen Industrien und Universitäten mit eigenen
Augen sehen. Nebenbei könnte ihm der Umgang mit dem englischen Königshaus nützen. Und bestimmt würde es einen guten
Eindruck machen, wenn sie selber Rudolf begleitet. Und nebenbei könnte sie dann ja auch wieder in den Midlands jagen. Die
Reise wird auf das Jahresende gelegt. Vorausgesetzt, die politi-
sche Lage lässt es zu.

Der Winter kommt früh in diesem Jahr. Auf den Fensterschei-
ben wachsen fein gezeichnete Farne aus Eis. Die Bewohner der
umliegenden Dörfer stellen am Namenstag ihrer Königin brennende Kerzen in die Fenster, die Löcher in die frostige Pflan-
zenwelt tauen. Für Valerie wird im Hof eine eigene kleine
Eisbahn angelegt. Rudolf geht mit seinem alten Lehrer Carl
Menger auf Reisen. Erzherzog Albrecht hat ihm eine Besichtigung seiner schlesischen Güter ans Herz gelegt. Es sind im-
mens reiche Güter, nicht nur Landbau und Forstwirtschaft gehören dazu; auch Kohlengruben, Dosenwerke, eine Brauerei
und eine Flachsspinnfabrik. Dem alten Erzherzog ist es wichtig, dass Rudolf all dies noch vor seiner Englandreise zu Gesicht
bekommt. Er fürchtet, dass seine Besitztümer sonst durch den

Vergleich mit den englischen Industrien nur noch unbedeutend erscheinen würden.

Als der Kronprinz nach Gödöllő zurückkehrt, hat er nicht nur brav alles besichtigt, sondern auch noch einen enthusiastischen Artikel darüber geschrieben und in der *Wiener Zeitung* veröffentlichen lassen. Anonym natürlich. Ein frisches Druckexemplar schickt er sogleich an Erzherzog Albrecht und legt noch einen Brief bei, in dem er sich für die Einladung auf die Güter bedankt und einen Blick in die Zeitung empfiehlt:

»Du wirst darinnen einen unter dem Titel ›Die Erzherzoglich-Albrechtschen Domänen in Schlesien‹ geschriebenen Aufsatz finden, der aus Professor Mengers und meiner Feder stammt – von all dem Großartigen, was wir auf Deinen Gütern gesehen, begeistert, folgten wir unserem Drange, schwarz auf weiß unsere Bewunderung vor den volkswirtschaftlichen Meisterwerken öffentlich auszusprechen; außerdem war ich ganz entzückt von der idealen Auffassung der Aufgabe Deiner Güter; man sieht, dass sie nicht bloß die Melkkuh sein sollen, welche dem Besitzer das bare Geld in die Tasche liefert, sondern dem Volk eine belehrende, wirklich humane Wohltat ...«

Aufgeregt und voller Vorfreude wartet Kronprinz Rudolf auf den Antwortbrief seines Großonkels – die erste Reaktion auf seinen ersten Artikel. Natürlich hat Menger den Artikel bereits sehr gelobt, aber Menger zählt nicht. Menger hat ihm ja dabei geholfen und außerdem ist Menger nett, eine Schwäche, die man Erzherzog Albrecht beim besten Willen nicht nachsagen kann. Umso mehr hat es Rudolf ja gerührt, dass dieser anti-liberalste von all seinen anti-liberalen Verwandten humanitäre Rücksichten auf seine Arbeiter nimmt, dies aber aus Bescheidenheit geheim hält. Gegen seine ureigensten Interessen lässt

Albrecht unrentable Fabriken weiterlaufen, um der an Arbeits-mangel leidenden Bevölkerung den gewohnten Erwerb nicht zu entziehen. Er hat es verdient, der alte Grummler mit seinen schlecht sitzenden Uniformen, einmal öffentlich dafür gelobt zu werden.

Die Antwort kommt postwendend. Rudolf stellt sich mit dem ersehnten Brief ans Fenster, wo das Licht besser ist. Erzherzog Albrecht schreibt, er hätte auf den Artikel gut verzichten kön-nen; das überreiche Lob darin verdiene er nicht, sein Vater sei der Schöpfer dieser humanen Richtung gewesen. »Dazu wird ein solches Lob in einer offiziellen Zeitung leicht als Sozialis-mus verdächtigt, u. wirkt dann leicht verkehrt.«

Rudolf schießen die Tränen in die Augen. Dieser alte ver-stockte Narr!

Er sieht seinen Großonkel vor sich, seinen kalten, schroffen Blick durch die kreisrunden Brillengläser und wie sich die unge-wöhnlich stark ausgeprägte Familienunterlippe verächtlich aus dem Vollbart schiebt.

Der Erzherzog hat sich noch ein paar herablassende Lobes-worte abgekniffen, für den idealen Zug, den der Kronprinz im Aufsatz gezeigt habe. Erwähnt aber auch, dass er bereits seinen Sekretär zur Redaktion der Wiener Zeitung geschickt habe, um zu verhindern, dass der Artikel in irgendeiner anderen Publika-tion reproduziert wird.

Wie kann er es wagen? Wie kann Albrecht es wagen, ihn so von oben herab zu loben? Und wie hat er selber sich nur so de-mütigen können. All die Mühe für diesen Aufsatz! Jetzt sieht es womöglich noch so aus, als hätte er damit um das Lob dieses Ewiggestrigen gebettelt. Am Ende des Briefes zeigt sich Erzher-zog Albrecht erleichtert, dass Rudolf wenigstens anonym ge-blieben ist.

»Kein junger Prinz, am allerwenigsten ein Kronprinz, darf

als Zeitungskorrespondent figurieren. Der Nimbus geht nur zu leicht verloren, u. es gibt nichts Zudringlicheres und Arroganteres, Korrupteres als unsere Journalistiker.«

Rudolf sieht lange aus dem Fenster, ohne etwas zu sehen. Irgendwann wendet er sich ab, greift er nach seinem Jagdrock und tritt auf den Flur. Er will in den Wald, ein Tier erschießen. Seine kleine Schwester Valerie kommt ihm entgegen. Sie trägt ein Buch. Rudolf greift sich schnell an die Augen, ob er noch Tränen im Gesicht hat.

»Na, was schleppst du denn da mit dir herum?«

Er legt so viel Freundlichkeit in seine Stimme, wie ihm möglich ist.

»Ich schreibe jetzt Tagebuch«, sagt Valerie stolz, »wie Marguerite.«

»Wer ist Marguerite?«

»Das Mädchen aus dem Buch, das ich gerade lese: ›Le journal de Marguerite‹. Sie schreibt alles auf, was sie tut – das Brave und das Schlimme. Und das mache ich jetzt auch.«

»Aha.«

»Ich nenne mein Tagebuch ›Genation‹.«

»Genation? Was soll das heißen? Beschämung? Warum das denn?«

»Weil …Oh, da ist Mammutz! Mammutz, Mammutz!«

Valerie rennt auf die Kaiserin zu, die am anderen Ende des Ganges aufgetaucht ist. Die Kaiserin breitet die Arme aus und drückt das Mädchen an sich. Rudolf sieht ihnen voller Bitterkeit zu, während er Valerie langsam folgt.

»Rudolf. Gut, dass ich dich sehe. Ich wollte mit dir noch etwas wegen England besprechen. Ich hoffe nämlich, du hast nicht die Absicht, die Parforcejagden dort mitzureiten.«

»Bisher nicht. Warum fragst du?«

»Nun, du wirst in England bestimmt die eine oder andere Einladung dazu erhalten. Aber glaube mir, das Gelände in den

Midlands ist mit dem in Ungarn oder Pardubitz nicht zu vergleichen. Du besitzt weder das Können noch die Nerven dazu, an der Spitze eines englischen Feldes mitzureiten. Ich weiß, wovon ich spreche, und ich möchte nicht mitansehen müssen, wie du ...«

Sie bricht mitten im Satz ab. Valerie, die ihre Hand gefasst hält, sieht zu ihr hoch und dann zu Rudolf.

»Sehr schmeichelhaft«, sagt er kalt. »Mir ist durchaus bewusst, dass ich nicht so gut reite, wie du, Mutter. Aber wer tut das schon? Ich werde es also vermeiden und uns nicht blamieren.«

»Versprichst du mir das?«

»Ich verspreche es. Ich verspreche, dass ich in England bemüht sein werde, an keiner Reitjagd teilzunehmen. Die Österreicher sehen übrigens auch gar keine große Heldentat darin, sich bei solchen Vergnügungen das Genick zu brechen, und mir ist meine Beliebtheit zu viel wert, als dass ich sie dafür aufs Spiel setzen würde.«

»Das erleichtert mich sehr«, sagt die Kaiserin. Sie greift nach seiner Hand und hält sie fest.

Jedes Jahr endet mit der Weihnachtszeit. Ganz gleich, wie viel Aufregung und Kummer es gebracht hat, am Ende stehen doch die Lichter in den Häusern und eine Atempause tritt ein. In Wien hat es geschneit. Um die Stephanskirche, aber auch um die Kirchen der Vorstädte herum, sind Buden aufgebaut, deren Dächer nun weiße Mützen tragen. Das gibt ein wenig mehr Helligkeit. Die Beleuchtung der Buden besteht nur aus einzelnen offenen Kerzen und der Glut flackernder Kienspäne. Das reicht nach Einbruch der Dunkelheit gerade so eben, um die zu einem Gebirge aufgehäuften Lebzelte zu erkennen oder die Krippenfiguren, oder um beim Stand mit den Schokoladenfiguren den raffinierten kleinen, in glitzerndes Stanniolpapier gewickelten Papagei zu entdecken, der so allerliebst in seinem goldenen Drahtring schaukelt.

Am 11. Dezember findet im Hofoperntheater eine Veranstaltung statt, um den Pensionsfonds aufzufüllen. Eigentlich wollte das Festkommitee einen Opernball veranstalten, aber das hat der Kaiser nicht genehmigt. Franz Joseph fürchtet ähnliche Ausschweifungen wie bei den Pariser Opernbällen – Weiber, die plötzlich die Röcke zum Cancan heben, Harlekine, die sich von Loge zu Loge hangeln und Paare, die allen Anstand vergessen. Wie es in Paris eben so zugeht. Stattdessen ist nun eine Hofopern-Soiree angekündigt. Abends um neun geht es los. Livrierte Diener stehen bereit. Die Gäste werden von Mitgliedern des Festkommitees begrüßt, Tenor Labatt auf der linken, Bassist Scaria auf der rechten Seite. In der Hof- und Festloge macht Direktor Jauner persönlich die Honneurs. Zuschauerraum und Bühnen sind in Festsäle verzaubert worden, in eine Pracht aus vorhandener und neu dazu erfundener Requisite: Goldbrokatvorhänge, kolossale Spiegel, mannshohe exotische Blumenarrangements, prächtige Kulissenbilder und Renaissancedekorationen. Drei Erzherzöge sind erschienen: Albrecht, Wilhelm und Kaiserbruder Ludwig Viktor, der wilde Luziwuzi, der nicht fehlen mag, wenn ein neues Vergnügen seinen Anfang nimmt. Alles beginnt ganz zivil. Zuerst gibt man den Hochzeitsmarsch von Mendelssohn-Bartholdy, dann was von Liszt in Dur. Alle sitzen brav auf ihren Stühlen und machen feierliche Gesichter. Als aber gegen Mitternacht das Hofopernorchester von der Straußkapelle abgelöst wird und Eduard Strauß die Opern-Soirée-Polka anstimmt, hält es niemanden mehr. Die Tische werden zur Seite geschoben und die Stühle hinterhergepfeffert. Entfesselt tanzt die Amüsierbande bis in die Morgenstunden. Erzherzog Luziwuzi und zwei seiner Freunde hangeln sich von Loge zu Loge und die

Fürstin Metternich tanzt Cancan auf einem Tisch. Ganz wie in Paris.

Kurz vor Weihnachten wechselt das Wetter. Ein starker Wind, fast ein Sturm, weht den Wienern den Schnee von den Dächern. Der Platz am Hof steht voller Tannen, ein richtiger Wald ist das, der sich da im Wind biegt. Leute streichen dazwischen herum, feine und nicht ganz so feine – aber keine Armen –, die sich so ein totes Holz in die Stube stellen wollen, damit es am Christfest voller Kerzen, Flimmerfäden und Tüten aus Glanzpapier wiederaufersteht. Andere hasten geschäftig an ihnen vorbei, den Kragen hochgeschlagen, den Schal fest verzurrt und immer noch keine Idee, was man der lieben Ehefrau schenken soll. Also wird es wieder ein Paar Fäustlinge geben oder eine Wollmütze, einen Almanach, ein Opernglas, ein Portemonnaie oder – falls der Schenkende bereit ist, den Nullpunkt des Sensitiven zu unterschreiten – einen Stiefelzieher, ein Tranchiermesser, einen Holzkorb oder ein verzinntes Waschschaff. Wiener und Wienerinnen streben in sämtliche Himmelsrichtungen, denn jede Familie hat ihre bestimmten Stammgeschäfte, denen sie unbedingt treu sein müssen. So kaufen die einen ihre Lebzelte nur beim ›süßen Löchel‹ in der Rotenturmstraße, und die anderen ihren Weihnachtsstriezel nur in der Wollzeile. Um die Mandelbögen laufen sie dann noch einmal in die entgegengesetzte Richtung und für den Sylvesterpunsch fast ans Ende der Stadt, weil sie den nur bei ›Den drei Lausern‹ so hinbekommen, wie es die Familie gewohnt ist. Den gebackenen Karpfen für Heiligabend holen sich dann alle wieder am Schanzel.

Auch Anna Heuduck ist auf dem schmalen Uferstreifen zwischen Franz-Josefs-Kai und der steil zum Flusse abfallenden Böschung unterwegs. Dabei mag sie gar keinen Fisch, und jetzt ist ihr geradezu übel von dem Geruch modrigen Wassers, der aus den Bottichen aufsteigt, und dem Geruch des dünnen Blutes, das über Hackblöcke und Verkaufstische rinnt. Es ist noch keine Woche her, dass sie wieder ein Kind gekriegt hat, ein Mädchen diesmal.

»Ich back uns für den Heiligen Abend ein Brot«, hat sie ihrem Mann vorgeschlagen. »Der Karpfen ist teuer und schmeckt doch am Ende niemandem wirklich, und die Mutti schimpft wieder über die Gräten.«

Aber der Mann will gebackenen Karpfen haben.

»Wozu arbeite und verdiene ich?«, schreit er. »Nur, damit wir uns die Dinge nicht versagen müssen.«

Er arbeitet nicht, und er verdient auch nicht. Das geht nun schon über ein halbes Jahr, dass er jede Nacht in Kaffeehäusern durchschwärmt. Selbst an dem Abend, an dem sie ihr kleines Mädchen gekriegt hat, war er Karten spielen und kam erst am nächsten Morgen zurück.

Aber Anna ist klug genug, das nicht zu erwähnen.

»Ein Brot wäre allen lieber – dir doch auch.«

»Und wo bleibt da das kirchliche Fasten? Das ist vorgeschrieben. Das hast du wohl nicht bedacht, geistig unterbelichtet, wie du bist.«

Nun ist sie also am Schanzel, im Durcheinander der vielen Stände, und hofft, dass die Lini ihren Mann währenddessen nicht an das Baby lässt. Der Wind geht hier besonders scharf, und es ist bereits stockdunkel. Große und kleine Fackeln lassen die Gesichter der schreienden Fischhändler und ihrer Frauen rot aufflackern, das Licht züngelt über die Tische und die im Wind knatternden Planen, spiegelt sich in Pfützen aus geschmolzenem Schnee. Drum herum die tiefschwarzen Schatten der im Wind ächzenden Bäume und Sträucher.

Anna geht zu einem Stand, der besonders schäbig aussieht und bei dem der Karpfen vielleicht etwas billiger sein könnte. Sie sieht in den Bottich, kann aber nichts erkennen.

Die schmuddelige Händlerin steckt ihre nackten Arme bis zu den aufgekrempelten Ärmeln ins Wasser, rührt darin herum und hält Anna einen klitzekleinen, halb toten Fisch entgegen.

»Ich möchte einen Karpfen«, sagt Anna schüchtern.

Verächtlich wirft die Matrone das Fischlein in den Bottich zurück.

»Frisst sich alles Karpfen, weil sind bessere Leit«, kläfft sie und spuckt auf den Boden.

Also muss Anna doch zu einem der teuren Stände und wird fast ihr ganzes Geld los. Die starren, vorwurfsvollen Augen des Karpfens, der Holzknüppel, der auf seinen Kopf niedersaust, der grün glänzende Leib auf der Waagschale, das Klirren der schwarzen Eisengewichte, dann der rote, ausgeweidete Fischbauch. Der Händler packt den Fisch an der Schwanzflosse und klatscht ihn in das Zeitungspapier, das er in der anderen Hand bereit hält. Das nasskalte Paket, das er Anna überreicht, verursacht ihr erneut Übelkeit.

Sie hat jetzt kaum noch Geld. Dabei ist sie extra so spät losgegangen, um auch die Auktion mitnehmen zu können und etwas für sich selber und ihre Sehnsucht zu kaufen. Um Weihnachten herum werden nämlich die ausgemusterten Wäschestücke des Kaisers versteigert. Trotz seiner Sparsamkeit trägt der Kaiser niemals reparierte Sachen. Zerschlissenes wird stattdessen mit einem A gestempelt und kommt auf die Auktion. Der Erlös gehört seinen Bediensteten. Anna hat ihn so lange nicht gesehen, ihren Kaiser. Ein Sommerkaiser ist er, der mit den Schwalben verschwunden ist. Wer weiß, für wie lange diesmal.

Als Anna eintrifft, werden gerade die Hemden versteigert. Ein Hemd kann sie sich sowieso nicht leisten. Die paar Pfennige, die sie noch in ihrer Tasche hat, reichen nicht einmal für Socken. Bürsten, Kämme und Schwämme gehen weg. Nicht einmal für einen Schwamm hat es gereicht. Und doch kann sie am Ende etwas erstehen, etwas, das Ihm gehört hat, und auf das trotzdem sonst niemand bieten will. Als sie nach Hause geht, umklammert sie mit dem Karpfenpaket des Kaisers alte Zahnbürste.

In Ungarn sitzt die Hofdame Festetics im Schreibzimmer Ihrer Majestät und sieht ihrer Herrin beim Verfassen eines Briefes zu. Ihre Majestät ist sehr lebhaft, der Brief wird wohl etwas mit der Englandreise zu tun haben. Festetics denkt an ihren Vater, der nun mit seinem liebenden warmen Herzen in gefrorener Erde liegt. Ja! Wie still muss es im Elternhaus sein. Und das liebe teure Kind, die kleine Mathilde, Festetics Liebling, wie stand sie vor Jahren an der Schwelle des dunklen Zimmers und breitete die Arme aus, als wollte sie den Christbaum an sich drücken, die blonden Locken wie ein Engel, und ach, sie schaute schon aufwärts. Der nächste Christabend breitete magermilchfarbenen Schnee über ihr Grab und das der kleinen Schwester, die damals noch unter dem Herzen der Mutter ruhte. Ein Tag bettete beide zur Ruhe! Arme Kinder, arm wir alle! Wie viel Weh zog über uns hin. Ertragen – dieses Unerlässliche, um das Leben würdig zu gestalten. Festetics seufzt tief und die Herrin sieht auf und wendet sich mit gerunzelter Stirn zu ihrer Hofdame um.

»Verzeihung, Eure Majestät«, sagt Festetics.

Die Kaiserin muss sich konzentrieren. Sie schreibt einen Wunschzettel an Bay Middleton. Er soll schon einmal Pferde für sie einkaufen gehen, Jagdpferde, die imstande sind, im Pytchleyrevier ganz vorn mitzumischen. Denn dass es wieder das Pytchley-Revier sein wird, steht außer Frage. Warum sollte sie ihre Wohnung woanders nehmen als in der Nähe ihrer guten Kameraden Spencer und Middleton? Und ihrer lieben königlichen Schwester? Sekretär Linger ist bereits beauftragt, sich nach einem passenden Jagdhaus umzusehen. Der Besitzer von Easton Neston kann oder möchte aus unbekannten Gründen nicht noch einmal an die Kaiserin vermieten.

* * *

Anmerkung und Dank

Die Hofdame Marie Gräfin Festetics de Tolna führte zwischen 1871 und 1898 ein detailliertes Tagebuch über ihr Leben am Wiener Hof. Ein Leben, das sich darum drehte, Kaiserin Elisabeth alles recht zu machen. Das Tagebuch ist in schwärmerischer Hingabe abgefasst, und wenn Gräfin Festetics von der Existenz diverser Gerüchte über die Kaiserin berichtet, dann, ohne deren Inhalt zu benennen. »Ich würde mir nie verzeihen, eine solche Geschichte vor der Vergessenheit zu retten.«

Wo die Hofdame schönt und schweigt, nehmen andere kein Blatt vor den Mund oder phantasieren wild drauflos. Es gibt unzählige Bücher und Zeitungsartikel, die Elisabeth von Österreich-Ungarn zum Gegenstand haben, und eine Flut von Briefen und Lebenserinnerungen, in denen sie Erwähnung findet. Der Ton dieser Aufzeichnungen reicht von devoter Dankbarkeit bis zu hämischer Aversion. Nur kalt gelassen hat sie offenbar niemanden. Ich möchte nicht noch eine weitere Meinung hinzufügen, sondern den Chor der bereits vorhandenen Stimmen in seiner ganzen Bandbreite zu Wort kommen lassen. Darum habe ich Zitate in dieses Buch eingearbeitet, unverändert oder leicht geändert. Sehr viele Zitate. Wörter, Sätze, halbe Zeitungsartikel. Sie stammen aus den im Anhang aufgeführten Quellen, deren Autorinnen und Autoren, Herausgebern und Herausgeberinnen ich gar nicht genug danken kann.

Danken möchte ich auch Bettina Diestelmeyer für einen äußerst hilfreichen Vorschlag. Dem Verlag für seine Unterstützung und Freundschaft und den Menschen, die in ihrer Freizeit Wikipedia-Artikel erstellen, dafür, dass sie existieren. Mein besonderer Dank gilt dem Deutschen Literaturfonds für die Förderung mit einem einjährigen Stipendium. Dem Land Brandenburg danke ich für die finanzielle Hilfe im Jahr zuvor.

Literaturverzeichnis

Baltazzi-Scharschmid, Heinrich und Swistun, Hermann: *Die Familien Baltazzi-Vetsera im kaiserlichen Wien*, Wien/Köln/Graz 1980

Bestebreiner, Erika: *Sisi und ihre Geschwister*, München/Berlin/ Zürich 2016

Beust, Friedrich Ferdinand Graf von: *Aus Drei Viertel-Jahrhunderten. Erinnerungen und Aufzeichnungen*, Band 2, Stuttgart 1887

Blackwood, Caroline: *Tally-Ho. Über die englische Fuchsjagd*, Zürich 1992

Conte, Corti Egon Cäsar: *Elisabeth. Die seltsame Frau*, Graz Salzburg Wien 1949

Conte, Corti Egon Cäsar und Sokol, Hans: *Franz Joseph*, Graz/Wien/ Köln 1960

Daimler, Renate: *Diana und Sisi. Zwei Frauen – ein Schicksal*, Wien/ München 1998

De Crespigny, Sir Claude Champion: *Forty Years of a Sportsman's Life*, London 1910

Eberstaller, Gerhard: *Zirkus und Varieté in Wien* (Wiener Themen), Wien/München 1974

Eelking, H.M. Baron von: *Gestiefelt und gespornt*, Berlin/Hamburg 1966

Fellner, Sabine und Unterreiner, Kathrin: *Morphium, Cannabis und Cocain. Medizin und Rezepte des Kaiserhauses*, Wien 2008

Fischer-Westhauser, Ulla (Hrsg.): *Geschenke für das Kaiserhaus. Huldigungen an Kaiser Franz Joseph und Kaiserin Elisabeth*, Wien 2007

Flesch-Brunningen, Hans (Hrsg.): *Die letzten Habsburger in Augenzeugenberichten*, Düsseldorf 1967

Fugger, Nora: *Im Glanz der Kaiserzeit*, Wien/München 1980

Grössing, Sigrid-Maria: *Kaiserin Elisabeth und ihre Männer*, Wien 1998

Günther, Ernst: *33 Zirkusgeschichten*, Berlin 1977

Hachet-Souplet, Pierre von: *Die Dressur der Tiere*, Leipzig 1898/1988

Hain, Renate und Walter: *Kaiserin Elisabeth und die historische Wahrheit*, Norderstedt 2016

Haller, Martin: *Sisi. Die Kaiserin im Sattel*, Printed in Austria 2018

Haller, Martin: *Eine Dynastie im Sattel. Die Pferde der Habsburger*, Österreich 2018

Hamann, Brigitte: *Elisabeth. Kaiserin wider Willen*, Wien/München 1997

Hamann, Brigitte: *Kronprinz Rudolf*, Wien 2005

Hase-Schmundt, Ulrike von (Hrsg.): *Albrecht Adam und seine Familie. Zur Geschichte einer Münchner Künstler-Dynastie im 19 und 20. Jahrhundert*, München 1981

Haslip, Joan: *Sissi. Kaiserin von Österreich*, Augsburg 1997

Hermesvilla: *Jagdzeit. Österreichs Jagdgeschichte. Eine Pirsch*. Katalog der 209. Sonderausstellung des historischen Museums Wien, Wien 1997

Holler, Gerd: *Gerechtigkeit für Ferdinand. Österreichs gütiger Kaiser*, Wien/München 1986

Husslein-Arco, Agnes und Klee, Alexander (Hrsg.): *Makart. Maler der Sinne*, Wien/ München/ London/ New York 2011

Kahl, Kurt: *Die Wiener und ihr Burgtheater*, Wien/München 1974

Kastner Richard H.: *Mit Kaiser Franz Joseph auf Reisen*, Wien 2002

Kischnick, Sylke: *Manege Frei! Die Kulturgeschichte des Zirkus. Konrad Theiss Verlag*, Stuttgart 2012

Knauer, Friedrich K.: *Ein Ausflug nach Schönbrunn*, Wien 1879

Kober; A. H.: *Zirkus Renz. Roman eines reichen Lebens*, Berlin 1943

Körner, Hans-Michael und Ingrid (Hrsg.): *Leopold Prinz von Bayern. 1846–1930. Aus den Lebenserinnerungen*, Regensburg 1983

Lermann, Hilde: *Sophie von Wittelsbach. Die kleine Schwester der Kaiserin Sisi*, München 1997

Metternich, Pauline (hrsg. von Lorenz Mikoletzky): *Erinnerungen*, Wien 1988

Metternich-Sandor, Pauline: *Geschehenes Gesehenes Erlebtes*, Wien Berlin 1920

Nostitz-Rieneck, Georg (Hrsg.): *Briefe Kaiser Franz Josephs an Kaiserin Elisabeth 1859–1898*, Band 1, Wien 1966

Meyer, Beatrix: *Kaiserin Elisabeth und ihr Ungarn*, München 2019

Meyer, Beatrix (Hrsg.): *Kaiserin Elisabeth ganz privat*, München 2020

Mitis, Oskar Freiherr von: *Das Leben des Kronprinzen Rudolf*, Wien 1971

Mordaunt, Sir Charles and Verney, W. R.: *Annals of the Warwickshire Hunt 1795–1895*, London 1896

Nethercote, H. O.: *The Pytchley Hunt – past and present*, London 1888

Neumann Dieter und Prof. Lehr, Rudolf (Hg.): *Menschen. Mythen. Monarchen. In Bad Ischl*, Tourismusverband Bad Ischl, Bad Ischl/ Gmunden 2008

Niel, Alfred: *Wiener Eisenbahnvergnügen*, Wien/München 1982

Ottilinger, Eva B. und Hanzl, Lieselotte: *Kaiserliche Interieurs. Die Wohnkultur des Wiener Hofes im 19. Jahrhundert*, Wien/Köln/ Weimar 1997

Pfeiffer, Wilma: *Die wilde Kaiserin. Sisi in Geschichten und Anekdoten*, Dachau 2018

Praschl-Bichler, Gabriele: *Kaiserin Elisabeths Fitness- und Diät-Programm*, Wien/München 2002

Rees, Alexander von*: Madame und ihr Mops. Berühmte Frauen, berühmte Hunde*, München 1963

Reifenscheid, Richard: *Die Habsburger. Von Rudolf I. bis Karl I.*, Wien 1994

Richter, Werner: *Kronprinz Rudolf von Oesterreich. Geschichte eines übergroßen Erbes*, Erlenbach-Zürich 1941

Ripka, Franz: *Gödöllő*, Nachdruck der Ausgabe Wien 1898. Gekürzter Originaltext, Polen o. J.

Roth, Joseph: *Radetzkymarsch*, Köln 1978

Saathen, Friedrich (Hrsg.): *Anna Nahowski und Kaiser Franz Joseph. Aufzeichnungen*, Wien/Köln/Graz 1986

Schad, Martha und Horst (Hrsg.): *Marie Valerie. Das Tagebuch der Lieblingstochter von Kaiserin Elisabeth von Österreich*, München 1998

Schad, Martha: *Zu Gast bei Kaiserin Elisabeth und König Ludwig II.*, München 2004

Schad, Martha: *Kaiserin Elisabeth und ihre Töchter,* München 2012

Schlögl, Friedrich: *Wiener Blut,* Wien/Pest/Leipzig o. J.

Schumacher, Gert-Horst: *Monster und Dämonen. Unfälle der Natur. Eine Kulturgeschichte*, Berlin 1993

Sepp, Christian (Hrsg.): *Erinnerungen an Großmama. Aufzeichnungen der Amelie von Urach über Herzogin Ludovika in Bayern*, München 2021

Sexau, Richard: *Fürst und Arzt. Dr. Med. Carl Theodor von Bayern*, Graz Wien, Köln 1963

Signor Saltarino: *Artisten-Lexikon*, Leipzig 1987 (Reprint von 1895)

Simkowsky, Hans: *Es war einmal … Kaiser Franz Joseph I. in der Sommerresidenz Ischl*, Wien 1959

Sinclair, Andrew: *Elisabeth. Kaiserin von Österreich*, München 2000

Sinhuber, Bartel F. (Hrsg.): *Weihnachten im alten Wien*, Frankfurt/M.-Berlin 1995

Sisi: *Briefe und Gedichte aus ihrem Nachlass*, Salzburg 2015

Sokop, Brigitte: *Jene Gräfin Larisch*, Wien/Köln/Graz 1985

Spencer, Charles: *Althorp. The story of an english house*, London 1998

Stein, Mechthild (Hrsg.): *Zeugin einer Zeitenwende. Aufzeichnungen der Walburga Gräfin von Hohenthal (1839–1929)*, Neustadt a. d. Aisch/Regensburg 1997

The Duke of Portland: *Memories of Racing and Hunting*, Glasgow o. J.

Unterreiner, Kathrin: *Luziwuzi. Das provokante Leben des Kaiserbruders Ludwig Viktor*, Wien/Graz 2019

Unterreiner, Kathrin: *Kaiser Franz Joseph. 1830–1960. Mythos und Wahrheit*, Wien 2006

Vocekka, Karl und Mutschlechner, Martin (Hrsg.): *Franz Joseph 1830–1916*, Wien 2016

Voigt, Charles Adolph: *Famous Gentleman Riders. At Home and Abroad.* Southhampton o. J.

Von der Heyden-Rynsch, Verena (Hrsg.): *Elisabeth von Österreich. Tagebuchblätter von Constantin Christomanos*, München 1983

Waldegg, Richard: *Sittengeschichte von Wien*, Stuttgart/Bad Cannstatt 1957

Walterskirchen, Gudula und Meyer, Beatrix: *Das Tagebuch der Gräfin Marie Festetics. Kaiserin Elisabeths intimste Freundin*, Sankt Pölten/Salzburg/Wien 2014

Wassilko, Theophila: *Fürstin Pauline Metternich*, Wien o. J.

Weissensteiner, Friedrich: »*Ich sehne mich sehr nach dir*«: *Frauen im Leben Kaiser Franz Josephs*. Wien 2012

Welcome, John: *Die Kaiserin hinter der Meute*, Wien/Berlin, o. J.

Weyr, Siegfried: *Wiener Leut', Wiener Leid. Bei Hof und auf der Gassen*, Wien/Hamburg 1973

Wildgans, Anton: *Gedichte. Musik der Kindheit. Kirbisch*, Wien 1976

Winkelhofer, Martina: »*viribus unitis*«: *Der Kaiser und sein Hof – Ein neues Franz-Joseph-Bild*, Wien 2008

Winkelhofer, Martina: *Eine feine Gesellschaft. Skandale und Intrigen an Europas Königs- und Kaiserhäusern*, München/Berlin 2016

Winkelhofer, Martina: *Sisis Weg. Vom Mädchen zur Frau – Kaiserin Elisabeths erste Jahre am Wiener Hof*, München/Berlin 2021

Winkler, Dieter: *Die k.(u.) k. Hofzüge*. Album, Wien 1997

Internet

Wikipedia rauf und runter

Woxikon rauf und runter

https://mythoskaiserinelisabeth.com

https://www.habsburger.net

Kakanienrevisited. Plener, Peter: *Sehnsüchte einer Weltausstellung – Wien 1873*

https://utheses.univie.ac.at/detail//22735

Holzleitner, Johann: *Die naturwissenschaftliche Arbeit des Kronprinzen Rudolf. Unter besonderer Berücksichtigung seiner ornithologischen Forschungen und der dadurch entstandenen Zusammenarbeit und Freundschaft mit Alfred E. Brehm. Diplomarbeit*, Wien 2013

Zeitschriften

(Ein Sammelwerk von) Marshall Cavendish: *Königliche Romanzen: Kronprinz Rudolf und Maria Vetsera*, Wien/Hamburg/U. K. 1991

Das Krone-Magazin (Hrsg.): *Der Kaiser*. Wien 2016

Inhalt